历代笔记小说大观

邵氏闻见录
邵氏闻见后录

〔宋〕邵伯温 邵博 撰

王根林 校点

图书在版编目(CIP)数据

邵氏闻见录 邵氏闻见后录/(宋)邵伯温 邵博撰;
王根林校点. —上海:上海古籍出版社,2012.11(2023.8重印)
(历代笔记小说大观)
ISBN 978-7-5325-6338-8

Ⅰ.①邵… ②邵… Ⅱ.①邵… ②邵… ③王…
Ⅲ.①笔记小说-小说集-中国-宋代 Ⅳ.①I242.1

中国版本图书馆 CIP 数据核字(2012)第 044972 号

历代笔记小说大观

邵氏闻见录 邵氏闻见后录

[宋]邵伯温 邵 博 撰

王根林 校点

上海古籍出版社出版发行

(上海市闵行区号景路 159 弄 1-5 号 A 座 5F 邮政编码 201101)

(1) 网址:www.guji.com.cn

(2) E-mail:guji1@guji.com.cn

(3) 易文网网址:www.ewen.co

常熟文化印刷有限公司印刷

开本 635×965 1/16 印张 17.25 插页 2 字数 245,000

2012 年 11 月第 1 版 2023 年 8 月第 2 次印刷

印数:2,101—3,200

ISBN 978-7-5325-6338-8

I·2492 定价:43.00 元

如有质量问题,请与承印公司联系

总　目

邵氏闻见录

［宋］邵伯温　撰

王根林　校点

校 点 说 明

《邵氏闻见录》，又名《河南邵氏闻见录》，或名《闻见前录》，"前"字乃后人所加，以区别作者之子邵博所著《邵氏闻见后录》。二十卷，宋邵伯温撰。邵伯温（1056—1134），河南洛阳人，字子文，是宋代著名的理学家邵雍（字尧夫，谥康节）之子。

作者在本书《自序》中说："伯温蚤以先君子之故，亲接前辈，与夫侍家庭，居乡党，游宦学，得前言往行为多。以畜其德则不敢当，而老景侵寻，偶负后死者之责，类之为书，曰《闻见录》，尚庶几焉。"表明本书主要是以绍述并阐扬其父及其密友的为人品性和政治见解为归旨的。其父邵雍治《易》学，隐居不仕，但颇关心时事，与当时的政治家、史学家司马光、吕公著、富弼等过从甚密，特别是在反对王安石变法问题上，观点一致。因此，反映变法与反变法的激烈斗争，很自然成为本书的重点。作者是坚定地站在反变法的立场上的，对新法之"弊害"，乃至王安石及其亲信的个人品质，作了详尽的揭露和猛烈的抨击。而同时，也有比较客观记述在一些具体问题上两派各有得失的内容。本书在反映这场斗争的广度和深度方面所独具的价值，受到后代学者的高度重视。

现在可见的本书版本，主要有明《津逮秘书》本、清《学津讨原》本及民国涵芬楼夏敬观校本几种。今以校勘较精的涵芬楼夏校本为底本，校以《津逮秘书》、《学津讨原》和现存的宋、元、明钞本及有关史志，予以标点，校改之处不出校记。

目　　录

邵氏闻见录序

《易》曰："君子多识前言往行，以畜其德。"《孟子》曰："则闻而知之，则见而知之。"伯温蚤以先君子之故，亲接前辈，与夫侍家庭，居乡党，游宦学，得前言往行为多。以畜其德则不敢当，而老景侵寻，偶负后死者之责，类之为书，曰《闻见录》，尚庶几焉。绍兴二年十一月十五日壬申河南邵伯温书。

卷第一

太祖微时，游渭州潘原县，过泾州长武镇。寺僧守严者异其骨相，阴使画工图于寺壁，青巾褐裘，天人之相也，今易以冠服矣。自长武至凤翔，节度使王彦超不留，复入洛。枕长寿寺大佛殿西南角柱础昼寝，有藏经院主僧见赤蛇出入帝鼻中，异之。帝寤，僧问所向，帝曰：“欲见柴太尉于澶州，无以为资。”僧曰：“某有一驴子可乘。”又以钱币为献，帝遂行。柴太尉一见奇之，留幕府。未几，太尉为天子，是谓周世宗。帝与宣祖俱事之，南征北伐，屡建大功，以至受禅。万世之基，实肇于澶州之行。帝即位，尽召诸节度使入觐。宴苑中，诸帅争起论功，惟彦超独曰：“臣守藩无效，愿纳节备宿卫。”帝喜曰：“前朝异世事安足论，彦超之言是也。”从容问彦超曰：“卿当日不留我，何也？”彦超曰：“涔蹄之水，不足以泽神龙。帝若为臣留，则安有今日。”帝益喜曰：“独令汝更作永兴节度一任。”长寿寺僧亦召见，帝欲官之，僧辞，乃以为天下都僧录，归洛。今永兴有彦超画像，长寿寺殿中亦有僧画像，皆伟人也。呜呼！圣人居草昧之际，独一僧识之，彦超虽不识，及对帝之言自有理，异哉！

周世宗死，恭帝幼冲，军政多决于韩通。太祖与通并掌军政，通愚愎，将士皆怨之，太祖英武，有度量智略，多立战功，故皆爱服归心焉。将北征，京师之人喧言：出军之日，当立点检为天子。富室或挈家逃匿他州。太祖闻之惧，密以告家人曰：“外间讻讻如此，奈何？”太祖姊即魏国长公主，面如铁色，方在厨，引面杖逐太祖曰：“大丈夫临大事，可否当自决，乃于家间恐怖妇女何为耶？”太祖默然而出。

太祖初登极时，杜太后尚康宁，与上议军国事，犹呼赵普为书记。尝劳抚之曰：“赵书记且为尽心，吾儿未更事也。”太祖待赵韩王如左右手。御史中丞雷德骧劾奏普强占市人第宅，聚敛财贿，上怒叱之曰：“鼎铛尚有耳，汝不闻赵普吾之社稷臣乎？”命左右曳于庭数匝，徐使复冠，召升殿，曰：“后当改，姑赦汝，勿令外人闻也。”

太祖将受禅，未有禅文，翰林学士承旨陶穀在旁，出诸怀中进曰："已成矣。"太祖由是薄其为人。穀墓在京师东门外觉昭寺，已洞开，空无一物。寺僧云："屡掩屡坏，不晓其故。"张舜民曰："陶为人轻险，尝自指其头谓必戴貂蝉，今髑髅亦无矣。"

太祖初受天命，诛李筠、李重进，威德日盛。因问赵普："自唐季以来，数十年间，帝王凡易十姓，兵革不息，生灵涂地，其故何哉？吾欲息兵定长久之计，其道何如？"普曰："陛下言及此，天人之福也。唐季以来，战争不息，家散人亡者无他，节镇太重，君弱臣强而已。今欲治之，惟稍夺其权，制其钱谷，收其精兵，则天下安矣。"语未卒，帝曰："卿勿复言，吾已悉矣。"顷之，上因晚朝，与故人石守信、王审琦饮酒，帝屏左右，谓曰："吾资尔曹之力多矣，念尔之功不忘。然为天子，亦大艰难，殊不若为节度使之乐，吾今终夕未尝敢安枕而卧也。"守信等问其故，帝曰："此岂难知？所谓天位者，众欲居之尔。"守信等皆顿首曰："陛下出此言何也？今天命已定，谁敢复有异心？"上曰："不然。汝曹虽无此心，其如麾下之人欲富贵者何？一旦以黄袍加汝之身，汝虽欲不为，其可得乎？"守信等涕泣曰："臣愚不及此，惟陛下哀怜，示以可生之途。"上曰："人生如白驹过隙耳，所谓富贵者，不过欲多积金钱，厚自娱乐，使子孙显荣耳。汝曹何不释去兵权，择便好田宅市之，为子孙立永久之业，多置歌儿舞女，日饮食相欢，以终天年。君臣之间，两无猜嫌，上下相安，不亦善乎？"守信等皆拜谢曰："陛下念臣及此，幸甚！"明日，皆称疾，请解军政。上许之，尽以散官就第，所以慰抚赐赉甚厚，或与之结婚。于是更置易制者，使主亲军。其后又置转运使、通判使，主诸道钱谷。收天下精兵，以备宿卫，而诸功臣亦以善终，子孙富贵，迄今不绝。向非韩王谋虑深长，太祖深明果断，天下无复太平之日矣。圣贤之见，何其远哉！世谓韩王为人阴刻，当其用事时，以睚眦中伤人甚多，然子孙至今享福禄，国初大臣鲜能及者，得非安天下功大乎？

太祖遣曹彬伐江南，临行谕曰："功成以使相为赏。"彬平江南归，帝曰："今方隅未服者尚多，汝为使相，品位极矣，岂肯复战耶？姑徐之，更为吾取太原。"因密赐钱五十万，彬怏怏而退。至家，见钱布满室，乃叹曰："好官亦不过多得钱耳，何必使相也！"呜呼！太祖重惜爵位如此，孔子称"唯名与器不可以假人"，太祖得之矣。

祖宗开国，所用将相皆北人，太祖刻石禁中，曰："后世子孙，无用南士作相，内臣主兵。"至真宗朝，始用闽人，其刻不存矣。呜呼！以艺祖之明，其前知也。汉高祖谓吴王濞曰："后五十年东南有乱者，非汝耶？然天下一家，慎无反。"已而果然，艺祖亦云。

太祖即位之初，数出微行，以侦伺人情，或过功臣之家，不可测。赵普每退朝，不敢脱衣冠。一日大雪，向夜，普谓帝不复出矣。久之，闻叩门声，普出，帝立风雪中，普惶惧迎拜。帝曰："已约晋王矣。"已而太宗至，共于普堂中设重裀地坐，炽炭烧肉。普妻行酒，帝以嫂呼之。普从容问曰："夜久寒甚，陛下何以出？"帝曰："吾睡不能著，一榻之外皆他人家也，故来见卿。"普曰："陛下小天下耶？南征北伐，今其时也，愿闻成算所向。"帝曰："吾欲下太原。"普嘿然久之，曰："非臣所知也。"帝问其故，普曰："太原当西北二边，使一举而下，则二边之患我独当之。何不姑留以俟削平诸国，则弹丸黑志之地，将无所逃。"帝笑曰："吾意正如此，特试卿耳。"遂定下江南之议。帝曰："王全斌平蜀多杀人，吾今思之，犹耿耿不可用也。"普于是荐曹彬为将，以潘美副之。明日命帅，彬与美陛对，彬辞才力不逮，乞别选能臣；美盛言江南可取。帝大言谕彬曰："所谓大将者，能斩出位犯分之副将，则不难矣。"美汗下，不敢仰视。将行，夜召彬入禁中，帝亲酌酒，彬醉，宫人以水沃其面。既醒，帝抚其背以遣曰："会取会取，他本无罪，只是自家着他不得。"盖欲以恩德来之也。是故以彬之厚重，美之明锐，更相为助，令行禁止，未尝妄戮一人，而江南平，皆帝仁圣神武所以用之得其道云。

太祖初即位，朝太庙，见其所陈笾豆簠簋，则曰："此何等物也？"侍臣以礼器为对。帝曰："我之祖宗宁曾识此！"命撤去。亟令进常膳，亲享毕，顾近臣曰："却令设向来礼器，俾儒士辈行事。"至今太庙先进牙盘，后行礼。康节先生常曰："太祖皇帝其于礼也，可谓达古今之宜矣。"

东京，唐汴州，梁太祖因宣武府置建昌宫，晋改曰大宁宫，周世宗虽加营缮，犹未如王者之制。太祖皇帝受天命之初，即遣使图西京大内，按以改作。既成，帝坐万岁殿，洞开诸门，端直如引绳，则叹曰："此如吾心，小有邪曲人皆见矣。"帝一日登明德门，指其榜问赵普曰："明德之门，安用之字？"普曰："语助。"帝曰："之乎者也，助得甚事！"普无言。

太祖登极未久，杜太后上仙，初从宣祖葬国门之南奉先寺。后命宰相范质为使，改卜，未得地。质罢，更命太宗为使，迁奉于永安陵。又欲迁远祖于西京之榖水，盖宣祖微时葬也。相并两冢，开扩皆白骨，不知辨，遂即坟为园，岁遣官并祭，洛人谓之"一寝二位"云。伊川先生程颐曰："为并葬择地者，可以谓之智矣。"

太祖猎近郊，所御马失，帝跃以下，且曰："吾能服天下矣，一马独不驯耶？"即以佩刀刺之。既而悔曰："吾为天子，数出游猎，马失又杀之，其过矣。"自此终身不复猎。

太祖朝，晋邸内臣奏请木场大木一章造器用。帝怒，批其奏曰："破大为小，何若斩汝之头也。"其木至今在，半枯朽，不敢动。呜呼！太祖于一木不忍暴用以违其材，况大者乎！

忠正军节度使王审琦与太祖皇帝有旧，为殿前都指挥使。禁中火，审琦不待召，领兵入救。台谏官有言，罢归寿州本镇。朝辞，太祖谕之曰："汝不待召以兵入卫，忠也。台臣有言，不可不行。第归镇，吾当以女嫁汝子承衍者。"召承衍至，则已有妇乐氏，辞。帝曰："汝为吾婿，吾将更嫁乐氏。"以御龙直四人控御马载承衍归，遂尚秦国大长公主。乐氏厚资嫁之。帝谓承衍曰："汝父可以安矣。"审琦归镇七年，率先诸镇纳节，以使相薨，追封秦王，谥正懿。承衍官至护国军节度使、驸马都尉、河中尹，薨，赠尚书令，追封郑王。呜呼！太祖驾驭英雄，听纳言谏，圣矣哉！

太祖即位，诸藩镇皆罢归，多居京师，待遇甚厚。一日，从幸金明池，置酒舟中，道旧甚欢。帝指其坐曰："此位有天命者得之，朕偶为人推戴至此，汝辈欲为者，朕当避席。"诸节度皆伏地汗下，不敢起。帝命近臣掖之，欢饮如初。呜呼！自非圣度宏远，安能服天下英雄如此。

伪蜀孟昶以降王入朝，舟过眉州湖灢渡，一宫嫔有孕，昶出之，祝曰："若生子，孟氏尚存也。"后生子，今为孟氏不绝。昶治蜀有恩，国人哭送之。至犍为县别去，其地因号曰哭王滩。蜀初平，吕余庆出守，太祖谕曰："蜀人思孟昶不忘，卿官成都，凡昶所榷税食饮之物，皆宜罢。"余庆奉诏除之，蜀人始欣然不复思故主矣。

真宗皇帝景德元年，契丹入寇，犯澶渊，京师震动。当时大臣有请幸金陵、幸西蜀者。左相毕文简公病不出，右相寇莱公独劝帝亲征，帝意乃决，遂幸澶渊。帝意不欲过河，寇公力请，高琼控帝马渡过浮梁。帝登城，六军望黄屋呼万岁，声动原野，士气大振。帝每使人觇莱公动息，或曰"寇准昼寝，鼻息如雷"，或曰"寇准方命庖人斫鲙"，帝乃安。既射杀死虏骁将顺国王挞览，虏惧请和，帝令择重臣报聘。莱公遣侍禁曹利用以往。帝曰："凡虏所须，即许之。"莱公戒之曰："若许过二十万金币，吾斩若矣。"和议成，诸将请设伏邀击，可使虏匹马不返。莱公劝帝勿从，纵契丹归国，以保盟好。帝回銮，每叹莱公之功。小人或谮之曰："陛下闻博乎？钱输将尽，取其余尽出之谓之孤注。陛下，寇准之孤注也，尚何念之？"帝闻之惊甚，莱公眷礼遂衰。

真宗皇帝东封西祀，礼成，海内晏然。一日，开太清楼宴亲王、宰执，用仙韶女乐数百人，有司以宫嫔不可视外，于楼前起彩山幛之，乐声若出于云霄间者。李文定公、丁晋公坐席相对，文定公令行酒黄门密语晋公曰："如何得倒了假山？"晋公微笑。上见之，问其故，晋公以实对。上亦笑，即令女乐列楼下，临轩观之，宣劝益频，文定至沾醉。

章献明肃太后，成都华阳人。少随父下峡至玉泉寺，有长老者善相人，谓其父曰："君，贵人也。"及见后，则大惊曰："君之贵，以此女也。"又曰："远方不足留，盍游京师乎？"父以贫为辞，长老者赠以中金百两。后之家至京师，真宗判南衙，因张耆纳后宫中。帝即位，为才人，进宸妃，至正位宫闱，声势动天下。仁宗即位，以太皇太后垂帘听政。玉泉长老者，已居长芦矣。后屡召不至，遣使就问所须，则曰："道人无所须也。玉泉寺无僧堂，长芦寺无山门，后其念之。"后以本阁服用物下两寺为钱，建长芦寺临江门，起水中。既成，辄为蛟所坏。后必欲起之，用生铁数万斤叠其下，门乃成。盖蛟畏铁也。今《玉泉寺僧堂梁记》曰后所建云。

卷第二

仁宗好用导引术理发，有宫人能之，号曰梳头夫人。一日，帝退朝，命夫人理发，嫔御列侍。帝袖中有章疏，左右争取之，帝不能止。有从旁读者，盖台臣乞放宫女章也。众闻之嘿然，独梳头夫人叹息曰："今京师富人尚求妾媵，岂有天子嫔御，外臣敢以为言？官家亟逐言者，则清净矣。"帝不语。既御膳，幸后苑，命内侍按宫人籍，上自出若干人，行台臣之言也。梳头夫人以入宫久，首出之，帝亦不问。或谓参知政事吴奎曰："上比汉文帝何如？"奎对曰："以此则过文帝远矣。"

仁宗朝，程文简公判大名府时，府兵有肉生于背，蜿蜒若龙伏者，文简收禁之，以其事闻。仁宗语宰辅曰："此何罪也？"令释之。后府兵以病死，呜呼！肉龙生于兵之背，妖也；帝释之，德足以胜妖矣。兵辄死，宜哉！

孙文懿公为翰林学士，撰《进祔李太后赦文》曰："章懿太后丕拥庆羡，实生眇冲，顾复之恩深，保绥之念重。神驭既往，仙游斯邈。嗟乎！为天下之母，育天下之君，不逮乎九重之承颜，不及乎四海之致养，念言一至，追慕增结。"仁宗皇帝览之，感泣弥月。公自此遂参大政。帝问文懿曰："卿何故能道朕心中事？"公曰："臣少以庶子不齿于兄弟，不及养母，以此知陛下圣心中事。"上为之流涕。先是，晏元献公撰《章懿太后神道碑》曰："五岳峥嵘，昆山出玉；四溟浩渺，丽水生金。"盖以明肃太后为尊也。学士大夫嘉其善比，独仁宗不悦。

伯温尝得老僧海妙者言：仁宗朝，因赴内道场，夜闻乐声，久出云霄间。帝忽来临观，久之，顾左右曰："众僧各赐紫罗一匹。"僧致谢，帝曰："来日出东华门，以罗置怀中，勿令人见，恐台谏有文字论列。"呜呼！仁宗以微物赐僧，尚畏言者，此所以致太平也。海妙又言：尝观仁宗二十许岁时，祀南郊回，坐金辇中，日初出，面色与金光相射，真天人也。因并记之。

仁宗一日幸张贵妃阁，见定州红瓷器，帝坚问曰："安得此物？"妃以王拱辰所献为对。帝怒曰："尝戒汝勿通臣僚馈遗，不听何也？"因以所持柱斧碎之。妃愧谢，久之乃已。妃又尝侍上元宴于端门，服所谓灯笼锦者，上亦怪问。妃曰："文彦博以陛下眷妾，故有此献。"上终不乐。后潞公入为宰相，台官唐介言其过，及灯笼锦事，介虽以对上失礼远谪，潞公寻亦出判许州，盖上两罢之也。或云灯笼锦者，潞公夫人遗张贵妃，公不知也。唐公之章与梅圣俞书窜之诗，过矣。呜呼！仁宗宠遇贵妃冠于六宫，其责以正礼尚如此，可谓圣矣！

仁宗皇帝朝，王安石为知制诰。一日，赏花钓鱼宴，内侍各以金楪盛钓饵药置几上，安石食之尽。明日，帝谓宰辅曰："王安石，诈人也。使误食钓饵，一粒则止矣。食之尽，不情也。"帝不乐之。后安石自著《日录》，厌薄祖宗，于仁宗尤甚，每以汉文帝恭俭为无足取者，其心薄仁宗也。故一时大臣富弼、韩琦、文彦博而下，皆为其诋毁云。

仁宗皇帝时，一日天大雷震，帝衣冠焚香再拜，退坐静思所以致变者，不可得。偶后苑作匠进一七宝枕屏，遽取碎之。呜呼！帝敬天之威如此，其当太平盛时享国长久，宜矣！至熙宁大臣以"天变不足畏"说人主，以成今日之祸，悲夫！

仁宗御马有名玉逍遥者，马色白，其乘之安如舆辇也。圉人云："马行步有尺度，徐疾皆中节。驭者行速，则以足拦之。"一日，燕王借乘，即长鸣不行。王怒，还之。帝以叔父事王甚恭，配南城马铺。久之，复奉御，其行如初。帝升遐，从葬至陵下，悲鸣不食而毙。伊川先生程颐谓伯温曰："骥不称其力，称其德也欤！"

本朝自祖宗以来，进士过省赴殿试，尚有被黜者。远方寒士殿试下第，贫不能归，多至失所，有赴水而死者。仁宗闻之恻然。自此殿试不黜落，虽杂犯亦收之末名，为定制。呜呼！可以谓之仁矣。

仁宗皇帝至和间不豫，昏不知人者三日。既愈，自言梦行荆棘中，周章失路，有神人被金甲自天而下，谓帝曰："天以陛下有仁心，锡一纪之寿。"帝曰："吾何当归？"神人曰："请以臣之车辂相送。"帝登车，问神何人，曰："臣所谓葛将军者。"帝寤，令检案《道藏》，果有葛将军主天门事。因增其位号于大醮仪中，立庙京师。帝自此御朝即拱嘿不言,大臣奏事,可即肯首,不即摇首,而时和岁丰,百姓安乐,四夷宾服,天下无事。盖帝知为治之要:任宰辅,用台谏,畏天爱民,守祖宗法度。时宰辅曰富弼、韩琦、文彦博,台谏曰唐介、包拯、司马光、范镇、吕诲云。呜呼!视周之成康、汉之文景,无所不及,有过之者。此所以为有宋之盛欤?

仁宗皇帝初纳光献后,后有疾,国医不效。帝曰:"后在家用何人医?"后曰:"妾随叔父官河阳,有疾服孙用和药辄效。"寻召用和,服其药,果验。自布衣除尚药奉御,用和自此进用。用和本卫人,以避事客河阳,善用张仲景法治伤寒,名闻天下。二子奇、兆,皆登进士第,为朝官,亦善医。

仁宗皇帝初升遐,禁中永昌郡夫人翁氏位有私身韩蛊者,自言尝汲水,仁宗见龙绕其身,因幸之,留其钏,复遗以物为验,遂称有娠。既逾期不产,按验,皆蛊之诈。得其钏于佛阁土中,乃蛊自埋也。翁氏削一资,杖韩蛊,配尼寺为童。初,执政请诛之,光献太后曰:"置蛊于尼寺,欲令外人尽和其诈,若杀之,则必谓蛊实生子也。"英宗初载,光献太后垂帘同听政,其决事之明类如此。

仁宗皇帝嘉祐八年三月二十九日升遐,遗诏到洛,伯温时年七岁,尚记城中军民以至妇人孺子,朝夕东向号泣,纸烟蔽空,天日无光。时舅氏王元修自京师过洛,为先公言京师罢市巷哭,数日不绝,虽乞丐者与小儿皆焚纸钱,哭于大内之前。又有周长孺都官赴剑州普安知县,行乱山中,见汲水妇人亦载白纸行哭。呜呼!此所谓百姓如丧考妣者欤?

熙宁初,仁宗皇帝幼女下嫁钱景臻,京师父老知其为仁宗女也,随其车咨嗟泣涕。元祐中,北房主谓本朝使人曰:"寡人年少时,事大国之礼或未至,蒙仁宗加意优容,念无以为报。自仁宗升遐,本朝奉其御容如祖宗。"已而泣。盖房主为太子时,杂入国使人中,雄州密以闻,仁宗召入禁中,俾见皇后,待以厚礼。临归,抚之曰:"吾与汝一家也,异日惟盟好是念,唯生灵是爱。"故房主感之。呜呼!帝上宾既久,都人与房主追慕犹不忘,此前代所无也。

英宗山陵,有辇官毕达恸哭于仁宗永昭陵下曰:"臣事陛下四十余年,得服役天上,死不恨。"是夕达暴卒。韩魏公为司马温公云。

永安霍道全者,尝为三陵壕寨,年逾九十,坐丁谓移永定陵皇堂事,羁管亳州。道全言地中宿藏物多验,亳人神之。遇赦归永安。嘉祐七年,道全忽遍历山原观地形,语人曰:"此地将有大役。"明年仁宗升遐,初卜陵,有司召问之,道全曰:"今永安县地吉,吾谓宜徙以为陵寝。"有司疑其欲骚动县人,凡所言皆不用。道全亦相继卒。今永昭陵既成,或曰:"地名和儿原,非佳兆。"后三年,英宗晏驾。

元丰中,神宗仿汉原庙之制,增筑景灵宫。先于寺观迎诸帝后御容奉安禁中。涓日以次备法驾,羽卫前导赴宫,观者夹路,鼓吹振作。教坊使丁仙现舞,望仁宗御像引袖障面,若挥泪者,都人父老皆泣下。呜呼!帝之德泽在人深矣。

卷第三

英宗于仁宗为侄，宣仁后于光献为甥，自幼同养禁中。温成张妃有宠，英宗还本宫，宣仁还本宅。温成薨而竟无子。一日，帝谓光献曰："吾夫妇老无子，旧养十三英宗行第。滔滔宣仁小字。各已长立。朕为十三，后为滔滔主婚，使相娶嫁。"时宫中谓天子取妇皇后嫁女云。盖仁宗、光献以英宗为子，圣意素定矣。此殆天命，非人力也。至召英宗为皇子，入谢，帝与后适御后苑迎曙曙，英宗讳。亭，帝谓后曰："岂偶然哉！"嘉祐八年三月晦日，帝起居尚安，夜一更，遽索药，且召后。后至，帝指心，不能言。宣医投药，已无及矣。帝崩，左右欲开宫门召两府，后曰："此际宫门不可开，但以密敕召两府，令黎明入。"又三更令进粥，四更再召医，又使人守之。翌日，两府入，后哭告以上崩，令召皇子嗣位。英宗初不敢当，两府共抱之，解其发，衣以黄衣。命翰林学士王珪草诏，珪惧甚，笔不能下。丞相魏公韩琦从容曰"大行皇帝在位几年"，珪乃能草诏。英宗即位数日，有疾，执政大臣请光献后垂帘，权同听政，后辞退，久之，乃从。则光献立子之功，其可掩哉！故神宗深感之，所以事光献之礼甚至。迨光献之崩，神宗哀毁，不能视朝，其所制挽章，至今读之令人流涕也。韩魏公薨，其子孙仿郭汾阳，著《家传》十卷，具载魏公功业。至英宗即位之初，乃云光献信谗，屡有不平之语，魏公以危言感动曰："若官家失照管，太后亦未得安稳。"又言太后曾问"汉昌邑王事如何"。又云太后言："昨夕梦甚异，见这孩儿却在庆宁宫。"谓英宗复在旧邸。魏公曰："却在庆宁宫，乃是圣躬复旧之兆，此是好梦。"又言英宗不豫，魏公奏曰："大王长立，且与照管。"谓神宗。后怒曰："尚欲旧窠中求兔耶？"又言太后对大臣泣诉英宗语曰："富弼意主太后。"又云太后欲御前殿，魏公论奏云云，乃止。又云台谏有章，乞早还政，太后泣曰："若放下，更岂见眼道耶？"如此等事尚多，皆诞妄不恭，非所宜言。韩氏子孙贩卖松槚，张大勋业，以希进用，殊不知陷其父祖于不义也。王岩叟者，父子为魏公之客，亦著《魏公遗事》一编，其记魏公言行甚详。至论光献权同听政事，亦为欺诞。谓太后还政之后，魏公劝英宗加仪卫，帝曰："相公休奖纵母后。"又谓魏公对太后曰："自家无子，不得不认。"察其意，以谓英宗非魏公不得立，既立，非魏公不得安也。英宗受仁宗天下，贵为天子，思所以报光献之德者，何以为称反惜仪卫末礼，有"无奖纵母后"之语？于英宗孝德，不无累乎！恭惟太皇太后，天下之母也，以其无子而令认。业为臣子者，悖慢至此，不几于跋扈乎！前代奸人自称定策国老，以天子为门生，皆由此。以魏公之贤，使死者有知，其敢当也！故神宗尝曰："如此恐非韩琦之意。"伯温尝论英宗之立，首建议者，范蜀公也；继之者，司马温公也；顺成仁宗、光献意者，韩魏公也。富公《辞户部尚书章》、吕海中丞《魏公以下迁官疏》，乃天下之公言也，具书之，以俟史官采择。

英宗即位之初，感疾，不能视朝，大臣请光献太后垂帘，权同听政。后辞之，不获，乃从。英宗才康复，后已下手书复辟。魏公奏：台谏有章疏，请太后早还政。后闻之遽起。魏公急令仪鸾司撤帘，后犹未转御屏，尚见其衣也。时富韩公为枢密相，怪魏公不关报撤帘事，有"韩魏公欲致弼于族灭之地"之语。欧阳公为参政，首议追尊濮安懿王，富公曰："欧阳公读书知礼法，所以为此举者，忘仁宗，累主上，欺韩公耳。"富公因辞执政例迁官，疏言甚危，三日不报。见英宗，面奏曰："仁宗之立陛下，皇太后之功也。陛下未报皇太后大功，先录臣之小劳，非仁宗之意也。方仁宗之世，宗属与陛下亲相等者尚多，必以陛下为子者，以陛下孝德彰闻也。今皇太后谓臣与胡宿、吴奎等曰：'无夫妇人无所告诉。'其言至不忍闻，臣实痛之。岂仁宗之所望于陛下者哉！"以笏指御床曰："非陛下有孝德，孰可居此？"英宗俯躬曰："不敢。"富公求去益坚，遂出判河阳，自此与魏公、欧阳公绝。后富公致政居洛，每岁生日，魏公不论远近，必遣使致书币甚恭，富公但答以老病，无书。魏公之礼终不替，至薨乃已。岂魏公有愧于富公者乎？然天下两贤之。魏公、欧阳公之薨也，富公皆不有祭吊。国史著富公以不预策立英宗，与魏公不合，至此祭吊不通，非也。

本朝自祖宗以俭德垂世，故艺祖之训曰："尝思在甲马营时可也。"其所用帏帘，有青布缘者。仁宗生长太平，尤节俭。京城南悯贤寺，温成张妃坟院也，寺中有温成宫中故物：素朱漆床，黄绢缘席，黄隔织褥。帝御飞白书温成影帐牌，才二尺许，朱漆金字而已。以温成宠冠六宫，服止于此，故帝寝疾，大臣入问，见所御皆黄绅。呜呼！恭俭之德不在此乎！英宗内无嫔御。王广渊以濮邸旧僚进待制，贫不能办仪物，韩魏公为言，帝曰："无名以赐，不可。"后数日，有旨令广渊书《无逸》篇于御屏，赐白金百两。呜呼！吾本朝祖宗以节俭为家法如此。

光献太皇太后元丰四年春感疾，以文字一函，封镴甚严，付神宗曰："俟吾死开之，唯不可因此罪人。"帝泣受。后疾愈，帝复纳此函。后曰："姑收之。"是年七月，后上仙，帝开函，皆仁宗欲立英宗为皇嗣时，臣僚异议之书也。神宗执书恸哭，以太皇太后遗训，不敢追咎其人。故帝宫中服三年之丧，尽礼尽孝者，知慈德之不可报也。

伯温侍长老言曰："本朝唯真宗咸平、景德间为盛。时北虏通和，兵革不用，家给人足。以洛中言之，民以车载酒食声乐，游于通衢，谓之棚车鼓笛。仁宗天圣、明道初尚如此，至宝元、康定间，元昊叛，西方用兵，天下稍多事，无复有此风矣。元昊既称臣，帝绝口不言兵。庆历以后，天下虽复太平，终不若天圣、明道之前也。"呜呼！仁宗之兵，应兵也，不得已而用之，事平不用，此所以为仁欤！

神宗开颍邸，英宗命韩魏公择宫僚，用王陶、韩维、陈荐、孙固、孙思恭、邵亢，皆名儒厚德之士。王陶、韩维，进止有法，神宗内朝，拜稍急，维曰："维下拜，王当效之。"诸公一日侍神宗坐，近侍以弓样靴进，维曰："王安用舞靴。"神宗有愧色，亟令毁去。其翊赞之功如此，故颍邸宾僚号天下选云。

神宗初即位，中丞王陶言宰相韩魏公不押常朝班为跋扈。帝遣近侍以章疏示魏公，公奏曰："臣非跋扈者，陛下遣一小黄门至则可缚臣以去矣。"帝为之动，出王陶知陈州。

神宗即位，锐意求治，初用吕溱为翰林学士，为开封府；溱死，又用滕甫为翰林学士，为御史中丞。甫性疏，上时遣小黄门持短札御封问事，甫夸示于人。或有见御札中误用字者，乃反谤甫以为扬上之短,上怒,疏斥之,至以为逆人李逢亲党,不复用。时王安石居金陵,初除母丧,英宗屡召不至。安石在仁宗时,论立英宗为皇子,与韩魏公不合,故不敢入朝。安石虽高科有文学,本远人,未为中朝士大夫所服,乃深交韩、吕二家兄弟。韩、吕,朝廷之世臣也,天下之士,不出于韩,即出于吕。韩氏兄弟,绛字子华,与安石同年高科;维字持国,学术尤高,不出仕,用大臣荐入馆。吕氏公著,字晦叔,最贤,亦与安石为同年进士。子华、持国、晦叔争扬于朝,安石之名始盛。安石又结一时名德之士,如司马君实辈,皆相善。先是,治平间神宗为颍王,持国翊善,每讲论经义,神宗称善。持国曰:"非某之说,某之友王安石之说。"至神宗即位,乃召安石,以至大用。

神宗既退司马温公,一时正人皆引去,独用王荆公,尽变更祖宗法度,用兵兴利,天下始纷然矣。帝一日侍太后,同祁王至太皇太后宫,时宗祀前数日,太皇太后曰:"天气晴和,行礼日亦如此,大庆也。"帝曰:"然。"太皇太后曰:"吾昔闻民间疾苦,必以告仁宗,帝因赦行之。今亦当尔。"帝曰:"今无它事。"太皇太后曰:"吾闻民间甚苦青苗、助役钱,宜因赦罢之。"帝不怿,曰:"以利民,非苦之也。"太皇太后曰:"王安石诚有才学,然怨之者甚众。帝欲爱惜保全,不若暂出之于外,岁余复召用可也。"帝曰:"群臣中惟安石能横身为国家当事耳。"祁王曰:"太皇太后之言,至言也。陛下不可不思。"帝因发怒曰:"是我败坏天下耶? 汝自为之。"祁王泣曰:"何至是也。"皆不乐而罢。温公尝私记富韩公之语如此,而世无知者。崇宁中,蔡京等修哲宗史,为《王安石传》,至以王安石为圣人,然亦书慈圣光献后、宣仁圣烈后因间见上流涕为言安石变乱天下,已而安石罢相。岂安石之罪虽其党竟不能文耶? 抑天欲彰吾本朝母后之贤,自不得而删也? 帝退安石,十年不用。元丰末,帝属疾,念可以托圣子者,独曰:"将以司马光、吕公著为师傅。"王安石不预也。呜呼,圣矣哉!

神宗元丰四年,召北京留守文潞公陪祀南郊,会更官制,自司徒侍中拜太尉,罢侍中,为开府仪同三司、判河南府,陛辞。先是,故参知政事王尧臣之子同老,以至和中潞公与刘相沆、富韩公弼、王参政尧臣,共乞立英宗为皇嗣,章草进呈,明其父功,帝留之禁中,面问潞公。公对与同老合，乃加潞公两镇节度使，官其子宗道为承事郎。潞公力辞两镇，止受食邑。刘沆赠太师、中书令，兼尚书令、兖国公，子僅自祠部员外郎为天章阁待制。王尧臣赠太师、中书令，谥文忠，子同老自水部员外郎充秘阁校理。富公进司徒，子绍京除阁门祗候。富公之客李偲问公曰："公治平初进户部尚书，屡辞，今进司徒，一辞而拜，何也？"公曰："治平初乃某自辞官，今日潞公以下皆迁，某岂敢坚辞，妨他人也？"盖潞公与荆公论政事不合，出判北京，七年不召，自此帝眷礼复厚矣。

神宗初，欲破夏国，遂亲征大辽，御营兵甲、器械、旗帜皆备，分河北诸路兵，遂将置保甲民兵，诸路骚动。一日，帝衣黄金甲以见光献太后，后曰："官家着此，天下人如何？脱去，不祥。"又欲京城安楼橹，后亦不许，但以库贮于诸门。

神宗友爱二弟，不听出于外，至元祐初，宣仁太后始命筑宅于天波门外，既就馆，哲宗奉宣仁后临幸。有旨：二王诸子各进官一等。舍人苏轼行制辞曰："先皇帝笃兄弟之好，以恩胜义，不许二叔出居于外，盖武王待周、召之意。太皇太后严朝廷之礼，以义制恩，始从其请，出就外宅，得孔子远其子之义。二圣不同，同归于道，可以为万世法。朕奉侍两宫，按行新第，顾瞻怀思，潜然出涕。昔汉明帝问东平王：'在家何等为乐？'王言'为善最乐'。帝大其言，因送列侯印十九枚，诸子年五岁以上悉带之，著之简册，天下不以为私。今王诸子，性于忠孝，渐于礼义，自胜衣以上，颀然皆有成人之风，朕甚嘉之。其各进一官，以助其为善之乐。尚勉之哉，毋忝父祖，以为邦家之光。"次日，丞相吕大防、范纯仁二夫人入见，宣仁后曰："昨同皇帝幸二王府，二王侍立，尚食甚恭。皇帝待之亦尽礼，吾老矣，深以此为喜。"又曰："仁宗事燕王，尽子侄之礼，王颇自重，但以行第呼仁宗，虽禁中服用，王辄取之，仁宗不敢吝。吾二儿岂敢如此？"呜呼！后之言其旨深矣。不幸后上仙，小人谤毁靡所不至，天下冤之，其详伯温著之《辨诬》云。

卷第四

熙宁七年春，契丹遣泛使萧禧来言："代北对境有侵地，请遣使同分画。"神宗许之，而难其人。执政议遣太常少卿、判三司开拆司刘公忱为使，忱对便殿曰："臣受命以来，在枢府考核文据，未见本朝有尺寸侵虏地。且雁门者，古名限塞，虽跬步不可弃，奈何欲委五百里之疆以资敌乎？臣既辱使，指当以死拒之，惟陛下主臣之言，幸甚！"帝韪之。忱出疆，帝手敕曰："虏理屈则忿，卿姑如所欲与之。"忱不奉诏。初，以秘书丞吕公大忠为副使，命下，大忠丁家艰，诏起复，未行，公亦使回。虏又遣萧禧来，帝开天章阁，召执政与忱、大忠同对资政殿，论难久之。帝曰："凡虏争一事尚不肯已，今两遣使，岂有中辍之理？卿等为朝廷固惜疆境，诚是也，然何以弭患？"大忠进曰："彼遣使相来，即与代北之地，若有一使曰魏王英弼者，来求关南之地，则如何？"帝曰："卿是何言也？"大忠曰："陛下既以臣言为不然，今代北安可启其渐？"忱进曰："大忠之言，社稷大计，愿陛下熟思之。"执政皆知不可夺，罢忱为三司盐铁判官，大忠亦乞终丧制。帝遣中使赐富韩公、韩魏公、文潞公、曾鲁公手诏，其略曰："朝廷通好北虏几八十年，近岁以来，生事弥甚，代北之地，素无定封，设造衅端，妄来理辩。比敕官吏同加案行，虽图籍甚明，而诡辞不服。今横使复至，意在必得，虏情无厌，势恐未已。万一不测，何以待之？古之大政，必诏故老"云云。韩魏公疏曰："臣观近年以来，朝廷举事则似不以大敌为恤，虏人见形生疑，必谓我有图复燕南之意。虽闻虏主孱而妄弱，岂无强梁宗属与夫谋臣策士，引先发制人之说，造此衅端？故屡遣使以争理地界为名，观我应之之实如何尔。其所致虏之疑者七事：高丽臣属契丹，于朝廷久绝朝贡，乃因商舶招谕而来，且高丽来与不来，于国家固无损益，而契丹知之，谓朝廷将以图我，一也。吐蕃部族不相君长，未尝为边患，而强取其地，乃及熙河一路，杀其老弱以数万计，所费不赀，契丹闻之，当谓行将及我，二也。边近西山，地势高仰，不可为溏泺，向闻遣使部兵遍置榆柳，冀其成长，以制虏骑，昔庆历《慢书》所谓创立堤防，障塞要路，无心异矣，三也。义勇民兵，将校甚整，教习亦精，而忽创团保甲，一道纷然，义勇旧人，十去其七，破可用之成法，得增数之虚名，四也。河北诸州，缘边近里，城池工筑并兴，增置防城之具，检视衣甲器械，五也。创都作院，颁降弓刀新样，大作战车，此皆众目所睹，谍者易窥，费财殚力，先自困毙，六也。置河北三十七将，各专军政，州县不得关预，声言出征，又深见可疑之形，七也。夫北虏素为敌国，因疑起事，不得不然，亦其善自为谋者也。今横使再至，初示偃蹇，以探伺朝廷。况代北与雄州素有定界，若优容而与之，虏情无厌，浸淫日甚；不许，虏遂持此以为己直，纵未大举，势必渐扰诸边，卒隳盟好。臣昔曾言青苗钱事，而言者辄赐厚诬，非陛下之明，几及大戮。自此闻新法日下，实避嫌疑，不敢论列。今亲被诏问，事系国家安危，言及而隐，罪不容诛。臣尝窃计始为陛下谋者，必曰自祖宗以来，因循苟简，治国之本，当先富强，聚财积谷，寓兵于民，则可以鞭笞四夷，尽复唐之故疆。然后制礼作乐，以文太平。故散青苗钱，使民出利，又为免役之法，次第取钱，虽百端补救，终非善法，此所谓富国之术者也。又内外置市易务，小商细民，无措手足，加以新制日下，更改无常，官吏茫然，不能详记。违者坐徒，不以赦降，监司督责，以刻为明，簿法之苛，过于告缗。今农夫怨于畎亩，商旅叹于道路，官吏不安其职，恐陛下不尽知也。夫欲攘斥四夷，以兴太平，而先使邦本困摇，众心离怨，此则陛下始谋者大误也。陛下有尧之仁，舜之聪，改过不吝，圣人之大德也。而又好进之人不顾国家利害，但谓边事将作，富贵可图，必曰虏势已衰，特外示骄慢尔。以陛下神圣文武，若择将相领大兵深入虏境，则强冀之地，一举可复，此又未之思也。今河朔累岁灾伤，民力大乏，缘边州郡，刍粮不充，新选将官，皆粗勇寡谋之人，保甲新兴，未经训练，若驱重兵顿于坚城之下，粮道不继，腹背受敌，虽曹彬、米信，名德宿将，犹以此致歧沟之败也。臣愚今为陛下计，谓宜遣使报聘，优致礼币，具言朝廷向来兴作，乃修备之常，与北朝通好之久，自古所无，岂有它意？恐为谍者所误耳。且疆土素定，当如旧界，请命边吏退近者侵占之地，不可持此造端，隳累世之好，永敦信誓，两绝嫌疑。望陛下以自见可疑之形，如将官之类，因而罢去，以释虏疑，则可以迁延岁月。陛下益养民爱力，重贤任能，疏远奸谀，进用忠鲠，天下悦服，边备日充，塞下有余蓄，帑中有羡财。虏果自败盟誓，有衰乱之形，然后一振威武，恢复故疆，快忠义不平之心，雪祖宗累朝之愤矣。"富韩公疏曰："臣五六年来，切闻绥州、啰瓦、熙河、辰锦、戎泸、交趾，咸议用兵。或以丧师，或以献馘，即时传播四方。而西师初举，便传必复灵夏，既又大传有人上平燕之策，北虏必然寻已探知。彼复闻朝廷练士马、缮城池、利器械、聚刍粮，加之招致高丽，欲为牵制。又置河北三十六将，事机参合，此虏人所以先期造衅，既发争端，势未肯已也。今衅端已成，代北各屯兵马境上，争论逾年未决。横使再至，事归朝廷自当之，则恐理难款缓，便要可否。违之则兵起而患速，顺之则河东斥候日蹙，虽款目前，遗患在后。臣谓不若一委边臣，坚持久来图籍疆界为据，使之尽力交相诘难。然北虏非不自知理曲，盖欲生事，遂兴干戈。岂是无故骤兴，实有以致其来也。惟陛下深省熟虑，不可独谓虏人造衅背盟也。彼若万一入寇，事不得已，我但严兵以待之，来则御战，去则备守，此自古中兴防边之要也。若朝廷乘忿便欲深入讨击，臣实虑万一有跌，其害非细。或更与西夏为掎角之势，则朝廷宵旰矣。事既至此，二边警急，数年未得息肩，四方凶徒必有观望者。臣愿陛下以宗社为忧，以生灵为念，纳污含垢，且求安静，非万全不举，此天下之愿，而臣之志也。而又喧传陛下决为亲征之谋，中外闻之，心殒胆落。陛下英睿天纵，必有成算，然太平天子与创业之主事体绝异，尤不可慨然轻举。又恐朝廷且作声势，初无实事，若如此，乃是我以虚声而召彼实来也。张虚声者，必有疏略之虞；作实来者，必尽周密之虑。成败岂不灼然？假令胡人入讨，遂得志而还，此契丹一种事力素强，又有夏国、角厮啰、高丽、黑水女真、鞑靼诸番为之党援，其势必难殄灭，则由此结成边患，卒无已时。臣窃谓因今横使之来，且可选人以其疑我者数事，开怀谕之云：凡为武备，乃中国常事，非欲外兴征伐；向来用武之地，皆小蕃有过者，朝廷须当问罪。若吾二大邦，通好已七十余年，无故安肯辄欲破坏？又恐是奸人走作，妄兴间谍，因此互相疑贰，养成衅隙，遂有今日争理。如朝廷更有可说诸事，但尽说之，须令释然无惑，乃一助也。横使如不纳，即遣报聘者于戎主前具道此意，庶几一得，必有所益。缘彼大藉朝廷岁与，方成国计，既有凭藉之心，岂无安静之欲？只以疑情未释，遂成倔强。若与开解明白，必肯回心。若两情不通，祸患日深，必成后悔。臣更望陛下兼采博访，不宜专听一偏。恐有迎合圣意及畏避用事之人，不敢以实事闻而误国家大计。臣所以先及此者，窃闻去春久旱，陛下特降手诏，许人极陈时政得失。寻闻上章论列者甚多，随而或遭贬降。陛下殊不以手诏召人极陈为意而优容之，及令得罪，士大夫自此皆务结舌，下情不能上达，朝政莫大患也。愿陛下深思极虑，早令天下受赐也。"文潞公、曾鲁公疏，皆主不与之论，皆乞选将帅、利甲兵以待敌。时王荆公再入相，曰："将欲取之，必固与之也。"以笔画其地图，命天章阁待制韩公缜奉使，举与之，盖东西弃地五百余里云。韩公承荆公风旨，视刘公、吕公有愧也，议者为朝廷惜之。呜呼！祖宗故地，孰敢以尺寸不入《王会图》哉？荆公轻以畀邻国，又建以与为取之论，使帝忽韩、富二公之言不用，至后世奸臣以伐燕为神宗遗意，卒致天下之乱。荆公之罪，可胜数哉！具载之以为世戒。

神宗天资节俭，因得老宫人言祖宗时妃嫔、公主月俸至微，叹其不可及。王安石独曰："陛下果能理财，虽以天下自奉可也。"帝始有意主青苗、助役之法矣。安石之术类如此，故吕诲中丞弹章曰："外示朴野，中怀狡诈。"

卷第五

绍圣初,哲宗亲政,用李清臣为中书侍郎。范丞相纯仁与清臣论事不合,范公求去,帝不许,范公坚辞,帝不得已,除观文殿大学士、知颍昌府。召章惇为相,未至,清臣独当中书,益觊幸相位,复行免役、青苗法,除诸路常平使者。惇至,不能容,以事中之,清臣出知北京。建中靖国初,上皇即位,用韩忠彦为相,清臣为门下侍郎。忠彦与清臣有旧,故忠彦惟清臣言是听。清臣复用事,范右丞纯礼,忠彦所荐,清臣罢之;刘安世、吕希纯皆忠彦所重,清臣不使入朝,外除安世帅定武,希纯帅高阳;张舜民,忠彦荐为谏议大夫,清臣出之,帅真定。其所出与外除及不使入朝者皆贤士,清臣素所惮不可得而用者。忠彦懦甚,不能为之主。曾布为右相,范致虚谏疏云:"河北三帅连衡,恐非社稷之福。"刘安世、吕希纯、张舜民同日报罢,清臣亦为布所陷,出知北京。伯温尝论绍圣、建中靖国之初,朝廷邪正治乱未定之际,皆为一李清臣以私意幸相位坏之。邪说既腾,众小人并进,清臣自亦不能立于朝矣。使清臣在绍圣初同范丞相,在建中靖国初同范右丞、刘安世、吕希纯、张舜民以公议正论共济国事,则朝廷无后日之祸,而清臣亦得相位,享美名矣。此忠臣义士惜一时治乱之机,为之流涕者也。

元符末,上皇即位,皇太后垂帘同听政。有旨复哲宗元祐皇后孟氏位号,自瑶华宫入居禁中。时有论其不可者,曰:"上于元祐后,叔嫂也,叔无复嫂之理。"程伊川先生谓伯温曰:"元祐皇后之言固也,论者之言亦未为无礼。"伯温曰:"不然。《礼》曰:'子甚宜其妻,父母不说,出;子不宜其妻,父母曰是善事我,子行夫妇之礼焉。'皇太后于哲宗,母也;于元祐后,姑也。母之命、姑之命,何为不可?非上以叔复嫂也。"伊川喜曰:"子之言得之矣。"相继奸臣曾布、蔡京用事,朋党之祸再作,元祐后竟出居旧宫者二十年。靖康初,大金陷京师,逼上皇渊圣帝北狩,宗族尽徙,独元祐后以在道宫不预。虏退,群臣请入禁中,垂帘听政,以安反侧。至上即位于宋,幸维扬,虏再犯,幸余杭,后于艰难中辅成上圣德为多。后崩,上哀悼甚,不能视朝者累日。下诏服齐衰,谥曰昭慈圣献。呜呼!后逮事宣仁圣烈太后,其贤有自矣。至于废兴,则天也。

熙宁初,韩魏公罢政,富公再相,神宗首问边事,公曰:"陛下即位之初,当布德行惠,愿二十年不言用兵二字。"盖是时王荆公已有宠,劝帝用兵以威四夷。初于用王韶取熙河以断西夏右臂,又欲取灵武以断大辽右臂,又结高丽起兵,欲图大辽,又用章惇为察访使,以取湖北夔峡之蛮。又用刘彝知桂州,沈起为广西路安抚使,以窥交趾。二人不密,造战舰于富良江上,交趾侦知,先浮海载兵陷廉州,又破邕州,杀守臣苏缄,屠其城,掠生口而去。又用郭逵、赵卨宣抚广南,使直捣交趾。逵老将,与卨议论不同,为交趾扼富良江,兵不得进,瘴死者十余万人。元丰四年,五路大进兵,取灵武,夏人决黄河水柜以灌吾垒,兵将冻溺饿饥不战而死者数十万人。又用吕惠卿所荐徐禧筑永乐城,夏人以大兵破之,自禧而下死者十余万人。报夜至,帝早朝当宁恸哭,宰执不敢仰视。帝叹息曰:"永乐之举,无一人言其不可者。"右丞蒲宗孟进曰:"臣尝言之。"帝正色曰:"卿何尝有言?在内惟吕公著,在外惟赵卨,曾言用兵不是好事。"既又谓宰执曰:"自今更不用兵,与卿等共享太平。"然帝从此郁郁不乐,以至大渐。呜呼痛哉!故元祐初,宰执辅母后、幼主,不复言兵。西夏求故地,举鄜延、环庆非吾要害城塞数处与之。游师雄、种谊生禽鬼章,亦薄其赏,盖用心远矣哉!

绍圣、元符间,章惇用事,谪弃他帅臣,兴兵取故地,筑新塞,又取河北鄜、鄯等州,关中大困。因哲宗升遐,建中靖国之初,谏议大夫张舜民,邠人,熟知灵武之败,永乐之祸,神宗致疾之由,在经筵为上皇言之,上皇为之感动。故章惇罢相,弃鄜、鄯等州之地。崇宁初,蔡京用事,以绍述之,劫持上皇兴兵复取鄜、鄯故地,责枢密使安公焘并弃地帅,熙河、泾原、环庆、鄜延各进筑,泸戎、绵州亦开边。内臣童贯为宣抚使,每岁用兵不休。熙河帅刘法,官至检校少保,与全军俱陷,童贯更以捷闻,上皇受贺。政和以来,天下公私匮竭,民不聊生。蔡京经营北虏不就，去位。王黼作相，欲功高于京，遂结女真以伐大辽。燕、冀遗民，杀虏殆尽，复用金帛从女真买空城，以为吊伐之功。又阴约旧大辽臣张觉，图营平、滦州等。事泄，女真以招纳叛亡为名，由河东来者，陷忻、代，越太原，陷隆德，以至泽州之高平；由河北来者，直抵京城。上皇禅位，幸丹阳，渊圣割三镇以为城下之盟。女真退，复诏三镇坚守。又因女真之使，以黄绢诏书结其所用大辽旧臣余睹者使归，反以所得诏书给其主，诏有"共灭大金"之言。女真怒，再起兵，破京师，劫迁二帝，虏宗族大臣，取重器图书以去。上即位于宋，迁淮扬，虏逼，上渡江，甚危，兵民溺水死驱执者不可胜数。今乘舆播越，中原之地尽失，天下之人死于兵者十之八九，悲夫！一王安石劝人主用兵，章惇、蔡京、王黼祖其说，祸至于此。因具载之，以为世戒。

元符末，哲宗升遐，上皇即位，钦圣皇太后垂帘同听政，召范忠宣公于永州，虚宰席以待。忠宣病，不能朝，乃拜韩忠彦为左仆射。安焘有时望，方服母丧，乃拜曾布为右仆射。次年，改建中靖国，钦圣太后上仙，布为山陵使。布与内臣刘瑗交通，多知禁中事，就陵下密谕中丞赵挺之，建议绍述以迎合上意。布还朝，与忠彦势相敌，渐逐忠彦荐引之士。右丞范公纯礼为人沉默刚正，数以言忤上，布惮之，谓驸马都尉王诜曰："上欲除君枢密都承旨，范右丞不以为然，遂罢。"盖诜尝以札子求此官于上，上禀皇太后，后曰："王诜浮薄，果使为之，则坏枢密院。驸马都尉王师约在先朝为此官称职，可命之。"上从王诜所纳札子，批除王师约枢密都承旨，皇太后之意也。布妄言出于范右丞，以激怒诜，诜信而恨之。后诜因馆伴大辽使，妄称范右丞押宴，席间语犯御名，辱国。右丞不复辩，以端明殿学士出知颍昌府。自此，忠彦之客相继被逐矣。布专意绍述，尽复绍圣、元符之政，忠彦懦而无智，既怨布，乃曰："布之自为计者绍述耳。吾当用能绍述者胜之。"遂召蔡京，京之大用，自韩忠彦始。忠彦竟不能安其位，罢去，布独相。台谏官陈瓘、龚夬辈多贤者，皆布所用，亦不合，去。蔡京拜右丞，至作相，蔡卜知枢密院。京既用事，曾布罢相，京师起大狱，治布赃状，贬布白州司户参军，廉州安置。布之诸子及门下士皆重责，蔡京为之也。韩忠彦亦安置于河北近郡，寻听自便，京阴报其荐引之功云。大观末,上颇厌京,因星变,出之。又以饰临平之山,决兴化之水等事,谓其有不利社稷之心,贬太子少傅,居苏州。上用张商英为右相,商英无术寡谋,藐视同列,间言并兴,上不乐,罢之。京密结内臣童贯,因贯使大辽归,诈言虏主问蔡京何在。上信之,再召京。时何执中已为左相,乃拜京太师,谓之公相,总三省事。童贯既引京,自欲为枢密使,京止以贯为太尉、节度使、陕西宣抚使,贯大失望,始怨京矣。京以太师致仕,上命郑居中为相,居中丁母忧,相乃命余深,皆鄙夫小人,无足言。又相王黼,黼年少凶愎,欲其功高蔡京,乃独任结大金灭大辽取燕、云事,置经抚房,三省、枢密院皆不预。下族诛之令,禁言北事者。黼后以太傅致仕,犹领应奉司,以固上宠。白时中、李邦彦并左右相,儇薄庸懦无所立,蔡京以盲废复出,领三省事。用其子絛为谋主,絛与其兄攸相仇,絛败,京复致仕。宣和七年十一月,上郊天罢,方恭谢景灵宫,闻金人举兵犯京师。上下诏称上皇,禅位于渊圣皇帝,改元靖康。李邦彦主和议,遣李邺、李梲、郑望之使虏,割三镇为城下之盟。虏退,李邦彦罢,复不许三镇。次年冬虏,破京师,二帝北狩。今上即位于宋,幸维扬,渡江,幸余杭。呜呼!曾布、蔡京、王黼之罪,上通于天也。具载之,以为世戒。

卷第六

　　伯温崇宁中居洛，因过仁王僧舍，得叶子册故书一编，有赵普中书令雍熙三年为邓州节度使日，谏太宗皇帝伐燕疏与札子各一道，其忧国爱君之深，有出乎文章之外者，虽杂陆宣公论事中不辨也。疏曰："武胜军节度使臣赵普，右臣自三月中伏睹忽降使臣，差般粮草。及详教命，知取幽州。既奉指挥，寻行科配，非时举动，莫测因由。尔后虽听捷音，未闻成事，稍稽克复。俄及炎蒸，飞刍挽粟以犹繁，擐甲持戈而未已，民疲师老，渐恐有之。臣自此月以来，转增疑虑。潜思陛下万几在念，百姓为心，圣略神功，举无遗算。至于平收浙右，力取河东，垂后代之英奇，雪前朝之愤气。四海咸归于掌握，十年时致于雍熙，唯彼蕃戎，岂为敌对？迁徙鸟举，自古难得制之，前代圣帝明王，无不置于化外，任其追逐水草，皆以禽兽畜之。此际官家何须挂意，必是有人扶同谄佞，诳惑聪明，因举不急之兵，稍涉无名之议。非论曲直，但觉淹延，将成六月之征，颇有千金之费。以兹忖度，深抱忧虞。窃念臣虽寡智谋，粗亲坟典。千古兴亡之理，得自简编，百王善恶之徵，闻于经史。其间祸淫福善，莫不如影随形，焕若丹青，明如日月。尝以大训，历代宝之。臣读史记，见汉武帝时主父偃、徐乐、严安辈所上长书，及唐玄宗时宰相姚元崇直奏十事，可以坐销患害，立致升平。惟虑至尊未能留意，医时救弊，无出于斯。又闻前事为后事之师，古人是今人之则。据其年代，虽即不同，量彼是非，必然无异。辄思抄录，专具进呈，伏望圣慈特垂披览，谨具逐件如后云云。伏念臣谬以庸材，叨居显位，幸遇千年之运，深承二圣之知。从白屋而上青霄，非由智略；出卑僚而登极位，只是遭逢。恩私何啻于车鱼，报效不如于犬马。粗怀性识，尝积惊惶。所恨者齿发衰残，精神减耗，既不能献谋阙下，又不能效命军前，惟有微诚，书章上奏。今者伏自朝廷大兴禁旅，远伐山戎。驱百万户之生灵，咸当辇运；致数十州之地土，半失耕桑。则何异为鼷鼠而发机，将明珠而弹雀，所得者少，所失者多。只于得少之中，犹难入手，更向失多之外，别有关心。前未见于便宜，可垂兴于详酌。臣又闻圣人不凝滞于物，见可而进，知难而退，理有变通，情无拘执。故前所谓事久则虑易，兵久则变生。臣之愚诚，深惧于此。秦始皇之拒谏，终累子孙，汉武帝之回心，转延宗社。如或迟晚，恐失机宜。而况旬朔之间，便为一月，窃虑内地先困，边廷荒凉。北狄则弓硬马肥，转难擒制；中国则民疲师老，应误指呼。臣今独兴沮众之言，深负弥天之过，辄陈狂瞽，抑有其由。窃以暮景残光，能余几日？酬恩报义，正在今时。恐劳宵旰之忧，宁避僭逾之罪？虔希圣德，早议抽军。聊为一纵之谋，别有万全之策。伏望皇帝陛下安和寝膳，惠养疲羸，长令户外不扃，永使边烽罢警。自然殊方慕化，率土归仁。既四夷以来王，料契丹而安往？又何必劳民动众，卖犊买刀？有道之事易行，无为之功最大。如斯吊伐，是谓万全。臣又窃料陛下非次兴兵，恐因偏听，其奈人多献佞，事久防微。大凡小辈，各务身谋，谁思国计？或承宣问，皆不实言；尽解欺君，尝忧败事。得之则奸邪获利，失之则社稷怀忧。昨者直取幽州，未审谁为谋者？必无成算，俱是诳言。其于虚实之间，此际总应彰露。臣既不知头主，无以指射姓名，伏望官家寻其尤者，特正奸人之罪，免伤圣主之明。所贵诈伪悛心，忠臣尽力，共畏三千之法，同坚八百之基。臣于此时，欲吐肺肝，先寒毛发，惊疑犹豫，数日沉思。又念往哲临终，尚能尸谏；微臣未死，争忍面谀？明知逆耳之言，不是全身之计，但缘恩同卵翼，命直鸿毛，将酬国士之知，岂比众人之报。投荒弃市，甘同此日之诛；窃禄偷安，不造来生之业。惟祈圣明，特赐察量，更存细微，别具札子，冒犯冕旒。臣无任倾心沥恳，忧国忘家，涕泗彷徨，激切屏营之至。"其札子曰："臣滥守藩方，聊知稼穑。窃见当州管界，承前多是荒凉，户小民贫，程遥路僻。量其境土，五县中四县居山；验彼人家，三分内二分是客。昨来差配，甚觉艰辛。伏缘在此直至莫州，来往四百余里，或是无丁有税，须至雇人般量。每斛雇召之资，贱者不下五百，元配二万石数，约破十万贯钱。直如本户自行，费用无多。所较乃是二万家之贫户，出此十万贯之见钱，所以典桑卖牛，十间六七。其间兼有鬻男女者，亦有弃性命者。仍如善诱，偶副严期。自从起发，去来已及八十余日。近知内有人户，衷私却到乡村，皆云装运军粮，未有送纳去处，缘无口食，再取盘缠。虽不辨其真虚，又难行于审覆。访闻街坊窃议，前后说得多般，称被契丹围却军都，兼被劫却粮草，及令寻勘，皆却隐藏。盖缘臣无以知军前事宜，只听得外面消息。况九重密事，应不泄于朝堂，奈何百姓流言，已相传于道路，详其住滞，必有艰难。伏乞圣慈，早令停罢。更或迟久，转费粮储。潜思今日人情，不可再行差配，如或再行徭役，决定广有逃移。假令收下幽州，边境转广，干戈未息，忽然生事，未见理长，必因有僭滥之徒，奸邪之党，但说契丹时逢幼主，地有灾星，以此为词，曲中圣旨。殊不知蕃戎上下幽州，各致其生涯，土宿照临外处，不可以征讨。若彼能同众意，纵幼主以难轻，不顺群情，无灾星而亦败。诚宜守道，事贵无私，如乐祸以求功，窃虑得之而不武。此盖两省少直言之士，灵台无有艺之人。而况补阙、拾遗，合专司于规谏；天文、历算，须预定以吉凶。成兹误失之由，各负疏遗之罪。若无惩责，何戒后来？一，臣缘久居近职，备见人情，至于后殿三班，前朝百辟，文武虽异，是非略同。才奉委差，便思侥幸，虽询利害，各避嫌疑。而况毁誉生心，贪求恣意，扶同狂妄，率以为常。其间久历事者，明知而佯作不知，初为官者，不会而仍兼诈狯，多非允当，少得纯良。而又凡关宣敕委差，便是帝王心腹，方资视听，切要精详，就中用军不同，闲事必料。曾使沿边相度，往返参详，不知能有几人应得当时言语？如今比较，并见真虚。乞诛罔上之辈流，便作抽军之题目。自此则潜消媚佞，免误朝廷，唯此区分，以为激劝。唯有勾抽，不同举发，一则我无斗志，一则彼有仇心。而况契丹怀禽兽之心，恃胡马之力，垂慈恕舍，却虑追奔，须作提防，免输奸便。伏乞皇帝陛下，密授成算，遐宣睿谋。但令硬弩长枪，周施御捍，前歌后舞，小作程途。纵逼交锋，何忧乏力！只应信宿，寻达城池，便可使战士解鞍，且作防边之旅，耕夫归舍，重为乐业之人。是知多难兴王，已垂芳于往昔；从谏则圣，宜颂美于当今。此事既行，天下幸甚！一，臣今将本末，细具敷陈，尝思发迹之由，实有殊尝之幸。其于际遇，近代无伦。伏自宣宗皇帝滁州不安之时，臣蒙召入卧内，昭宪太后在宅寝疾之日，陛下唤至床前，念以倾心，皆曾执手，温存抚谕，不异家人。惟怀竭节尽忠，以至变家为国，惭亏德望，有此遭逢。先皇开创之初，寻居密地；陛下纂承之后，再入中书。蒙二圣之深知，当两朝之大用，不惟此世，应系前生。礼虽限于君臣，恩实同于骨肉。是以凡开启沃，罔避危亡。盖缘每认陛下本是天人暂来人世，是以生知福业，性禀仁慈。潜闻内里看经，盘中戒肉，今者愿忍一朝之忿，常隆万劫之因。如或未止干戈，必恐渐多杀害，即因民愁未定，战势方摇，仍于梦幻之中，大作烦劳之事。是何微类，误我至尊？乞明验于奸人，愿不容于首恶。兴言及此，涕泪交流。又念臣虽寡智谋，实同荣辱，都缘意切，不觉辞烦。冒犯宸严，不胜战越。"其疏与国史所载大略相似，有不同者，札子则惟见于此。太宗晚喜佛，中令因其所喜以谏云。

伯温窃闻，太祖一日以幽、燕地图示中令，问所取幽、燕之策。中令曰："图必出曹翰。"帝曰："然。"又曰："翰可取否？"中令曰："翰可取，孰可守？"帝曰："以翰守之。"中令曰："翰死，孰可代？"帝不语，久之，曰："卿可谓远虑矣。"帝自此绝口不言伐燕。至太宗，因平河东，乘胜欲捣燕、蓟。时中令镇邓州，故有是奏。帝下诏褒其言。呜呼！中令从祖宗定天下，尚以取幽、燕为难，近时小人窃大臣之位者，乃建结女真灭大辽取幽、燕之议，卒致天下之乱，悲夫！

王晋公祐，事太祖为知制诰。太祖遣使魏州，以便宜付之，告之曰："使还，与卿王溥官职。"时溥为相也。盖魏州节度使符彦卿，太宗之妇翁夫人之父，有飞语闻于上。祐往别太宗于晋邸，太宗却左右，欲与之言，祐径趋出。祐至魏，得彦卿家僮二人挟势恣横，以便宜决配而已。及还朝，太祖问曰："汝能保符彦卿无异意乎？"祐曰："臣与符彦卿家各百口，愿以臣之家保符彦卿家。"又曰："五代之君，多因猜忌杀无辜，故享国不长，愿陛下以为戒。"帝怒其语直，贬护国军行军司马，华州安置，七年不召。太宗即位，谓辅臣曰："王祐文章之外，别有清节，朕所自知。"以兵部侍郎召，不及见而薨。初，祐赴贬时，亲宾送于都门外，谓祐曰："意公作王溥官职矣。"祐笑曰："某不做，儿子二郎必做。"二郎者，文正公旦也，祐素知其必贵，手植三槐于庭曰："吾子孙必有为三公者。"已而果然，天下谓之三槐王氏。

　　国初，赵普中令为相，于厅事坐屏后置二大瓮，凡有人投利害文字，皆置瓮中，满即焚于通衢。李沆文靖为相，当太平之际，凡建议务更张喜矫激者，一切不用。每曰：“用此以报国耳。”呜呼！贤相思虑远矣。至熙宁初，王荆公为相，寝食不暇，置条例司，潜论天下利害，贤不肖杂用，贤者不合而去，不肖者嗜利独留，尽变更祖宗法度，天下纷然，以致今日之乱。益知赵中令、李文靖得为相之体也。

　　太宗一日谓宰辅曰：“朕如何唐太宗？”众人皆曰：“陛下，尧舜也，何太宗可比？”丞相文正公李昉独无言，徐诵白乐天诗云：“怨女三千放出宫，死囚八百来归狱。”太宗俯躬曰：“朕不如也。”神宗序温公《资治通鉴》曰：“若唐之太宗，孔子所谓‘禹吾无间然’者。”神宗可谓无愧于太宗矣。至召见王荆公，首建每事当法尧舜之论，神宗信之。荆公与其党始务为高大之说，至厌薄祖宗以为不足法，况唐之太宗乎？文正公之言可拜也。

　　真宗不豫，大渐之夕，李文定公与宰执以祈禳宿内殿。时仁宗幼冲，八大王元俨者有威名，以问疾留禁中，累日不肯出。执政患之，无以为计。偶翰林司以金盂贮熟水，曰：“王所须也。”文定取案上墨笔搅水中，水尽黑，令持去。王见之大惊，意其有毒也，即上马去。文定临事，大率类此。

　　太宗既下江南，以贾黄中知金陵府。一日，黄中按行府第，见库舍扃鐍甚严，集僚吏发之，得宝货数十巨椟，皆李氏宫闱之物不隶于籍者。黄中悉表上之。太祖叹曰：“吾府库之物有籍，贪黩者尚冒禁盗之，况此亡国之遗物乎？”赐黄中钱三百万，以旌其洁。黄中，唐相耽四世孙也，年七岁，以童子举及第。李文正公昉赠之诗曰：“七岁神童古所难，贾家门户有衣冠。十人科第排头上，五部经书诵舌端。见榜不知名字贵，登筵未识管弦欢。从今稳上青云去，万里谁能测羽翰。”至太平兴国中，遂参大政，年五十六以卒。太宗厚恤其家，谓其母曰：“勿以诸孙及私门之窭自挠，朕尝记之也。”黄中之孙种民者，元丰中为宰相蔡确所用，官大理寺丞，锻炼故相陈恭公执中之子世孺与其妇狱至极典，天下冤之。又以蔡确风旨，就府第问同知枢密院吕公公著，呼公之子希纯及老妪立庭下，问世孺妻吕氏请求事，以枷捶胁之。希纯等曰："吕氏固枢密之侄，尝以此事来告枢密。枢密不语，垂涕而已。"竟无以为罪。神宗知之，怒曰："原无旨就问吕公著，贾种民小臣，辄敢凌辱执政，特冲替。"呜呼！黄中之后衰矣。

贾黄中字昌民，沧州人，唐相耽之裔。所赠诗，或云窦仪。年十五举进士，授校书郎、集贤校理、左拾遗补阙。岭南平，为采访使，江南平，知昇州。召还，知制诰，迁翰林学士。太宗多召见，访以时政得失。对曰："职当书诏，思不出位。"大宗益重之，除给事中、参知政事。太宗召见其母王氏，命之坐，谓曰："教子如是，今之孟母也。"性端重，守家法，多知台阁故事。朝之典礼，资以损益。当时名士皆出其门。有文集行于世，三十卷。公与宋白、李至、吕蒙正、苏易简五人同拜翰林学士，时承旨扈蒙赠诗曰："五凤齐飞入翰林。"其后皆为名臣。

卷第七

　　范鲁公质举进士，和凝为主文，爱其文赋。凝自以第十三登第，谓鲁公曰："君之文宜冠多士，屈居第十三者，欲君传老夫衣钵耳。"鲁公以为荣。至先后为相，有献诗者云："从此庙堂添故事，登庸衣钵亦相传。"周祖自邺举兵向阙，京师乱，鲁公隐于民间。一日，坐封丘巷茶肆中，有人貌怪陋，前揖曰："相公无虑。"时暑中，公所执扇偶书"大暑去酷吏，清风来故人"诗二句。其人曰："世之酷吏冤狱，何止如大暑也。公他日当深究此弊。"因携其扇去。公惘然久之。后至祆庙后门，见一土偶短鬼，其貌肖茶肆中见者，扇亦在其手中，公心异焉。乱定，周祖物色得公，遂至大用。公见周祖，首建议律条繁广，轻重无据，吏得以因缘为奸，周祖特诏详定，是为《刑统》。

　　范鲁公戒子孙诗，其略曰："戒尔学立身，莫若先孝悌。怡怡奉亲长，不敢生骄易。战战复兢兢，造次必于是。戒尔学干禄，莫若勤道艺。尝闻诸格言，学而优则仕。不患人不知，惟患学不至。戒尔远耻辱，恭则近乎礼。自卑而尊人，先彼而后己。相鼠尚有礼，宜鉴诗人刺。戒尔勿旷放，旷放非端士。周孔垂名教，齐梁尚清议。南朝称八达，千载秽青史。戒尔勿嗜酒，狂药非佳味。能移谨厚性，化为凶险类。古今倾败者，历历皆可记。戒尔勿多言，多言众所忌。苟不慎枢机，灾厄从此始。是非毁誉间，适足为身累。举世重交游，拟结金兰契。忿怨从是生，风波当时起。所以君子性，汪汪淡如水。举世好奉承，昂昂增意气。不知奉承者，以尔为玩戏。所以古人疾，籧篨与戚施。举世重任侠，俗呼为气义。为人赴急难，往往陷刑制。所以马援书，殷勤戒诸子。举世贱清素，奉身好华侈。肥马衣轻裘，扬扬过闾里。虽得市童怜，还为识者鄙。"恭惟祖、宗所用宰辅，皆忠厚笃实之士，独鲁公为之称首。余读国史，得其诗，录以为子孙之戒。

　　僧海妙者谓余言：昔出入丁晋公门下，公作相时，凿池养鱼，覆以板，每客至，去板钓鲜鱼作脍，其肴馔珍异，不可胜数。后自朱崖以秘书少监移光州，海妙往见之，公野服杖屦行山中，观村民采茶，劳其辛苦，人不知为晋公也。公与海妙相别，曰："吾不死，五年当复旧位。"后五年，赵元昊叛，边事起，朝廷更用大臣矣。公无疾，沐浴衣冠，卧佛堂中而薨。

元丰二年，予居洛，有老父年八九十，自云少日随丁晋公至朱崖，颇能道当时事。呼问之，老人曰："公初自分司西京贬崖州，某从行。至龙门南彭婆镇，公病疟。夜遇盗，失物甚多，至今有玉碗在颍阳富家，盗所质也。至崖州，久之，某辞归，公授以蜡丸，戒曰：'俟西京知府某官与会府官，即投之。'某如所教。知府，王钦若也，对府官得之不敢开，遽以奏，乃自陈乞归表也。其中云：'虽滔天之罪大，奈立主之功高。'继有旨复秘书监，移光州。"嗟夫！任智数者，君子所不为也。世谓丁晋公、王冀公皆任智数，如老人之言，则晋公智数又出冀公之上，异矣。

王内翰禹偁，字元之，济州巨野人。世农家，九岁为歌诗，毕士安作州从事，亟称之。长益能文，有场屋声，登太平兴国八年进士，擢第。召试相府，擢右拾遗，直史馆。因北戎犯边，献书建和议，太宗赏之，宰相赵普尤加器重。至景德间，卒用其议，与虏通好。又与夏侯嘉正、罗处约、杜镐同校三史，多所是正，进左司谏，知制诰。因论徐铉为人诬告，内翰辨其非罪，责商州团练副使，寻召入翰林为学士。孝章皇后上仙，诏迁梓宫于故燕国长公主第。群臣不为服，内翰言："后尝母仪天下，当遵用旧礼。"罪以诽谤，谪知滁州。真宗即位，以直言应诏，召为知制诰。咸平初，修《太祖实录》，与宰相论不合，又以谤谪知黄州。移蕲州，死于官。其平生大节如此，故所著《建隆遗事》，一曰《箧中记》，自叙其秘，盖曰："吾太祖皇帝诸生也，一代之事皆目所见者，考于国史，或有不同。"一曰："上性严重少言，酷好看书，虽在军中，手不释卷。若闻人间有奇书，不吝千金以求之。显德初，从世宗南征，初平淮甸，有纤人潜上于世宗曰：'赵某自下寿州，私有重车数乘。'世宗遣人伺察之，果有笼箧数车。遽令取入行在，面开之无他物，惟书数千卷，世宗异之。召上谕之曰：'卿方为朕作将帅，辟土疆，当坚甲利兵，何用书为？'上顿首谢曰：'臣无奇谋上赞圣德，滥膺倚任，尝恐不迨。所以聚言观览，欲广见闻，增智虑也。'世宗曰：'善。'"
又曰："上北征之夕，次陈桥驿，罗彦环等献中央之服，立上为天子，请
登马南归。才出驿门，上勒马不前，谓诸将校曰：'我有号令，能禀之
乎？'诸将皆伏地听命。上曰：'尔辈自贪爵赏，逼我为君。今入京师，
不得辄恣劫掠，依吾令，即当有重赏，不然，则连营逐队，有斧钺之
诛。'诸将皆再禀命，戎马遂行。既入国门，兵至如宾，秋毫不犯。先
是，京城居人闻上至，皆大恐，将谓循五代之弊，纵士卒剽掠。既见上
号令，兵士即时解甲归营，市井不动，略无搔扰，众皆大喜。又闻上驿
前诚约之事，满城父老皆相贺曰：'五代天子皆以兵威强制天下，未有
德信黎庶者。今上践阼未终日，而有爱民之心，吾辈老矣，何幸见真
天子之御世乎！'自唐末至五代，藩方节制皆不禀朝命，上践阼，豁达
大度，推赤心以待之。由是诸路节将怀德畏威，不敢跋扈，岁时贡奉
无阙，朝廷亟召亟至，皆执藩臣之节甚恭。识者知主威之行矣，太平
之基立矣。"又曰："杜太后度量恢廓，有才智，国初内助为多。上初自
陈桥即帝位，进兵入城，人先报曰：'点检上时官为点检。已作天子归矣。'
时后寝未兴，闻报，安卧不答，晋王辈皆惊跃奔马出迎。晋王后受命，是为
太宗。斯须有上亲信人至，入白后，后乃徐徐而起，曰：'吾儿素有大
志，果有今日矣。'俄顷上至，见后于堂上，众皆贺之，惟后愀然不乐，
上甚讶之。左右进白后曰：'臣闻母以子贵，自古如此。后子今作天
子，胡为不乐？'后谓上曰：'吾闻为君不易。且天子者，致身于兆庶之
上，若治得其道，则此位可尊；苟或失驭，则欲为匹夫不得，是吾所以
忧也。子宜勉之！'上再拜曰：'谨受教。'"又曰："乾德、开宝间，天下
将大定，惟河东未遵王化，而疆土实广，国用丰羡，上愈节俭，宫人不
及二百，犹以为多。又宫殿内惟挂青布缘帘、绯绢帐、紫绸褥，御衣止
赭袍以绫罗为之，其余皆用绅绢。晋王已下因侍宴禁中，从容言服用
太草草，上正色曰：'尔不记居甲马营中时耶？'上虽贵为万乘，其不忘
布衣时事皆如此。"又曰："开宝末，议迁都于洛。晋王言：'京师屯兵
百万，全藉汴渠漕运东南之物赡养之。若迁都于洛，恐水运艰阻，阙
于军储。'上省表不报，命留中而已。异日，晋王宴见，从容又言迁都
非便。上曰：'迁洛未已，久当迁雍。'晋王叩其旨，上曰：'吾将西迁

者，无它，欲据山河之胜而去冗兵，循周、汉之故事以安天下也。'晋王又言：'在德不在险。'上不答。晋王出，上谓侍臣曰：'晋王之言固善，姑从之，不出百年，天下民力殚矣。'"又曰："上享天下十七年，左右内臣有五十余员，止令掌宫掖中事，未尝令预政事。或有不得已而差出外方，止令干一事，不得妄采听他事奏陈。天下以为幸。开宝末，差内臣祷名山大川，俄有黄门于洞穴采得怪石，有类羊形，以为异而献之。上曰：'此是坟墓中物，何用献为？'命碎其石，仍杖其黄门，逐之。不受内臣所媚，皆如此。"又曰："乾德初，浙西钱俶来朝，上待之甚厚。俶方到阙，自晋王、丞相及中外臣僚有表章五十余封，请留俶。上曰：'钱俶在本国，岁修职贡无阙。今又委质来朝，若利其土宇而留之，殆非人主之用心，何以示信于天下也。'奏俱不纳。俶辞归国，赐与金币、名马之外，别以黄绢封署文书一角付俶曰：'候至本国开之。'仍谕俶曰：'朕知卿忠勤，若朕常安健，公则常有东南，他人即不可也。'俶感泣拜谢而去。俶至钱塘，开轴中文字，乃是晋王、丞相已下请留笺章五十余封。俶大惊，以表称谢。上存心仁信类如此。"呜呼！王内翰，前辈诸公识与不识，皆尊师之，曰："古之遗直也。"伯温晚生，得其私书于海内兵火之余，取可传者列之。

李文定公迪为学子时，从种放明逸先生学。将试京师，从明逸求当涂公卿荐书，明逸曰："有知滑州柳开仲涂者，奇才善士，当以书通君之姓名。"文定携书见仲涂，以文卷为贽，与谒俱入。久之，仲涂出，曰："读君之文，须沐浴乃敢见。"因留之门下。一日，仲涂自出题，令文定与其诸子及门下客同赋。赋成，惊曰："君必魁天下，为宰相。"令门下客与诸子拜之曰："异日无相忘也。"文定以状元及第，十年致位宰相。仲涂门下客有柳某者，后官至侍御史，文定公命长子柬之娶其女，不忘仲涂之言也。文定所拟赋题不传，如王沂公曾初作《有物混成赋》，识者知其决为宰相，盖所养所学发为言辞者，可以观矣。程明道先生为伯温云。

寇莱公既贵，因得月俸，置堂上。有老妪泣曰："太夫人捐馆时，家贫，欲绢一匹作衣衾不可得，恨不及公之今日也。"公闻之大恸，故居家俭素，所卧青帷二十年不易。或以公孙弘事靳之，公笑曰："彼诈我诚,尚何愧!"故魏野赠公诗曰:"有官居鼎鼐,无宅起楼台。"后虏使在廷,目公曰:"此无宅相公耶?"或曰公颇专奢纵,非也。盖公多典藩,于公会宴设则甚盛,亦退之所谓"甔石之储,尝空于私室;方丈之食,每盛于宾筵"者。余得于公之甥王公丞相所作公墓铭,公之遗事如此。

张文定公齐贤,河南人。少为举子,贫甚,客河南尹张全义门下,饮啖兼数人。自言平时未尝饱,遇村人作愿斋方饱。尝赴斋后时,见其家悬一牛皮,取煮食之无遗。太祖幸西都,文定公献十策于马前,召至行宫,赐卫士廊餐。文定就大盘中以手取食,帝用柱斧击其首,问所言十事。文定且食且对,略无惧色。赐束帛遣之。帝归,谓太宗曰:"吾幸西都,为汝得一张齐贤宰相也。"太宗即位,齐贤方赴廷试,帝欲其居上甲,有司置于丙科,帝不悦,有旨:一榜尽除京官通判。文定得将作监丞,通判衡州,不十年,致位宰相矣。

河南节度使李守正叛,周高祖为枢密使讨之。有麻衣道者谓赵普曰:"城下有三天子气,守正安得久?"未几,城破。先是,守正子妇,符彦卿女也,相者谓"贵不可言"。守正曰:"有妇如此,吾可知矣。"叛意乃决。城破,举家自焚,符氏坐堂上不动。兵入,叱之曰:"吾父与郭公有旧,汝辈不可以无礼见加!"或白公,命柴世宗纳之,后为皇后。三天子气者,周高祖、柴世宗、本朝艺祖同在军中也。麻衣道者,其异人乎?

华山隐士陈抟,字图南,唐长兴中进士,游四方,有大志。《隐武当山诗》云:"他年南面去,记得此山名。"本朝张邓公改"南面"为"南岳",题其后云:"藓壁题诗志何大,可怜今老华图南。"盖唐末时诗也。常乘白骡,从恶少年数百,欲入汴州。中途闻艺祖登极,大笑坠骡,曰:"天下于是定矣。"遂入华山为道士,茸唐云台观居之。艺祖召,不至。太宗召,以羽服见于延英殿,顾问甚久。送中书见宰辅,丞相宋琪问曰:"先生得玄默修养之道,可以教人乎?"曰:"抟不知吐纳修养之理,假令白日冲天,亦何益于圣世? 上博达今古,深究治乱,真有道仁明之主,正是君臣同德致理之时,勤心修炼,无出于此。"琪等称叹,以其语奏,帝益重之。帝初问以伐河东之事,不答,后师出果无功。

还华山数年，再召见，谓帝曰："河东之事，今可矣。"遂克太原。帝以其善相人也，遣诣南衙见真宗。及门亟还，及问其故，曰："王门厮役皆将相也，何必见王？"建储之议遂定。后赐号为希夷先生。真宗即位，先生已化，因西祀汾阴，幸云台观，谒其祠，加礼焉。帝知建储之有助也。呜呼！世以先生为神仙，善人伦风鉴，浅矣。至康节先生，实传其道于先生，世以比汉"四皓"云。

种先生放，字明逸，隐居终南山豹林谷。闻华山陈希夷先生之风，往见之。希夷先生一日令洒扫庭除，曰："当有嘉客至。"明逸作樵夫拜庭下，希夷挽之而上曰："君岂樵者？二十年后当为显官，名声闻于天下。"明逸曰："某以道义来，官禄非所问也。"希夷笑曰："人之贵贱，莫不有命。贵者不可为贱，亦犹贱者不可为贵也。君骨相当尔，虽晦迹山林，恐竟不能安。异日自知之。"后明逸在真庙朝，以司谏赴召，帝携其手登龙图阁，论天下事，盖眷遇如此。及辞归山，迁谏议大夫。东封，改给事中，西祀，改工部侍郎。希夷又谓明逸曰："君不娶，可得中寿。"明逸从之，至六十岁卒。先是，希夷为明逸卜上世葬地于豹林谷下，不定穴。既葬，希夷见之，言："地固佳，安穴稍后，世世当出名将。"明逸不娶，无子，自其侄世衡，至今为将帅有声。希夷既上表，定日解化于华山张超谷石室中，明逸立碑，叙希夷之学曰"明皇帝王伯之道"云。呜呼！仙者非希夷而谁欤？

钱若水为举子时，见陈希夷于华山。希夷曰："明日当再来。"若水如期往，见有一老僧与希夷拥地炉坐。僧熟视若水，久之不语，以火箸画灰，作"做不得"三字。徐曰："急流中勇退人也。"若水辞去，希夷不复留。后若水登科为枢密副使，年才四十致政。希夷初谓若水有仙风道骨，意未决，命老僧者观之。僧云"做不得"，故不复留。然急流中勇退，去神仙不远矣。老僧者，麻衣道者也，希夷素所尊礼云。

康节先生尝诵希夷先生之语曰："得便宜事不可再作，得便宜处不可再去。"又曰："落便宜是得便宜。"故康节诗云："珍重至人尝有语，落便宜是得便宜。"盖可终身行之也。

李文靖公作相，尝读《论语》。或问之，公曰："沆为宰相，如《论语》中'节用而爱人'、'使民以时'两句，尚未能行。圣人之言，终身佩之可也。”

咸平、景德中，李文靖公沆在相位，王文正公旦知政事。时西北二方未平，羽书边报无虚日，上既宵旰，二公寝食不遑。文正公叹曰：“安得及见太平，吾辈当优游矣。”文靖公曰：“国家有强敌外患，足以警惧。异日天下虽平，上意浸满，未必能高拱无事。某老且死，君作相时，当自知之，无深念也。”及北鄙和好，西陲款附，于是朝陵展礼，封山行庆，巨典盛仪，无所不讲。文靖已死，文正既衰，疲于赞导，每叹息曰：“文靖圣矣。”故当时谓文靖为圣相云。

吕文穆公讳蒙正，微时于洛阳之龙门利涉院土室中，与温仲舒读书，其室中今有画像。有诗云：“八滩风急浪花飞，手把鱼竿傍钓矶。自是钓头香饵别，此心终待得鱼归。”又云：“怪得池塘春水满，夜来雷雨起南山。”后状元及第，位至宰相，温仲舒第三人及第，官至尚书。公在龙门时，一日，行伊水上，见卖瓜者，意欲得之，无钱可买。其人偶遗一枚于地，公怅然取食之。后作相，买园洛城东南，下临伊水，起亭，以“噎瓜”为名，不忘贫贱之义也。

卷第八

　　吕文穆公既致政，居于洛，今南州坊张观文宅是也。真宗祀汾阴，过洛，文穆尚能迎谒。至回銮，已病，帝为幸其宅，坐堂中，宅后归张氏，御坐尚在，人不敢居正寝。问曰："卿诸子，孰可用？"公对曰："臣诸子皆豚犬，不足用。有侄夷简，任颍川推官，宰相才也。"帝记其语，遂至大用，文靖公也。先是，富韩公之父贫甚，客文穆公门下。一日，白公曰："某儿子十许岁，欲令入书院事廷评、太祝。"公许之。其子韩公也，文穆见之，惊曰："此儿他日名位与吾相似。"亟令诸子同学，供给甚厚。文穆两入相，以司徒致仕，后韩公亦两入相，以司徒致仕。文穆知人之术如此。文靖公亦受其术。文潞公自兖州通判代归，文靖一见奇之，问潞公曰："有兖州墨，携以来。"明日，潞公进墨，文靖熟视久之，盖欲相潞公手也。荐潞公为殿中侍御史，为从官，平贝州，出入将相五十年，以太师致仕，年逾九十。天下谓之文、富二公者，皆出吕氏之门。呜呼盛哉！

　　吕文靖公为相，章献太后垂帘同听政。李宸妃薨，章献秘之，欲以宫人常礼治丧于外。文靖早朝，留身奏曰："闻禁中贵人暴薨，丧礼宜从厚。"章献遂挽仁宗入内，少顷，独坐帘下，召文靖问曰："一宫人死，相公云云何与？"公曰："臣待罪宰相事，内外无不当预。"章献怒曰："相公欲离间我母子耶？"公从容对曰："陛下不以刘氏为念，臣不敢言，尚念刘氏也，丧礼宜从厚。"章献悟，遽曰："宫人李宸妃也，且奈何？"文靖乃请治丧皇仪殿，太后与帝举哀后苑，百官奉灵轝，由西华门以出，用一品礼殡洪福寺。公又谓入内都知罗崇勋曰："宸妃当以后服殓，用水银实棺，异时莫道夷简不曾说来。"章献皆从之。后章献上仙，燕王谓仁宗言："陛下李宸妃所生，妃死以非命。"仁宗号恸毁顿，不视朝者累日，下哀痛之诏自责，尊宸妃为皇太后，谥章懿。甫毕，章献殿殡，幸洪福寺祭告。易梓宫，帝亲哭视之，后玉色如生，冠服如皇太后者，以有水银沃之，故不坏也。帝叹息曰："人言其可信哉!"待刘氏加厚。使仁宗孝德、章献母道两全,文靖公先见之明也。呜呼智哉!

吕文靖公致政,居郑州。范文正公自参知政事出为河东陕西宣抚使,过郑,见文靖公。文靖问曰:"参政出使何也?"文正曰:"某在朝无补,自谓此行欲图报于外。"文靖笑曰:"参政误矣! 既跬步去朝廷,岂能了事?"文正闻其言,始有悔意。未几,除资政殿学士、知邠州、兼陕西四路安抚使。时富韩公亦自枢密副使为河北宣抚使,将还朝,除资政殿学士、知郓州、兼四路安抚使。呜呼! 文靖公既老,其料天下事尚如此,智数绝人远矣。

至和间,仁宗不豫,一日少间,思见宰执,执政闻召,亟往。吕文靖为相,使者相望于路,促其行,公按辔益缓。至禁中,诸执政已见上。上体未平,待公久,稍倦,不乐曰:"病中思见卿,何缓也?"文靖徐曰:"陛下不豫,久不视朝,外议颇异。臣待罪宰相,正昼自通衢驰马入内,未便。"帝闻其言,咨叹久之,诸公始有愧色。又文靖夫人因内朝,皇后曰:"上好食糟淮白鱼,祖宗旧制,不得取食味于四方,无从可致。相公家寿州,当有之。"夫人归,欲以十奁为献。公见,问之,夫人告以故。公曰:"两奁可耳。"夫人曰:"以备玉食,何惜也?"公怅然曰:"玉食所无之物,人臣之家安得有十奁也?"呜呼! 文靖公者,其智绝人类此。

孙文懿公,眉州鱼蛇人。少时家贫,欲典田赴试京师,自经县判状,尉李昭言戏之曰:"似君人物,求试京师者有几人?"文懿以第三人登第,后判审官院。李昭言者赴调,见公恐甚,意公不忘前日之言也。公特差昭言知眉州。又公尝聚徒荣州,贫甚,得束脩之物持归,为一村镇镇将悉税之。至公任监左藏库,镇将者部州绢纲至,见公愧惧。公慰谢之,以黄金一两赠其归。其盛德如此。

韩参政亿、李参政若谷、王丞相随未第时,同于嵩山法王寺读书。有一男子自言善相,曰:"王君,宰相才也;韩、李二君,皆当为执政。王君官虽高,子孙不及韩、李二君之盛。"后韩参政之子绛、缜皆为宰相,维为参知政事;李参政之子淑领三院学士,有文名。两家子孙宦学,至今不衰。王丞相之后微矣。异哉! 韩参政之孙宗师侍郎云。

韩参政亿、李参政若谷未第时皆贫,同途赴试京师,共有一席一毡,乃割分之。每出谒,更为仆。李先登第,授许州长社县主簿。赴官,自控妻驴,韩为负一箱。将至长社三十里,李谓韩曰:"恐县吏来。"箱中止有钱六百,以其半遗韩,相持大哭别去。次举韩亦登第,后皆至参知政事,世为婚姻不绝。韩参政之孙宗师侍郎云。

庆历三年,范文正公作参知政事,富文忠公作枢密副使,时盗起京西,掠商、邓、均、房,光化知军弃城走。奏至,二公同对上前,富公乞取知军者行军法,范公曰:"光化无城郭,无甲兵,知军所以弃城。乞薄其罪。"仁宗可之。罢朝,至政事堂,富公怒甚,谓范公曰:"六丈要作佛耶?"范公笑曰:"人何用作佛,某之所言有理,少定为君言之。"富公益不乐。范公从容曰:"上春秋鼎盛,岂可教之杀人? 至手滑,吾辈首领皆不保矣。"富公闻之汗下,起立以谢曰:"非某所及也。"富公素以父事范公云。

薛简肃公知成都,范蜀公方为举子,一见爱之,馆于府第,俾与子弟讲学。每曰:"范君,廊庙人也。"公益自谦退。乘小驷至铜壶阁下,即步行趋府门。逾年,人不知为帅客也。简肃还朝,载蜀公以去。或问简肃曰:"自成都归,得何奇物?"曰:"蜀珍产不足道,吾归得一伟人耳。"时二宋公有大名,一见,与公为布衣交,及同赋《长啸却胡骑》,公赋成,人争传诵之。公后为贤从官,其所立,温公自以为不可及也。呜呼! 简肃公者,可谓知人矣。

胡先生瑗判国子监,其教育诸生,皆有法。安厚卿枢密在其席下。厚卿苦痫疾,凡聚立庑下,升堂听讲说,人众,疾辄作。先生使人掖之以归,调护甚至。厚卿登科,疾良愈。或以与王文康公少苦淋疾,及为枢密使,疾自平正同。盖人之疾病,随血气之通塞,气血既快,疾亦自愈也。先生每语诸生,食饱未可据案,或久坐,皆于气血有伤,当习射投壶游息焉。是亦食不语、寝不言之遗意也。程伊川曰:"凡从安定先生学者,其醇厚和易之气,望之可知也。"国子监旧有先生祠,绍圣初,林自为博士闻于朝,彻去。

尹师鲁谪崇信军节度副使,移筠州监酒,得疾。时范文正公知邓州,闻于朝,乞师鲁就医于邓,仁宗许之。师鲁至,文正日挟医以往,调护甚备，师鲁无甚苦也。一日，文正偶以事未往，师鲁遣人招之，文正亟往，师鲁隐几端坐，已瞑目矣。文正伏而呼之，师鲁复开目，文正问曰："何所见也？"师鲁从容曰："亦无鬼神，亦无恐怖。"复闭目而绝。吕献可病，手书以墓铭委司马温公，公亟省之，献可已瞑目矣。公伏而呼之曰："更有以见属乎？"献可复开目，曰："天下尚可为，君实其自爱。"遂闭目以绝。呜呼！大君子于死生去来不变盖如此。至于平生以道义相推重者，独不能忘也。

王懿恪公拱辰与欧阳文忠公同年进士，文忠自监元、省元赴廷试，锐意魁天下。明日当唱名，夜备新衣一袭，懿恪辄先衣以入，文忠怪焉。懿恪笑曰："为状元者，当衣此。"至唱名，果第一。后懿恪、文忠同为薛简肃公子婿，文忠先娶懿恪夫人之姊，再娶其妹，故文忠有"旧女婿为新女婿，大姨夫作小姨夫"之戏。懿恪早贵，文忠自选入馆职，谪夷陵时，懿恪已为知制诰，后入翰林为学士，尽转八座尚书。熙宁初，拜宣徽使，遍历藩府。元丰初召还，赴院供职，出判北京，特赐笏头球露金带，佩鱼，如两府之所服者。懿恪以表谢曰："横金三纪，未佩随身之鱼；赐带万钉，改观在廷之目也。"盖祖宗旧制，见任两府许笏头球露金带，佩鱼，前任者非得旨不许。尚书翰林学士于御仙花金带上佩鱼者，元丰近制也。惟方团胯带乃可佩鱼，球露带，方团胯也。故曰"近制"也。文忠与懿恪虽友婿，文忠心少之。文忠为参政时，吏拟进懿恪仆射，文忠曰："仆射，宰相官也。王拱辰非曾任宰相者，不可。"改东宫官，以至拜宣徽使，终身不至执政。盖懿恪主吕文靖，文忠主范文正，其党不同云。

天圣、明道中，钱文僖公自枢密留守西都，谢希深为通判，欧阳永叔为推官，尹师鲁为掌书记，梅圣俞为主簿，皆天下之士，钱相遇之甚厚。一日，会于普明院，白乐天故宅也，有唐九老画像，钱相与希深而下，亦画其旁。因府第起双桂楼，西城建阁临圜驿，命永叔、师鲁作记。永叔文先成，凡千余言，师鲁曰："某止用五百字可记。"及成，永叔服其简古，永叔自此始为古文。钱相谓希深曰："君辈台阁禁从之选也，当用意史学，以所闻见拟之。"故有一书，谓之《都厅闲话》者，诸公之所著也。一时幕府之盛，天下称之。又有知名进士十人，游希深、永叔之门,王复、王尚恭为称首。时科举法宽,秋试府园醮厅,希深监试,永叔、圣俞为试官。王复欲往请怀州解,永叔曰:"王尚恭作解元矣。"王复不行,则又曰:"解元非王复不可。"盖诸生文赋,平日已次第之矣,其公如此。当朝廷无事,郡府多暇,钱相与诸公行乐无虚日。一日,出长夏门,屏骑从,同步至午桥访郭君隐君,郭君不知为钱相也,草具置酒。钱甚喜,不忍去。至晚,衙骑从来,郭君亦不为动,亦不加礼。抵暮别去,送及门曰:"野人未尝至府廷,无从谒谢。"钱相怅然谓诸公曰:"斯人视富贵为如何?可愧也!"郭君名延卿,时年逾八十,少从张文定、吕文穆公游,以文行称。张、吕二公相继入相,荐于朝,命以职官,不出。洛人至今呼为郭五秀才庄云。

谢希深、欧阳永叔官洛阳时,同游嵩山。自颍阳归,暮抵龙门香山。雪作,登石楼望都城,各有所怀。忽于烟霭中有策马渡伊水来者,既至,乃钱相遣厨传歌妓至。吏传公言曰:"山行良劳,当少留龙门赏雪,府事简,无遽归也。"钱相遇诸公之厚类此。后钱相谪汉东,诸公送别至彭婆镇,钱相置酒作长短句,俾妓歌之,甚悲。钱相泣下,诸公皆泣下。王沂公代为留守,御吏如束薪,诸公俱不堪其忧,日讶其多出游,责曰:"公等自比寇莱公何如?寇莱公尚坐奢纵取祸贬死,况其下者。"希深而下不敢对,永叔取手板起立曰:"以修论之,莱公之祸不在杯酒,在老不知退尔。"时沂公年已高,若为之动。诸公伟之。永叔后用沂公荐入馆,然犹不忘钱相。或谓钱相薨,易名者三,卒得美谥,永叔之力云。

贾内翰黯以状元及第归邓州,范文正公为守,内翰谢文正曰:"某晚生,偶得科第,愿受教。"文正曰:"君不忧不显,惟不欺二字,可终身行之。"内翰拜其言不忘,每语人曰:"吾得于范文正者,平生用之不尽也。"呜呼!得文正公二字者,足以为一代之名臣矣。

狄武襄公青初以散直为延州指使,时西夏用兵,武襄以智勇收奇功。尝被发带铜铸人面,突围陷阵,往来如神,虏畏慑服,无敢当者。而识达宏远,贤士大夫翕然称之,尤为范文正、韩忠献、范正献诸公所知。文正公授以《春秋》《汉书》曰:"为将而不知古今,匹夫之勇耳。"武襄感服,自勉励无怠,后位枢密。或告以当推狄梁公为远祖,武襄愧谢曰："某出田家,少为兵,安敢祖唐之忠臣梁公者!"又或劝其去鬓间字,则曰:"某虽贵,不忘本也。"每至韩忠献家,必拜于庙廷之下,入拜夫人甚恭,以郎君之礼待其子弟,其异于人如此。郭宣徽逵少时,人物已魁伟,日怀二饼,读《汉书》于京师州西酒楼上。饥即食其饼,沽酒一升饮,再读书。抵暮归,率以为常,酒家异之。后亦以散直为延州指使。范文正公为帅,令主私藏,端坐终日不出门,文正益任之。韩魏公代文正公,宣徽又事之,魏公尤器重。屡立大功,进至副都总管。治平中,召为签书枢密院。杨太尉遂,微时为文潞公虞候吏,每燕会,太尉独不食余馔,他人与之,亦不顾。潞公以此奇之。公定贝州,太尉穴地道入城先登,受上赏。后官至节度使。苗太尉授为小官时,客京师逆旅中,未尝出行,同辈以为笑。后为名将帅,官节度使,两除殿帅。四人者,其功业、智勇、贫贱、遇合略相似,故并书之。

杜祁公少时客济源,有县令者能相人,厚遇之。与县之大姓相里氏议婚不成,祁公亦别娶。久之,祁公妻死,令曰:"相里女子当作国夫人矣。"相里兄弟二人,前却祁公之议者兄也,令召其弟曰:"秀才杜君,人材足依也,当以女弟妻之。"议遂定。其兄尤之,弟曰:"杜君,令之重客,令之意,其可违?"兄怅然曰:"姑从之,俾教诸儿读书耳。"祁公未成婚,赴试京师,登科。相里之兄厚资往见,公曰:"婚已定议,其敢违?某既出仕,颇忧门下无教儿读书者尔。"凡遗却之。相里之兄大惭以归。祁公既娶相里夫人,至从官,以两郊礼奏异姓恩任,相里之弟后官至员外郎。任道司门为先公云。

余为潞州长子县尉,四寺中有王文康公祠,其老僧为余言:文康公之父,邑人也,以教授村童为业。有儿年七八岁,不能养,欲施寺之祖师。祖师善相,谓曰:"儿相贵,可令读书。"因以钱币资之。是谓文康公。后公贵,祖师已死,命寺僧因祠之。文康公最受寇莱公之知,因妻以女,居洛阳陶化坊,洛人至今谓之西州王相公宅云。有子益恭、益柔。益柔官龙图阁直学士,有时名。孙慎言、慎行、慎术,俱列大夫,皆贤,从康节先生交游也。

卷第九

　　富韩公初游场屋,穆修伯长谓之曰:"进士不足以尽子之才,当以大科名世。"公果礼部试下。时太师公官耀州,公西归,次陕。范文正公尹开封,遣人追公曰:"有旨以大科取士,可亟还。"公复上京师,见文正,辞以未尝为此学。文正曰:"已同诸公荐君矣。又为君辟一室,皆大科文字,正可往就馆。"时晏元献公为相,求婚于文正。文正曰:"公之女若嫁官人,某不敢知。必求国士,无如富某者。"元献一见公,大爱重之,遂议婚。公亦继以贤良方正登第。公之立朝,初以危言直道事仁宗为谏官,至知制诰。宰相不悦,故荐公以使不测之虏。欧阳公上书,引卢杞荐颜真卿使李希烈事,言宰相欲害公也,不报。公使虏,虏之君臣诵公之言,修好中国,不复用兵者几百年,可谓大功矣,然公每不自以为功也。使回,除枢密直学士,又除翰林学士,又除枢密副使,公皆以奉使无状,力辞不拜。且言:"虏既通好,议者便谓无事,边备渐弛。虏万一败盟,臣死且有罪。非独臣不敢受,亦愿陛下思夷狄轻侮中原之耻,坐薪尝胆,不忘修政。"因以告纳上前而罢。逾月,复除枢密副使。时元昊使辞,群臣班紫宸殿门,帝俟公缀枢密院班,乃坐。且使宰相章德象谕公曰:"此朝廷特用,非以使虏故也。"公不得已乃受。呜呼!使虏之功伟矣,而不自有焉。至知青州,活饥民四十余万,每自言以为功也,盖曰过于作中书令二十四考矣。公之所以自任者,世乌得而窥之哉!苏内翰奉诏撰公墓道之碑,首论公使虏之功,非公之心也。伯温先君子隐居谢聘,与公为道义交,独为知公之深云。

　　庆历二年,大辽以重兵压境,泛使刘六符再至,求关南十县之地。虏意不测,在廷之臣无敢行者。富韩公往聘,面折虏之君臣,虏辞屈,增币二十万而和。方当公再使也,受国书及口传之词于政府,既行,谓其副曰:"吾为使者而不见国书,万一书辞与口传者异,则吾事败矣。"发书视之,果不同。公驰还,见仁宗具论之。公曰:"政府故为此，欲置臣于死地。臣死不足惜，奈国命何？"仁宗召宰相吕夷简，面问之，夷简从容袖其书曰："恐是误，当令改定。"富公益辩论不平，仁宗问枢密使晏殊曰："如何？"殊曰："夷简决不肯为此，真恐误耳。"富公怒曰："晏殊奸邪，党吕夷简以欺陛下。"富公，晏公之婿也，富公忠直如此。契丹既平，仁宗深念富公之功，御史中丞王拱辰对曰："富弼不能止夷狄溪壑无厌之求，今陛下止一女，若虏乞和亲，弼亦忍弃之乎？"帝正色曰："朕为天下生灵，一女非所惜。"拱辰惊惧，知言之不可入，因再拜曰："陛下言及于此，天下幸甚！"呜呼！吾仁宗圣矣哉！拱辰盖吕丞相之党也。

至和间，富公当国，立一举三十年推恩之法。盖公与河南进士段希元、魏昇平同场屋相善，公作相，不欲私之，故立为天下之制。二人俱该此恩，希元官至太子中舍，致仕，转殿中丞，昇平官至大理寺丞。此法至今行之。呜呼！为宰相不私其所亲如此，富公可谓贤矣。昇平既卒，公念之不忘，招其子宜与子孙讲学。公薨，宜亦老，犹居门下。至崇宁间，立试门客法，宜不为新学，始求去。

仁宗末年，富公自相位丁太夫人忧归洛，上遣使下诏起复者六七，公竟不起。至其疏曰："陛下得一不肖子，且将何用？"仁宗乃从其请。服除，英宗已即位，魏公已迁左相，故用富公为枢密宰相，魏公已下皆迁官，富公亦迁户部尚书。公辞曰："窃闻制辞叙述陛下即位，以臣在忧服，无可称道，乃取嘉祐中臣在中书日尝议建储，以此为功，而推今日之恩。嘉祐中虽尝泛议建储之事，仁宗尚秘其请。其于陛下，则如在茫昧杳冥之中，未见形象，安得如韩琦等后来功效之深切著明也？"又辞曰："韩琦等七人，委是有功，可以重叠受陛下官爵。臣独无一毫之效。"又辞曰："韩琦等七人，于陛下有功有德，独臣于陛下无功，不过在先朝有议论丝发之劳。"又辞曰："琦等勋烈彰灼，明如日星。中外执笔之士，歌咏之不暇。伏乞促令入谢，以快群望。"以此见富公岂因不预定策而歉魏公哉？

熙宁初，富公再入，与曾鲁公并相。吕公公弼为枢密使，韩公绛、赵公槩、冯公京、赵公抃皆为参知政事，俱久次。王荆公安石拜参知政事，乃荐吕公公著为御史中丞。有旨特许不避公弼，公弼不自安，乞出，除宣徽使、判太原府，移秦州。赵公槩致仕，冯公、赵公皆出，富公判亳州，曾公判永兴军，惟韩公绛与荆公在政府。既而绛宣抚陕西，外拜昭文相，荆公拜史馆相。绛失职，以本官知邓州，荆公遂拜昭文相。司马温公除枢密副使，以议新法不合，辞不拜，出知永兴军。吕公公著力言新法，罢中丞，出知永州。韩公维亦以论不合，罢开封府，知河阳。昔与荆公交游揄扬之人，皆退斥不用，荆公独用事。乃以富公为沮青苗法，落使相、散仆射、判汝州。荆公后以观文殿大学士知金陵，乃荐吕惠卿为参知政事。惠卿既得位，遂叛荆公，出平日荆公移书，有曰："无使齐年知。"齐年谓冯公京，盖荆公与冯公皆辛酉人。又曰："无使上知。"神宗始不悦荆公矣。惠卿又起李逢狱，事连李士宁。士宁者，蓬州人，有道术，荆公居丧金陵，与之同处数年，意欲并中荆公也。又起郑侠狱，事连荆公之弟安国，罪至追勒。惠卿求害荆公者无所不至，神宗悟，急召荆公。公不辞，自金陵溯流七日至阙，复拜昭文相，惠卿以本官出知陈州。李逢之狱遂解，其党数人皆诛死，李士宁止于编配。呜呼！荆公非神宗保全，则危矣。再相不久，复知金陵，领宫祠，至死不用。初，韩公绛论助役，与荆公同。后拜史馆相，亦为惠卿所不容，出知定州。

熙宁二年，富公判亳州，以提举常平仓赵济言公沮革新法，落武宁节度及平章事，以左仆射判汝州。过南京，张公安道为守，列迎谒骑从于庭，张公不出。或问公，公曰："吾地主也。"已而富公来见，张公门下客私相谓："二公天下伟人，其议论何如？"立屏后窃听。张公接富公亦简，相对屹然如山岳。富公徐曰："人固难知也。"张公曰："谓王安石乎？亦岂难知者。仁宗皇祐间，某知贡举院，或荐安石有文章，宜辟以考校，姑从之。安石者既来，凡一院之事皆欲纷更之。某恶其人，檄以出，自此未尝与之语也。"富公俯首有愧色。盖富公素喜王荆公，至得位乱天下，方知其奸云。

元丰六年，富公疾病矣，上书言八事，大抵论君子小人为治乱之本。神宗语宰辅曰："富弼有章疏来。"章惇曰："弼所言何事？"帝曰："言朕左右多小人。"惇曰："可令分析，孰为小人？"帝曰："弼三朝老臣，岂可令分析？"右丞王安礼进曰："弼之言是也。"罢朝，惇责安礼曰："右丞对上之言失矣。"安礼曰："吾辈今日曰诚如圣论,明日曰圣学非臣所及,安得不谓之小人!"惇无以对。是年夏五月,大星殒于公所居还政堂下,空中如甲马声,登天光台,公焚香再拜,知其将终也。异哉!公既薨,司马温公、范忠宣往吊之。公之子绍廷、绍京泣曰:"先公有自封押章疏一通,殆遗表也。"二公曰:"当不启封以闻。"苏内翰作公神道碑,谓世莫知其所言者是也。神宗闻讣震悼,出祭文,遣中使设祭,恩礼甚厚。政府方遣一奠而已。朝廷故例,前宰相以使相致仕者,给全俸。富公以司徒使相致仕,居洛,自三公俸一百二十千外,皆不受。公清心学道,独居还政堂,每早作,放中门钥,入瞻礼家庙。对夫人如宾客,子孙不冠带不见,平时谢客。文潞公为留守,时节往来,富公素喜潞公,昔同朝,更拜其母,每劝潞公早退,潞公愧谢。既薨,其子朝议名绍廷,字德先,守其家法者也。公两女与其婿及诸外甥皆同居公之第,家事一如公无恙时,毫发不敢变,乡里称之。建中靖国初,朝廷擢德先为河北西路提举常平,德先辞曰:"熙宁变法之初,先臣以不行青苗法得罪,臣不敢为此官。"上益嘉之,除祠部员外郎。崇宁中,德先卒,郑人晁咏之志其墓,文甚美,独不书辞提举常平事,有所避也。惜哉!德先之子直柔,事今上为同知枢密院事。

韩魏公自枢密副使以资政殿学士知扬州,王荆公初及第为金判,每读书至达旦,略假寐,日已高,急上府,多不及盥漱。魏公见荆公少年,疑夜饮放逸。一日,从容谓荆公曰:"君少年,无废书,不可自弃。"荆公不答,退而言曰:"韩公非知我者。"魏公后知荆公之贤,欲收之门下,荆公终不屈,如召试馆职不就之类是也。故荆公《熙宁日录》中短魏公为多,每曰:"韩公但形相好尔。"作《画虎图》诗诋之。至荆公作相,行新法,魏公言其不便。神宗感悟,欲罢其法。荆公怒甚,取魏公章送条例司疏驳,颁天下。又诬吕申公有言藩镇大臣将兴晋阳之师,除君侧之恶,自草申公谪词,昭著其事,因以摇魏公。赖神宗之明,眷礼魏公,终始不替。魏公薨,帝震悼,亲制墓碑,恩意甚厚。荆公有挽诗云:"幕府少年今白发,伤心无路送灵辒。"犹不忘魏公少年之语也。

熙宁二年,韩魏公自永兴军移判北京,过阙上殿。王荆公方用事,神宗问曰:"卿与王安石议论不同,何也?"魏公曰:"仁宗立先帝为

皇嗣时,安石有异议,与臣不同故也。"帝以魏公之语问荆公,公曰:
"方仁宗欲立先帝为皇子时,春秋未高,万一有子,措先帝于何地? 臣
之论所以与韩琦异也。"荆公强辩类如此。当魏公请册英宗为皇嗣
时,仁宗曰:"少俟,后宫有就阁者。"公曰:"后宫生子,所立嗣退居旧
邸可也。"盖魏公有所处之矣。然荆公终英宗之世,屡召不至,实自慊
也。或云蔡襄亦有异议,英宗知之,襄不自安,出知福州。治平初,英
宗即位,有疾,宰执请光献太后垂帘同听政。有入内都知任守忠者奸
邪反复,间谍两宫。时司马温公知谏院,吕谏议为侍御史,凡十数章,
请诛之。英宗虽悟,未施行。宰相韩魏公一日出空头敕一道,参政欧
阳公已签,参政赵槩难之,问欧阳公曰:"何如?"欧阳公曰:"第书之,
韩公必自有说。"魏公坐政事堂,以头子勾任守忠者立庭下,数之曰:
"汝罪当死。"责蕲州团练副使,蕲州安置。取空头敕填之,差使臣即
日押行,其意以谓少缓则中变矣。呜呼! 魏公真宰相也。欧阳公言:
"吾为魏公作《昼锦堂记》,云'垂绅正笏,不动声色,措天下于太山之
安'者,正以此。"

尹师鲁以贬死,有子朴,方襁褓。既长,韩魏公闻于朝,命官。魏
公判北京,荐为幕属,教育之如子弟。朴少年有才,所为或过举,魏公
挂师鲁之像哭之。朴亦早死。呜呼! 魏公者,可以谓之君子矣。

张金部名方,为白波三门发运使,王司封名湛,为副使,文潞公父
令公名异,为属官,皆相善。张金部被召去,荐文令公为代。潞公为
子弟读书于孔目官张望家。望尝为举子,颇知书,后隶军籍,其诸子
皆为儒学。潞公少年好游,令公怪责之,潞公久不敢归。张望白令公
曰:"郎君在某家学问益勤苦,不复游矣。"因出潞公文数百篇,令公为
之喜。王司封欲以女嫁公,其妻曰:"文彦博者寒薄,其可托乎?"乃
已。后潞公出入将相,张望尚无恙。公判河南日,母申国太夫人生
日,张望自清河来献寿,有诗云:"庭下郎君为宰相,门前故吏作将
军。"张望以子通籍封将军云。望尝曰:"吾子孙当以立、门、金、石、心
为名。"长子靖,与潞公同年登科,兄弟为监司者数人。潞公遇之甚
厚。至"门"字行诸孙益显,有为侍从者。康节先生云:"尝见张将军
沈深雄伟,有异于众人。能识潞公于童子时,宜其有后也。"

文潞公少时，从其父赴蜀州幕官。过成都，潞公入江渎庙观画壁，祠官接之甚勤，且言夜梦神令洒扫祠庭，曰："明日有宰相来，君岂异日之宰相乎？"公笑曰："宰相非所望，若为成都，当令庙室一新。"庆历中，公以枢密直学士知益州，听事之三日，谒江渎庙，若有感焉。方经营改造中，忽江水涨，大木数千章蔽流而下，尽取以为材。庙成，雄壮甲天下。又长老曰："公为成都日，多宴会。岁旱，公尚出游，有村民持焦谷苗来诉。公罢会，斋居三日，祷于庙中，即日雨，岁大稔。"异哉！

文潞公幼时，与群儿击球，入柱穴中，不能取，公以水灌之，球浮出。司马温公幼与群儿戏，一儿堕大水瓮中，已没。群儿惊走，不能救。公取石破其瓮，儿得出。识者已知二公之仁智不凡矣。

卷第十

文潞公庆历中以枢密直学士知成都府。公年未四十，成都风俗喜行乐，公多燕集，有飞语至京师。御史何郯圣从，蜀人，因谒告归，上遣伺察之。圣从将至，潞公亦为之动。张俞少愚者谓公曰："圣从之来无足念。"少愚自迎见于汉州。同郡会有营妓善舞，圣从喜之，问其姓，妓曰："杨。"圣从曰："所谓杨台柳者。"少愚即取妓之项帕罗题诗曰："蜀国佳人号细腰，东台御史惜妖娆。从今唤作杨台柳，舞尽春风万万条。"命其妓作《柳枝词》歌之，圣从为之沾醉。后数日，圣从至成都，颇严重。一日，潞公大作乐以燕圣从，迎其妓杂府妓中，歌少愚之诗以酻圣从，圣从每为之醉。圣从还朝，潞公之谤乃息。事与陶毂使江南《邮亭词》相类云。张少愚者，奇士，潞公固重其人也。

韩魏公留守北京，李稷以国子博士为漕，颇慢公，公不为较，待之甚礼。俄潞公代魏公为留守，未至，扬言云："李稷之父绚，我门下士也。闻稷敢慢魏公，必以父死失教至此。吾视稷犹子也，果不悛，将庭训之！"公至北京，李稷谒见，坐客次，久之，公着道服出，语之曰："而父吾客也，只八拜。"稷不获已，如数拜之。稷后移陕漕，方五路兴兵取灵武，稷随军，威势益盛。一日早作，入鄜延军营，军士鸣鼓声喏，帅种谔卧帐中未兴。谔顷之出，对稷呼鼓角将问曰："军有几帅？"曰："太尉耳。"曰："帅未升帐，辄为转运粮草官鸣鼓声喏，何也？借汝之头以代运使者。"叱出斩之。稷仓皇引去，怖甚，不能上马，自此不敢入谔军。后朝廷遣给事中徐禧同延安帅沈括、副帅种谔领兵筑永乐城，谔议不合，括以闻朝廷，留谔守延安，徐专永乐之役。未至，夏人倾国围永乐城已急，监军李舜举裂襟作奏曰："臣无所恨，愿朝廷勿轻此贼。"李稷亦作奏，但云"臣千苦万苦也"。神宗得奏，皆为之动。城破，徐禧不知所在，或云降番，张芸叟言："有自西夏归见之者。"舜举自缢死。或云李稷以酷虐，乘乱为官军所杀。呜呼！稷不得其死，宜哉。

文潞公判北京，有汪辅之者新除运判，为人褊急。初入谒，潞公方坐厅事阅谒,置案上不问,入宅,久之乃出,辅之已不堪。既见,公礼之甚简,谓曰:"家人须令沐发,忘见,运判勿讶。"辅之沮甚。旧例,监司至之三日,府必作会,公故罢之。辅之移文定日检按府库,通判以次白公,公不答。是日,公家宴,内外事并不许通。辅之坐都厅,吏白侍中家宴,匙钥不可请。辅之怒,破架阁库锁,亦无从检按也。密劾潞公不治。神宗批辅之所上奏付潞公,有云"侍中旧德,故烦卧护北门,细务不必劳心。辅之小臣,敢尔无礼,将别有处置"之语。潞公得之不言。一日,会监司曰:"老谬无治状,幸诸君宽之。"监司皆愧谢,因出御批以示辅之。辅之皇恐逃归,托按郡以出。未几,辅之罢。呜呼!神宗眷遇大臣,沮抑小人如此,可谓圣矣!

元丰间,文潞公以太尉留守西京,未交印,先就第庙坐见监司、府官。唐介参政之子义问为转运判官,退谓其客尹焕曰:"先君为台官,尝言潞公,今岂挟以为恨耶?某当避之。"焕曰:"潞公所为必有理,姑听之。"明日,公交府事,以次见监司、府官如常仪。或以问公,公曰:"吾未视府事,三公见庶僚也。既交印,河南知府见监司矣。"义问闻之,复谓焕曰:"微君,殆有失于潞公也。"一日,潞公谓义问曰:"仁宗朝,先参政为台谏,以言某谪官,某亦罢相判许州。未几,某复召还相位。某上言唐某所言切中臣罪,召臣未召唐某,臣不敢行。仁宗用某言起参政通判潭州,寻至大用,与某同执政,相知为深。"义问闻潞公之言,至感泣,自此出入潞公门下。后潞公为平章重事,荐义问以集贤殿修撰,帅荆南。呜呼!潞公之德度绝人,盖如此。

洛城之东南午桥,距长夏门五里,蔡君谟为记,盖自唐已来为游观之地。裴晋公绿野庄,今为文定张公别墅,白乐天白莲庄,今为少师任公别墅,池台故基犹在。二庄虽隔城,高槐古柳,高下相连接。午桥西南二十里,分洛堰引洛水,正南十八里,龙门堰引伊水,以大石为杠,互受二水。洛水一支自后载门入城,分诸园,复合一渠,由天门街北天津、引龙二桥之南,东至罗门。伊水一支正北入城,又一支东南入城,皆北行,分诸园,复合一渠,由长夏门以东、以北至罗门,二水皆入于漕河。所以洛中公卿庶士园宅,多有水竹花木之胜。元丰初,开清汴,禁伊、洛水入城,诸园为废,花木皆枯死,故都形势遂减。四年，文潞公留守，以漕河故道湮塞，复引伊、洛水入城，入漕河，至偃师与伊、洛汇，以通漕运，隶白波辇运司，诏可之。自是由洛舟行可至京师，公私便之，洛城园圃复盛。公作亭河上，榜曰"漕河新亭"。元祐间，公还政归第，以几杖樽俎临是亭，都人士女从公游洛焉。

元丰五年，文潞公以太尉留守西都，时富韩公以司徒致仕，潞公慕唐白乐天九老会，乃集洛中卿大夫年德高者为耆英会。以洛中风俗尚齿不尚官，就资胜院建大厦，曰"耆英堂"，命闽人郑奂绘像其中。时富韩公年七十九，文潞公与司封郎中席汝言皆七十七，朝议大夫王尚恭年七十六，太常少卿赵丙、秘书监刘几、卫州防御使冯行己皆年七十五，天章阁待制楚建中、朝议大夫王慎言皆七十二，太中大夫张问、龙图阁直学士张焘皆年七十。时宣徽使王拱辰留守北京，贻书潞公，愿预其会，年七十一。独司马温公年未七十，潞公素重其人，用唐九老狄兼謩故事，请入会。温公辞以晚进，不敢班富、文二公之后。潞公不从，令郑奂自幕后传温公像，又至北京传王公像，于是预其会者，凡十三人。潞公以地主，携妓乐就富公宅第一会。至富公会，送羊酒不出，余皆次为会。洛阳多名园古刹，有水竹林亭之胜，诸老须眉皓白，衣冠甚伟，每宴集，都人随观之。潞公又为同甲会，司马郎中旦、程太常珦、席司封汝言，皆丙午人也，亦绘像资胜院。其后司马公与数公又为真率会，有约，酒不过五行，食不过五味，惟菜无限。楚正议违约增饮食之数，罚一会。皆洛阳太平盛事也。洛之士庶又生祠潞公于资胜院，温公取神宗送潞公判河南诗，隶书于榜曰"伫瞻堂"，塑公像其中，冠剑伟然，都人事之甚肃。初，温公自以晚辈不敢预富、文二公之会，潞公谓温公曰："某留守北京，遣人入大辽侦事回，云见虏主大宴群臣，伶人剧戏，作衣冠者，见物必攫取怀之，有从其后以梃扑之者，曰：'司马端明耶？'君实清名在夷狄如此。"温公愧谢。方潞公作耆英会时，康节先生已下世，有中散大夫吴执中者，少年登科，皇祐初已作秘书丞，不乐仕进，早休致，其年德不在诸公下，居洛多杜门，人不识其面，独与康节相善。执中未尝一至公府，其不预会者，非潞公遗之也。文潞公尝曰："人但以某长年为庆，独不知阅世既久，内外亲戚皆亡，一时交游凋零殆尽，所接皆藐然少年，无可论旧事者，正亦无足庆也。"范忠宣公亦曰："或相勉以摄生之理，不知人非久在世之物。假如丁令威千岁化鹤归乡，见城郭人民皆非，则彼独存何足乐者？"呜呼！皆达理之言也。

英宗即位，侍御史吕诲献可言欧阳修首建邪议，推尊濮安懿王，有累圣德，并劾韩琦、曾公亮、赵槩。积十余章，不从。乞自贬，又十余章，率其属以御史敕告纳帝前，曰："臣言不效，不敢居此位。"出知蕲州，徙晋州。神宗即位，擢天章阁待制，复知谏院，擢御史中丞。帝方励精求治，一日，紫宸早朝，二府奏事久，日刻宴，例隔登对官于后殿，须上更衣复坐，以次赞引。献可待对于崇政，司马温公为翰林学士，侍读延英阁，亦趋赞善堂待召，相遇朝路，并行而北。温公密问曰："今日请对，何所言？"献可举手曰："袖中弹文，乃新参政也。"温公愕然曰："王介甫素有学行，命下之日，众皆喜于得人，奈何论之？"献可正色曰："君实亦为此言耶？安石虽有时名，好执偏见，不通物情，轻信奸回，喜人佞己。听其言则美，施于用则疏。若在侍从，犹或可容；置诸宰辅，天下必受其祸矣。"温公又谕之曰："与公相知，有所怀不敢不尽。未见其不善之迹，遽论之不可。"献可曰："上新嗣位，富于春秋，朝夕谋议者，二三执政耳。苟非其人，则败国事。此乃腹心之疾，治之惟恐不及，顾可缓耶？"语未竟，阁门吏抗声追班，乃各趋以去。温公自经筵退，默坐玉堂，终日思之，不得其说。既而，缙绅间寝有传其疏者，多以为太过。未几，中书省置三司条例司，相与议论者，以经纶天下为己任，始变祖宗旧法，专务聚敛，私立条目，颁于四方，妄引《周官》，以实诛赏。辅弼异议不能回，台谏从官力争不能夺，州郡监司若奉行微忤其意，则谴责从之。所用皆憸薄少年，天下骚然。于是昔之怀疑者始愧仰叹服，以献可为知人。温公与安石相论辩尤力。神宗欲两用之，命温公为枢密副使，温公以言不从，不拜。以三书抵安石，冀其或听而改也。安石如故所为，终不听，乃绝交。温公既出，退居于洛，每慨然曰："吕献可之先见，吾不及也。"献可言安石不已，出知邓州。康节先生与献可善，方献可初赴召，康节与论天下事，至献可谪官，无一不如所言者。故献可之为邓州也，康节寄以诗云："一别星霜二纪中，升沉音问不相通。林间谈笑虽归我，天下安危且系公。万乘几前当謇谔，百花洲上略相从。不知月白风清夜，能忆伊川旧钓翁？"献可和云："冥冥鸿羽在云天，邈阻风音已十年。不谓圣朝求治理，尚容遗逸卧林泉。羡君身散随时乐，顾我官闲饱昼眠。应笑无成三黜后，病衰方始赋归田。"献可寻请宫祠归洛，温公、康节日相往来。献可病，自草章乞致仕，曰："臣无宿疾，偶值医者用术乖方，殊不知脉候有虚实，阴阳有逆顺，诊察有标本，治疗有先后，妄投汤剂，率任情意，差之指下，祸延四肢，寝成风痹，遂艰行步。非只惮跂躄之苦，又将虞心腹之变。势已及此，为之奈何！虽然一身之微，固未足恤；其如九族之托，良以为忧。是思纳禄以偷生，不俟引年而还政。"盖以一身之疾，喻朝政之病也。温公、康节日就卧内问疾，献可所言，皆天家国务之事，忧愤不能忘，未尝一语及其私也。一日，手书托温公以墓铭，温公亟省之，已瞑目矣。温公呼之曰："更有以见属乎？"献可复张目曰："天下事尚可为，君实勉之！"故温公志其墓，论献可为中丞时，则曰："有侍臣弃官家居者，朝野称其才，以为古今少伦。天子引参大政，众皆喜于得人，献可独以为不然，众莫不怪之。居无何，新为政者恃其才，弃众任己，厌常为奇，多变更祖宗法，专汲汲敛民财，所爱信引拔，时或非其人，天下大失望。献可屡争不能及，抗章条其过失曰：'误天下苍生者，必此人也。使久居庙堂，必无安靖之理。'又曰：'天下本无事，但庸人扰之耳。'"志未成，河南监牧使刘航仲通自请书石，既见其文，仲通复迟回不敢书。时安石在相位也。仲通之子安世曰："成吾父之美，可乎？"代书之。仲通又阴祝献可诸子勿摹本，恐非三家之福。时用小人蔡天申为京西察访，置司西都。天申厚赂镌工，得本以献安石。天申初欲中温公，安石得之，挂壁间，谓其门下士曰："君实之文，西汉之文也。"献可忍死谓温公以"天下尚可为，当自爱"，后温公相天下，再致元祐之盛，献可不及见矣。天下诵其言而悲之。至温公薨，献可之子由庚作挽诗云："地下若逢中执法，为言今日再升平。"记其先人之言也。司马温公尝曰："昔与王介甫同为群牧司判官，包孝肃公为使，时号清严。一日，群牧司牡丹盛开，包公置酒赏之。公举酒相劝，某素不喜酒，亦强饮，介甫终席不饮，包公不能强也。某以此知其不屈。"

卷第十一

　　神宗皇帝初召王荆公于金陵，一见奇之，自知制诰进翰林学士。荆公欲变更祖宗法度，行新法，退故老大臣，用新进少年。温公以为不然，力争之。神宗用荆公为参知政事，用温公为枢密副使，温公以言不从，辞不拜。枢密吕公弼因奏事殿上，谓帝曰："陛下用司马光为枢密，光以与王安石议论不同力辞，今日必来决去就。"时温公待对，立庭下，帝指之曰："已来矣。"帝又叹曰："汲黯在庭，淮南寝谋。"温公坚求去，帝不得已，乃除端明殿学士，知永兴军。到官逾月，上章曰："臣之不才，最出群臣之下。先见不如吕诲公，直不如范纯仁、程颢，敢言不如苏轼、孔文仲，勇决不如范镇。诲于安石始参政事之时，已言安石为奸邪，谓其必败乱天下，臣以为安石止于不晓事与狠愎尔，不至如诲所言。今观安石汲引亲党，盘据要津，挤排异己，占固权宠，常自以己意阴赞陛下内出手诏，以决外庭之事，使天下之威福在己，而谤议悉归于陛下，臣乃自知先见不如吕诲远矣！纯仁与颢皆安石素厚，安石拔于庶僚之中，超处清要。纯仁与颢睹安石所为，不敢顾私恩，废公议，极言其短。臣与安石南北异乡，用舍异道，臣接安石素疏，安石待臣素薄，徒以屡尝同僚之故，私心眷眷，不忍轻绝而显言之，因循以至今日。是臣不负安石而负陛下甚多，此其不如纯仁与颢远矣！臣承乏两制，逮事三朝，于国家义则君臣，恩犹骨肉，睹安石专逞其狂愚，使天下生民被荼毒之苦，宗庙社稷有累卵之危，臣畏懦惜身，不早为陛下别白言之。轼与文仲皆疏远小臣，乃敢不避陛下雷霆之威，安石虎狼之怒，上书对策，指陈其失，隳官获谴，无所顾虑，此臣不如轼与文仲远矣！人情，谁不贪富贵，恋俸禄。镇睹安石荧惑陛下，以佞为忠，以忠为佞，以是为非，以非为是，不胜愤懑，抗章极言，因自乞致仕，甘受丑诋，杜门家居。臣顾惜禄位，为妻子计，包羞忍耻，尚居方镇，此臣不如镇远矣！臣闻居其位者必忧其事，食其禄者必任其患，苟或不然，是为窃盗。臣虽无似，尝受教于君子，不忍以身为窃盗之行。今陛下惟安石之言是信，安石以为贤则贤，以为愚则愚，以为是则是，以为非则非，谄附安石者谓之忠良，攻难安石者谓之谗慝。臣之才识固安石之所愚，臣之议论固安石之所非，今日所言，陛下之所谓谗慝者也，伏望圣恩裁处其罪。若臣罪与范镇同，则乞依范镇例致仕；若罪重于镇，或窜或诛，所不敢逃。"帝必欲用公，召知许州，令过阙上殿。方下诏，帝谓监察御史里行程颢曰："朕召司马光，卿度光来否？"颢对曰："陛下能用其言，光必来；不能用其言，光必不来。"帝曰："未论用其言，如光者常在左右，人主自可无过。"公果辞召命，乞西京留司御史台，以修《资治通鉴》。后乞提举嵩山崇福宫。凡四任，历十五年。帝取所修《资治通鉴》，命经筵读之，所读将尽而进未至，则诏促之。帝因与左丞蒲宗孟论人才，及温公，帝曰："如司马光未论别事，只辞枢密一节，朕自即位以来，惟见此一人。"帝之眷礼于公不衰如此。特公以新法不罢，义不可起。元丰官制成，帝曰："御史大夫非用司马光不可。"蔡确进曰："国是方定，愿少俟之。"至元丰七年秋，《资治通鉴》书成进御，特拜公资政殿学士，赐带如二府品数者，修书官皆迁秩，召范祖禹及公子康为馆职。时帝初微感疾，既安，语宰辅曰："来春建储，以司马光、吕公著为师保。"帝意以谓非二公不可托圣子也。至来春三月，未及建储而帝升遐，神宗知公之深如此。当熙宁初，荆公建新法之议，帝惑之。至元丰初，圣心感悟，退荆公不用者七年，欲用公为御史大夫，为东宫师保，盖将倚以为相也。呜呼！天下不幸，帝未及用公而崩，此后世所以有朋党之祸也。

司马温公为西京留台，每出，前驱不过三节。后官宫祠，乘马或不张盖，自持扇障日。程伊川谓曰："公出无从骑，市人或不识，有未便者。"公曰："某惟求人不识尔。"王荆公辞相位，居钟山，惟乘驴。或劝其令人肩舆，公正色曰："自古王公虽不道，未尝敢以人代畜也。"呜呼！二公之贤多同，至议新法不合绝交，惜哉！

司马温公闲居西洛，著书之余，记本朝事为多，曰《斋记》、曰《日记》、曰《记闻》者不一也，今亡矣。时与王介甫已绝，其记介甫，则直书善恶不隐，曰："王安石，字介甫，抚州临川人。举进士，有名于时。庆历二年第五人登科，初签署扬州判官，后知鄞县。好读书，能强记，虽后进投艺及程试文有美者，读一过辄成诵在口，终身不忘。其属文，动笔如飞，初若不措意，文成，观者皆服其精妙。友爱诸弟，俸禄入家，数月辄无，为诸弟所费用，家道屡空，一不问。议论高奇，能以辩博济其说，人莫能诎。始为小官，不汲汲于仕进。皇祐中，文潞公为宰相，荐安石及张瓌、曾公定、韩维四人恬退，乞朝廷不次进用，以激浇竞之风。有旨皆籍记其名。至和中，召试馆职，固辞不就，乃除群牧判官，又辞，不许，乃就职。少时恳求外补，得知常州，由是名重天下，士大夫恨不识其面。朝廷尝欲授以美官，惟患其不肯就也。自常州徙提点江南西路刑狱。嘉祐中，除馆职、三司度支判官，固辞，不许。未几，命修《起居注》，辞以新入，馆职中先进甚多，不当超处其右。章十余上，有旨令阁门吏赍敕就三司授之，安石不受，吏随而拜之，安石避之于厕。吏置敕于案而去，安石使人追而与之。朝廷卒不能夺。岁余，复申前命，安石又辞，七八章乃受。寻除知制诰，自是不复辞官矣。"伯温惜其不传于代，故表出之。

熙宁初，朝廷遣大理寺丞蔡天申为京西察访，枢密挺之子也。至西京，以南资福院为行台，挟其父势，妄作威福，震动一路。河南尹李中师待制、转运使李南公等，日蚤晚衙待之甚恭。时司马温公判留司御史台，因朝谒应天院神御殿，天申者独立一班，盖尹以下不敢相压也。既报班齐，温公呼知班曰："引蔡寺丞归本班。"知班引天申立监竹木务官富赞善之下。盖朝仪位著以官为高下，朝谒应天院，留台职也。天申即日行。

司马温公居洛时，往夏县展墓，省其兄郎中公，为其群从乡人说书讲学。或乘兴游荆、华诸山以归，多游寿安山，买瓷窑畔，为休息之地。尝同范景仁过韩城，抵登封，憩峻极下院，登嵩顶，入崇福宫会善寺，由辕辕道至龙门，游广爱、奉先诸寺，上华严阁、千佛嵓，寻高公堂，渡潜溪，入广化寺，观唐郭汾阳铁像，涉伊水至香山皇龛，憩石楼，临八节滩，过白公影堂。凡所经从，多有诗什，自作序，曰《游山录》，士大夫争传之。公不喜肩舆，山中亦乘马，路险，策杖以行，故嵩山题字曰："登山有道：徐行则不困，措足于平稳之地则不跌，慎之哉！"其旨远矣。方公退居于洛也，齐物我，一穷通，若将终身焉。一日出相天下，则功被社稷，泽及生灵。呜呼！真古所谓大丈夫矣。

元丰四年，官制书成，神宗自禁中帖定图本出，先谓宰辅曰："官制将行，欲取新旧人两用之。"又曰："御史大夫非司马光不可。"蔡确进曰："国是方定，愿少迟之。"王珪亦助之。又有旨范纯仁、李常除太常少卿，珪、确奏曰："纯仁已病，止用李常。"后纯仁弟纯粹自京东提举常平移陕西转运判官，上殿，帝问："纯仁无恙？"纯粹曰："臣兄纯仁无恙。"帝方悟。时纯仁为西京留台，寻除直龙图阁、知河南府，擢庆阳帅。珪、确知帝欲用之，故不令入朝。呜呼！王珪、蔡确者不能将顺神宗美意，取新旧人兼用之，遂起朋党之祸，盖其罪大矣！

元丰变法之后，重以大兵大狱，天灾数见，盗贼纷起，民不聊生。神宗悔之，欲复祖宗旧制，更用旧人，遽厌代未暇，而德音诏墨具在，可为一时痛惜者也！司马温公自与王荆公论不合，不拜枢密副使，退居西洛，负天下重望十五年矣。故哲宗即位，宣仁太后同听政，首起公为宰相，其于政事，不容有回忌也，故公取其害民之尤甚者罢之。王荆公尝有恙，叹曰："终始谓新法为不便者，独司马君实耳。"盖知其贤而不敢怨也。或谓公曰："元丰旧臣，如章惇、吕惠卿辈皆小人，它日有以父子之义闻上，则朋党之祸作矣，不可不惧。"公正色曰："天若祚宋，当无此事。"遂改之不疑。呜呼！公之勇猛，孟轲不如也。若曰当参用元丰旧臣，共变其法，以绝异时之祸，实公所不取也。自国朝治乱论之，曰元祐党者，岂非天哉！后世思公之言，可以流涕痛哭矣。

王荆公知明州鄞县，读书为文章，三日一治县事。起堤堰，决陂塘，为水陆之利。贷谷于民，立息以偿，俾新陈相易。兴学校，严保伍，邑人便之。故熙宁初为执政所行之法，皆本于此。然荆公之法，行于一邑则可，不知行于天下不可也。又所遣新法使者，多刻薄小人，急于功利，遂至决河为田，坏人坟墓室庐、膏腴之地，不可胜纪。青苗虽取二分之利，民请纳之费，至十之七八。又公吏冒民，新旧相因，其弊益繁。保甲保马尤为害，天下骚然，不得休息，盖祖宗之法益变矣。独役法，新旧差募二议俱有弊。吴、蜀之民以雇役为便，秦、晋之民以差役为便，荆公与司马温公皆早贵，少历州县，不能周知四方风俗，故荆公主雇役，温公主差役，虽旧典，亦有弊。苏内翰、范忠宣，温公门下士，复以差役为未便；章子厚，荆公门下士，复以雇役为未便。内翰、忠宣、子厚虽贤否不同，皆聪明晓吏治，兼知南北风俗，其所论甚公，各不私于所主。元祐初，温公复差役，改雇役，子厚议曰："保甲保马，一日不罢有一日害。如役法，则熙宁初以雇役代差役，议之不详，行之太速，速故有弊。今复以差役代雇役，当详议熟讲，庶几可行。而限止五日，太速，后必有弊。"温公不以为然。子厚对太皇太后帘下与温公争辩，至言"异日难以奉陪吃剑。"太后怒其不逊，子厚罪去。蔡京者，知开封府，用五日限尽改畿县雇役之法为差役，至政事堂白温公，公喜曰："使人人如待制，何患法之不行。"绍圣初，子厚入相，复议以雇役改差役，置司讲论，久不决。蔡京兼提举，白子厚曰："取熙宁、元丰法施行之耳，尚何讲为？"子厚信之，雇役遂定。蔡京前后观望反复，贤如温公，暴如子厚，皆足以欺之，真小人耳。温公已病，改役法限五日，欲速行之，故利害未尽。议者谓差役、雇役二法兼用则可行。雇役之法，凡家业至三百千者听充，又许假借府吏胥徒雇之，无害衙前，非雇上户有物力行止之人，则主官物护纲运有侵盗之患矣。唯当革去管公库公厨等事，虽不以坊场河渡酬其劳可也。雇役则皆无赖少年应募，不自爱惜，其弊不可胜言。故曰差、雇二法并作并用，则可行也。荆公新法，农田水利当时自不能久行，保甲保马等相继亦罢，独青苗散敛，至建炎中国乱始罢。呜呼！荆公以不行新法不作宰相，温公以行新法不作枢密副使，神宗退温公而用荆公，二公自此绝交。

王荆公天资孝友，俸禄入门，诸弟辄取以尽，不问。其子雱既长，专家政，则不然也。荆公诸弟皆有文学，安礼者，字和甫，事神宗为右丞，气豪玩世，在人主前不屈也。一日，宰执同对，上有无人材之叹，左丞蒲宗孟对曰："人材半为司马光以邪说坏之。"上不语，正视宗孟久之。宗孟惧甚，无以为容。上复曰："蒲宗孟乃不取司马光耶？司马光者未论别事，只辞枢密一节，朕自即位以来，唯见此一人。他人则虽迫之使去，亦不肯矣。"又因泛论古今人物，宗孟盛称扬雄之贤，上作色而言曰："扬雄著《剧秦美新》，不佳也。"上不乐。宗孟又因奏书请官属恩，上曰："所修书谬甚，无恩。"宗孟又引例书局、仪鸾司等当赐帛，上以小故未答。安礼进曰："修书谬，仪鸾司者恐不预。"上为之笑。罢朝，安礼戏宗孟曰："扬雄为公坐累矣。"方苏子瞻下御史狱，小人劝上杀之，安礼言其不可。安国者，字平甫，尤正直有文。一日，荆公与吕惠卿论新法，平甫吹笛于内，荆公遣人谕曰："请学士放郑声。"平甫即应曰："愿相公远佞人。"惠卿深衔之。后荆公罢，竟为惠卿所陷，放归田里，卒以穷死。雱者，字元泽，性险恶，凡荆公所为不近人情者，皆雱所教。吕惠卿辈奴事之。荆公置条例司，初用程颢伯淳为属。伯淳，贤士。一日盛暑，荆公与伯淳对语，雱囚首跣足，手携妇人冠以出，问荆公曰："所言何事？"荆公曰："以新法数为人沮，与程君议。"雱箕踞以坐，大言曰："枭韩琦、富弼之头于市，则新法行矣。"荆公遽曰："儿误矣。"伯淳正色曰："方与参政论国事，子弟不可预，姑退。"雱不乐去。伯淳自此与荆公不合。祖宗之制，宰相之子无带职者。神宗特命雱为从官，然雱已病不能朝矣。雱死，荆公罢相，哀悼不忘，有"一日凤鸟去，千年梁木摧"之诗，盖以比孔子也。荆公在钟山，尝恍惚见雱荷铁枷杻如重囚者，荆公遂施所居半山园宅为寺，以荐其福。后荆公病疮良苦，尝语其侄曰："亟焚吾所谓《日录》者。"侄绐公，焚他书代之，公乃死。或云又有所见也。

王荆公知制诰，吴夫人为买一妾，荆公见之曰："何物也？"女子曰："夫人令执事左右。"安石曰："汝谁氏？"曰："妾之夫为军大将，部米运失舟，家资尽没，犹不足，又卖妾以偿。"公愀然曰："夫人用钱几何得汝？"曰："九十万。"公呼其夫，令为夫妇如初，尽以钱赐之。司马温公从庞颍公辟为太原府通判，尚未有子。颍公夫人言之，为买一妾，公殊不顾。夫人疑有所忌也，一日教其妾："候我出，汝自装饰至书院中。"冀公一顾也。妾如其言，公诃曰："夫人出，汝安得至此？"亟遣之。颍公知之，对僚属咨其贤。荆公、温公不好声色，不爱官职，不殖货利皆同。二公除修注，皆辞至六七，不获已方受。温公除知制诰，以不善作辞令屡辞，免，改待制。荆公官浸显，俸禄入门，任诸弟取去尽不问。温公通判太原时，月给酒馈待宾客，外辄不请。晚居洛，买园宅，犹以兄郎中为户。故二公平生相善，至议新法不合，始著书绝交矣。

卷第十二

　　吕晦叔、王介甫同为馆职，当时阁下皆知名士，每评论古今人物治乱，众人之论必止于介甫，介甫之论又为晦叔止也。一日，论刘向当汉末言天下事，反复不休，或以为知忠义，或以为不达时变，议未决。介甫来，众问之，介甫卒对曰："刘向强聒人耳。"众意未满。晦叔来，又问之，则曰："同姓之卿欤。"众乃服。故介甫平生待晦叔甚恭，尝简晦叔曰："京师二年，鄙吝积于心，每不自胜。一诣长者，即废然而反。夫所谓德人之容使人之意消者，于晦叔得之矣。以安石之不肖，不得久从左右，以求于心而稍近于道。"又曰："师友之义，实有望于晦叔。"故介甫作相，荐晦叔为中丞。晦叔迫于天下公议，及言新法不便，介甫始不悦，谓晦叔有驩兜、共工之奸矣。

　　王荆公与吕申公素相厚，荆公尝曰："吕十六不作相，天下不太平。"又曰："晦叔作相，吾辈可以言仕矣。"其重之如此。议按举时，其论尚同。荆公荐申公为中丞，欲其为助，故申公初多举条例司人作台官。既而天下苦条例司之为民害，申公乃言新法不便。荆公怒其叛己，始有逐申公意矣。方其荐申公为中丞，其辞以谓有八元、八凯之贤；未半年，所论不同，复谓有驩兜、共工之奸。荆公之喜怒如此。初亦未有以罪申公也，会神宗语执政，吕公著尝言："韩琦乞罢青苗钱，数为执事者所沮，将兴晋阳之甲，以除君侧之恶。"荆公因用此为申公罪，除侍读学士，知颍州。宋次道当制辞，荆公使之明著其语，陈相旸叔以为不可，次道但云："敷奏失实，援据非宜。"荆公怒，自改之曰："比大臣之抗章，因便殿之与对，辄诬方镇，有除恶之谋，深骇予闻，无事理之实。"申公素谨密，实无此言。或云孙觉莘老尝为上言："今藩镇大臣如此论列而遭挫折，若当唐末五代之际，必有兴晋阳之甲以除君侧之恶者矣。"上已忘其人，但记美须，误以为申公也。熙宁四年，申公以提举嵩山崇福宫居洛，寓兴教僧舍，欲买宅，谋于康节先生。康节曰："择地乎？"曰："不。""择材乎？"曰："不。"康节曰："公有宅矣。"未几,得地于白师子巷张文节相宅西,随高下为园宅,不甚宏壮。康节、温公、申公时相往来,申公寡言,见康节必从容,终日亦不过数言而已。一日,对康节长叹曰:"民不堪命矣!"时荆公用事,推行新法者皆新进险薄之士,天下骚然,申公所叹也。康节曰:"王介甫者,远人,公与君实引荐至此,尚何言!"公作曰:"公著之罪也。"十年春,公起知河阳,河南尹贾公昌衡率温公、程伯淳饯于福先寺上东院,康节以疾不赴。明日,伯淳语康节曰:"君实与晦叔席上各辩论出处不已,某以诗解之曰:'二龙闲卧洛波清,几岁优游在洛城。愿得二公齐出处,一时同起为苍生。'"申公镇河阳岁余,召拜枢密副使。后以资政殿学士知定州,又以大学士知扬州。哲宗即位,拜左丞,迁门下侍郎,与温公并相,元祐如伯淳之诗云。伯温以经明行修命官,见公于东府。公语及康节,咨叹久之,谓伯温曰:"科名特入仕之门,高下勿以为意,立身行道,不可不勉。"伯温起谢焉。公三子,希哲、希积、希纯,皆师事康节,故伯温与之游甚厚。三年,公辞位,拜司空平章军国事,次年薨。

王介甫与苏子瞻初无隙,吕惠卿忌子瞻才高,辄间之。神宗欲以子瞻为同修起居注,介甫难之。又意子瞻文士,不晓吏事,故用为开封府推官以困之。子瞻益论事无讳,拟廷试策,献万言书,论时政甚危,介甫滋不悦子瞻。子瞻外补官。中丞李定,介甫客也,定不服母丧,子瞻以为不孝,恶之,定以为恨,劾子瞻作诗谤讪。子瞻自知湖州下御史狱,欲杀之,神宗终不忍,贬散官,黄州安置。移汝州,过金陵,见介甫,甚欢。子瞻曰:"某欲有言于公。"介甫色动,意子瞻辨前日事也。子瞻曰:"某所言者,天下事也。"介甫色始定,曰:"姑言之。"子瞻曰:"大兵大狱,汉、唐灭亡之兆,祖宗以仁厚治天下,正欲革此。今西方用兵,连年不解,东南数起大狱,公独无一言以救之乎?"介甫举手两指示子瞻曰:"二事皆惠卿启之,某在外,安敢言?"子瞻曰:"固也。然在朝则言,在外则不言,事君之常礼耳。上所以待公者非常礼,公所以事上者,岂可以常礼乎?"介甫厉声曰:"某须说。"又曰:"出在安石口,入在子瞻耳。"盖介甫尝为惠卿发其"无使上知"私书,尚畏惠卿,恐子瞻泄其言也。介甫又语子瞻曰:"人须是知行一不义,杀一不辜,得天下弗为,乃可。"子瞻戏曰:"今日之君子争减半年磨勘,虽杀人亦为之。"介甫笑而不言。

王荆公晚年于钟山书院多写"福建子"三字,盖悔恨于吕惠卿者,恨为惠卿所陷,悔为惠卿所误也。每山行,多恍惚独言若狂者。田昼承君云,荆公尝谓其侄防曰:"吾昔好交游甚多,皆以国事相绝。今居闲,复欲作书相问。"防忻然为设纸笔案上,公屡欲下笔作书,辄长叹而止,意若有所愧也。公既病,和甫以邸吏状视公,适报司马温公拜相,公怅然曰:"司马十二作相矣。"公所谓《日录》者,命防收之。公病甚,令防焚去,防以他书代之。后朝廷用蔡卞请,下江宁府,至防家取《日录》以进。卞方作史,惧祸,乃假《日录》减落事实,文致奸伪,上则侮薄神宗,下则诬毁旧臣,尽改元祐所修《神宗正史》。盖荆公初相,以师臣自居,神宗待遇之礼甚厚。再相,帝滋不悦,议论多异同,故以后《日录》卞欺,神宗匿之。今见于世止七十余卷,陈莹中所谓"尊秘史以压宗庙"者也。伯温窃谓,荆公闻温公入相则曰:"司马十二作相矣。"盖二公素相善,荆公以行新法作相,温公以不行新法辞枢密使,反复相辩论,三书而后绝。荆公知温公长者,不修怨也。至荆公薨,温公在病告中闻之,简吕申公曰:"介甫无他,但执拗耳。赠恤之典宜厚。"大哉!温公之盛德不可及矣。

范蜀公以侍从事仁宗,首建立皇子之议,事英宗又言称亲濮安懿王为非礼,以此名重天下。熙宁初,王荆公始用事,公以直言正论折之不能胜,上章乞致仕,曰:"陛下有纳谏之资,大臣进拒谏之计;陛下有爱民之性,大臣用残民之术。"荆公见之,怒甚,持其疏至手战。冯当世解之曰:"参政何必尔。"遂落翰林学士,以本官户部侍郎致仕。舍人蔡延庆行词,荆公不快之,自草制,极于丑诋。明日,蔡延庆因贺公,具以制词出于荆公为解,公笑诵其词曰:"外无任职之能,某披襟当之;内有怀利之实,则夫子自道也。"公上表谢,其略曰:"虽曰乞身而去,敢忘忧国之心!"又曰:"望陛下集群议为耳目,以除壅蔽之奸;任老成为腹心,以养和平之福。"天下闻而壮之。公既退居,专以读书赋诗自娱,客至辄置酒尽欢。或劝公称疾杜门,公曰:"死生祸福,天也,吾其如天何?"久之,以二人肩舆归蜀,极江山登临之胜,赈其宗族之贫者，期年而后还。元祐初，哲宗登位，宣仁后垂帘同听政，首以诏特起公，诏曰："西伯善养，二老来归；汉室卑词，四臣入侍。为我强起，无或惮勤，天下望公与温公同升矣。"公辞曰："六十三而求去，盖以引年；七十九而复来，岂云中礼？"卒不起。先是，神宗山陵，公会葬陵下，蔡京见公曰："上将起公矣。"公正色曰："某以论新法不合，得罪先帝。一旦先帝弃天下，其可因以为利？"故公卒不为元祐二圣一起。绍圣初，章惇、蔡卞欲并斥公为元祐党，将加追贬，蔡京曰："京亲闻蜀公之言如此，非党也。"惇、卞乃已。或曰："司马温公、范蜀公同以清德闻天下，其初论新法不便，若出于一人之言，而晚乃出处不同，何也？"伯温曰："熙宁初，温公、蜀公坐言新法，蜀公致仕，温公不拜枢密副使，请宫祠者十五年。元丰末，神宗升遐，哲宗、宣仁太后首用温公为宰相，蜀公既致政于熙宁之初，义不为元祐起也。此二公出处之不同，其道则同也。"

眉山苏明允先生，嘉祐初游京师，时王荆公名始盛，党与倾一时，欧阳文忠公亦善之。先生，文忠客也，文忠劝先生见荆公，荆公亦愿交于先生。先生曰："吾知其人矣，是不近人情者，鲜不为天下患。"作《辩奸》一篇，为荆公发也，其文曰："事有必至，理有固然。惟天下之静者，乃能见微而知著。月晕而风，础润而雨，人人知之。事之推移，理之相因，其疏阔而难知，变化而不可测者，孰与天地阴阳之事。而贤者有不知，其故何也？好恶乱其中，而利害夺其外也。昔者，羊叔子见王衍，曰：'误天下苍生者，必此人也。'郭汾阳见卢杞，曰：'此人得志，吾子孙无遗类矣。'自今言之，其理固有可见者。以吾观之，王衍之为人也，容貌言语固有以欺世而盗名者，然不忮不求，与物浮沉，使晋无惠帝，仅得中主，虽衍百千，何从而乱天下乎？卢杞之奸，固足以败国，然不学无文，容貌不足以动人，言语不足以眩世，非德宗之鄙暗，亦何从而用之？由是言之，二公之料二子，亦容有未必然也。今有人口诵孔、老之言，身履夷、齐之行，收召好名之士、不得志之人，相与造作语言，私立名字，以为颜渊、孟轲复出，而阴贼险狠与人异趣，是王衍、卢杞合而为一人也，其祸可胜言哉！夫面垢不忘洗，衣垢不忘浣，此人之至情也。今也不然，衣夷狄之衣，食犬彘之食，囚首丧面而谈诗书,此岂其情也哉?凡事之不近人情者,鲜不为大奸慝,竖刁、易牙、开方是也。以盖世之名而济未形之恶,虽有愿治之主,好贤之相,犹当举而用之,则其为天下之患必然而无疑者。非特二子之比也。孙子曰:'善用兵者,无赫赫之功。'使斯人而不用也,则吾之言为过,而斯人有不遇之叹,孰知祸之至于此哉!不然,天下将被其祸,而吾获知言之名。悲夫!"斯文出,一时论者多以为不然。虽其二子,亦有嘻其甚矣之叹。后十余年,荆公始得位为奸,无一不如先生言者。吕献可中丞于熙宁初荆公拜参知政事日,力言其奸,每指荆公曰:"乱天下者,必此人也。"又曰:"天下本无事,但庸人扰之耳。"司马温公初亦以为不然,至荆公虐民乱政,温公乃深言于上,不从,不拜枢密副使以去。又贻荆公三书,言甚苦,冀荆公之或从也。荆公不从,乃绝之。温公怅然曰:"吕献可之先见,余不及也。"若明允先生,其知荆公,又在献可之前十余年矣。岂温公不见《辩奸》耶?独张文定公表先生墓具载之。

钱朝请者,名景谌,忠懿王孙。嘉祐间官殿直,巡辖西京马递铺。锁厅登进士第,师事康节先生,与仲父同场屋。仲父之葬,康节属以为志。熙宁八年,与王十三丈诏景献同从瀛帅张谏议八丈景宪正国辟为属官,因康节寄钱丈、王丈诗,张丈见之,寄康节诗曰:"桥边处士文如锦,塞上将军发似霜。"钱丈与王荆公善,后荆公用事,论新法不合,遂相绝,终身为外官。其家集有《答兖守赵度支书》,自序甚详云。彼者,指荆公也,足以见钱丈之贤矣。其书曰:"景谌再拜督府度支器之八兄执事:专使至,蒙赐书周悉,既感且慰。兼审府政清闲,晏居多暇豫,甚善甚善。某与吾兄别已八九年,其间悲哀离忧,家事百出,患难多而欢意少,都无目前之乐。虽人事使然,亦年齿将衰,情悰不佳耳。每遇美景乐事,群居众处之际,反戚戚感伤至终日,惨然而去。不知吾兄怀抱又如何也,及蒙垂问八九年间所得所失,并问及拒时宰事,乃劝仆以远祸辱计。吾兄以人言之闻,未判其是非,故此及之也。仆亦不自知其为是为非,但量己之力行己之见而已。试为吾兄一二陈之。始仆为进士时,彼为太常博士主别头试,取仆于数百人之中,以为知道者,得预荐,送于春官。彼又称重于公卿间,是后日游其门,执师弟子之礼,授经论文,非二帝三王之道,孔子、孟轲之言不言。及其提点畿内,仆为畿簿,当是时,学士大夫趋之者不一,独以文称荐,则亲其人亦已熟矣。及仆调荣阳泽令,继丁家难,闻其参大政,天下之人无不欢喜鼓舞,谓其必能复三代之风,一致太平。是时,仆自许昌以私事来京师,因见之于私第。方盛夏,与僧智缘者并卧于地,又与其最亲者一人袒露而坐于旁,顾仆脱帽褫服,初不及其他。卒然问曰:'青苗、助役如何?'仆对以'利少而害多,后日必为平民之患'。又问曰:'孰为可用之人?'则对以'居丧不交人事,而知人之难尤非浅浅事'。彼不乐。仆私自谓,大贤为政于天下,必有奇谋远业,出人意表,亦不敢必其无乱。及归许,见变易祖宗法度,专以聚敛苛刻为政,而务新奇,谓为新法。而天下好进之人,纷纷然以利进矣,殊非前日之所讲而闻者。又二三年,仆以调官来京师,当其作相当国,又往见之。彼喜仆之来,令先见其弟平甫。平甫固故人知我者,亦喜曰:'相君欲以馆阁处君而任以事。'仆戏与平甫相诮,以谓'百事皆可,所不知者,新书役法耳'。平甫虽以仆为太方,然击节赏叹,以仆为知言。及见彼,首言欲仆治峡路役书,又以戎泸蛮事见委。仆以不知峡路民情,而戎泸用兵系朝廷举动,一路生灵休戚,愿择知兵爱人者。彼大怒。是时坐客数十人,无不为仆寒心者。及退,就谒舍,有为仆赏激者,有指仆以为矫而诋者。仆固已自得于胸中,亦不屑人言之是非也。仆每观自古以来,好利者众,顾义者寡,故天下万事率皆由人而不在于己。何也? 利胜于义也。是以君子置其由人者,而行其在己者,故出处去就,我固有者也。必本于义,而行之在我,则有所不为。苟为利所动,而亦由于人,则盗亦可为也。夫盗之所以为盗者,利胜于义,而不知所以为之者。仆尝病此风行之于天下也甚久,历千百年无一人正其弊而晓其俗者,以是行之于世,愈益自信而不疑,又何人言之恤哉! 仰不愧于天,俯不愧于人,内不愧于心,仆之所得如此。当时虽私自喜得不致于祸以为厚幸,然又以哀其人识浅而虑暗困,不知治乱兴亡之本而暗于治体。自国朝以来,得君未有如此之专者。方天子聪明神圣,祖宗积德百年,仁恩惠泽沦人骨髓,而未有享之者,正当辅天子以道德,施忠厚之化,以承列圣之休,享百年之泽,安养元元之民,与天下共之,致太平之业,成万世不可拔之基,以贻子孙于无穷。而反玩兵黩刑,变乱天常,以祖宗为不足法,蔽塞人主聪明,离天下之心,以基乱阶,此忠臣义士尤所痛惜也。后仆官繁、邓,彼益任政用事,而一代成法,无一二存者。百姓怨苦,而郡县吏惴惴忧惧,虞以罪去者,不但变其法制而已。至于教人之道,治人之术,经义文章,自名一家之学,而官人苛政,皆去故旧而务新奇,天下靡然向风矣。乃以穿凿六经,入于虚无,牵合臆说,作为《字解》者,谓之时学;而《春秋》一王之法独废而不用,又以荒唐诞怪,非昔是今,无所统纪者,谓之时文;倾险趋利,残民而无耻者,谓之时官。驱天下之人务时学,以时文邀时官。仆既预仕籍,而所学者圣贤事业,专以《春秋》为之主,皆大中至正三纲五常之道。其所为文,学六经而为,必本于道德性命,而一归于仁义。其施于官者,则又忠厚爱人,兼善天下之道。自顾不合于时,而学之又不能,方惶惶然无所容其迹,而故人张谏议正国辟仆为高阳帅幕,到官已逾一年矣。幸而主人仁厚镇静,边鄙无事,得优游于文史。而才到又得一子,今已三岁,一女早嫁令族,顾一身都无所累。然有贫老之兄,又一弟早卒,孤遗藐然,未毕婚嫁。即主人罢府,当求抱关击柝之仕以为贫藏身,避当涂之怒。今春邵尧夫先生亦有书招我为洛中之游,兼有诗云:'年光空去也,人事转萧然。'止俟贫而老者生事粗足,幼而孤者有分有归,亦西归洛中,守先人坟墓,徜徉于有洛之表,吾愿毕矣。吾兄爱我素厚,知我此志,故尽仆所怀。看讫裂去,无以示人,以远吾祸。闻吾兄亦治明水之居,不知何时定归?因书垂及。相去甚远,未有占会之期,唯爱民自厚,他无足祷云。"

卷第十三

刘仲通慕司马温公、吕献可之贤，方温公欲志献可墓，时仲通自请书石。温公之文出，直书王介甫之罪不隐，仲通始有惧意。其子安世，字器之，出入温公门下，代其父书，自此益知名。至温公入相元祐，荐器之为馆职，谓器之曰："足下知所以相荐否？"器之曰："某获从公游旧矣。"公曰："非也。某闲居，足下时节问讯不绝，某位政府，足下独无书，此某之所以相荐也。"至温公薨，器之官浸显，为温公之学益笃，故在台谏以忠直敢言闻于时。绍圣初，党祸起，器之尤为章惇、蔡卞所忌，远谪岭外。盛夏奉老母以行，途人皆怜之，器之不屈也。抵一郡，闻有使者自京师来，人为器之危之。郡将遣其客来，劝器之治后事，客泣涕以言。器之色不动，留客饭，谈笑自若。对客取笔书数纸，徐呼其纪纲之仆，从容对曰："闻朝廷赐我死，即死，依此数纸行之。"笑谓客曰："死不难矣。"客从其仆取其所书纸阅之，则皆经纪其家与经纪其同贬当死者之家事甚悉，客惊叹，以为不可及也。器之留数日，使者入海岛，杖死内臣陈衍，盖章惇、蔡卞固令迁往诸郡，逼诸流人自尽耳。器之一日行山中，扶其母篮舁憩树下，有大蛇冉冉而至，草木皆披靡，担夫惊走，器之不动也。蛇若相向者，久之乃去。村民罗拜器之曰："官，异人也。蛇，吾山之神也，见官喜相迎耳。官远行无恙乎！"建中靖国初，以上皇登极，赦恩得归，居南京，寻复从官帅定武。蔡京用事，再落职以死。呜呼！温公门下士多矣，如器之者，所守凛然，死生祸福不变，真元祐人也。器之平生喜读《孟子》，故其刚大不桡之气似之。

熙宁间，上书者言，秦州闲田万余顷，赋民耕之，岁可得谷三万石，因籍所赋者为弓箭手。并边有积年滞钞不用，用之以迁蜀货而鬻于边州，官于古渭砦置市易务，因之可以开河湟，复故土，断匈奴右臂。宰相力行其议，知秦州事李师中极言其不可，乃命开封府推官王尧臣同内侍押班李若愚按其实。尧臣还奏曰："臣按所谓闲田者皆无之，且兴货以积境上，实启戎心，开边隙，为后害甚大，臣窃以谓不可也。"闻者以其言为难。尧臣后为贤从官，其墓志所载如此。伯温曰：上书者，王韶也；宰相力行者，王介甫也；知秦州李师中者，郓州名臣李诚之待制也。介甫主韶之说，为熙河之役，天下之士无敢言其不可者，王公独能言之，难哉！

熙宁中，朝廷有"生老病死苦"之语，时王荆公改新法，日为生事，曾鲁公以年老依违其间，富、韩二公称病不出，唐参政与荆公争，按问欲理直不胜，疽发背死，赵清献唯声苦。时范忠宣公为侍御史，皆劾之，言荆公章云："志在近功，忘其旧学。"言富公章云："谋身过于谋国。"言曾公、赵公章云："依违不断可否。"忠宣每曰："以王介甫比莽、卓，过矣，但急于功利，遂忘素守。"荆公犹欲用忠宣为同修起居注，忠宣不从，出为陕西漕，又移成都漕。荆公不悦，竟以事罢之。

元丰初，蔡确排吴充罢相，指王珪为充党，欲并逐之。珪畏确，引用为执政。时珪独相久，神宗厌薄之，珪不悟。确机警，觉之。一日，密问珪曰："近上意于公厚薄何如？"珪曰："无他。"确曰："上厌公矣。"珪曰："奈何？"确曰："上久欲收复灵武，患无任责者，公能任责，则相位可保也。"珪喜谢之。适江东漕张琬有违法事，帝语珪欲遣官按治，珪以帝意告都检正俞充，充与琬善，以书告琬。琬上章自辩，帝问珪曰："张琬事唯语卿，琬何从知？"珪以漏上语，退朝甚忧，召俞充问之，充对以实。珪曰："某与君俱得罪矣，然有一策，当除君帅环庆，亟上取灵武之章，上喜之可免。"乃除充待制，帅环庆，充果建取灵武之章。未几，充暴卒，以高遵裕代之。有旨以遵裕节度五路大兵，为灵武之役。泾原副帅刘昌祚领大兵先至灵武城下，以遵裕未至，不敢进。熙河李宪兵不至，鄜延副帅种谔独乞班师。遵裕至，夏人大集，决黄河水以灌我师，冻馁沉溺不战而死者十余万人。遵裕狼狈以遁，虏追袭之。谔拥兵不救，以实其说。推其兵端由王珪避漏泄上语之罪所致。绍圣初，谓珪策立哲宗有异议，以为臣不忠，追贬，实非其罪，而灵武之祸，其罪也。蔡确罪尤大，贬死新州，有以也夫。蔡确鞫相州狱，朝士被系者，确令狱卒与之同室而处，同席而寝，饮食旋溷共在一室，置大盆于前，凡馈食者，羹饭饼饵悉投其中，以杓匀搅，分饲之如犬豕，置不问。故系者幸其得问，无罪不承。確专以起狱致位宰相云。

章惇者，郇公之疏族，举进士，在京师馆于郇公之第。私族父之妾，为人所掩，逾垣而出，误践街中一妪，为妪所讼。时包公知开封府，不复深究，赎铜而已。惇后及第，在五六人间，大不如意，诮让考试官。人或求观其敕，掷地以示之，士论忿其不恭。熙宁初，试馆职，御史言其无行，罢之。及介甫用事，张郇、李承之荐惇可用，介甫曰："闻惇大无行。"承之曰："某所荐者，才也，顾惇才可用于今日耳，素行何累焉？公试召与语，自当爱之。"介甫召见之，惇素辩，又善迎合，介甫大喜，恨得之晚。擢用数年，至两制、三司使。右司马温公记惇如此。伯温作《惇传》，载《辩诬》甚详。

杨元素为中丞，与刘挚言助役有十害。王荆公使张琥作十难以诘之，琥辞不为。曾布曰："请为之。"仍诘二人向背好恶之情果何所在。元素惶恐，请曰："臣愚不知助役之利乃尔，当伏妄言之罪。"挚奋曰："为人臣岂可压于权势，使人主不知利害之实？"即复条对布所难者，以伸明前议，且曰："臣所向者陛下，所背者权臣，所好者忠直，所恶者邪奸。臣今获罪遣逐，固自其分，但助役终为天下之患害，愿陛下勿忘臣言。"于是元素出知郑州，挚责江陵，琥亦由此忤荆公意，坐事落修注。

吕惠卿丁父忧去，王荆公未知心腹所托可与谋事者。曾布时以著作佐郎编敕，巧黠，善迎合荆公意，公悦之。数日间相继除中允、馆职，判司农寺。告谢之日，抱敕告五六通，布为都检正，故事，白荆公即行。时冯当世、王禹玉并参政，或曰："当更白二公。"布曰："丞相已定，何问彼为？俟敕出令押字耳。"故唐诇对两府弹荆公云："吕惠卿、曾布，安石之心腹。王珪、元绛，安石之仆隶。"又曰"珪奴事安石，犹惧不了"云。

土蕃在唐最盛，至本朝始衰。今河湟、邈川、青唐、洮、岷，以至阶、利、文、政、绵州、威、茂、黎、雅州夷人，皆其遗种也。独唃厮啰一族最盛，虽西夏亦畏之，朝廷封西平王，用为藩翰。陕西州县特置驿，谓之唃家位，岁贡奉不绝。未开熙河前，关中士人多言其利害，虽张横渠先生之贤，少时亦欲结客以取。范文正公帅延安，招置府第，俾修制科，至登进士第，其志乃已。仁宗皇帝朝，韩琦、富弼二公为宰相，凡言开边者，皆不纳。熙宁初，王荆公执政，始有开边之议。王韶者，罢新安县主簿，游边得其说，遂上开熙河之策。荆公以为奇谋，乃有熙河之役。独岷州、白石、大原、秦州属县有赋税，其余无斗粟尺布，唯仰陕西诸郡朝廷帑藏供给。故自开熙河以来，陕西民日困，朝廷财用益耗。初，唃厮啰分处诸子于熙、河、洮、岷之地，唃厮啰死，诸子皆衰弱，故韶能取之。唃厮啰诸子唯董氈者在鄯鄯最盛。韶之势止能取河州，韶暂入朝，鬼章已举兵攻河州，遂有踏白之败，景思立死之。绍圣初，章惇作相，曾布作枢密，董氈已自立，为强臣阿里骨所篡，国人畏之。阿里骨死，其子瞎征立，国人思故主，不辅瞎征。瞎征懦弱，欲为僧，国人又欲杀之，瞎征遂欲纳土归朝廷。时王厚帅熙河，童贯初领边事，乃受之，送于朝，封官爵，遣居河州。建中靖国初，韩忠彦为相，安焘为枢密，遂弃鄯鄯，求唃氏苗裔立之。韩忠彦罢，蔡京作相，复鄯鄯，责安焘与熙河帅姚师雄及凡议弃者，边事复兴矣。呜呼！朝廷受小国叛臣所纳地，不能正其罪，又赏以官爵，在理为不顺。靖康初，言者乞求青唐种族，以鄯鄯之地赐之，朝廷下熙河帅议以闻，无敢任其责者，乃已。至大金陷陕之六路，兵入熙河，即求鄯鄯旧族，尽以其地与之。嗟！大金亦夷狄也，能知行正道如此，所以蔑视中国欤！

　　元丰八年三月五日，神宗升遐，遗诏至洛，故相韩康公为留守。程宗丞伯淳自御史出为汝州监酒官，会以檄来，举哀于府第。既罢，谓康公之子宗师兵部曰："某以言新法不便，忤大臣，同列皆谪官，某独除监司。某不敢当，辞之。念先帝见知之恩，终无以报。"已而泣。兵部曰："今日朝廷之事何如？"宗丞曰："司马君实、吕晦叔作相矣。"兵部曰："二公果作相，当何如？"宗丞曰："当与元丰大臣同，若先分党与，他日可忧。"兵部曰："何忧？"宗丞曰："元丰大臣皆嗜利者，若使自变已甚害民之法则善矣，不然，衣冠之祸未艾也。君实忠直，难与议，晦叔解事，恐力不足耳。"既二公果并相，召宗丞，未行，以疾卒。温公、申公亦相继薨。吕汲公微仲、范忠宣公尧夫并相。忠宣所见与宗丞同，故蔡确贬新州，忠宣独以为不可，至谓汲公曰："公若重开此路，吾辈将不免矣。"忠宣竟罢去。呜呼！宗丞为温公、申公所重，使不早死，名位必与忠宣等，更相调护，协济于朝，则元祐朋党之论，无自而起也。宗丞可谓有先见之明矣。与韩兵部论此事时，范醇夫、朱公掞、杜孝锡、伯温同闻之。今四十年而其言益验，故为表而出之。

哲宗即位，宣仁后垂帘同听政，群贤毕集于朝，专以忠厚不扰为治，和戎偃武，爱民重谷，庶几嘉祐之风矣。然虽贤者不免以类相从，故当时有洛党、川党、朔党之语。洛党者，以程正叔侍讲为领袖，朱光庭、贾易等为羽翼；川党者，以苏子瞻为领袖，吕陶等为羽翼；朔党者，以刘挚、梁焘、王岩叟、刘安世为领袖，羽翼尤众。诸党相攻击不已。正叔多用古礼，子瞻谓其不近人情如王介甫，深疾之，或加玩侮。故朱光庭、贾易不平，皆以谤讪诬子瞻，执政两平之。是时，既退元丰大臣于散地，皆衔怨刺骨，深伺间隙，而诸贤者不悟，自分党相毁。至绍圣初，章惇为相，同以为元祐党，尽窜岭海之外，可哀也。吕微仲，秦人，戆直无党。范醇夫，蜀人，师温公不立党，亦不免窜逐以死，尤可哀也。

熙宁间，梁丞相适薨闻，光献后有旨，于相国寺饭僧资荐。神宗问曰："岂以梁适为仁宗旧相耶？"后曰："微梁适，吾无今日矣。"帝问其故，曰："吾初册后，仁宗一日对宰辅言：'朕居宫中，左右前后皆皇后之党。'宰相陈执中请付外施行，梁适进曰：'闾巷之人，今日出一妻，明日又出一妻，犹为不可，况天子乎？执中之言非是。'仁宗不语，久之曰：'梁适忠言也。'"呜呼！唯仁宗之圣，梁公之贤，吾光献后所以为宋之任、姒欤！

李承之待制，奇士，苏子瞻所谓李六丈人豪也。为童子时，论其父纬之功于朝，久不报，自诣漏舍以状白丞相韩魏公，公曰："君果读书，自当取科名，不用纷纷论赏也。"承之云："先人功罪未辨，深恐先犬马填沟壑，无以见于地下，故忍痛自言。若欲求官，稍识字，第二人及第固不难。"魏公，王尧臣榜第二人登科，承之故云。公闻其语矍然。或云魏公德量服一世，独于承之，终身不能平。承之既登第，官浸显，益有直声。唐介参政为台官时，言文潞公灯笼锦献张贵妃事，上怒甚，谪介春州，承之送以诗，有"去国一身轻似叶，高名千古重如山。并游英俊颜何厚,已死英雄骨尚寒"之句。后介用潞公荐,官于朝廷,无所言,承之以故从介索所送诗,介无以报,取诗还之曰:"我固不用落韵诗也。"以山、寒二字韵不同,故云。可见承之之刚正也。承之在仁宗朝官州县,因邸吏报包拯拜参政,或曰:"朝廷自此多事矣。"承之正色曰:"包公无能为。今知鄞县王安石者,眼多白,甚似王敦,他日乱天下者,此人也。"后荆公相神宗,以天命不足畏、祖宗不足法、人言不足恤为术,承之深诋之。至吕献可中丞死,承之以诗哭之,有"奸进贤须退,忠臣死国忧。吾生竟何益,愿卜九泉游"之句。荆公之党吕惠卿益怨之,未有以发也。会承之上章自叙,神宗留其章禁中,惠卿坚请领之。惠卿因节略文意,以"天生微臣实为陛下"等语激上意,遂有愚弄人主之责,终其身不至大用。呜呼!士若承之,岂孔子所谓刚者欤!

朱寿昌者,少不知母所在,弃官走天下求之,刺血书佛经,志甚苦。熙宁初,见于同州,迎以归,朝士多以诗美之。苏内翰子瞻诗云:"感君离合我酸辛,此事今无古或闻。"王荆公荐李定为台官,定尝不持母服,台谏、给、舍俱论其不孝,不可用。内翰因寿昌作诗贬定,故曰"此事今无古或闻"也。后定为御史中丞,言内翰多作诗讪上。内翰自知湖州赴诏狱,小人必欲杀之。张文定、范忠宣二公上疏救,不报,天下知其不免矣。内翰狱中作诗寄黄门公子由云:"与君世世为兄弟,更结来生未断因。"或上闻,上览之凄然,卒赦之,止以团练副使安置黄州。

元丰七年甲子六月二十六日,洛中大雨,伊、洛涨,坏天津桥,波浪与上阳宫墙齐。夜,西南城破,伊、洛南北合而为一流,公卿士庶第宅庐舍皆坏,唯伊水东渠有积薪塞水口,故水不入府第。韩丞相康公尹洛,抚循赈贷,无盗贼之警,人稍安。后两日,有恶少数辈声言水再至,人皆号哭,公命擒至决配之,乃定。闻于朝。筑水南新城新堤,增筑南罗城。明年夏,洛水复涨,至新城堤下,不能入,洛人德之。康公尹洛之异政也,此其大者。

卷第十四

元丰末，治神宗山陵，韩康公尹洛，凡上供之物皆预办，虽中贵人，不敢妄有所求。盖公之子宗师从洛之贤士大夫游，有所闻，必白公施行之。又朱光庭掞、杜纯孝锡皆府官，荐为山陵司属，二人忠信有余，多所论列，役成而民被其赐。公以功拜使相，判大名。既去，而人益思之。先是，神宗灵驾次永安，公迎于郊，朱太妃护驾于后，公亦迎之。太妃还禁中，偶为宣仁太后言，宣仁怒曰："韩某先朝老臣，汝安得当望尘之礼？"太妃泣谢。公之名重如此也。

韩持国大资知颍昌府，时彦以状元及第，为签判。初见持国，通谒者称状元，持国怒曰："状元无官耶？"自此呼时彦签判云。彦终身衔之。马涓巨济亦以状元及第，为秦州签判，初呼状元，吕晋伯为帅，谓之曰："状元云者，及第未除官也。既为判官，不可曰状元也。"巨济愧谢。晋伯又谓巨济曰："科举之学既无用，修身为己之学其勉之。"时谢良佐显道作州学教授，显道为伊川程氏之学。晋伯每屈车骑，同巨济过之，则显道为讲《论语》，晋伯正襟肃容听之，曰："圣人言行在焉，吾不敢不肃。"又数以公事案牍委巨济详覆，且曰："修身为己之学不可后，为政治民其可不知。"巨济自以为得师，后立朝为台官有声，每曰："吕公数载之恩也。"贤于时彦远矣。

元祐初，哲宗幼冲，起文潞公以平章军国重事，召程颐正叔为崇政殿说书。正叔以师道自居，每侍上讲，色甚庄，继以讽谏，上畏之。潞公对上恭甚，进士唱名，侍立终日。上屡曰："太师少休。"公顿首谢，立不去，时公年九十矣。或谓正叔曰："君之倨，视潞公之恭，议者为未尽。"正叔曰："潞公三朝大臣，事幼主，不得不恭。吾以布衣为上师傅，其敢不自重？吾与潞公所以不同也。"识者服其言。

元祐三年，范忠宣公为尚书右仆射，有吴处厚者，以蔡确《题安州车盖亭》诗来，上以为谤讪，宣仁太后得之，怒曰："蔡确以吾比武后，当重谪。"吕汲公为左丞，不敢言。忠宣乞薄确之罪，不从。初议贬确新州，忠宣谓汲公曰："此路荆棘已七八十年，吾辈开之，恐自不免。"汲公又不敢言。忠宣因乞罢，以观文殿大学士知颍昌府。刘挚罢，哲宗与宣仁太后复用忠宣为右相。宣仁太后寝疾，宰辅入问，后留忠宣曰："卿父仲淹可谓忠臣，在章献太后朝劝后尽母道，在仁宗朝劝帝尽子道，卿当似之。"呜呼！宣仁后之所以望忠宣者，群臣莫及也。哲宗亲政，吕汲公欲迁殿中侍御史杨畏为谏议大夫，忠宣曰："天子谏官当用正人，杨畏不可用。"汲公方约畏为助，谓忠宣曰："岂以杨畏尝言公耶？"忠宣曰："不知也。"盖上初召忠宣，畏尝有言，上不行，忠宣故不知也。忠宣因乞罢政，上不许。后杨畏首叛汲公，凡可以害汲公者，无所不至。又李清臣首建绍述之议，多害正人。一日，哲宗震怒，谓门下侍郎苏辙曰："卿安得以秦皇、汉武上比先帝？"苏门下下殿待罪。吕汲公等不敢仰视，忠宣从容言曰："史称武帝雄材大略，为汉七制之主，盖近世之贤君，苏辙果以比先帝，非谤也。陛下亲政之初，进退大臣不当如诃叱奴仆。"哲宗怒少霁。罢朝，苏门下举笏以谢忠宣曰："公佛地位中人也。"苏公与忠宣同执政，忠宣寡言，苏公平昔若有所疑，至此方知其贤。忠宣屡乞罢政，出知陈州。章惇用事，元祐党祸起，忠宣独不预。至吕汲公南迁，忠宣斋戒上书救汲公，惇怒，亦谪节度副使，永州安置。忠宣欣然而往，每诸子怨章惇，忠宣必怒止之。江行赴贬所，舟覆，扶忠宣出，衣尽湿，顾诸子曰："此岂章惇为之哉？"至永州，公之诸子闻韩维少师谪均州，其子告章惇以少师执政日，与司马公议论多不合，得免行，欲以忠宣与司马公议役法不同为言求归，白公，公曰："吾用君实荐以至宰相，同朝论事，不合即可，汝辈以为今日之言，不可也。有愧而生者，不若无愧而死。"诸子遂止。元符末，哲宗升遐。上皇即位之初，钦圣皇太后同听政，忠宣公自永州先以光禄卿分司南京，邓州居住，盖二圣欲用公矣。遣中使至永州赐茶药，密谕曰："皇帝与太皇太后甚知相公在先朝言事忠直，今虚位以待相公，不知目疾如何？用何人医治？只为左右有不是当人阻隔相公。"公顿首谢。又曰："太后问相公，官家即位，行事如何？天下人何说？"公曰："老臣与远方之人，唯知鼓舞圣德。"又曰："天下有不便事，但奏来。"公曰："敢不奉诏。"又曰："邓州且去否？"曰："已出望外，如归乡里。"又曰:"离阙下日,二圣再三言,太后在宫中,皇帝在藩邸,甚知相公是直臣。"公感泣不已。俄进右正议大夫,提举嵩山崇福宫,继复观文殿大学士、中太一宫使,召赴阙供职而公病。诏书有"岂唯尊德尚齿,昭示宠优,庶几鲠论嘉谋,日闻忠告"之语,公捧诏泣曰:"上果用我矣。目明全失,风痹不随,恩重命轻,死有余责。"将至畿内,上又遣中使赐银合茶药,促公入觐,仍宣谒见之意。公曰:"老臣昏忘,不可勉强。"中使曰:"朝廷有优礼。"公曰:"老臣命薄,虚蒙圣眷。"又遣中使赐银绢各五百,以继道路之费。又遣国医诊视,所须并出内府,一钱不得取于公家,候公疾愈乃得归。公乞归颍昌养疾,上不得已,许之。每见辅臣问安否,乃曰:"范某得一识面足矣。"上知公不能起,始命相。公疾少间,令医者在门不许受私谢,乃以天宁节所得冠帔请换服色。上批其奏曰:"冠帔可留与骨肉,医者之服依所请。卿忠言嘉谋,宜时有陈奏,以副朕眷待耆德求治之意。"公表谢,复告老,诏不允。比诏至,公已薨矣。上与太皇太后闻之,震悼出涕。先是,公疾革,精识不乱,诸子侍旁,口占遗表,凡八事,命门生李之仪次第之。内一事云:"苦宣仁之谤议未明,致保佑之忧勤不显,皆权臣务快其私愤,非泰陵实谓之当然。"盖忠宣思所以报宣仁后之托也。诸子以其所言皆朝廷大事,且防后患,以公口占书一缴申颍昌府,用府印,寄军资库。公将葬,李之仪作行状,且论平生立朝行己之大节。蔡京用事,小人附会,言公之子正平等撰造中使至永州传宣圣语以为遗表,非公意也。正平与李之仪皆下御史狱,捶楚甚苦。正平、之仪欲诬服,其传宣中使独不服,曰:"旧制,凡传圣语,受本于御前,请宝印,出,注籍于内东门,遣使受圣语。"籍中使,从其家得永州传宣圣语本,有御宝,如所言。又验内东门受圣语籍,亦同。又下颍昌府取正平所缴纳遗表,八事皆实,狱遂解。正平犹羁管象州,之仪羁管太平州。正平之家,死于岭外者十余人,独正平遇赦得归,不出仕,终身为选人。蔡京者,绍圣初为户部尚书,欲结后戚向氏,故奏展向氏坟寺,事下开封府。正平为开封府县尉,往按视其地,曰:"向氏寺地步已足,民田不可夺。"府以其言闻,哲宗怒,京赎铜二十斤。京由此恨正平,故欲诬杀之。呜呼!使忠宣无恙,相上皇于初载,天下岂复有今日之祸？公既病，不能朝，上皇始命相曰曾布与蔡京云。

嘉祐中，李参自荆南帅召为三司使，参政孙抃以参刻剥聚敛之材，不可用，改群牧使。盖祖、宗不以财计用人，至仁宗朝，大臣所宗尚如此。元丰初，薛向自三司使除同知枢密院，向虽以能吏治晓财用进，时朝廷下州县令民户养保马，天下以为不便，宰执坚行之，向独以为不可，以本官责知随州。既死，至元祐初录其言，谥恭敏。

卷第十五

程宗丞先生名颢，字伯淳，弟侍讲先生名颐，字正叔。康节先公以兄事其父太中公，二先生皆从康节游。其师曰周敦颐茂叔。宗丞为人清和，侍讲为人严峻，每康节议论，宗丞心相契，若无所问，侍讲则时有往复，故康节尝谓宗丞曰："子非助我者。"然相知之尽，二先生则同也。横渠张先生名载，字子厚，弟戬，字天祺，为二程先生之表叔。子厚少豪其才，欲结客取熙河、鄜鄯之地。范文正公帅延安，闻之，馆于府第，俾修制科，与天祺皆登进士第。方同二程先生修《中庸》、《大学》之道，尤深于《礼》。熙宁初，子厚为崇文院校书，天祺与伯淳同为监察御史。时介甫行新法，伯淳自条例司官为御史，与台谏官论其不便，俱罢。上犹主伯淳，介甫亦不深怒之。除京西北路提点，伯淳力辞，乞与同列俱贬，改澶州签判。天祺尤不屈，一日，至政事堂言新法不便，介甫不答，以扇障面而笑。天祺怒曰："参政笑某，不知天下人笑参政也。"赵清献公同参大政，从旁解之，天祺曰："公亦不可谓无罪。"清献有愧色。谪监凤翔府司竹监，举家不食笋，其清如此。未几，卒于官。子厚亦求去。熙宁十年，吴充丞相当国，复召还馆。康节已病，子厚知医，亦喜谈命，诊康节脉曰："先生之疾无虑。"又曰："颇信命否？"康节曰："天命某自知之，世俗所谓命，某不知也。"子厚曰："先生知天命矣，尚何言。"子厚入馆数月，以病归，过洛，康节已捐馆，折简慰抚伯温勤甚。见二程先生曰："某之病必不起，尚可及长安也。"行至临潼县，沐浴更衣而寝，及旦视之，亡矣。门生衰绖挽车，葬凤翔之横渠，是谓横渠先生。伯淳自澶州请监洛河木竹务，以便亲，除判武学，未赴，以中丞李定言罢。知开封府扶沟县，失囚，谪汝州监酒。元祐初，以宗正丞召，将大用，未赴，卒葬伊川。文潞公表其墓曰："明道先生正叔，元祐初用司马温公、吕申公荐，召对，初除职官，再除馆职，除崇政殿说书。岁余出判西京国子监，两除直秘阁，不拜。绍圣中，坐元祐党谪涪州，遇上皇即位，赦得归，久之，复官以卒。

是谓伊川先生。"三先生俱从康节游,康节尤喜明道,其誉之与富韩公、司马温公、吕申公相等。故康节《四贤诗》云:"彦国之言铺陈,晦叔之言简当,君实之言优游,伯淳之言调畅。四贤洛之观望,是以在人之上。有宋熙宁之间,大为一时之壮。"则康节之所以处明道者,盛矣。一日,二程先生侍太中公访康节于天津之庐,康节携酒饮月陂上,欢甚,语其平生学术出处之大。明日,怅然谓门生周纯明曰:"昨从尧夫先生游,听其论议,振古之豪杰也。惜其老矣,无所用于世。"纯明曰:"所言何如?"明道曰:"内圣外王之道也。"是日,康节有诗云:"草软波平风细溜,云轻日淡柳低摧。狂言不记道何事,剧饮未尝如此杯。好景只知闲信步,朋欢那觉大开怀。必期快作赏心事,却恐赏心难便来。"明道和云:"先生相与赏西街,小子亲携几杖来。行处每容参剧论,坐隅还许沥余杯。槛前流水心同乐,林外青山眼重开。时泰心闲两难得,直须乘兴数追陪。"明道敬礼康节如此。故康节之葬,伯温独请志其墓焉。悲夫! 先生长者已尽,其遗言尚存。伯温自念暮景可伤,不可使后生无闻也,因具载之。

元符末,吕惠卿罢延安帅,陆师闵代之。有诉惠卿多以人冒功赏者,师闵以其事付有司,未竟,罢去。曾布为枢密使,素与惠卿有隙,特自太原移德孺延安,盖德孺于惠卿亦有隙也。德孺至,取其事自治,有自皇城使追夺至小使臣者,德孺由是大失边将之心。议者谓其词于前政事已在有司,德孺乃取以自治,失矣。德孺聪明过人,而为曾布所使,惜哉! 未几,德孺亦以论役法罢。如忠宣丞相则不然。公帅庆阳时,为总管种诂无故讼于朝。上遣御史按治,诂停任,公亦罢帅。至公再兼枢密副使,诂尚停任,复荐为永兴军路钤辖,又荐知隰州。公每自咎曰:"先人与种氏上世有契义,某不肖,为其子孙所讼,宁论事之曲直哉!"呜呼! 可谓以德报怨者也。以德孺之贤,于是乎有愧于忠宣矣。

田昼者字承君,阳翟人,故枢密宣简公侄也。其人物雄伟,议论慷慨,俱有前辈之风。邹浩志完者,教授颍昌,与承君游相乐也。浩性懦,因得承君,故遇事辄自激励。元符间,承君监京城门,一日,报上召志完,承君为之喜。又一日,报志完赐对,承君益喜。监门法不许出，志完亦不来，久之，志完除言官，承君始望志完矣。志完遣客见承君，以测其意。客问："承君近读何书？"承君曰："吾观《墨子》，作诗有'知君既得云梯后，应悔当年泣染丝'之句。"为邹志完发也。客言于志完，志完折简谢承君，辞甚苦，因约相见。承君曰："斯人尚有所畏，未可绝也。"趣往见之，问志完曰："平生与君相许者何如？今君为何官？"志完愧谢曰："上遇群臣，未尝假以声色，独于某若相喜者。今天下事故不胜言，意欲使上益相信而后言，贵其有益也。"承君许之。既而朋党之祸大起，时事日变更，承君谢病，归阳翟田舍。一日，报废皇后孟氏，立刘氏为皇后。承君告诸子曰："志完不言，可以绝交矣。"又一日，志完以书约承君会颍昌中涂，自云得罪。承君喜甚，亟往，志完具言："谏废立皇后时，某之言戆矣。上初不怒也，某因奏曰：'臣即死，不复望清光矣。'下殿拜辞以去，至殿门，望上犹未兴，凝然若有所思也。明日某得罪。"志完、承君相留三日，临别，志完出涕，承君正色责曰："使志完隐默，官京师，遇寒疾不汗，五日死矣，岂独岭海之外能死人哉！愿君无以此举自满，士所当为者，未止此也。"志完茫然自失，叹息曰："君之赠我厚矣！"乃别去。建中靖国初，承君入为大宗丞，宰相曾布欲收置门下，不能屈，除提举常平，亦辞，请知淮阳军以去。吏民畏爱之。岁大疫，承君日自挟医，户问病者药之良勤。一日小疾不出，正昼一军之人尽见承君拥骑从腾空而去，就问之，死矣。或曰为淮阳土神云。

儒释之道虽不同，而非特立之士不足以名其家，近时伯温闻见者二人。大儒伊川先生程正叔，元祐初用司马温公荐，侍讲禁中。时哲宗幼冲，先生以师道自居，后出判西京国子监，两加直秘阁，皆辞之。党祸起，谪涪州。先生注《周易》，与门弟子讲学，不以为忧；遇赦得归，不以为喜。长老道楷者，崇宁中以朝廷命住京师法云寺。上一日赐紫方袍及禅师号，楷曰："非吾法也。"却不受。中使潜于上，以为道楷掷敕于地，上怒，下大理寺杖之。理官知楷为有道者，欲出之，问曰："师年七十乎？"曰："六十九矣。""有疾乎？"楷正色曰："某平生无病，上赐杖，官不可辄轻之。"遂受杖，无一言。自此隐沂州芙蓉溪，从之者益盛。朝廷数有旨，复命为僧，不从。呜呼！二人者虽学不同，皆特立之士也。为僧、为释而不以道者，闻其风可以少愧矣！

程伯淳先生尝曰："熙宁初，王介甫行新法，并用君子小人。君子正直不合，介甫以为俗学不通世务，斥去；小人苟容诏佞，介甫以为有材能知变通，用之。君子如司马君实不拜同知枢密院以去，范尧夫辞同修《起居注》得罪，张天祺自监察御史面折介甫被谪。介甫性狠愎，众人以为不可，则执之愈坚。君子既去，所用皆小人，争为刻薄，故害天下益深。使众君子未用与之敌，俟其势久自缓，委曲平章，尚有听从之理，俾小人无隙以乘，其为害不至此之甚也。"天下以先生为知言。

陈瓘字莹中，闽人。有学问，年十八，登进士甲科。绍圣初，用章惇荐，为太学博士。先是，惇之妻尝劝惇无修怨，惇作相，专务报复，首起朋党之祸。惇妻死，惇悼念不堪。莹中见惇容甚哀，谓惇曰："公与其无益悲伤，曷若念夫人平生之言？"盖讥惇之报怨也。惇以为忤，不复用。曾布为相，荐莹中为谏官，为都司。蔡卞据王安石《日录》改修《神宗实录》，曾布亦主熙宁、元丰之政。莹中上布书，谓卞尊私史以压宗庙，及论时政之不当。时布又以为忤，出之。莹中为谏官时，为上皇极言蔡京、蔡卞不可用，用之决乱天下。蔡京深恨之，屡窜谪，例用赦放归，犹隶通州。一日，莹中之子走京师，言蔡京事。诏狱下，明州捕莹中甚急，士民哭送之，莹中不为动。既入狱，见其子被系，笑曰："不肖子烦吾一行。"蔡京用酷吏李孝寿治其事，孝寿坐厅事帘中，列五木于庭，引莹中问之。莹中从容曰："蔡京之罪，某实知之，不肖子不知也。"多求纸自书。孝寿惧，以莹中为不知情，即日放归，再隶通州。其子配海上。莹中撰《尊尧集》，以辩王安石妄作《日录》以诋祖、宗、诋神宗者，今行于世。靖康初，不及大用以死，特赠谏议大夫。莹中晚喜康节先生之学，尝从伯温求遗书曰："吾于康节之学，若有得也。"

伯温绍圣初监永兴军钱监，吕晋伯龙图居里第，数见之，深蒙器爱。伯温罢官，贫不能归，用茶司荐为属官。一日，见吕公，公曰："君亦为此官何耶？选人作诸司属官，使臣为走马承受，则一生不可为他官矣。"伯温对以故，公曰："为亲为贫则可也。"公，丞相汲公之兄，性刚直，谨礼法，为从官归乡，见县令必致桑梓之恭，待部吏如子弟，多面折其短而乐于成人，虽丞相亦未尝少假颜色也。一日，至府第坐堂上，丞相夫人拜庭下，命二婢子掖之。公怒曰："人以为丞相夫人，吾但知吕二郎新妇耳，不疾病，辄用人扶何也？"丞相为之愧谢乃已。每劝丞相辞位，以避满盈之祸。绍圣中，丞相南迁，公帅平凉，议边事不合，移帅秦，又与钟传议不合，亦忤章惇，降待制，知同州。致仕，复龙图阁直学士。呜呼！吕公，今之古人也，伯温尚及见之，记其平生之言如此。

本朝古文，柳开仲涂、穆修伯长首为之唱，尹洙师鲁兄弟继其后。欧阳文忠公早工偶俪之文，故试于国学、南省，皆为天下第一。既擢甲科，官河南，始得师鲁，乃出韩退之文学之，公之自叙云尔。盖公与师鲁于文虽不同，公为古文，则居师鲁后也。如《五代史》，公尝与师鲁约分撰，故公谪夷陵日，贻师鲁书曰："开正以来，始似无事，始旧更前岁所作《十国志》，盖是进本，务要卷多，今若便为正史，尽合删削，存其大者，细小之事虽有可纪，非干大体，自可存之小说，不足以累正史。数日检旧本，因尽删去矣，十亦去其三四。师鲁所撰，在京师时不曾细看，路中细读，乃大好。师鲁素以史笔自负，果然，《河东》一传，大妙。修本所取法于此传，亦有繁简未中者，愿师鲁删之，则尽善也。正史更不分五史，通为纪传。今欲将梁纪并汉、周，修且试撰，以唐、晋师鲁为之，如前岁之议。其他列传，约略且将逐代功臣随纪各自撰传。待续次尽，将五代列传姓名写出，分为二，分手作传，不知如此于师鲁如何？吾辈弃于时，聊欲因此粗伸其志，少希后世之名。如修者幸与师鲁相依，若成此书，亦是荣事。今特告朱公，遣此介奉咨，希一报如何，便各下手。只候任进归，便令赍国志草本去次。"云云。其后师鲁死，无子。今欧阳公《五代史》颁之学官，盛行于世，内果有师鲁之文乎？抑欧阳公尽为之也？欧阳公志师鲁墓，论其文曰"简而有法"。公曰："在孔子六经中，惟《春秋》可当。"则欧阳于师鲁不薄矣。崇宁间，改修《神宗正史》，《欧阳公传》乃云"同时有尹洙者，亦为古文，然洙之才不足以望修"云，盖史官皆晚学小生，不知前辈文字渊源自有次第也。

卷第十六

　　杨凝式少师，唐昭宗朝为直史馆，宰相涉之子也。朱全忠逼唐禅位，涉为奉传国宝使，凝式曰："大人为唐宰相，使国家至此，不可谓无过。况乎持天子玺绶与人，虽保富贵，奈千载何？盍辞之！"涉大骇曰："汝欲灭吾族！"神色不宁者数日。全忠既篡弒，凝式历梁、唐、晋三朝，阳狂不任事，累官至太子少师。其书法自颜、柳以入二王之妙。居洛阳延福坊，每出，导从舆马在前，多步行于后。一日，欲游天官寺，从者曰："曷往广受寺？"亦从之。今两寺壁间题字为多。多宝塔院有遗像尚存。近岁刘寿臣为留台，于故案牍中得少师自书假牒十数纸，皆楷法精绝。世论少师书以行草为长，误矣。

　　国初，隐士石砫居洛阳之北邙山，冯拯侍中为留守。砫每骑驴直造侍中，见必拜之，饮酒至醉乃去。砫好作诗，多道家语，有曰："结网蜘蛛翻仰肚，转枝啄木倒垂头。"意谓谋利者如此。又曰："蜗牛角上争闲事，石火光中寄此身。"意谓好利者若此。洛人颇能诵之。一日，自城中饮酒大醉，骑驴夜归，失所在。

　　孙觉龙图未第时，家高邮，与士大夫讲学于郊外别墅。一夕晦夜，忽月光入窗隙，孙异之，与同舍望光所在。行二十里余，见大珠浮游湖面上，其光属天，旁照远近。有崔伯易者作《感珠赋》记之。熙宁初，孙登科为河南县主簿，自云。

　　周长孺字士彦，澶渊人，杨寘榜登第，为渭州共城县令。得师曰邵康节先生，士彦事先生以古弟子礼，先生告以先天之学。士彦性刚，遇事辄发，既从先生，即淡然若无意于世者。其季直孺怪问之，士彦慨然曰："此吾得于先生者。"士彦在共城猎近郊，有兔起草间，自射中之，即其处，不复见兔，得石刻，其文曰："士彦当都而卒。"后士彦每至京师，必遽归不敢留。治平末，以都官员外郎知剑州普城县，卒。丧归过洛，贫不能行。康节留其家，经纪甚备，教其子纯明以学问，为娶程伊川先生之侄。纯明后登元祐三年进士第。彦因猎得石刻，验于数十年之后，与汉滕公佳城事相类，异哉！

张唐英者，天觉丞相兄也。丞相少受学于唐英，唐英有史才，尝作《宋名臣传》、《蜀梼杌》行于代。熙宁元年春，以前御史服除还京朝过洛，府尹同僚属出赏花，皆不见，唐英题诗传舍云："先帝昭陵土未乾，又闻永厚葬衣冠。小臣有泪皆成血，忍向东风看牡丹。"尹闻之，遽遗书为礼，却而不受。盖仁宗山陵初成，英宗厌代，赖唐英还朝不得归台，不然，河南尹者不免矣。

皇祐初，洛阳南资福院有僧录义琛者，素出入尹师鲁门下。师鲁自平凉帅谪崇信军节度副使、均州监酒，过洛，义琛见之曰："欲邀龙图略至院中，可乎？"师鲁从之。义琛曰："乡里门徒数人欲一望见龙图。"有顷，诸人出，一喏而去，皆洛中大豪。义琛已密约，贷钱为师鲁买洛城南宫南村负郭美田三十顷，师鲁初不知，后义琛复以岁所得地利偿诸人。至师鲁卒，丧归洛，义琛哭于枢前，纳其券于师鲁家。师鲁素贫，子孙赖此以生。呜呼！在仁宗朝一僧尚负义如此，风俗可谓厚矣。康节先生与义琛善，每称之也。

陕西豪士刘易多游边，喜谈兵，宝元、康定间，韩魏公宣抚五路，荐于朝，赐处士号。易善作诗，魏公为书石，或不可其意，则发怒洗去，魏公欣然再书不惮。尹师鲁帅平凉，延易府第，尊礼之。狄武襄代师鲁，遇之亦厚，每燕设，易嗜食苦马菜，不得，即叫怒无礼。边城无之，狄公为求于内郡。后每燕集，终日唯以此菜啖之，易不能堪，方设常馔。时称狄公善制也。

谢希深幼子景平，初任为大理评事，监光化军税。有兵官者为本厅军员持以事，兵官常忧郁不乐。景平一日问之，兵官泣诉，景平曰："君当解官去，吾必能报之。"兵官去，景平因权军事，呼军员诘之曰："老兵何敢把持兵官，使罢任去？"军员者无赖，大言曰："景平但可饮酒击鞠耳，此事不当预。"景平以犯阶级送狱，狱成，决配之。希深一时有大名。其诸子皆贤，景平居幼，尚有家风云。

祖无择字择之，蔡州人。少从穆伯长为古文，后登甲科。嘉祐中，与王介甫同为知制诰，择之为先进。时词臣许受润笔物，介甫因辞一人之馈不获，义不受，以其物置舍人院梁上。介甫以母忧去，择之取为本院公用。介甫闻而恶之，以为不廉。熙宁二年，介甫入为翰林学士，拜参知政事，权倾天下，时择之以龙图阁学士、右谏议大夫知杭州。介甫密谕监司求择之罪，监司承风旨以赃滥闻于朝廷，遣御史王子韶按治。子韶，小人也，摄择之下狱，锻炼无所得，坐送宾客酒三百小瓶，责节度副使安置。元丰中，复秘书监、集贤院学士，判西京留司御史台，移知光化军以卒。士大夫冤之。同时有知明州光禄卿苗振，监司亦因观望发其赃罪，朝廷遣崇文院校书张载按治。载字子厚，所谓横渠先生者，悉平反之，罪止罚金。其幸不幸，有若此者也。

嘉祐中，有李殿丞者知济源县，魏广者主簿，氾水人。二人素相好，一日，会府中，李被酒，谓广曰："我果宦达，当荐君为属。"未几，河南倅阙，摄其事，守阙，李又摄之，遂檄广权幕官，相从益欢。监司以燕会数，俱罢归故官。广先去，李饯于东门席上，赋诗有曰："今日不知明日事，人情反复似车轮。我今自是飘萍客，更向长亭作主人。"盖当时朝廷文法宽，所用监司皆长者，故能容州县之吏如此。任道司门为康节先生云。

薛俅肃之为梓州路提刑，市有道人卖兔毫笔者，以蜀中所无也，因呼之。见其目光射人，则曰："有术乎？"曰："小技，姑为官人试之。"令炽炭称许，以一手并衣袂置火中，取斗酒酌之。酒尽火赤灰灭，道人振袖而起如初。肃之异而遣之，问其所答，绝不言而去。明日再招，不复见矣。肃之以为终身之恨，亲为康节先生言之云。

姚嗣宗字因叔，华阴人。豪放能文章，喜谈兵。尝作诗曰："踏破贺兰石，扫清西海尘。布衣有此志，可惜作穷鳞。"韩魏公宣抚陕西，荐于朝，命官以大理寺丞，知华阴。有运使李参者，性卞急，因谒岳相，见庭中唐大碑为火所焚，问嗣宗曰："谁焚此碑？"嗣宗曰："草贼耳。"参问曰："何不捕治？"嗣宗曰："当时捉之不获。"参问贼姓名，嗣宗曰："黄巢耳。"参知其玩己，乃已。嗣宗，人杰也，竟不达以死。吕汲公表其墓，载平生甚详。

先有李藻字希纯，常言嘉祐间应举时，洛中有名士十余人，分题作诗赋，遇旬日，会于僧寺。有大姓李生者好事，见希纯曰："已就所居辟舍馆，可同诸君会课，差胜僧寺牢落也。"希纯辈欣然从之，每至其馆,主人具饮食挽留甚勤,或数日不得去。一日,同诸君醉卧未起,庭有桃花飘落衾席之上,皆嘉祐太平之象也。时洛中有大姓数十争延名士,以好事相胜;子弟有登科者。熙宁以后无复此风矣。

潞州张仲宾字穆之,其为人甚贤,康节先生门弟子也。自言其祖本居襄源县,十五六岁时犹为儿戏,父母诲责之,即自奋治生,曰:"外邑不足有立。"迁於州。三年,其资为州之第一人。又曰:"一州何足道哉?"又三年,豪于一路。又曰:"为富家而止耶?"因尽买国子监书,筑学馆,延四方名士,与子孙讲学。从孙仲容、仲宾同登科,仲安次榜登甲科,可谓有志者也。

偃师孙道中为余言,尝村居,每月下闻笛声,甚清越。一日,因即其声听之,在一老桑枝上,记其处。明日往观,于桑枝上生一仙人横笛者,其眉宇、衣服纤悉毕具。因持归,声遂绝。道中为余言如此。道中名元实,有礼学,尝为尚书郎,其为人忠信不妄云。

长安百姓常安民,以镌字为业,多收隋、唐铭志墨本,亦能篆。教其子以儒学。崇宁初,蔡京、蔡卞为元祐奸党籍,上皇亲书,刻石立于文德殿门。又立于天下州治厅事。长安当立,召安民刻字,民辞曰:"民愚人,不知朝廷立碑之意。但元祐大臣如司马温公者,天下称其正直,今谓之奸邪,民不忍镌也。"府官怒,欲罪之。民曰:"被役不敢辞,乞不刻安民镌字于碑,恐后世并以为罪也。"呜呼!安民者,一工匠耳,尚知邪正,畏过恶,贤于士大夫远矣。故余以表出之。

长安张衍,年八十,以术游士大夫间。其为人有忠信,识道理。章子厚、蔡持正官州县时,许其为宰相。蒲传正、薛师正未显,皆以执政许之。绍圣初,余官长安,因论范忠宣公命,衍曰:"范丞相命甚似其父文正公,文正艰难中,仅作参知政事耳。"余曰:"忠宣为相何也?"衍曰:"今朝廷贵人之命皆不及,所以作相。"又曰:"古有命格,今不可用。古者贵人少,福人多,今贵人多,福人少。"余问其说,衍曰:"昔之命出格者作宰执,次作两制,又次官卿监,为监司大郡,享安逸寿考之乐,任子孙厚田宅,虽非两制,福不在其下。故曰福人多,贵人少。今之士大夫,自朝官便作两制,忽罢去,但朝官耳,不能任子孙,贫约如初。盖其命发于刑杀,未久即灾至。故曰贵人多,福人少也。"余又以同时为监司者张芸叟、陆孝叔、邵仲恭、吴子平数公命问之，衍曰："皆带职正郎、员外郎耳，取进于此，即不可。独仲恭数促。"其后芸叟为侍郎，孝叔待制未几，皆谪官。孝叔帅熙，子平帅秦，寻卒。仲恭帅郓，移常州，卒，年五十五。三公皆直龙图，无一不如衍之言者。章子厚作相，意气方盛，因其侄绰问衍，衍曰："以某之言白公，命也发及八分，早退为上，不然，灾至矣。"子厚不用其言，亦不怒也。后遂有崖州之祸。蔡持正以门客假承务郎，奏衍，赏其术。衍与总领市易官田舜卿善，衍有钱数千缗，舜卿为买田，以官户名占之。后舜卿赃败，官籍其产，衍之田在焉。或劝衍自陈，衍曰："衍故与田君善，田君占衍之地，美意也。田君不幸至此，衍论于有司，非义也。"卒不请其田，士大夫多称之。衍病，余见之，则曰："数已尽，某日当死。凡家事悉处之矣，公其记之。"已而果然。

河南宁氏，其先钱塘人名承训者，事吴越王，以才武称。钱氏归朝，授左侍禁。子直，大中祥符元年，姚晖榜登甲科，为明州慈县令，卒，妻李氏更嫁任恭惠公布。直有子，李置于宁氏族人以去。族人家破，有故老媪收养之。任公守越州，客或问宁氏子无恙，公愕然，归问夫人，夫人泣曰："初不欲以儿累公，留于宁氏之族，族破，今流落矣。"任公闵焉，多以金帛求得之。年五岁，公教育之如己子，遂冒任姓，名适。公知枢密院，欲官之，夫人泣辞，且谓适曰："汝宁氏子，家破无所归，能力学以取名，吾死不恨矣。"适发愤读书，景祐初登进士第，夫人方为之喜。夫人死，任公谓适曰："前不欲任以官者，成其志也。今当再荐，以示无间，其无辞。"适泣谢，遂以公荐转太常寺太祝，又奏其子以官。任公薨，适解官持丧如父服。自闻于朝，乞还姓宁氏，因纳任公所奏之官。有旨许归姓，不许纳官。与任氏兄弟相持而哭，乃别去。故任、宁世为婚姻。适更名后通籍，赠其父直为太常博士。终尚书职方员外郎、福建路运判。若子若孙若曾孙数十人，多知名士，遂为洛阳大家。

河南刘氏自名环隽者，事齐、魏为中书侍郎。子坦，事隋文帝，赠尚书右丞。子政会，事唐高祖、太宗，为洪州大都督，既死，太宗手敕曰："政会昔预义举，有殊勋，赠户部尚书，谥襄，配享高祖庙，图形凌烟阁。"子元意袭爵,封渝国公,事太宗,尚南平公主。弟元象,主客郎中,元育,益州刺史。元意之子名奇,长寿中为天官侍郎,论则天革命,下狱死。弟循,金吾卫将军。子慎知,幼居父丧,奉其母居伊南。一日,群盗至,众走,慎知独不动,盗怪问,则曰:"母老且病,不可行,唯有同生死耳。"盗感其言而去,一方赖之以免。弟超,河南少尹,微,吴郡太守。微之子绅,开元中以功臣之后,赐进士第,为济州东阿县令,服后母丧,以毁卒。子藻,秘书郎。弟全成、方平,皆有文。方平之子符,宝历二年擢第,至户部侍郎,赠司徒。八子,崇龟、崇彝、崇望、崇鲁、崇暮、崇珪、崇璬、崇玽,皆有官。崇珪子岳,天福四年登进士第,事后唐明宗为吏部侍郎,赠司徒。子温叟,事本朝太祖皇帝为御史中丞。太祖一日与数谒者登正阳门之西楼,温叟自台归过其下,或告温叟当避,温叟不顾。明日求对,面谢曰:"陛下御前楼,则六军必有希赏赐者,臣所不避者,欲陛下非时不御楼也。"太祖大悦,出内帑三千缗付有司自罚。太宗尹开封,知其贫,以五百千钱遗之,温叟受而不辞,对其使扃记于西厢。至明年,太宗复遣其使饷以酒,使者视其扃记如故,归白其事,太宗叹息曰:"吾之钱尚不肯,受况他人者乎?"仍命辇归,以成其美名。宪台故事,月给餐钱一万,不足以赃罚充之。温叟恶其名,不取。太祖因与太宗从容论廷臣之有名节者,太宗以送钱事闻,太祖叹美久之。后求退,太祖曰:"俟朕选有守道正直如卿者,即可代。"子炤,太宗朝为赞善大夫。烨,登进士第,为龙图阁直学士、权开封府。明肃太后朝独召对,后曰:"知卿名族十数世,欲一见卿家谱,恐与吾同宗也。"烨曰:"不敢。"后数问之,度不可免,因陛对,为风眩仆而出。乞出知河南府,再召,恳避不行,求为留司御史台,以卒。烨七子,觊、几、先、亢、忱、兆、兢。几登科,尝因陛对奏仁宗不进家谱事,上称叹久之。忱为监司郡守,有声。子唐老,元祐为右正言。自北齐至本朝五百余年,而刘氏不衰。洛阳多大家,世以谱牒相付授,宁氏、刘氏尤为著姓,有可传者。

卷第十七

　　康节先公曰：昔居卫之共城，有赵及谏议者，自三司副使以疾乞知卫州，以卫多名医故也。有申受者善医，自言得术于高若讷参政，得脉于郝氏老。其说谓高参政医学甚高，既贵，诊脉少，故不及郝老。郝老名充，居郑州，今谏议之疾非郝老不可治。赵如其言，召郝老至，诊其脉曰："有沉积当下。"赵服其药，暴下不止。已垂殆，郝老乃坐赵于大盆中，用碗覆其头项，以汤沃之，遂苏。赵呼申受，罪之曰："君谬举郝老者。"申受曰："某之术不及郝老远甚，公病当下，但气虚，药剂差大，不能禁，然宿疾良已，可贺。"又曰："郝老之脉通神，公举家之人坐帐中，俾遍诊脉，其老少男女已未嫁娶，无不知者。"赵试其说，信然，始加礼。自此疾平，复入为三司副使。申受，朝廷用为太医丞。郝老本河朔人，既死，张峋子坚志其墓，载其平生所治病甚异，曰："士人之妻孕，诊其脉曰：'六脉皆绝，反用子气资养，故未死。子生，母即死矣。'已而果然。郝老平时不合药末，诸病用药品量增减之，服者无不验者。从其学者皆名医云。"

　　洛中形势，郏鄏山在西，邙山在北，成皋在东，以接嵩、少，阙塞直其南，属女几，连荆、华，至终南山。洛水来自西南，伊水来自南，右涧水，左瀍水。隋文帝登邙山，对阙塞而叹曰："真天阙也。"今之洛城也。周公所卜，在其西北，郏、鄏二山相属，定鼎于郏鄏是也。前临涧、洛二水，故曰毂、洛斗，将毁王宫也。《洛诰》曰："我又卜瀍水东，亦惟洛食。"东汉洛阳是也。在今洛城之东十八里，跨洛水，前直辕辕，北属邙山，极平远。西晋、后魏皆都焉。晋又筑金墉城在其西北，其山川秀润有余，形势雄壮，差不逮长安。长安东崤、函，东南荆、华，以属终南山，西南太白、鸡足山，又西秦陇、岐山，北梁山，东北雷首、中条山，与平阳诸山相属。泾、渭、浐、灃、滈、涝、潏之水在其后前左右，以入于河。故尧都平阳，舜都蒲坂，周都岐山，文王都丰，武王都镐。秦初建国于秦，后迁岐山之阳，今宝鸡是也。穆公羽阳宫故基、三良墓尚存。至始皇都咸阳，跨渭水为阿房宫。西汉都秦宫之东，今未央、长乐、章台诸宫城阙尚存。隋文帝初都汉宫，后迁稍东，枕龙首渠山，筑长安新城，制度甚壮：南接华严川，以属南山，北临渭水，城南北三十余里，东南二十余里，汉末未央宫在其苑中。唐因为都，又起东内，今含元殿、太液池故基尚存。又起南内，谓之兴庆宫，今池殿故基亦在。自东筑夹城复道，南至兴庆宫，又南至曲江，东跨灞、浐，以属骊山。山上起羯鼓望京楼，山下起华清宫，宫有温泉，以白玉石为芙蓉出水，为御汤、莲花汤、太子汤、百官汤。其宫阙北临渭水，由华清宫东，离宫相望，以属东都。自尧、舜、周、秦、汉、唐，都城皆相近，高山大河，平川沃野，形势压天下。洛阳民俗和平，土宜花竹。长安尚有秦、汉游侠之风，地多长杨、老槐，耕桑最盛，古称陆海。前代英雄必得此然后可以有为，今陆沉于北狄，惜哉！

洛中风俗尚名教，虽公卿家不敢事形势，人随贫富自乐，于货利不急也。岁正月梅已花，二月桃李杂花盛开，三月牡丹开。于花盛处作园圃，四方伎艺举集，都人士女载酒争出，择园亭胜地，上下池台间引满歌呼，不复问其主人。抵暮游花市，以筠笼卖花，虽贫者亦戴花饮酒相乐，故王平甫诗曰："风暄翠幕春沽酒，露湿筠笼夜卖花。"姚黄初出邙山后白司马坡下姚氏酒肆，水北诸寺间有之，岁不过十数枝，府中多取以进。次曰魏花，出五代魏仁浦枢密园池中岛上。初出时，园吏得钱，以小舟载游人往观，他处未有也。自余花品甚多，天圣间钱文僖公留守时，欧阳公作《花谱》，才四十余品；至元祐间韩玉汝丞相留守，命留台张子坚续之，已百余品矣。姚黄自秾绿叶中出微黄花，至千叶，魏花微红，叶少减。此二品皆以姓得名，特出诸花之上，故洛人以姚黄为王，魏花为妃云。余去乡久矣，政和间过之，当春时，花园花市皆无有，问其故，则曰："花未开，官遣吏监护，甫开，尽槛土移之京师，籍园人名姓，岁输花如租税。洛阳故事遂废。"余为之叹息，又追记其盛时如此。

河中府河东县永乐镇，唐永乐县也，本朝熙宁初，废为镇。面大河，背雷首、中条山，形势雄深。安史之乱，土人多避地于此。有姚孝子庄。孝子名栖筠，唐贞元中为农，当戍边，栖筠之父语其兄曰："兄嗣未立,弟已有子,请代兄行。"遂战殁。时栖筠方六岁,其后母再嫁,鞠于伯母。伯母死,栖筠葬之,又招魂葬其父,庐于墓侧,终身哀慕不衰。县令苏辙以俸钱买地开阡陌,刻石表之。河东尹浑瑊上其事,诏加优赐,旌表其闾,名其乡曰孝悌,社曰节义,里曰钦爱。栖筠生岳,岳生君儒,君儒生师正。岳至师正仍世庐墓。至本朝庆历中,再加旌表。元祐中,县令王辟之以状列于朝,乞诏史官书之。盖自唐以来,孝义之风不少变。政和甲午,余过其家,长少列拜庭下,以次升堂,侍立应对有礼,道其家世次第甚详。盖自栖筠而下,义居二十余世矣。余为之低回叹息而去。其村人为余言,姚氏世推尊长公平者主家,子弟各任以事,专以一人守坟墓,虽度为僧,亦庐墓侧。早晚于堂上聚食,男子妇人各行列以坐,小儿席地,共食于木槽。饭罢,即锁厨门,无异爨者。男女衣服各一架,不分彼此。有子弟新娶,私市食以遗其妻,妻不受,纳于尊长,请杖之。望其墓,林木蔚然,洒扫种艺甚谨。有田十顷,仅给衣食,税赋不待催驱,未尝以讼至县庭。今三百余年,守其家法无异辞者。经唐末五代之乱,全家守坟不去。熙宁间,陕右岁歉,举族百口同往唐、邓间就食,比其返,不失一人。政和中,取粟麦于民,谓之均籴,姚氏力不给,举家日夜号泣,欲亡去。余闻之恻然,谕县官曰:"孝义之门,忍使至此?"为作状申府、申监司,得免焉。鸣呼! 永乐陷虏,姚氏为虏民,不知其存亡矣。因具书之。

　　枢密章公楶谓余曰:"某初官入川,妻子乘驴,某自控,儿女尚幼,共以一驴驮之。近时初为官者,非车马仆从数十不能行,可叹也!"前辈勤俭不自侈大盖如此,因以录之。

　　纪公实为余言,尝闻其父言,王冀公钦若以使相尹洛,振车骑入城,士民聚观。富韩公方为举子,与士人魏叔平、段希元、一张姓者同观于上东门里福先寺三门上。门高,富公魁伟,三人者挽之以登,见其旌节导从之盛。富公叹曰:"王公亦举子耶!"三人者曰:"君何叹,安知吾辈异日不尔也?"后富公出入将相,以三公就第,年八十乃薨,谥曰文忠,其名位不在冀公之下,而功德则过之。魏叔平、段希元至富公为宰相,以特奏名命官,张姓者穷老而死云。

　　熙宁间,洛阳有老人党翁者卖药,日于水街南北往来,行步甚快,少年不及也。自言五代清泰年为兵，尝事柴世宗，有放停公帖可验。戴卷脚幞头，衣黄衫，系革带，犹唐装也。有妻无子，问其事，则不答。至元丰中，不知所在。余尝亲见之，亦异人也矣。

有关中商得鹦鹉于陇山，能人言，商爱之。偶以事下有司狱，旬日归，辄叹恨不已。鹦鹉曰："郎在狱数日已不堪，鹦鹉遭笼闭累年，奈何？"商感之，携往陇山，泣涕放之。去后，每商之同辈过陇山，鹦鹉必于林间问郎无恙，托寄声也。泸南之长宁军有畜秦吉了者，亦能人言。有夷酋欲以钱伍拾万买之，其人告以"苦贫，将卖尔"。秦吉了曰："我汉禽，不愿入夷中。"遂绝颈而死。呜呼！士有背主忘恩与甘心异域而不能死者，曾秦吉了之不若也，故表出之。

卷第十八

伯温曾祖母张夫人御祖母李夫人严甚，李夫人不能堪，一夕，欲自尽，梦神人令以玉箸食羹一杯，告曰："无自尽，当生佳儿。"夫人信之。后夫人病瘦，医者既投药，又梦寝堂门之左右木瓜二株，左者俱已结，右者已枯，因为大父言，大父遽取药令覆之。及期，生康节公，同堕一死胎，女也。后十余年，夫人病卧堂上，见月色中一女子拜庭下，泣曰："母不察庸医，以药毒儿，可恨！"夫人曰："命也。"女子曰："若为命，何兄独生？"夫人曰："汝死兄独生，乃命也。"女子涕泣而去。又十余年，夫人再见女子来，泣曰："一为庸医所误，二十年方得受生，与母缘重，故相别。"又涕泣而去。则知释氏轮回鬼神之说有可信者，康节知而不言者也。亲谓伯温云。

伊川夫人与李夫人，因山行于云雾间见大黑猿有感，夫人遂孕。临蓐时，慈乌满庭，人以为瑞，是生康节公。公初生，发被面，有齿，能呼母。七岁戏于庭，从蚁穴中豁然别见天日，云气往来，久之以告夫人。夫人至，无所见，禁勿言。既长，游学，夜行晋州山路，马突，同坠深涧中。从者攀缘下寻公，无所伤，唯坏一帽。熙宁十年，公年六十七矣，夏六月，属微疾，一日昼睡，觉，且言曰："吾梦旌旗鹤雁自空而下，下导吾行乱山中，与司马君实、吕晦叔诸公相分别于一驿亭。回视其壁间，有大书四字曰'千秋万岁'。吾神往矣，无以医药相逼也。"呜呼，异哉！

太学博士姜愚，字子发，京师人。长康节先公一岁，从康节学，称门生。先公年四十五未娶。潞州张仲宾太博，字穆之，未第，亦从康节学。二君同白康节曰："不孝有三，无后为大。先生年逾四十不娶，亲老无子，恐未足以为高。"康节曰："贫不能娶，非为高也。"子发曰："某同学生王允修颇乐善，有妹甚贤，似足以当先生。"穆之曰："先生如婚，则某备聘，令子发与王允修言之。"康节遂娶先夫人。后二年，伯温始生，故康节有诗云："我今行年四十七，生男方始为人父。鞠育教诲诚在我，寿夭贤愚系于汝。我若寿命七十岁，眼见吾儿二十五。我欲愿汝成大贤，未知天意肯从否？"子发本京师富家，气豪乐施，登进士第，月分半俸奉康节。治平间，知寿州六安县，以目疾分司，居新乡。子发死，康节以其女嫁河南进士纪辉，视之如己女，伯温以姊事之。元符三年，纪辉与姜女俱亡，今二子依吾家避乱入蜀，伯温亦以子侄处之。王观文乐道未遇时，与子发交游甚善。乐道苦贫，教小学京师，居州西，子发居州东，相去远。一日大雪，子发念乐道与其母寒饥，自荷一锸，划雪以行。至乐道之居，扣门，久之方应。乐道同母冻坐，日已过高，未饭。子发恻然，亟出买酒肉薪炭往复，同乐道母子附火饮食。乐道觉子发衣单，问之，以绵衣质钱买饭食也。子发说《论语》，士人乐听之，为一讲会，得钱数百千，为乐道娶妻。乐道登第，调睦州判官。妻卒，子发又为求范文正公夫人侄汶阳李氏以继，其负义如此。熙宁初，乐道以翰林侍读学士为西京留守，子发老益贫，且丧明，自新乡驾小车来见乐道，意乐道哀之也，乐道遗酒三十壶而已，子发殊怅然。康节馆于天津之庐，典衣赆其行。归新乡，未几卒。

康节先公少日游学，先祖母李夫人思之恍惚，至倒诵佛书。康节亟归，不复出。夫人捐馆，康节持丧毁甚，躬自爨以养。祖父置家苏门山下，康节独筑室于百源之上。时李殿丞之才字挺之，东方大儒也，权共城县令，一见康节，心相契，授以《大学》。康节益自克励，三年不设榻，昼夜危坐以思。写《周易》一部，贴屋壁间，日诵数十遍。闻汾州任先生者有《易》学，又往质之。挺之去为河阳司户曹，康节亦从之，寓州学，贫甚，以饮食易油贮灯读书。一日，有将校自京师出代者，见康节曰："谁苦学如秀才者！"以纸百幅、笔十枝为献，康节辞而后受。每举此语先夫人曰："吾少艰难如此，当为子孙言之。"康节又尝谓伯温曰："吾早岁徒步游学，至有所立，艰哉！"程伯淳正叔虽为名士，本出贵家，其成就易矣。因泣书之以示子孙。

康节先公庆历间过洛，馆于水北汤氏，爱其山水风俗之美，始有卜筑之意。至皇祐元年，自卫州共城奉大父伊川丈人迁居焉。门生怀州武陟知县侯绍曾字孝杰助其行。初寓天宫寺三学院。刘谏议元瑜字君玉，吕谏议献可静居，张少卿师锡及其子职方君景伯，状元师德之子谏议君景宪，王谏议益柔字胜之，子中散兄弟慎言不疑、慎行无悔、慎术才重，刘大夫师旦子绚，张谔字师柔及其子孙，南国张大丞师雄及诸子，刘龙图之子秘监几字伯寿，修撰忱字明复，侍讲李实字景真，吴少卿执中，王学士起字仲儒，李侍讲育字仲象、子籥字端伯，姚郎中奭字周辅，交游最密，或称门生。洛人为买宅于履道坊西天庆观东，赵谏议借田于汝州叶县，后王不疑同乡人买田于河南延秋村，康节复还叶县之田。嘉祐七年，王宣徽尹洛，就天宫寺西天津桥南五代节度使安审琦宅故基，以郭崇韬废宅余材为屋三十间，请康节还居之。富韩公命其客孟约买对宅一园，皆有水竹花木之胜。熙宁初，行买官田之法，天津之居亦官地，榜三月，人不忍买。诸公曰："使先生之宅他人居之，吾辈蒙耻矣。"司马温公而下，集钱买之。康节先生以诗谢王宣徽曰："嘉祐壬寅岁，新巢始屡功。正分道德里，更近帝王宫。槛仰端门峻，轩迎两观雄。窗虚响瀍涧，台迥粲伊嵩。好景尤难得，昌辰岂易逢？无才济天下，有分乐年丰。水竹腹心里，莺花渊薮中。老莱欢不已，靖节叹何穷！啸傲陪真侣，经营荷府公。丹诚徒自写，匪报厚恩隆。"后以诗谢温公诸公曰："重谢诸公为买园，洛阳城里占林泉。七千来步平流水，二十余家争出钱。嘉祐卜居终是偶，熙宁受券遂能专。凤凰楼下新闲客，道德坊中旧散仙。洛浦清风朝满袖，嵩岑皓月夜盈轩。接䍦倒戴芰荷畔，谈麈轻摇杨柳边。陌彻铜驼花烂漫，堤连金谷草芊绵。青春未老尚可出，红日已高犹自眠。洞号长生宜有主，窝名安乐岂无权？敢于世上明开眼，会向人间别看天。尽送光阴归酒盏，都移造化入诗篇。也知此片好田地，消得尧夫笔似椽。"今宅契司马温公户名，园契富韩公户名，庄契王郎中户名，康节初不改也。康节盖曰："贫家未尝求于人，人馈之，虽少必受。"尝谓伯温曰："名利不可兼也。吾本不求名，既为世所知矣，何用利哉？故甘贫乐道，平生无不足之意。"嗟夫！洛阳风俗之厚，人物之盛，不可见矣。重念老境可伤，因详书之以示子孙云。

康节先公谓本朝五事，自唐虞而下所未有者：一，革命之日，市不易肆。二，克服天下在即位后。三，未尝杀一无罪。四，百年方四叶。五，百年无心腹患。故《观盛化》诗曰："纷纷五代乱离间，一旦云开复见天。草木百年新雨露，车书万里旧山川。寻常巷陌犹簪绂，取次园亭亦管弦。人老太平春未老，莺花无害日高眠。"又曰："吾曹养拙赖明时，为幸居多宁不知。天下英才中遁迹，人间好景处开眉。生来只惯见丰稔，老去未尝经乱离。五事历将前代举，帝尧而下固无之。"伯温窃疑"未尝经乱离"为太甚，先公曰："吾老且死，汝辈行自知之。"永念先公当本朝太平盛时隐居求志，谢聘不屈，其发为诗章每如此。

　　康节先公与富文忠公早相知，文忠初入相，谓门下士田棐大卿曰："为我问邵尧夫，可出，当以官职起之；不，即命为先生处士，以遂隐居之志。"田大卿为康节言，康节不答，以诗二章谢之曰："相招多谢不相遗，将为胸中有所施。若进岂能禁吏意，既闲安用更名为？愿同巢许称臣日，甘老唐虞比屋时。满眼清贤在朝列，病夫无以系安危。"又云："欲遂终焉老闲计，未知天意果如何。几重轩冕酬身贵，得此云山到眼多。好景未尝无兴咏，壮心都已入消磨。鹓鸿自有江湖乐，安用区区设网罗。"文忠公终不相忘，乃因明堂祫享赦诏天下举遗逸，公意谓河南府必以康节应诏。时文潞公尹洛，以两府礼召见康节，康节不屈，遂以福建黄景应诏。景字子蒙，亦从康节游，客李邯郸公家，公之子寿朋荐于潞公。时天下应诏者二十八人，同见宰执于政事堂。至河南，黄景以闽音自通姓名，文忠不乐，各试论一首，命官为试衔知县。文忠奏天下尚有遗材，乞再令举，诏从之。王拱辰尚书尹洛，乃以康节应诏，颍川荐常秩，皆先除试将作监主簿，不理选限。文忠招康节而不欲私，故以天下为请。知制诰王介甫不识康节，缴还辞头曰："使邵某常民，一试衔亦不可与。果贤者，不当止与试衔，宜召试然后官之。"上不纳，下知制诰祖无择，除去"不理选限"行词，然康节与常秩皆不起。是时富公已丁太夫人忧去位矣。熙宁二年，神宗初即位，诏天下举遗逸。御史中丞吕诲、三司副使吴充、龙图阁学士祖无择，皆荐康节。时欧阳公作参知政事，素重常秩，故颍川亦再以秩应诏。康节除秘书省校书郎、颍州团练推官。辞，不许。既受命，即引疾不起。答乡人二诗，一曰："平生不作皱眉事，天下应无切齿人。断送落花安用雨，装添旧物岂须春。幸逢尧舜为真主，且放巢由作外臣。六十病夫宜揣分，监司何用苦开陈？"二曰："却恐乡人未甚知，相知深后又何疑？贫时与禄是可受，老后得官难更为。自有林泉安素志，况无才业动丹墀。荀扬若守吾儒分，免被韩文议小疵。"常秩以职官起，时王介甫方行新法，天下纷然以为不便，思得山林之士相合者。常秩赐对，神宗问曰："仁宗召卿，何故不起？朕召，何故起？"秩曰："仁宗容臣不起，陛下不容臣不起。"因盛言新法之便，乃除谏官，以至待制，帝浸薄之。介甫主之不忘，然亦知其为人矣。熙宁初，介甫之弟安国字平甫，为西京国子监教授，从康节游，归以出处语介甫，介甫叹曰："邵尧夫之贤，不可及矣。"《神宗正史·康节列传》史臣书云："与常秩同召，某卒不起。"有以也夫！

康节先公与富韩公有旧，公自汝州得请归洛养疾，筑大第，与康节天津隐居相迩。公曰："自此可时相招矣。"康节曰："某冬夏不出，春秋时，间过亲旧间。公相招未必来，不召或自至。"公谢客戒子曰："先生来，不以时见。"康节一日过之，公作诗云："先生自卫客西畿，乐道安闲绝世机。再命初筵终不起，独甘穷巷寂无依。贯穿百代尝探古，吟咏千篇亦造微。珍重相知忽相访，醉和风雨夜深归。"康节和曰："道堂闲话尽多时，尘外杯觞不浪飞。初上小车人已静，醉和风雨夜深归。"又《题康节击壤诗集》云："黎民于变是尧时，便字尧夫德可知。更览新诗名《击壤》，先生全道略无遗。"其知康节如此。公尝令二青衣、苍头掖之以行，一日，与康节会后园中，因康节论天下事，公喜甚，不觉独步下堂。康节不为起，徐指二苍头戏公曰："忘却拄杖矣。"富公深居，托疾谢客，而尝苦气痞。康节曰："好事到手畏甚？不为他人做了，郁郁何益？"公笑曰："此事未易言也。"盖为嘉祐建储耳。公虽刚勇，遇事详审，不万全不发，康节因戏之。公一日有忧色，康节问之，公曰："先生度某之忧安在？"康节曰："岂以王安石罢相，吕惠卿参知政事，惠卿凶暴过安石乎？"公曰："然。"康节曰："公无忧。安石、惠卿本以势利合，惠卿、安石势利相敌，将自为仇矣，不暇害他人也。"未几，惠卿果叛安石，凡可以害安石者，无所不至。公谓康节曰："先生识虑绝人远矣。"一日薄暮，司马温公见康节曰："明日僧显修开堂说法，富公、吕晦叔欲偕往听之。晦叔贪佛已不可劝，富公果往，于理未便。某后进，不敢言，先生曷止之？"康节曰："恨闻之晚矣。"明日，公果往。后康节因见公，谓公曰："闻上欲用裴晋公礼起公。"公笑曰："先生以为某衰病能起否？"康节曰："固也。或人言上命公，公不起，一僧开堂，公乃出，无乃不可乎？"公惊曰："我未之思也。"公与康节食笋，康节曰："笋味甚美。"公曰："未如中堂骨头之美也。"康节曰："野人林下食笋三十年，未尝为人所夺。公今日可食以中堂骨头乎？"公笑而止。康节疾病，公日遣其子偕医者来馈药物不绝。康节捐馆，公赙赠之，遗礼甚厚。伯温除丧，往拜公，公恻然曰："先生年未高，尝劝之学修养。"复曰："不能学胡走乱走也。"问伯温年几何，娶未，伯温对："年二十四，未娶。"公曰："未娶甚善，可以保养血气，专意学问。吾年二十八登科方娶。尝白先公先夫人，未第决不娶，弟妹当先嫁娶之，故田氏妹先嫁元钧也。"伯温自此得出入公门下。悲夫！今海内之士尝获拜公床下，唯伯温一人。想公英伟之姿，凛然如在世也。

　　熙宁三年，司马温公与王荆公议新法不合，不拜枢密副使，乞守郡，以端明殿学士知永兴军。后数月，神宗思之，曰："使司马在朝，人主自然无过举。"移许州，令过阙上殿。公力辞，乞判西京留司御史台，遂居洛，买园于尊贤坊，以"独乐"名之，始与伯温先君子康节游。尝曰："某陕人，先生卫人，今同居洛，即乡人也。有如先生道学之尊，当以年德为贵，官职不足道也。"公一日著深衣，自崇德寺书局散步洛水堤上，因过康节天津之居，谒曰"程秀才"云。既见，温公也。问其故，公笑曰："司马出程伯休父，故曰程。"留诗云："拜罢归来抵寺居，解鞍纵马罢传呼。紫衣金带尽脱去，便是林间一野夫。""草软波清沙路微，手携筇杖著深衣。白鸥不信忘机久，见我犹穿岸柳飞。"康节和曰："冠盖纷华塞九衢，声名相轧在前呼。独君都不将为事，始信人间有丈夫。""风背河声近亦微，斜阳淡泊隔云衣。一双白鹭来烟外，将下沙头却背飞。"公一日登崇德阁，约康节久未至，有诗曰："淡日浓云合复开，碧伊清洛远萦回。林间高阁望已久，花外小车犹未来。"康节和云："君家梁上年时燕，过社今年尚未回。谓罚误君凝伫久，万花深处小车来。"又云："天启夫君八斗才，野人中路必须回。神仙一语难忘处，花外小车犹未来。"康节有《安乐窝中》诗云："半记不记梦觉后，似愁无愁情倦时。拥衾侧卧未欲起，帘外落花撩乱飞。"公爱之，请书纸帘上，字画奇古，某家世宝之。公与康节唱酬甚多，具载《击壤集》。公尝问康节曰："某何如人？"曰："君实脚踏实地人也。"公深以为知言。至康节捐馆，公作挽诗二章，其一曰："慕德闻风久，论交倾盖新。何须半面旧，不待一言亲。讲道切磋直，忘怀笑语真。重言蒙蹠实，佩服敢书绅。"记康节之言也。康节又曰："君实九分人也。"其重之如此。后公以康节之故，遇其孤伯温甚厚。公无子，以族人之子康为嗣。康字公休，其贤似公，识者谓天故生之也。公休与伯温交游益厚。公薨，公休免丧。元祐间方欲大用，亦不幸，特赠谏议大夫。公休有子植，方数岁，公休素以属伯温，至范纯仁内翰辈皆曰："将以成温公之后者，非伯温不可。"朝廷知之，伯温自长子县尉移西京国子监教授，俾植得以卒业，因经纪司马氏之家。植字子立，既长，其贤如公休，天下谓真温公门户中人也。亦蚤死，无子，温公之世遂绝。

康节先生与赵宗道学士游，宗道年长，康节拜之，其诸子皆以父师之礼事康节。宗道早出富韩公门下，熙宁初，宗道自西都留台领宫祠以卒。先是，宗道季子济为提举常平，劾富公不行新法，朝廷坐其言罢富公使相。宗道卒，富公以致政居洛，赙恤其家甚厚。其兄弟服除，欲往谢富公，济独未敢行，请于康节。康节曰："以富公德度，尚何望于君？第往勿疑。诸兄行，君不行，是自处于不肖也。"明日，济偕诸兄弟以进，富公抚之甚恩，济不自安，起谢罪，公止之曰："吾兄故人子，前日公事不可论也。"济归，谢康节曰："微先生，济之过不可赎也。"

熙宁癸丑春，大名王荀龙字仲贤入洛，见康节先公，其议论劲正有过人者。康节喜之，和其诗曰："君从赏花来北京，耿君先期已驰情。此时阴霜奈何重，今岁花开徒有声。既欲佳章当坠刺，宁无累句代通名？天之美才应自惜，料得不为时虚生。"仲贤，魏公客也，因出魏公送行诗，颜体大书，极奇伟。康节曰："吾少日喜作大字，李挺之曰：'学书妨学道。'故尝有诗云：'忆昔初学大字时，学人饮酒与吟诗。若非益友推金石，四十五岁成一非。'"仲贤又赠魏公诗云："春去花丛胡蝶乱，雨余蔬圃桔槔闲。"康节爱之，曰："怨而不伤，婉而成章之言也。"仲贤之子名岩叟，字彦霖，元祐初自知定州安喜县召为监察御史，有直声，后位签书枢密院。彦霖父子皆魏公之客，魏公镇相州，荐彦霖为属。韩康公代魏公，康公欲留彦霖，彦霖谢曰："某魏公之客，不愿入它门也。"士君子称之。

康节先公尝言，李复圭龙图临事有断。年二十八知滑州，与郡官夜会，有衙兵夺银匠铁锤杀人者，一府皆惊扰。公捕至，立斩之，上章待罪，诸司亦按公擅杀。仁宗曰："李复圭，帅才也。"除知庆州。后责光化军，有放停卒自陈乞添租划佃某人官田者，公曰："汝拣停之兵，如何能佃官田？"卒曰："筋力未衰也。"公曰："汝以衰故拣停，既未衰，却合充军。"呼刺字人刺元军分，人皆称之。公才高，为众所忌，故仕宦数不进。公居多不乐，康节因和其诗作《天吟》一篇曰："一般颜色正苍苍，今古人曾望断肠。日往月来无少异，阳舒阴惨不相妨。迅雷震后山川裂，甘露零时草木香。幽暗岩崖生鬼魅，清平郊野见鸾凰。千秋烂为三春雨，万木凋因一夜霜。此意分明难理会，直须贤者入消详。"盖广其意，使有所感悟也。

康节先生赴河南尹李君锡会，投壶，君锡末箭中耳。君锡曰："偶尔中耳。"康节应声曰："几乎败壶。"坐客以为的对，亦可谓善谑矣。

卷第十九

司马温公初居洛,问士于康节,对曰:"有尹材字处初、张云卿字伯纯、田述古字明之,三人皆贤俊。"处初、明之得进于温公门下,独伯纯未见。康节以问公,公曰:"处初、明之之贤,如先生言;张君者,或闻旅殡其父于和州,久不省,未敢与见。"康节曰:"张云卿可谓孝矣。云卿之父谪官死和州,贫不能归,因寓其丧。云卿奉其母归洛,贫甚,府尹哀之,俾为国子监说书,得月俸七千以养。若为和州一行,则罢俸数月,将饥其母矣。其故如此。"温公怅然曰:"某之听误矣。"伯纯自此亦从温公游。未几,伯纯之母死,徒步至和州迎父枢合葬。三君子既受知温公,公入相元祐,处初、明之以遗逸命官,伯纯以累举特恩,同除学官。温公好贤下士,尊用康节之言如此。伯纯学问该洽,文潞公于经史注疏或有遗忘,多从伯纯质之。

熙宁初,王宣徽之子名正甫字茂直,监西京粮料院。一日,约康节先公同吴处厚、王平甫会饭,康节辞以疾。明日,茂直来,康节谓曰:"某之辞会有以,姑听之。吴处厚者好议论,平甫者介甫之弟,介甫方执政行新法,处厚每讥刺之,平甫虽不甚主其兄,若人面骂之,则亦不堪矣,此某所以辞会也。"茂直笑曰:"先生料事之审如此。昨处厚席间毁介甫,平甫作色,欲列其事于府,某解之甚苦,乃已。"呜呼!康节以道德尊,平居出处一饮食之间,其慎如此,为子孙者当念之。

熙宁中,洛阳以道德为朝廷尊礼者,大臣曰富韩公,侍从曰司马温公、吕申公,士大夫位卿监以清德早退者十余人,好学乐善有行义者几二十人。康节先公隐居谢聘皆相从,忠厚之风闻于天下。里中后生皆知畏廉耻,欲行一事,必曰:"无为不善,恐司马端明知,邵先生知。"呜呼,盛哉!

康节先公嘉祐中朝廷以遗逸命官,辞之不从。河南尹遣官就第,送告敕朝章,康节服以谢,即褐衣如初。至熙宁初,再命官,三辞,又不从。再以朝章谢,且曰:"吾不复仕矣。"始为隐者之服,乌帽缘褐,见卿相不易也。司马温公依《礼记》作深衣、冠簪、幅巾、缙带，每出，朝服乘马，用皮匣贮深衣随其后，入独乐园则衣之。常为康节曰："先生可衣此乎？"康节曰："某为今人，当服今时之衣。"温公叹其言合理。

富公未第时，家于水北上阳门外，读书于水南天宫寺三学院。院有行者名宗颢，尝给事公左右。及公作相，颢已为僧，用公奏赐紫方袍，号宝月大师。公致政，筑大第于至德坊，与天宫寺相迩。公以病谢客，宗颢来或不得前，则直入道堂，见公曰："相公颇忆院中读书时否？"公每为之笑。时节送遗甚厚。康节先公自共城迁洛，未为人所知也，宗颢独馆焉。可见宗颢非俗僧也。康节登其院阁，尝作《洛阳怀古赋》曰："洛阳之为都也，地居天地之中，有中天之王气在焉。予家此始半岁，会秋乘雨霁，与殿院刘君玉登天宫寺三学阁，洛之风景，因得周览。惜其百代兴废以来，天子虽都之，而多不得其久居也。故有怀古之感，以通讽诵。君玉好赋，以赋言之。秋雨霁，日色清，万景出，秋益明。何幽怀之能快，唯高阁之可凭。天之空廓，风之轻泠，览三川之形胜，感千古之废兴。乃眷西北，物华之妍，云情物态，气象汪然。拥楼阁以高下，焕金碧之光鲜。当地势之拱处，有王居之在焉。惜乎天子居东都，此邦若诸夏，不会要于方策，不号令于天下。声明文物，不自此而出；道德仁义，不自此而化。宫殿森列，鞠而为茂草；园囿棋布，荒而为平野。鸾舆曾不到者三十余年，使人依然而叹曰：虚有都之名也。噫！夏王之治水也，四海之内列壤惟九，而居中者实曰豫州。荆河之北，此为上流。周公之卜宅也，率土之滨，达国为万，而居中者，实曰洛阳。瀍、涧之侧，此唯旧邦。迄于今二千年之有余，因兴替之不定，故靡常其厥居。我所以作赋者，阅古今变易之时，述兴亡异同之迹，追既失之君王，存后来之国家也。昔大昊始法，二帝成之，三王全法，参用适宜。伊六圣之经理，实万世之宗师。我乃谓治民之道，于是乎大尽矣。逮夫五霸抗轨，七雄驾威，汉之兴乘秦之弊，曹之擅幸汉之衰，始鼎立而治，终豆分而隳。晋中原之失守，宋江左之画畿，或走齐而驿梁，或道陈而经隋。自元魏廓河南之土植，六朝之风物；李唐蟠关中之腹孕，五代之乱离。其间或道胜而得民，或兵强而慑下，或虎吞而龙噬，或鸡狂而犬诈，或创业于艰难，或守成于逸暇，或覆𫗦而终焉，或包桑而振者。故得陈其六事，虽善恶不同，其成败一也。其一曰：大哉，德之为大也！能润天下，必先行之于身，然后化之于人。化也者，效之也，自人而效我者也。所以不严而治，不为而成，不言而信，不令而行。顺天下之性命，育天下之生灵。其帝者之所为乎！其二曰：至哉，政之为大也！能公天下，必先行之于身，然后教之于人。教也者，正之也，自我而正人者也。所以有严而治，有为而成，有言而信，有令而行。拔天下之疾苦，遂天下之生灵。其王者之所为乎！其三曰：壮哉，力之为大也！能致天下，必先丰府库，峙仓箱，锐锋镝，峻金汤。严法令于烈火，肃兵刑于秋霜，竦民听于上下，慑夷心于外荒。其霸者之所为乎！其四曰：时若伤之于随，失之于宽，始则废事，久而生奸。既利不能胜害，故冗得以疾贤。是必薄其赋敛，欲民不困而民愈困；省其刑罚，欲民不残而民愈残。盖致之之道，失其本矣。其五曰：时若任之以明，专之以察，始则烈烈，终焉阙阙。既上下以交虐，乃恩信之见夺。是以峻其刑罚，欲民不犯而民愈犯；厚其赋敛，欲国不竭而国愈竭。盖致之之道，失其末矣。其六曰：水旱为沴，年岁耗虚，此天地之常理，虽圣人不能无，盖有备而无患。不得中者，加以宽猛失政，重轻逸权，不有水旱兵革而民已困，而况有水旱兵革者焉？所谓本末交失，不亡何待！天下有成败六焉，此之谓也。君天下者得不用圣帝之典谟，行明王之教化？士可杀不可辱，民可近不可下，上能抚如子焉，下必戴其后也。仲尼所以陈革命，则抑为人之匪君；明逊国，则杜为人之不臣。定礼乐而一天下之政教，修《春秋》而罪诸侯之乱伦，删《诗》以扬文、武之美，序《书》以尊尧、舜之仁，赞大《易》以都括，与六经而并存。意者不可以地之重易民之教，不可以天之教悖天之时，必时教之各备，则居地而得宜，是故知地不可固有之也。君上必欲上为帝事，则请执天道焉；中为王事，则请执人道焉；下为霸事，则请执地道焉。三道之间，能举其一，千古之上犹反掌焉。则是洛之兴也，又何计乎都与不都也。如欲用我，吾从其中。"康节先生经世之学盖如此，托赋以自见耳。

熙宁间，宗颢尚无恙，伯温尝就其院读书，宗颢每以富公为举子事相勉，曰："公夜枕圆枕，庶睡不能久，欲有所思。冬以冰雪，夏以冷水沃面,其勤苦如此。"康节先公《怀古赋》初无本,唯宗颢能诵之,年几九十乃死。康节先公常言:"本朝祖宗立天下之士,非前代可比。内无大臣跋扈,外无藩镇强横,亦无大盗贼,独夷狄为可虑。"故有《十六国诗》云:"普天之下号寰区,大禹曾经治水余。衣到弊时多虮虱,爪当烂处足虫蛆。龙章本不资狂寇,象魏何尝荐乱胡?尼父有言堪味处,当时欠一管夷吾。"又作《观棋》诗,历叙古今至西晋云:"二主蒙霜露,五胡犯鼎彝。世无管夷吾,令人重歔欷!"常曰:"孔子念管仲之功,自以不被发左衽为幸。若管仲者,可轻议哉!"呜呼! 有以也夫。

康节先公先天之学,伯温不肖,不敢称赞。平居于人事机祥未尝辄言。治平间,与客散步天津桥上,闻杜鹃声,惨然不乐。客问其故,则曰:"洛阳旧无杜鹃,今始至,有所主。"客曰:"何也?"康节先公曰:"不三五年,上用南士为相,多引南人,专务变更,天下自此多事矣。"客曰:"闻杜鹃何以知此?"康节先公曰:"天下将治,地气自北而南;将乱,自南而北。今南方地气至矣,禽鸟飞类,得气之先者也。《春秋》书六鹢退飞,鸲鹆来巢,气使之也。自此南方草木皆可移,南方疾病瘴疟之类,北人皆苦之矣。"至熙宁初,其言乃验,异哉! 故康节先公尝有诗曰:"流莺啼处春犹在,杜宇来时春已非。"又曰:"几家大第横斜照,一片残春啼子规。"其旨深矣。伯温后闻熙州有唐碑,本朝未下时,一日,有家雀数千集其上,人恶之曰:"岂此地将为汉有耶?"因焚之,盖夷中无此禽也。已而果然。因并记之,以信先君之说。

康节先公于书无所不读,独以六经为本,盖得圣人之深意。平生不为训解之学,尝曰:"经意自明,苦人不知耳。屋下盖屋,床下安床,滋惑矣。"所谓陈言生活者也,故有诗曰:"陈言生活不须矜,自是中才皆可了。"以老子为知《易》之体,以孟子为知《易》之用。论文中子谓佛为西方之圣人,不以为过。于佛老之学,口未尝言,知之而不言也。故有诗曰:"不佞禅伯,不谀方士,不出户庭,直际天地。"其所著《皇极经世书》,以元会运世之数推之,千岁之日可坐致也。以太极为堂奥,乾坤为门户,包括六经,阴阳刚柔行乎其间,消息盈虚相为盛衰,皇王帝伯相为治乱,其肯为训解之学也哉!

康节先公出行不择日,或告之以不利则不行。盖曰:"人未言则不知,既言则有知,知而必行,则与鬼神敌也。"春秋祭祀,约古今礼行之,亦焚楮钱。程伊川怪问之,则曰:"明器之义也。脱有一非,岂孝子慈孙之心乎?"又曰:"吾高曾今时人,以笾豆簠簋荐牲不可。"伯温谨遵遗训而行之也。

伯温昔侍家庭,请于康节先公曰:"大人至和中,仁宗在御,富公当国,可谓盛矣。乃谢聘不起,何也?"先公曰:"本朝至仁宗,政化之美,人材之盛,朝廷之尊极矣。以前或未至,后有不及也。天之所命,非偶然者。吾虽出何益?是非尔所知也。"伯温再拜稽首,不知所以问。

康节先公遗训曰:"汝固当为善,亦须量力以为之。若不量力,虽善亦不当为也。"故有诗曰:"量力动时无悔吝,随宜乐处省营为。若求骐骥方乘马,只恐终身无马骑。"又尝曰:"善人固可亲,未相知不可急合;恶人固可疏,未能远不可急去,必招悔吝也。"故无名君序曰:"见善人未尝急合,见不善人未尝急去。"伯温佩之,终身不敢忘。

康节先公言,顷京都有一道人,日饮酒于市,将出,谓其邻曰:"今日当有某人来。"已而果然。自此莫不然。或问:"预知何术?"曰:"无心耳。"曰:"无心可学乎?"曰:"才欲使人学无心,即有心矣。"又程伊川先生言,昔贬涪州,过汉江,中流,船几覆,举舟之人皆号泣。伊川但正襟安坐,心存诚敬。已而,船及岸,于同舟众人中有老父问伊川曰:"当船危时,君正坐色甚庄,何以?"伊川曰:"心守诚敬耳。"老父曰:"心守诚敬固善,不若无心。"伊川尚欲与之言,因忽不见。呜呼!人果无心,险难在前犹平地也。老子曰:"入水不濡,入火不热。"唯无心者能之。

康节先公见一道人言,尝泛海,遇风泊岸,与数人下采薪。有巨人数十,长丈余,相呼之声如禽兽,尽捉以去,用竿竹鱼贯之,食以荐酒。道人者偶在其竹末,巨人醉睡,走登船得脱。因解衣,出其所穿迹,在胁下。康节先公曰:"四海之外,何所不有,但人耳目不能及耳。"

卷第二十

熙宁三年四月，朝廷初行新法，所遣使者皆新进少年，遇事风生，天下骚然，州县始不可为矣。康节先公闲居林下，门生故旧仕宦四方者，皆欲投劾而归，以书问康节先公。康节先公答曰："正贤者所当尽力之时，新法固严，能宽一分则民受一分之赐矣。投劾而去何益？"呜呼！康节先公深达世务，不以沽激取虚名如此。世所谓康节先公为隐者，非也。

熙宁中，有一道人，无目，以钱置手掌中，即知正背年号，人皆异之。康节先公问曰："以钱置尔之足，亦能知之乎？"道人答曰："此吾师之言也。"愧谢而去。

伯温少时，因读《文中子》，至"使诸葛武侯无死，礼乐其有兴乎"，因著论，以谓武侯霸者之佐，恐于礼乐未能兴也。康节先公见之，怒曰："汝如武侯犹不可妄论，况万万相远乎？以武侯之贤，安知不能兴礼乐也？后生辄议先贤，亦不韪矣。"伯温自此于先达不敢妄论。

伯温上世范阳，以中直笃实，读书谨礼为家法。大父伊川丈人尤质直，平生不妄笑语。年七十有九，以治平四年正月初一日捐馆。初无疾，不食饮水者累日。除夜，康节先公以下侍立左右，伯温方七岁，大父钟爱之，亦立其旁。大父曰："吾及新年往矣。"康节先公以下皆掩泣，大父止之曰："吾儿以布衣名动朝廷，子孙皆力学孝谨，吾瞑目无憾，何用哭？"大父平日喜用大杯饮酒，谓康节先公曰："酌酒与尔别。"康节同叔父满酌大杯以献，大父一举而尽，再酌，饮及半，气息微矣。谓康节曰："吾平生不害物，不妄言，自度无罪。即死，当以肉祭，勿用佛事乱吾教。无令吾死妇人之手。汝兄弟候吾就小殓，方令家之人哭，勿叫号，俾我失路。"康节先公泣涕以从。康节谋葬大父，与程正叔先生同卜地于伊川神阴原。不尽用葬书，大抵以五音择地，以昭穆序葬，阴阳拘忌之说，皆所不信。以是年十月初三日葬，开棺，大父颜貌如生，伯温尚记之。熙宁十年夏，康节先公感微疾，气日益耗，神日益明，笑谓司马温公曰："某欲观化一巡，如何？"温公曰："先生未应至此。"康节先生曰："死生常事耳。"张横渠先生喜论命，来问疾，因曰："先生论命，来当推之。"康节先公曰："若天命，则知之；世俗所谓命，则不知也。"横渠曰："先生知天命矣，某尚何言？"程伊川曰："先生至此，他人无以为力，愿自主张。"康节先公曰："平生学道，岂不知此，然亦无可主张。"时康节正寝，诸公议后事于外，有欲葬近洛城者。康节先公已知，呼伯温入，曰："诸公欲以近城地葬我，不可，当从伊川先茔耳。"七月初四日，大书诗一章曰："生于太平世，长于太平世，死于太平世。客问年几何？六十有七岁。俯仰天地间，浩然独无愧。"以是夜五更捐馆，其治命如大父，伯温不敢违。先是，康节先公每展伊川大父墓，至中涂上官店，必过信孝杰殿丞家。孝杰从康节先公最早，孝杰死，有八子，康节先公遇之如子侄，每过之，则迎拜侍立左右甚恭。康节先公捐馆之年，寒食过之，谓诸子曰："吾再经此，与今日异矣。"诸子不敢问。至葬，丧车及上官店，诸子泣奠言之，以为异。张景观字临之，学行甚高，康节先公喜之。将赴涪州武龙尉，告别康节先公，泣数行下，谓曰："吾不见子之归矣。"又张峋字子坚，康节先公于门弟子中谓可与语道者，赴调京师，康节先公愀然色变曰："吾老矣，吾老矣，不复相见也。"皆是年之春也。呜呼！康节先公所以预知者，何止知此哉？伯温不肖，不能有所述也，惟修身俟死下从九原耳。尚追忆其遗言，以示子孙。

康节先公与吕微仲丞相不相接，先公与横渠先生张子厚同以熙宁十年丁巳捐馆，今《微仲文集》中有《和母同州丁巳吟》云："行高名并美，命否数皆殂。嗟尔百君子，贤哉二丈夫。世方敦薄俗，_{邵尧夫乐道不仕。}谁复距虚无？_{张子厚论佛老之失。}望道咸瞠若，修梁遽坏乎？密章燔汉绶，环经泣秦儒。赖有诸良友，能令绍不孤。"为先公与子厚作也。盖河南府以先公讣闻，诏赠著作郎，谥康节。子厚自秘阁病免西归，及长安以殁，门人衰服挽车葬横渠云。伯温获见公，每语先公，则怅然有不可及之叹。后伯温初仕长子县尉，公入相元祐，改西京国学教授。未久，公罢政。呜呼！亦所以为不孤之惠欤？

康节先公居洛，凡交游年长者拜之，年等者与之为朋友，年少者以子弟待之,未尝少异于人,故得人之欢心。每岁春二月出,四月天渐热即止。八月出,十一月天渐寒即止。故有诗云:"时有四不出,大风、大雨、大寒、大暑。会有四不赴。公会、葬会、生会、醵会。"每出,人皆倒屣迎致,虽儿童奴隶皆知尊奉。每到一家,子弟家人争具酒馔,问其所欲,不复呼姓,但名曰:"吾家先生至也。"虽闺门骨肉间事,有未决者,亦求教。康节先公以至诚为之开论,莫不悦服。十余家如康节先公所居安乐窝起屋,以待其来,谓之"行窝"。故康节先公没,乡人挽诗有云:"春风秋月嬉游处,冷落行窝十二家。"洛阳风俗之美如此。

康节先公过士友家昼卧,见其枕屏画小儿迷藏,以诗题其上云:"遂令高卧人,欹枕看儿戏。"盖熙宁间也。陈恬云。《击壤集》不载。

熙宁初,欧阳文忠公为参知政事,遣其子棐叔弼来洛省王宣徽夫人之疾。将行,语叔弼曰:"到洛,唯可见邵先生,为致吾向慕之意。"康节先生既见叔弼,从容与语平生出处以及学术大概。临别犹曰:"其无忘鄙野之人于异日。"后十年,康节先公捐馆,又十年,韩康公尹洛,请谥于朝。叔弼偶为太常博士,次当谥议。叔弼尝谓晁说之以道云:"棐作邵先生谥议,皆往昔亲闻于先生者。当时少年,一见忻然延接,语及平生学术出处之大,故得其详如此。岂非先生学道绝世,前知来物,预以相告耶?"盖验于二十年之后,异哉!

康节先公少时游京师,与国子监直讲邵必不疑初叙宗盟,不疑年长,康节先公以兄拜之。盖不疑自河朔迁丹阳,康节先公上世亦河朔人故也。至康节自卫入洛,不疑为京西提刑,嘉祐中,河南府荐康节先公以遗逸,不疑自作荐章,其词有"厚德足以镇薄俗,清风可以遗来世",相推重如此。熙宁初,不疑以龙图阁学士知成都府,过洛,谓康节先公曰:"某陛辞日,再荐先生矣。"康节先公追送洛北别去。不疑中途寄康节先公诗云:"我乘孤传经崤渑,君拥群书卧洛城。富贵人间亦何有,闲忙趣味甚分明。"不疑次金牛驿暴卒,丧归,康节先公哭之恸。女嫁杨国宝应之。应之亦康节先公门生,康节先公视之犹子也。开禧、元丰中为河南府推官,康节已捐馆,伯温复以兄拜之。宣和己丑,伯温赴果州,道出阆州,有知阆中县邵充美孺者相迎,自称同姓侄云。伯温以宗族源流为问,美孺曰:"充之上世自润州入蜀,龙图公先人叔父行也。"伯温曰："康节先公以兄事龙图公，伯温不敢忘。"自此与美孺之中外皆论亲。癸巳，伯温奉使西州，美孺居郓，尝至其家拜刑部公庙。美孺天资和易，与人言如恐伤之。至临吏政，是非毅然不可夺，君子人也。丹阳、河南、成都之邵，其次第如此。嗟夫！世不讲宗盟久矣，具载之，以示三家子孙。

伯温之叔父讳睦，后祖母杨氏夫人出也，少康节先公二十余岁，力学孝谨，事康节如父。熙宁元年四月八日暴卒，年三十三。康节先公哭之恸，既卒，理其故书，得叔父所作《重九》诗云："衣如当日白，花似昔年黄。拟问东篱事，东篱事杳茫。"及死，殡后圃东篱下。噫！人之死生，是果前定矣。

康节先公既捐馆，二程先生于伯温有不孤之意，所以教戒甚厚。宗丞先生谓伯温曰："人之为学忌标准，若循循不已，自有所至矣。"先人敝庐厅后无门，由旁舍委曲以出，某不便之，因凿壁为门，侍讲先生见之曰："前人规画必有理，不可改作。"某亟塞之。侍讲谓周全伯曰："邵君虽小事亦相信，勇于为善者也。"某初入仕，侍讲曰："凡作官，虽所部公吏有罪，立按而后决。或出于私怒，比具怒亦释，不至仓卒伤人。每决人，有未经杖责者宜慎之，恐其或有所立也。"伯温终身行之。

熙宁八年秋，余与士人十余辈讲学于洛阳建春门广爱寺端像院以待试。一夕，梦至殿庭唱第，望殿上，女主也。觉，谓同舍言之，皆不晓。至元祐二年秋，以经行荐，明年春，唱名集英殿，宣仁太后垂帘听政也。方悟前梦验于十五年之后，是果有数矣。

余为西蜀宪，其治在嘉州。州之西有花将军庙，将军英武，见于杜子美之诗。庙史以匣藏唐至德元年十月郑丞相告云："花惊定，将军也。是岁土蕃陷巂州，将军与丞相，岂同功者耶？"告后列金紫光禄大夫、左相、豳国公臣，正议大夫、门下侍郎、平章事、博陵县开国男臣，不书姓名。右相阙。银青光禄大夫、行中书侍郎、平章事，姓名磨灭。谨按至德元年，肃宗初即位于灵武，右丞相杨国忠诛死，故阙之。是岁六月丙午，剑南节度使崔圆为中书侍郎、平章事。七月庚午，武部尚书、平章事韦见素为左相，蜀太守崔涣为门下侍郎、平章事。其不书姓名、磨灭者，此三人无疑矣，中书省官臣书姓名，门下省官臣不书姓名，当时节度废阙如此。然花将军之名惊定，唯得于此告也。或云将军丹稜东馆人，今东馆庙貌尤盛云。庙史又出本朝乾德三年二月二十六日伪蜀王孟昶、伪蜀太子孟元喆以降入朝，舟过庙下祭文二纸，墨色如新，其窘急悲伤之辞，读之亦令人叹息云。

邵氏闻见后录

[宋] 邵　博　撰

　　王根林　校点

校 点 说 明

《邵氏闻见后录》三十卷,宋邵博撰。邵博(? —1158),字公济,河南洛阳人,邵伯温次子。宋高宗年间同进士出身,曾任知果州、眉州等官。著有《西山集》,今已佚。

本书为续其父《邵氏闻见录》而作。体例沿袭《前录》,然内容不似《前录》以记朝典政事为主,而是更为广泛,兼及经、史、子、集。对《尚书》、《易经》及孔、孟言行间加评论;对《史记》、《汉书》、《后汉书》、《三国志》等史籍,亦多所辨析;对诗、文等文学作品也时有见解。其文字较枯涩难读,然保存了不少今已失传的史料文献,如司马光之《疑孟》,陈瓘之《四明尊尧集》,雷简夫荐苏洵的书启等,自有一定价值。

今见之《邵氏闻见后录》,主要有《津逮秘书》本、《学津讨原》本及民国涵芬楼刊本等。现即以涵芬楼本为底本,校以其他诸本,改动之处,不出校记。

目　　录

邵氏闻见后录序

先人蚤接昔之君子，著其《闻见》，于篇甚严。博不肖，外继有得，在前例为合，间后出他记，不避也。或以司马迁之书曰"太史公"，犹其父谈云尔，曷绪之篇下，亦不失为迁也。嗟夫！笔十四年获麟已绝矣，续明年，又明年，孔丘卒，非是。但曰《闻见后录》云。绍兴二十七年三月一日丙寅，河南邵博序。

卷第一

太祖既定天下，尝令赵普等二三大臣陈当今已施行、可利及后世者。普等历言大政数十。太祖俾更言其上者，普等历毕思虑，无以言，因以为请。太祖曰："吾家之事，唯养兵可为百代之利。盖凶年饥岁，有叛民而无叛兵，不幸乐岁变生，有叛兵而无叛民。"普等顿首曰："此圣略，非下臣所及。"予谓议者以本朝养兵为大费，欲复寓兵于农之法，书生之见，可言而不可用者哉。

自唐以来，大臣见君，则列坐殿上，然后议所进呈事，盖"坐而论道"之义。艺祖即位之一日，宰执范质等犹坐，艺祖曰："吾目昏，可自持文书来看。"质等起进呈罢，欲复位，已密令中使去其坐矣，遂为故事。

太宗以柴禹锡、赵镕皆晋邸故吏，颇亲任之。后禹锡、镕告秦王廷美阴谋，事连宰相卢多逊。赵普与多逊有积怨，上章乞备枢轴以纠奸变。廷美谪房州，多逊谪崖州；擢禹锡枢密副使，镕知枢密院。禹锡、镕益散遣吏卒于国门内外侦事。吏卒有醉酒与鬻书人韩玉斗殴不胜者，又诬玉有指斥语。禹锡、镕以闻，玉伏法。太宗寻知其冤，遂疏禹锡、镕，不复信用，无几，皆罢。廷美以太平兴国七年五月迁房陵，九年正月卒。前诏以是年十一月有事于泰山，五月，迅雷中烈火作，焚乾元、文明二殿，罢封泰山。柴禹锡病狂阳，赵普亦被重疾，委吏甄潜祷于终南上清宫。天神降语云："普坐冤累耳。"廷美至真宗咸平二年，方自房陵归葬汝州梁县新丰乡。前已追复涪王，谥曰悼。仁宗即位，赠太师尚书令。并出《国史》。

国初，有神降于凤翔府盩厔县民张守真家，自言天之尊神，号"黑煞将军"。守真遂为道士。每神欲至，室中风萧然，声如婴儿，守真独能辨之，凡百之人有祷，言其祸福多验。开宝九年，太祖召守真，见于滋福殿，疑其妄。十月十九日，命内侍王继恩就建隆观降神，神有"晋王有仁心"等语。明日，太祖晏驾，晋王即位，是谓太宗。诏筑上清太平宫于终南山下，封神为翊圣将军。出《太宗实录》、《国史·道释志》。

《符瑞志》：仁皇帝诞降，章懿后榻下生灵芝，一本四十二叶，以应享国四十二年之瑞云。仁皇帝四时衣夹，冬不御炉，夏不御扇，禀天地中和之气故也。

燕恭肃王，仁皇帝叔父也。颇自尊大，数取金钱于有司，曰："预计吾俸可也。"积数百万，有司以闻，诏除之，御史沈邈言其不可，帝惨然曰："御史误矣。太宗之子八人，惟王一人在耳。朕当以天下为养，数百万钱，不足计也。"

仁皇帝庆历中亲除王素、欧阳修、蔡襄、余靖为谏官，风采倾天下。王公言王德用进女口事，帝初诘以宫禁事何从知？公不屈。帝笑曰："朕真宗之子，卿王旦之子，有世旧，岂他人比。德用实进女口，已服事朕左右，何如？"公曰："臣之忧，正恐在陛下左右耳。"帝即命宫臣，赐王德用所进女口钱各三百千，押出内东门。讫奏，帝泣下。公曰："陛下既不弃臣言，亦何遽也？"帝曰："朕若见其人留恋不肯去，恐亦不能出矣。"少时，宫官奏宫女已出内东门，帝动容而起。

仁皇帝庆历年，京师夏旱。谏官王公素乞亲行祷雨，帝曰："太史言月二日当雨，一日欲出祷。"公曰："臣非太史，是日不雨。"帝问故，公曰："陛下幸其当雨以祷，不诚也。不诚不可动天，臣故知不雨。"帝曰："明日祷雨醴泉观。"公曰："醴泉之近，犹外朝也，岂惮暑不远出耶？"帝每意动则耳赤，耳已尽赤，厉声曰："当祷西太乙宫。"公曰："乞传旨。"帝曰："车驾出郊不预告，卿不知典故。"公曰："国初以虞非常，今久太平，预告使百姓瞻望清光者众耳，无虞也。"谏官故不扈从，明日，特召王公以从。日色甚炽，埃雾涨天，帝玉色不怡。至琼林苑，回望西太乙宫，上有云气如香烟以起，少时雷电雨甚至，帝却逍遥辇，御平辇，彻盖还宫。又明日，召公对，帝喜曰："朕自卿得雨，幸甚。"又曰："昨即殿庭雨立百拜，焚生龙脑香十七斤，至中夜，举体尽湿。"公曰："陛下事天当恭畏，然阴气足以致疾，亦当慎。"帝曰："念不雨，欲自以身为牺牲，何慎也！"

仁皇帝内宴，十门分各进馔，有新蟹一品，二十八枚。帝曰："吾尚未尝,枚直几钱?"左右对:"直一千。"帝不悦,曰:"数戒汝辈无侈靡,一下箸为钱二十八千,吾不忍也。"置不食。李处度藏仁皇帝飞白"四民安乐"四字,旁题"化成殿醉书,赐贵妃"。呜呼!虽酒酣、嫔御在列,尚不忘四民,故自圣帝明王以来,独以仁谥之也。

谏官韩绛面奏仁皇帝曰:"刘献可遣其子以书抵臣,多斥中外大臣过失,不敢不闻。"帝曰:"朕不欲留人过失于心中,卿持归焚之。"呜呼!与世主故相离间大臣,使各暴其短以为明者,异矣。

韩绛又言:"天子之柄,不可下移,事当间出睿断。"仁皇帝曰:"朕不惮,自有处分,深恐未中于理,有司奉行,则其害已加于人,故每欲先尽大臣之虑而行之。"呜呼!与世主事无细大当否,类出手敕,用压外庭公议者,异矣。

嘉祐二年秋,北虏求仁皇帝御容。议者虑有厌胜之术,帝曰:"吾待虏厚,必不然。"遣御史中丞张昇遗之,虏主盛仪卫亲出迎,一见惊肃,再拜。语其下曰:"真圣主也。我若生中国,不过与之执鞭捧盖,为一都虞候耳。"其畏服如此。

嘉祐中,将修东华门,太史言:"太岁在东,不可犯。"仁皇帝批其奏曰:"东家之西,乃西家之东;西家之东,乃东家之西。太岁果何在?其兴工勿忌。"

仁皇帝以嘉祐七年十二月丙申幸天章阁,召两府、两制、台谏等观三朝御书。置酒赋诗于群玉殿。庚子,再幸天章阁,召两府以下观瑞物十三种。一,瑞石,文曰"赵二十一帝"。二,瑞石,文曰"真君王万岁"。三,瑞木,曰"大运宋",隐起成文。四,七星珠。五,金山,重二十余斤。六,丹砂山,重十余斤。七,马蹄金。八,软石。九,白石,乳花。十,瑞木,左右异色。十一,瑞竹,一节有二弦并生其中。十二,龙卵,有紫斑而小。十三,凤卵,色白而大。观太宗、真宗御集,面书飞白,命翰林学士王珪题姓名遍赐之。又幸群玉殿,置酒作乐,亲谕以前日之燕草创,故再为之,无惜尽醉。独召宰相韩琦至榻前,酌鹿胎酒一大杯,琦一举而尽。各以金盘贮香药,分赐之。明年三月,帝升遐。故韩琦《哀册文》云"因惊前会之非常,似与群臣而叙别"也。

仁皇帝崩,遣使讣于契丹,燕境之人无远近皆聚哭。虏主执使者手号恸曰：“四十二年不识兵革矣。”其后北朝葬仁皇帝所赐御衣，严事之，如其祖宗陵墓云。

真宗时，皇嗣未生，以绿车旄节迎濮安懿王，养之禁中。至仁宗生，用萧韶部乐送还邸。后仁宗亦以皇嗣未生，用真宗故事，选近属，得英宗，养禁中，以至嗣位。英宗盖濮王第十三子，殆天意也。

文思院奉上之私，无物不集。宣仁后同听政九年，不取一物。呜呼，贤哉！

上为天下兵马大元帅，至南都，筮日即帝位。昭慈太后遣内侍官邵成章以乘舆服御来，有一道冠，非人间之制，成章捧以奉上曰：“太母令奏殿下，祖宗以来，退朝燕闲不裹巾，只戴道冠；自神宗始易以巾，非旧制也。愿殿下即位后，退朝燕闲，只戴此冠，庶几如祖宗时气象。”上流涕受之。

《王制》：“天子七庙，三昭三穆，与太祖之庙而七。”明太祖之外，止有三昭三穆而已。前代帝王于太祖未正东向之时，大率所祀不过六世。初，英宗即位，祔仁宗而迁僖祖，至神宗即位，祔英宗，复还僖祖而迁顺祖。司马文正公、范文忠公皆言：“僖祖当迁，太祖当正东向之位。”最后孙观文固言：“汉高祖得天下，与商、周异，故太上皇不得为始祖。光武之兴，亦不敢尊舂陵。今国家据南面之尊，享四海九州之奉者，皆太祖之所授也，不当以僖祖晋其祀。请以太祖为始祖，而为僖祖立庙，如周人别祀姜嫄之礼。禘祫之日奉桃主东向，此韩愈所谓祖以孙尊，孙以祖屈之意也。”丞相韩魏公读之，叹曰：“此议足以传不朽矣。”王荆公薄礼学，又喜为异，独以为不然。三公之议格不行，今太祖犹未正东向之位云。

元丰三年初行官制，以阶易官。《寄禄新格》：中书令、侍中、同平章事为开府仪同三司，左右仆射为特进，吏部尚书为金紫光禄大夫，五曹尚书为银青光禄大夫，左右丞为光禄大夫，六曹侍郎为正议大夫，给事中为通议大夫，左右议谏为太中大夫，秘书监为中大夫，光禄卿至少府监为中散大夫，太常至司农少卿为朝议，六曹郎中为朝请、朝散、朝奉大夫，凡三等，员外郎为朝请、朝散、朝奉郎，凡三等，起居舍人为朝散郎，司谏为朝奉郎，正言、太常、国子博士为承议郎，太常、秘书、殿中丞为奉议郎，太子中允、赞善大夫、中舍、洗马为通直郎，著作佐郎、大理寺丞为宣德郎，光禄卫尉寺、将作监丞为宣义郎，大理评事为承事郎，太常寺太祝、奉礼郎为承奉郎，秘书省校书郎、正字、将作监主簿为承务郎。今岁月浸远，旧官制少有知者，予故详出之。

元符末，徽宗即位，皇太后垂帘同听政。诏复哲宗元祐皇后孟氏位号，自瑶华宫入居禁中。有冯澥者，论其不可曰："上于元祐后，叔嫂也，叔无复嫂之礼。"程伊川谓先人曰："元祐后之贤故也，论亦未为无礼。"先人曰："不然。《礼》曰：'子甚宜其妻，父母不悦，出。子不宜其妻，父母曰是善事我，子行夫妇之礼焉。'皇太后于哲宗，母也；于元祐后，姑也；母之命，姑之命，何为不可？非上以叔复嫂也。"伊川喜曰："子之言得矣。"

绍兴己未春，金人初许归徽宗梓宫，宰臣上陵名永固，有王铚者言："犯后魏明帝、后周文宣二后陵名。"下秘书省参考，如铚言。然前汉平帝、后汉殇帝、十国刘龑同曰康陵，本朝顺祖亦曰康陵。后魏明帝、后周宣帝、唐中宗同曰定陵，本朝翼祖亦曰定陵。前汉惠帝、唐懿宗王后同曰安陵，本朝宣祖亦曰安陵。唐太宗曰昭陵，本朝仁宗曰永昭陵。后魏宣武后曰永泰陵，唐玄宗曰泰陵，本朝哲宗亦曰永泰陵。盖本朝陵名犯前代陵名者不一，祖宗以来不避也。予时为校书郎，为秘监言，具白丞相，不报。再议徽宗陵名，改永祐云。

本朝《太祖》、《神宗》、《哲宗实录》皆有二本，其更修各有自云。

国初，诏有司，周文、武、成、康陵，各具衮冕掩闭，亦不免唐末、五代暴发之祸矣。汉、唐以下陵墓，不足道也。

先人在元符年奏书直宣仁后事，刑部有罪籍者，三十年不赦。晚著《辩诬》，犹三十年奏书也。国有诬谍，岂可直？先人疾病，抚其书曰："但俱吾藏山中耳。"上圣明元年之二日，诏扬宣仁后之功，削诬谍，下有司索先人《辩诬》。先人已薨，予兄弟追怀迟虑未敢上，有司急以复命，则奏曰："与其藏诸名山，为百世未见之书，曷若上于公朝，补一代不刊之史。"诏以《辩诬》秘著作之庭。谨按，新史亦作《辩诬》一书，著得于先人《辩诬》者，每曰河南邵某云，初无先人斥一时用事者之言也。用事者之家，意予兄弟近拟一书以附国论，又诬矣。故具列上元年二日诏、《哲宗实录》、曾丞相以下文字，以明今日正论，不独自先人《辩诬》出云。

卷第二

建炎元年五月二日手诏

建炎元年五月二日,门下中书省、枢密院同奉圣旨:"宣仁圣烈皇后保佑哲宗,有安社稷大功。奸臣怀私,诬蔑圣德,著在《国史》,以欺后世。可令国史院别差官,摭实刊修,播告天下。其蔡确、蔡卞、邢恕、蔡懋,三省取旨行遣,仍不得引用。建炎元年五月一日敕。"

哲 庙 实 录

先是,元丰七年三月大燕,中燕延安郡王侍,王珪率百官贺。及升殿,又谕王与珪等相见,复分班,再拜称谢。是冬,谕辅臣曰:"明年建储,当以司马光、吕公著为师保。"神宗弥留,后敕中人梁惟简曰:"令汝妇制一黄袍,十岁儿可衣者,密怀以来。"盖为上仓猝践祚之备。神宗太母所以属意于上者,确然先定,无纤介可疑。邢恕,倾危士也,少游光、公著间。蔡确得师保语,求所以结二公者,而深交恕。确为右仆射,累迁恕起居舍人。一日,确遣恕要后侄光州团练使公绘、宁州团练使公纪,辞不往。明日,又遣人招至东府,确曰:"宜往见邢舍人。"恕曰:"家有桃着白华,可愈人主疾,其说出《道藏》,幸留一观。"入中庭,红桃华也。惊曰:"白华安在?"恕执二人手曰:"右丞相令布腹心。上疾未损,延安冲幼,宜早定议,岐、嘉皆贤王也。"公绘等惧曰:"君欲祸吾家。"径去。已而,恕反谓后与珪为表里,欲舍延安而立其子颢,赖己及惇、确得无变。确使山陵,韩缜帘前具陈恕等所以诬太后者,使还,言者暴其奸,再贬知随州,确寻窜新州。刘挚拜右仆射,恕坐党与,谪监永州酒税。绍圣二年,除恕待制、知青州。章惇、蔡卞执政,谋所以释憾于元祐旧臣者,知恕险鸷,果于诞罔,又衔挚等黜己，方思有所逞，为確报投荒之怨，召为御史中丞。于是日夜论刘挚、梁焘、王岩叟等谋废立，又造司马光送范祖禹赴召，有"主少国疑，宣训事可虑"语，以实后属意徐邸之谤。又讦高士京上书，告王珪尝令高士充问其父遵裕侦太后之意欲谁立，遵裕叱遣，士充乃去。又教確之子渭进文及甫庋语书，有"司马昭之心路人所知"等语，以斥渭、挚等有废上谋。惇、卞起同文馆狱，使蔡京、安惇穷治。于是时中人郝随日夜媒孽称制时事，眩惑左右。惇、卞交关谋议，奉行文书于外，作追废太皇太后诏，请上宣读于灵殿。钦圣献肃皇太后、钦成皇后苦要上，语甚悲，曰："吾二人日侍崇庆，天日在上，此语曷从出？且上必行此，亦何有于我？"上感悟，取惇、卞奏就烛焚之。禁中相庆，而随等不悦。明日，惇、卞理前请，上怒曰："卿等不欲朕入英宗神御殿乎？"抵其奏于地。同文之狱，追逮后殿御药官张士良，胁以刀锯、鼎镬，无所得。又适有星变，诏曰："朕遵祖宗遗志，未尝诛戮大臣，释勿治。"恕徒以诎于进取，极口造言，仇执政以逞。适惇、卞用事，凶德参会，舍不利之谋，无以激怒人主。废辱之祸，几上及于君亲，曾不以为忌，而尚何有于臣下之家？推迹谗口，开祸乱原，虽江充、息夫躬尚何以加？上尤善知人，灼见是非邪正，以照临百官中外，罔有遁情。如谓嘉问、居厚辈，诚不可用，留邢恕于朝，置周秩言路，必无安静之理，皆切中搜慝。

御史中丞傅尧俞，谏议大夫梁焘、范祖禹，右正言刘安世，殿中侍御史朱光庭交章论確怨谤不道，人臣所不忍闻。按確与章惇、黄履、邢恕，在元丰末结为死党，自谓圣主嗣位，皆有定策之功。確所以桀骜狠愎，无所畏惮，若不早辨白解天下之疑，恐岁月寖久，邪说得行，离间两宫，有伤慈孝。于是太皇太后御延和殿，宣论三省、枢密院大臣曰："皇帝是神宗长子，子承父业，其分当然。昨神宗服药既久，曾因宰执入对，吾以皇子所书佛经宣示，是时众中惟首相王珪因奏延安郡王当为皇太子，余人无语，確有何策立之功？若他日复来，欺罔上下，岂不为朝廷之害！"遂责確英州别驾，新州安置，仍给递马发遣。惇、履、恕亦皆得罪。

曾丞相布手记

三省用叶祖洽,言追贬王珪昌化军司户参军,追赐第遗表恩例及子孙等,如刘挚等旨挥。再对,未及奏事,上遽宣谕:"王珪当先帝不豫时,持两端,又召遵裕子与议事。当时黄履曾有文字论列,及同列敦迫,其后方言上自有子。"布云:"此事皆臣等所不知,但累见章惇、邢恕等道其略,不知黄履章疏在否?"上云:"有。"布等闻禁中无此章,履曾于绍圣初录奏。比三省又令履录私稿以为质证。

是日,又闻蔡渭上书,言文及甫元祐中以书抵邢恕云:"刘挚、傅尧俞、梁焘辈有师、昭之迹。"又云:"此辈皆不乐鹰扬。"又言:"必欲置眇躬于快意之地而后已。"而恕尝以此书示蔡确。三省召恕问之有实,遂令恕缴奏。有旨令蔡京、安惇根究。书中目傅为粉,焘为昆,盖以其字况之也。鹰扬谓其父。及甫云:"此辈不乐其父,不敢妄进,师、昭之说乃诋讦之语。至于眇躬,不知何谓,执政有以为指斥者。"余以问夔,言此辈有此心。余云:"有心须有迹。"夔云:"无迹即无事。"冲云:"此事可大可小。"盖言眇躬若文及甫自谓,即无他矣。然元祐中人自分两党,其相诋讦,乃至于此,可怪。恕、硕交通,尤可骇。

梁焘卒,余谓子中云:"早知此,则不复力陈矣。"子中云:"不然。其他所陈,有补者不一,亦不为徒发。"子中又云:"对留甚久,众皆云,有如中丞之对也。"先是,绍圣初,蔡确母明氏有状言邢恕云:"梁焘曾对怀州致仕人李询言,若不诛确,于徐邸岂得稳便?"寻不曾施行。既而,因及甫、唐老事,蔡渭曰夔云:"唐老事何足治,何不治梁焘?"夔遂检明氏状进呈。下究问所推治,究问所以问恕,云得之尚朱。遂召朱赴阙,朱所陈恕语,云得之李询。又下询问状,云实闻焘此语,遂欲按焘而徙之也。自去岁因蔡硕言文及甫尝有书抵邢恕云,刘挚有师、昭之心,行道之人所共知也。遂下恕取及甫书,恕以闻,遂差蔡京、安惇置究问公事所,于别试所摄及甫诘之,云得之父彦博,然终无显状。京又令及甫疏挚党人,纳于上前,于龚源、孙谔辈皆是。以及甫言,未可施行。盖谓挚等与陈衍等交通，有废立之意，乃柳州安置。诏宦者张士良与衍同为御药，主宣仁阁中文字，而其言亦无显状。但云衍尝预知来日三省所奏事，作掌记与太母为酬答执政之语，太母每垂帘，但诵之而已。又言太母弥留时，衍可否二府事，昼夜画依画可，及用御宝，皆出于衍而不以禀上也。既而狱终未决，及甫置在西京，士良寄禁府司。

晁待制说之撰《邢尚书之子居实墓表》中语，予尝谓：赵括少谈兵，而父奢不能难者，非不能难也，不欲怒之也。刘歆之异同其父向，非为斯文也，汉庭与新室不可并处也。如惇夫于尚书公，则于斯文而不能难者也，是曾参之事点也，非元之事曾参也。移此其忠，顾惟古之大臣哉！嗟夫！古人之不寿者，予得二人焉：王子晋年十有五，识圣贤治乱之原，而极天人死生之符。颜子年二十有九，颓然陋巷中，有为邦之志，夫子告之以四代之礼乐，所谓具体而微者，果知颜子哉！其次则又有二：扬雄之子童乌，九岁而存，则《玄》当著明，无待于侯芭。魏武之子仓舒，十三而存，则汉之存亡虽未可知，必不至于杀荀文若辈矣。则惇夫之寿夭，所系者可胜言耶！

黄著作庭坚《荆江亭》诗曰："鲁中狂士邢尚书，自言挟日上天衢。敦夫若在镌此老，不令平地生崎岖。"敦夫名居实，早死，尚书公子也。

王宗丞巩《闻见录》著王械事，武臣王械为邢恕教令，上书诬宣仁于哲宗有异心。恕又教蔡渭等上书论元祐及元丰末等事，其书一箧悉存，皆恕手笔，其间涂窜者非一。械于哲宗朝论之，得阁门职名。既死，其子直方时出恕之书以示亲密者。自元丰末至宣仁上仙，无不被诬者，于王珪尤甚。直方死，其书归晁载之云。

江赞读端友书：靖康元年月日，诸王府赞读臣江端友昧死再拜上书皇帝陛下：臣伏睹宣仁圣烈皇后当元丰末垂帘听政，保佑哲宗皇帝，起司马光为宰相，天下归心焉。九年之间，朝廷清明，海内乂安，人到于今称之。其大公至正之道，仁民爱物之心，可以追配仁宗。至于力行祖宗故事，抑绝外家私恩，当是时耆老盛德之士，田野至愚之人，皆有复见女中尧、舜之语。且功德巍巍如此，天下歌诵如彼。而一邢恕构造无根之语以为谤议，使后世疑焉，如日月之明而浮云蔽之,臣不胜痛恨。初,元丰中高遵裕大败于灵武,责散官安置。未几,神宗崩,哲宗嗣位。宰臣蔡確以谓遵裕者,宣仁之族叔也,即建请牵复,以悦宣仁之意,而不知宣仁之不私其亲也。宣仁帝中宣谕曰:"遵裕丧师数十万,先帝缘此震惊,悒悒成疾,以至弃天下。今肉未寒,吾岂忍遽私骨肉而忘先帝,推恩独不可及遵裕。"確谋大沮。后確责知安州,作诗讥讪,坐贬新州。而邢恕乃確之腹心也,偶与遵裕之子士京中山同官,遂以垂帘时不推恩牵复事激怒之。使上书言王珪曾遣遵裕之子士充来议策立事,遵裕斥去之。士充庸懦不识字,实恕教之为书。士充疏远小臣,素不识珪,珪安得与之议及社稷大计,又何从辄通宫禁语?言且上书时,珪、遵裕、士充亦皆死矣,何所考按?臣窃闻《元丰八年时政记》,即蔡確所修也,其载三月中策立事甚详,何尝有一疑似之言?恕之本心,但谓不显王珪异同,则难以归功蔡確,而不知厚诬圣母之罪大也。恕之为人,非独有识之士无取,其子居实亦不乐其父所为也,天下皆知之。章惇,排斥元祐者也,在帝前奏事,悖傲不逊,都堂会议,以市井语诮侮同列,岂忠厚君子哉?尚云极力以消除徐王觊觎之谤,惇与王珪、蔡確同为执政,受顾命,使当时果有异同,岂肯复为此言乎?则恕之谤,可谓欺天矣。缘此,绍圣中蔡卞独倡追废圣母之议,赖哲宗仁孝,不听其说。不然,人神痛愤,失天下心,为后世笑,悔可及乎!自比年以来,天变屡作,祸乱繁兴,水旱相仍,夷狄内侮,安知非祖宗在天之灵赫怒于斯耶?至于高氏一族,衔冤抱恨,无所伸雪,亦足以感伤和气,召致灾祥,未必不由此也。臣窃惟圣人之德莫先于孝祖庙,帝王之政必急于明是非。陛下即位以来,登用贤俊,退斥奸邪,如追赠司马光等,既已辩人臣之谤而明是非矣。而宣仁圣烈皇后者,神宗之母,陛下之曾祖母也。负谤三十余年,公卿大臣未尝以一语及之,可不痛乎!范纯仁遗表有云,宣仁之诬谤未明,使纯仁在朝廷,必能辩之也。臣愿陛下敕有司,检求案牍,推究言语之端发之于谁何,其证佐安在,则小人之情见矣。诞发明诏,晓谕中外,庶使远迩臣民疑议消释,涣然如春冰之遇太阳,岂不快乎!然后以策告宣仁及神祖庙,上以慰在天之灵,下以解人神之愤。昔汉灵帝梦威宗,怒其责宋皇后。周成王时,皇天动威,彰周公之德。以此知宗庙之灵，祸福之变，甚可惧也。宣仁之谤，臣以为陛下惟不闻耳。闻而不辩，岂所谓教天下以孝乎！臣不胜区区之情，惟陛下裁择。臣端友惶恐昧死再拜。

卷第三

东坡先生传《禹贡》"三江既入,震泽底定"曰:"三江之入,古今皆不明,予以所见考之。自豫章而下入于彭蠡而东至海,为南江;自蜀岷山至于九江彭蠡以入于海,为中江;自嶓冢导漾,东流为汉,过三澨、大别以入于江,东汇泽为彭蠡以入于海,为北江。此三江,自彭蠡以上为二,自夏口以上为三,江、汉合于夏口而与豫章之江皆汇于彭蠡,则三为一,过秣陵京口以入于海,不复三矣。然《禹贡》犹有三江之名,曰'北'曰'中'者,以味别也。盖此三水性不相入,江虽合而水则异,故至于今有三泠之说。古今称唐陆羽知水味,三泠相杂而不能欺,不可诬也。予又以《禹贡》之言考之,若合符节。《禹贡》之叙汉水也,曰:'嶓冢导漾,东流为汉,又东为沧浪之水,过三澨,至于大别,南入于江,东汇泽为彭蠡,东为北江,入于海。'夫汉既已入江,且汇为彭蠡矣,安能复出为北江以入于海乎?知其以味别也。《禹》之叙江水也,曰:'岷山导江,东别为沱,又东至于澧,过九江,至于东陵,东迤北会于汇,东为中江,入于海。'夫江已与汉合且汇为彭蠡矣,安得自别为中江以入于海乎?知其以味别也。汉为北江,岷山之江为中江,则豫章之江为南江,不言而可知矣。《禹》以味别,信乎?曰:'济水既入于河,而溢为荥。'《禹》不以味别,则安知荥之为济也?尧水之未治也,东南皆海,岂复有吴越哉?及彭蠡既潴,三江入海,则吴越始有可宅之土,水之所钟,独震泽而已。故曰'三江既入,震泽底定。'孔安国以为自彭蠡江分为三,入震泽为北江,入于海,疏矣。盖安国未尝南游,按经文以意度之,不知三江距震泽远甚,决无入理,而震泽之大小,决不足以受三江也。班固曰:'南江从会稽吴县南入海,中江从丹阳芜湖县西,东至会稽,阳羡东入海,北江从会稽毗陵县北东入海。'会稽、丹阳容有此三江,然皆是东南枝流小水,自相派别而入海者,非《禹贡》所谓中江、北江自彭蠡出者也。人徒见《禹贡》有三江中北之名,而不悟一江三泠,合流而异味也。故杂取枝流小水,以应三江之数。如使此三者为三江，则是与今京口入海之江为四矣。京口之江视此三者犹畎浍，《禹》独遗大而数小，何耶？"世谓先生论三江以味别，自孔子删定《书》以来，学者不知也。然予读《唐史》，高宗问许敬宗："《书》称'浮于济漯'，今济与漯断不相属，何故而言？"敬宗曰："夏禹导沇水，东流为济，入于河。今自漯至滑而入河，水自此灙地过河而南，出为荥，又洑而至曹、濮，散出于地，合而东，汶水自南入之，所谓'洑为荥，东出于陶丘，又东会于汶'是也。古者五行皆有官，水官不失职，则能辨味与色。潜而复出，合而更分，皆能识之。"盖江河以味别，敬宗先言之矣。东坡先生不表见之者，嫌其姓名污简册耳。

王弼注"鼎折足，覆公𫗧，其形渥，凶"，以为沾濡之形也。盖弼不知古《易》"形"作"刑"，"渥"作"剭"，"剭"音"屋"，故《新唐书》元载赞用"刑剭"，亦《周礼》剭诛云。

《书》首尧、舜，《诗》首文王，《春秋》首鲁隐公，《史记·世家》首吴泰伯，《列传》首伯夷，让之为德也，大矣哉！

孔子赞周公、赞召公，不赞太公。颜子得位，为尧、舜、文王；孟子得位，为汤、武。韩退之《羑里操》云："臣罪当诛兮，天王圣明。"知文王之心者也。

昔孟子欲言《周礼》，而患无其籍。今《周礼》最后出，多杂以六国之制，大要渎祀敛财、冗官扰民，可施于文、不可措于事者也。先儒以为六国阴谋之书，则过矣。晁伯以更以为新室之书也，曰《诗》、《书》但称四岳，新室称五岳，《周礼》亦称五岳，类此不一，予颇疑之。后得司马文正公《日记》，上主青苗法，曰："此《周礼》泉府之职，周公之法也。"光对曰："陛下容臣不识忌讳，臣乃敢昧死言之。昔刘歆用此法以佐王莽，至使农商失业，涕泣于市道，卒亡天下，安足为圣朝法也！且王莽以钱货民，使为本业，计其所得之利，十取其一，比于今日岁取四分之息，犹为轻也。"上曰："王莽取天下，本不以正。"光对曰："王莽取之虽不以正，然受汉家完富之业，向使不变法征利，结怨于民，犹或未亡也。"是文正公意，亦以《周礼》多新室之事也。自王荆公藉以文其政事，尽以为周公之书，学者无敢议者矣。

孔子答群弟子问孝，不过一二言，至曾子则特为著经。又"夫子之文章,可得而闻;性与天道,不可得而闻也"。其告曾子,犹曰"吾道一以贯之"。盖颜渊死,孔子之所付授者,曾子一人耳。至孔子没,子夏、子游、子张以有若貌类孔子,欲以事孔子者事之,独曾子不可,曰:"江汉以濯之,秋阳以暴之,皓皓乎不可尚已。"其绝识亦非余子可及也,独不在四科之列,世颇疑之。或曰颜渊等十人同在陈、蔡者,曾子以孝不去其亲,故不在;或曰孔子弟子曾子最少,少孔子四十六岁。《论语》书曾子死,则《论语》自曾子弟子子思之徒出无疑。曾子尝与其徒追记孔子称颜渊等之言,曾子以朋友各字之,于孔子称曾子之言,自不记也,果孔子之言,则名之矣。当曰德行:颜回、闵损、冉耕、冉雍;言语:宰予、端木赐;政事:冉求、仲由;文学:言偃、卜商也。盖《论语》之法,师语弟子则名之,弟子对师,虽朋友亦名之,自相谓则字之,此说为近。如曰陈、蔡之厄,孔子有死生之忧,欲表其人于后世,故用《春秋》之法,字以褒之。则"贤哉回也","赐也可与言《诗》","偃之言是也","雍也可使南面",独非褒乎?

杨氏为我过于义,墨氏兼爱过于仁,仁义之过,孟子尚以夷狄遇之,诛之不少贷。同时有庄子者,著书自尧、舜以下,无一不毁,毁孔子尤甚,诗书礼乐,刑名度数,举以为可废,其叛道害教,非杨、墨二氏比也。庄子,蒙人,孟子,邹人,其地又相属,各如不闻,如无其人,何哉?惟善学者能辨之。若曰庄子真诋孔子者,则非止不知庄子,亦不知孟子矣。

孔子曰:"君君臣臣,君不君,臣不臣。"理也。孟子则曰:"君之视臣如手足,则臣视君如腹心;君之视臣如犬马,则臣视君如国人;君之视臣如土芥,则臣视君如寇仇。"盖孔子不忍言者,孟子尽言之矣。

孟子曰:"徐行后长者,谓之弟;疾行先长者,谓之不弟。"元丰末年,诏以孟子配食孔子庙,巍然冠冕,坐于颜子之次,师曾子坐席下,师子思立庑下,岂但行于长者之先哉?果孟子有神,其肯自违平生之言,必不敢享矣。

老莱子闻穆公欲相子思,问曰:"若子事君,将何以为乎?"子思曰:"顺吾性而以道辅之,无死亡焉。"老莱子曰:"不可。顺子之性也,子性清刚而傲不肖,且又无所死亡,非人臣也。"子思曰:"不肖,固人之所傲也。夫事君，道行言听，则可以有所死亡；道不行言不听，则亦不能事君，谓无死亡也。"老莱子曰："不见夫齿乎？虽坚固，卒以相磨；舌柔顺，终以不敝。"子思曰："吾不能为舌，故不能事君。"予读子思书，知孟轲氏之刚，固有师也。

司马文正公《太玄说》，其略曰："扬子云真大儒者耶！孔子既没，知圣人之道者，非子云而谁？孟与荀殆不足拟，况其余乎！观《玄》之书，明则极于人，幽则尽于神，大则包宇宙，细则入毛发，合天地人之道以为一。括其根本，示人所出，胎育万物而兼为之母。若地，履之而不可穷也；若海，挹之而不可竭也。盖天下之道，虽有善者，蔑以易此矣。考之于浑元之初而玄已生，察之于当今而玄非不行，穷之于天地之季而玄不可亡，叩之于万物之情而不漏，测之以鬼神之状而不违，概之以六经之言而不悖，藉使圣人复生，视《玄》必释然而笑，以为得己之心矣。乃知《玄》者以赞《易》也，非别为书与《易》角逐也。"予谓文正公以诚以谦为学之本，果于《玄》无所见，肯为此言乎？程伊川以《玄》为赞者，非也。伊川之门人以文正公不知先天之学者，亦非也。

卷第四

　　司马文正公作《文中子补传》曰：文中子王通，字仲淹，河东龙门人。六代祖玄则，仕宋，历太仆、国子博士。兄玄谟，以将略显，而玄则用儒术进。玄则生焕，焕生虬。齐高帝将受宋禅，诛袁粲，虬由是北奔魏。魏孝文帝甚重之，累官至并州刺史，封晋阳公，谥曰穆。始家河、汾之间。虬生彦，官至同州刺史。彦生杰，官至济州刺史，封安康公，谥曰献。杰生隆，字伯高，隋开皇初，以国子博士待诏云龙门。隋文帝尝从容谓隆曰："朕何如主？"隆曰："陛下聪明神武，得之于天，发号施令，不尽稽古，虽负尧、舜之资，终以不学为累。"帝默然有间，曰："先生，朕之陆贾也，何以教朕？"隆乃著《兴衰要论》七篇奏之。帝虽称善，亦不甚达也。历昌乐、猗氏、铜川令，弃官归，教授，卒于家。隆生通。自玄则以来，世传儒业。通幼明悟好学，受《书》于东海李育，受《诗》于会稽夏琠，受《礼》于河东关朗，受《乐》于北平霍汲，受《易》于族父仲华。仁寿三年，通始冠，西入长安，献《太平十二策》，帝召见，叹美之，然不能用。罢归，寻复征之，炀帝即位，又征之，皆称疾不至，专以教授为事，弟子自远方而至者甚众。乃著《礼论》二十五篇，《乐论》二十篇，《续书》百有五十篇，《续诗》三百六十篇，《元经》五十篇，《赞易》七十篇，谓之《王氏六经》。司徒杨素重其才行，劝之仕，通曰："汾水之曲，有先人之敝庐足以庇风雨，薄田足以具饘粥。愿明公正身以治天下，使时和年丰，通也受赐多矣，不愿仕也。"或谮通于素曰："彼实慢公，公何敬焉？"素以问通，通曰："使公可慢，则仆得矣；不可慢，则仆失矣。得失在仆，公何与焉？"素待之如初。右武候大将军贺若弼尝示之射，发无不中，通曰："美哉，艺也！君子志道、据德、依仁，然后游于艺也。"弼不悦而去。通谓门人曰："夫子矜而愎，难乎免于今之世矣。"纳言苏威好畜古器，通曰："昔之好古者聚道，今之好古者聚物。"太学博士刘炫问《易》，通曰："圣人之于《易》也，没身而已矣，况吾侪乎？"有仲长子光者，隐于河渚，尝曰："在险而运奇，不若宅平而无为。"通以为知言,曰:"名愈消,德愈长;身愈退,道愈进。若人知之矣。"通见刘孝标《绝交论》,曰:"惜乎,举任公而毁也。任公不可谓知人矣。"见《辨命论》,曰:"人事废矣。"弟子薛收问:"恩不害义,俭不伤礼,何如?"通曰:"是汉文之所难也。废肉刑害于义,省之可也;衣弋绨伤于礼,中焉可也。"王孝逸曰:"天下皆争利而弃义,若之何?"通曰:"舍其所争,取其所弃,不亦君子乎!"或问人善,通曰:"知其善则称之,不善则对曰,未尝与久也。"贾琼问息谤,通曰:"无辨。"问止怨,曰:"不争。"故其乡人皆化之无争者。贾琼问群居之道,通曰:"同不害正,异不伤物。古之有道者,内不失真,外不殊俗,故全也。"贾琼请绝人事,通曰:"不可。"琼曰:"然则奚若?"通曰:"庄以待之,信以应之,来者勿拒,去者勿追,沉如也,则可。"通谓姚义能交,或曰简,通曰:"兹所以能也。"又曰广,通曰:"广而不滥,兹又所以为能。"又谓薛收善接小人,远而不疏,近而不狎,颎如也。通尝曰:"封禅非古也,其秦、汉之侈心乎?"又曰:"美哉,周公之智深矣乎! 宁家所以安天下,存我所以厚苍生也。"又曰:"易乐者必多哀,轻施者必好夺。"又曰:"无赦之国,其刑必平;重敛之国,其财必贫。"又曰:"廉者常乐无求,贪者常忧不足也。"又曰:"我未见得诽而喜、闻誉而惧者。"又曰:"昏娶而论财,夷虏之道也。"又曰:"居近而识远,处今而知古,其惟学乎?"又曰:"轻誉苟毁,好憎尚怒,小人哉!"又曰:"闻谤而怒者,谗之阶也;见誉而喜者,佞之媒也。绝阶去媒,谗佞远矣。"通谓北山黄公善医,先饮食起居而后针药。谓汾阴侯生善筮,先人事而后爻象。大业十年,尚书召通蜀郡司户,十一年,以著作郎国子博士征,皆不至。十四年,病终于家。门人谥曰文中子。二子,福郊、福畤。二弟,凝、绩。评曰:此皆通之世家及《中说》云尔。玄谟仕宋至开府仪同三司,绩及福畤之子勔、勮、勃,皆以能文著于唐世,各有列传。余窃谓先王之六经,不可胜学也,而又奚续焉? 续之庸能出于其外乎? 出则非经矣。苟无出而续之,则赘也,奚益哉? 或曰:彼商、周以往,此汉、魏以还也。曰:汉、魏以还,迁、固之徒记之详矣,奚待于续经然后人知之? 必也好大而欺愚乎! 则彼不愚者,孰肯从之哉? 今其六经皆亡而《中说》犹存。《中说》亦出于其家,虽云门人薛收、姚义所记,然予观其书,窃疑唐室既兴,凝与福畤辈依并时事,从而附益之也。何则?其所称朋友门人,皆隋、唐之际将相名臣,如苏威、杨素、贺若弼、李德林、李靖、窦威、房玄龄、杜如晦、王珪、魏徵、陈叔达、薛收之徒,考诸旧史,无一人语及通名者。《隋史》,唐初为也,亦未尝载其名于儒林隐逸之间,岂诸公皆忘师弃旧之人乎?何独其家以为名世之圣人,而外人皆莫之知也?福畤又云:“凝为监察御史,劾奏侯君集有反状,太宗不信之,但黜为姑苏令。大夫杜淹奏凝直言非辜,长孙无忌与君集善,由是与淹有隙,王氏兄弟皆抑不用。时陈叔达方撰《隋史》,畏无忌,不为文中子立传。”按,叔达前宰相,与无忌位任相埒,何故畏之?至没其师之名,使无闻于世乎?且魏徵实总《隋史》,纵叔达曲避权威,徵肯听之乎?此予所以疑也。又淹以贞观二年卒,十四年,君集平高昌还而下狱,由是怨望。十七年,谋反,诛。此其前后参差不实之尤著者也。如通对李靖圣人之道曰:“无所由亦不至于彼,道之方也。必也无至乎。”又对魏徵以圣人有忧疑,退语董常,以圣人无忧疑,曰:“心迹之判久矣,皆流入于释、老者也。夫圣人之道,始于正心修身齐家治国,至于安万邦,和黎民,格天地,遂万物,功施当时,法垂后世,安在其无所至乎?圣人所为,皆发于至诚,而后功业被于四海。至诚,心也;功业,迹也,奚为而判哉?”如通所言,是圣人作伪以欺天下也,其可哉?又曰:“佛,圣人也,西方之教也,中国则泥。”又曰:“《诗》、《书》盛而秦世灭,非仲尼之罪也。虚玄长而晋室乱,非老、庄之罪也。斋戒修而梁国亡,非释迦之罪也。”苟为圣人矣,则推而放诸南海而准,推而放诸北海而准,乌有可行于西方,不可行于中国哉?苟非圣人矣,则泥于中国,独不泥于西方耶?秦焚《诗》、《书》,故灭,使《诗》、《书》之道盛于秦,安得灭乎?老、庄贵虚无而贼礼法,故王衍、阮籍之徒乘其风而鼓之,饰谈论,恣情欲,以至九州覆没。释迦称前生之因果,弃今日之仁义,故梁武帝承其流而信之,严斋戒,弛政刑,至于百姓涂炭。发端倡导者,非二家之罪而谁哉?此皆议论不合于圣人者也。唐世文学之士,传道其书者盖寡,独李翱以比《太公家教》,及司空图、皮日休始重之。宋兴,柳开、孙何振而张之,遂大行于世,至有真以为圣人可继孔子者。余读其书,想其为人,诚好学笃行之儒。惜也其自任太重，其子弟誉之太过，更使后之人莫之敢信也。余恐世人讥其僭而累其美，故采其行事于理可通而所言切于事情者，著于篇以补《隋书》之阙。传成，文正公问予大父康节何如？康节赞之曰："小人无是，当世已弃；君子有非，万世犹讥。录其所是，弃其所非，君子有归；因其所非，弃其所是，君子几希。惜哉仲淹，寿不永乎！非其废是，瑕不掩瑜。虽未至圣，其圣人之徒欤？"文正自兹数言文中子，故又特书于《通鉴》语中。然文正疑所称朋友门人皆隋、唐之际将相大臣，如苏威、杨素、贺若弼、李德林、李靖、窦威、房玄龄、杜如晦、王珪、魏徵、陈叔达、薛收之徒，无一人语及通姓名者，又疑其子弟誉之太过，又疑唐世文学之士传道其书者盖寡，独李翱以比《太公家教》，及司空图、皮日休始重之。予得唐闻人刘禹锡言，在隋朝诸儒，惟王通能明王道，隐白牛溪，游其门者，皆天下隽杰。著书于家，既没，谥曰文中子。则苏威等实其朋友门人无疑，非子弟誉之太过无疑，不但司空图、皮日休重其书，亦无疑也。禹锡之言，岂文正偶不见耶？文正之传，康节之赞，俱未行于世，予故具出之。程伊川亦曰："文中子格言，前无荀卿、扬雄也。"

予家旧藏司马文正公隶书《无为赞》，按，公《传家集》无之，曰："为黄老者，以心如死灰形如槁木为无为。迁叟以为不然，作《无为赞》曰：治心以正，保躬以静，进退有义，得失有命。守道在己，成功则天，为者败之，不如自然。"

章子厚在丞相府，顾坐客曰："延安帅章质夫，因板筑发地，得大竹根，半已变石。西边自昔无竹，亦一异也。"客皆无语，先人独曰："天地回南作北有几矣，公以今日之延安为自天地以来西边乎？"子厚太息曰："先生观物之学也。"盖子厚蚤出康节门下云。

张籍《祭韩退之》诗云："《鲁论》未讫注，手足今微茫。"是退之尝有《论语传》，未成也。今世所传，如"宰予昼寝"，以"昼"作"画"字，"子在齐闻《韶》，三月不知肉味"，以"三月"作"音"字，"浴乎沂"，以"浴"作"沿"字，至为浅陋，程伊川皆取之，何耶？又"子畏于匡，颜渊后，曰：'吾以尔为死矣。'曰：'子在，回何敢死？'"死字自有意义。伊川之门人改云："子在，回何敢先？"学者类不服也。

吕汲公当迁秘书丞，乞用其官易母封邑，朝廷从之，中外以为美事，独刘敞中父曰："礼，父为士，子为大夫，葬以士，祭以大夫，盖不敢以己贵而加诸亲也。今君之举，孝矣，于礼若戾奈何？又，法未当封，亦非所以尊之也。"公闻之叹服，自以为不及，终身重中父之学。

楚州徐积有孝行，东坡诸公特敬礼之。初，积学于胡瑗，瑗门人甚众。一日，独召积，食于中堂，二女子侍立。积问瑗："门人或问见侍女否，将何以对？"瑗曰："莫安排。"积闻此一语，忽大省悟，其学顿进云。

子张疑高宗谅阴三年，子思不听其子服出母，子游为异父兄弟服大功，子夏谓服齐衰，孔子没门人疑其服。洙泗之上，亲从孔子学礼者尚如此，故三年之丧，郑云二十七月，王云二十五月。改葬之服，郑云服缌三月，王云葬讫而除。继母出嫁，郑云皆服，王云从乎继寄育乃为之服。无服之殇，郑云子生一月，哭之一日，王云以哭之日易服之月。诸议之议，纷辨不齐也。盖挚虞之太息者，予表出之，以见末世多讳于丧礼，易失难明为甚。

卷第五

　　唐以前文字未刻印，多是写本。齐衡阳王钧手自细书五经，置巾箱中。巾箱五经自此始。后唐明宗长兴三年，宰相冯道、李愚请令判国子监田敏校正九经，刻板印卖，朝廷从之。虽极乱之世，而经籍之传甚广。予曾大父遗书，皆长兴年刻本，委于兵火之余，仅存《仪礼》一部。

　　世传王氏《元经》、薛氏《传》、关子明《易》、《李卫公对问》，皆阮逸拟作，逸尝以私稿视苏明允云。晁以道云："逸才辩莫敌，其拟《元经》等书，以欺一世之人不难也。"予谓逸后为仇家告"立太山石，枯上林柳"之句，编审抵死，岂亦有阴谴耶？

　　《说文》曰："姓，人所生也。"古之神圣之人，其母感天而生，故从女。又古姓姚、妫、姬、姜之属皆从女者，其义甚异，典籍难著云。

　　伊川之学以诚敬为本，其传"震惊百里，不丧匕鬯"曰："动之大者，莫如雷，故以雷言之。'震惊百里'，其威远也。人之致其诚敬，莫如祭祀。匕以载鼎实升于俎，鬯以灌地而降神，方其酌灌以求神，荐牲而祈飨，尽其诚敬之心，虽雷震之威，不能使之惧而失守也，故云'不丧匕鬯'。夫临大震惧，能安而不自失者，惟诚敬而已。"说诚敬最善，予故表出之。

　　伊川说"纳约自牖"曰："约，所以进结其君之道也；自牖，因其明也；牖，所以通内外之象也。人臣以忠信善道结于君心，必自其所明处，乃能入也。人心有所蔽，有所通。所蔽者，暗处也；所通者，明处也。就其明处而告之，则易也。自古能谏其君，未有不因其所明者也。张子房之于汉是也。高祖以戚姬故将易太子，是其所蔽也，群臣争之者众矣。嫡庶长幼之序，非不明也，如其蔽而不察何？四老人者，高祖素知其贤而重之，此其不蔽之明心，故因其所明而及其事，则悟之如反手。且四老人之力，孰与子房、周昌、叔孙通，然不从彼而从此者，就其蔽与就其明之异耳。"予不论于《易》之义当否，于理则善矣，故表出之。

古《易》《卦爻》一，《彖》二，《象》三，《文言》四，《系辞》五，《说卦》六，《序卦》七，《杂卦》八，其次第不相杂也。先儒谓费直专以《彖》、《象》、《文言》参解《易》《爻》，今入《彖》《象》《文言》于《卦》下者，自费氏始。孔颖达又谓王辅嗣之意，《象》本释经，宜相附近，分《爻》之《象》辞，各附当《卦》。盖古《易》已乱于费氏，又乱于王氏也。予家藏大父康节手写《百源易》，实古《易》也。百源在苏门山下，康节读《易》之地，旧秘阁亦有本。

程伊川说："黄裳元吉，妇居尊位，女娲氏、武氏是也。非常之变，不可言也。故有黄裳元吉之戒。如武氏之变，固也。女娲不见于《书》，果有炼石补天之事，亦非变也。"不言汉吕氏，独非变耶？苏仲虎则曰："伊川在元祐时以罪逐，故为此说以诋垂箔之政。"予不敢以为然。

"彼黍离离，彼稷之苗。"王氏解："视黍而谓之稷者，忧而昏也。"程氏解："彼黍者，我后稷之苗也。"校先儒平易明白之说，固为穿凿云尔。

《书·伊训》曰："成汤既没，太甲元年。"文义甚严，无简册断缺之迹。孟子独曰："成汤之下，外丙二年，仲壬四年，始为太甲。"果然，则伊尹自汤以来辅相四代，何在汤在太甲，弛张如此在外丙，在仲壬，绝不书一事也？考于历，若汤之下，增此六年，至今之日，则羡而不合矣。司马迁、皇甫谧、刘歆、班固，又因孟子而失也。独孔安国守其家法不变。盖《诗》、《书》之外，孔子不言者，予不敢知也。

东坡《书上清宫碑》云："道家者流，本于黄帝、老子。其道以清净无为为宗，以虚明应物为用，以慈俭不争为行，合于《周易》何思何虑、《论语》仁者静寿之说，如是而已。"谢显道亲见程伊川诵此数语，以为古今论仁，最有妙理也。

予官中秘时，陈莹中诸子出莹中答杨中立辩伊川不论先天之学书，因以予旧见伊川从弟颖出伊川之书盈轴，必勉以熟读王介甫《易》说云云跋下方。今为伊川之学者曰："吾师《易》学，何王氏足言！"哗然不服，欲我击也。欲更与之辩，则旧誊颖所出伊川之书亡矣。近守眉山,有程生者出伊川贻其外大父金堂谢君书,在晚谪涪陵时,犹勉以学《易》,当自王介甫也。录之,将示前日以不信遇我者。"颐启:前月末,吴斋郎送到书信,即递中奉报,计半月方达。冬寒,远想雅履安和,侨居旋为客次,日以延望,乃知止行甚悒也。来春江水稳善,候有所授,能一访甚佳。只云忠、涪间看亲人,必不疑也。颐偕小子甚安,来春本欲作《春秋》文字,以此无书,故未能,却先了《论》、《孟》或《礼记》也。《春秋》大义数十,皎如日星,不容遗忘,只恐微细义例,老年精神,有所漏落,且请推官用意寻究。后日见助,如往年所说,许止蔡般书葬类是也。若欲治《易》,先寻绎令熟,只看王弼、胡先生、王介甫三家文字,令通贯,余人《易》说无取,枉费功。年亦长矣,宜汲汲也。未相见间,千百慎爱。十一月初九日,颐启知县推官。"

《春秋》书鲁文公毁泉台,《公羊》曰:"讥之也。先君为之,而己毁之,不如勿居也。"靖康初政,尽毁宣和中所作离宫别苑,宰相不学之举,非上意也。

康节手写《易》、《书》、《诗》、《春秋》,字端劲,无一误失,曾孙之贤者,其谨藏之勿替。

范淳甫内翰迩英讲《礼》,至"拟人必于其伦",曰:"先儒谓拟君于君之伦,拟臣于臣之伦,特其位而已。如桀、纣,人君也,谓人为桀、纣,必不肯受;孔、颜,匹夫也,谓人为孔、颜,必不敢受。"东坡深叹其得劝讲之体。

程伊川《易传》得失未议,示不过辞也。故为鄙近,然亦辞也。在康节时,于先天之《易》,非不问不语之也,后伊川之人数为妄。予旧因陈莹中《报杨中立游定夫书》,辨其略矣,并列之下方,以遗知言之君子。

陈莹中《答杨中立游定夫书》:"康节云:'先天图,心法也。'图虽无文,吾终日言,未尝离乎是。故其诗曰:'身在天地后,心在天地先。天地自我出,自余恶足言。'又云:'数往者顺,知来者逆。'此一节直解图意,如逆知四时之比也。然则先天之学,以心为本,其在经世者,康节之余事耳。世学求《易》于文字,至语《皇极》,则或以为考数之书。康节诗云:'自从三度绝韦编,不读书来十二年。俯仰之间无所愧,任人谤道是神仙。'同时者目其人为神仙,后来者名其书为考数,皆康节之所不憾也。乃其心则务三圣而已矣。《观物》云:'起《震》终《艮》一节,明文王之八卦也;天地定位一节,明伏羲之八卦也。'盖先天之学,本乎伏羲而备于文王。故其诗曰:'天地定位,《否》《泰》反类。山泽通气,《咸》《损》见义。雷风相薄,《恒》《益》起意。水火相射,《既济》《未济》。四象相交,成十六事。八卦相荡,为六十四。'八卦者,《易》之小成也。六十四卦者,《易》之大成也。集伏羲、文王之事而成之者,非孔子而谁乎?康节尝谓孟子未尝及《易》一字,而《易》道存焉,但人见之者鲜。又曰:'人能用《易》,是为知《易》。'若孟子,可谓善用《易》者也。夫《易》'穷则变,变是通,通则久',故圣人之用《易》,阖辟于未然,变其穷而通之也。若夫暑之穷也,变而为寒,寒之穷也,变而为暑,则是自变而自通者也。自变自通,复何赖于圣人乎?子云赞《易》而非与《易》竞,孟子用《易》而语不及焉。此所谓贤者识其大者,其去圣人之用也,不为远矣。然而或非《太玄》为覆瓿之书,或跻孟子于既圣之列,私论害公,意有所在,阖此于未然,岂乏人哉!奈何其无益也。《观物》云:'防乎其防,邦家其长,子孙其昌,是以圣人重未然之防,是谓《易》之大纲。'而其诵孔子所以尽三才之道者,则曰'行无辙迹,至妙至妙,在一动一静之间而已矣'。阐先圣之幽,微先天之显,不在康节之书乎?虽在康节之书,而书亦不足以尽其奥也。故司马文正与康节同时友善,而未尝有一言及先天学,其著《家范》,本于《家人》一卦,而尽取王弼之说。今之说《易》者,方且厌常出奇,离日用而凿太空也。又或谓文正公疑先天之学,此岂足以语二公弛张之意乎?二公不可得而见矣。瓛徒见其书而,欲窥其心,然乎否耶?当先觉之任者,愿赐一言,庶几终可以无大过也。"

卷第六

论先天《八卦》之位与《系辞》不同，瓘窃谓康节先生所以辩伏羲、文王之《易》者，为明此也。伏羲之《易》乾南而坤北，自乾而左，自巽而右，兑在东，离为阳。与起震终艮之序，则离上而坎下，震东而兑西，与先天之位固不同矣。乾坤屯蒙之序，与乾履大有大壮之序，亦不同也。乾坤屯蒙之序，孔子作《序卦》以教天下，其辞其义，可玩而习也。乾履大有大壮之序，文王不言其义，后之学者，何所据而习之？虽无可据之义，而悟之在心，心声不足以发其奥，心画不足以形其妙，堕于言语文字，而先天之《易》隐矣。索隐之士，岂乏人哉！背理而求数，文王忧之，固阖其门，而拒其出。孔子继文王之志，微显阐幽，一以仁义，默而成之不言，圣人之教如此，洁净精微，可谓至矣。后之学者，犹有舍经取纬，违大理而黩正经者，京房之流是也。康节云：物理之学，不可强通。强通则失理而入于迷矣。《皇极》之书，不可以强通者也。失理之士，舍仁义而迷小道，背来物而役私情，如是而取《皇极》者，文正阖焉，非与康节异心也。盖伏羲、文王之《易》，一而不一。文王、康节之学，同而不同，皇王之时异，阖辟之义殊，《易》之所以为异者，未尝二也。所谓伏羲之《八卦》，文王之《八卦》，未尝异未尝同也。曰一曰二，曰异曰同者，皆求《易》之情尔。瓘窃意其如此，而情之所是，亦未敢自以为必然，更须面叩，乃可以决耳。蒙谕《系辞》论释诸爻，未有及象数者，岂得意忘象者，真孔子之学耶！此言尽《易》之要矣。至于日星气候之说，未及深考。然以爻当期既出于《系辞》，而历象二语又载于《尧典》。《月令》所纪，皆节候也，鸟火虚昴，可辨分至，辰弗集房，则失日可知，《春秋》日食之数，后世历象，十得七八，已号精密。是故离、坎之上下，乾、坤之南北，在《六经》者，恐皆可考，不独《易》也。孔子曰："寒往则暑来，暑往则寒来，寒暑相推，而岁成焉。"岁不能自成也，当有成岁之法，期三百有六旬有六日，以闰月定四时者，成岁之法也。治历明时，乃先王莫大之政，以《胤征》考之，可以见矣。而王省惟岁，而成岁之法付之有司，有司失职，必诛无赦，非如他罪之可宥也。夫何圣而不然哉？赖此以授民时也，敢不钦乎！然而圣人之文，经天纬地，经出于上，而纬在有司。上揆下守，民时所赖，皆不可以不钦也。稽览配合之说，一本于纬，历法之所取，而有司之所当习也。康节云："洛下闳但知历法，唯扬子云知历法又知历理。《易》之在先天者，非历理乎？"文正读《玄》之说曰："测之以鬼神之状而不违，概之以六经之书而不悖，藉使圣人复生，视《玄》必释然而笑，以为得己之心矣。乃知《玄》者所以赞《易》，非别为书，而与《易》竞也。"又曰："夫畋者网而得之，与弋而得之，何以异哉？《易》，网也，《玄》，弋也。何害不既设网，而使弋者为之助乎？"又曰："孔子既没，知圣人之道者，非扬子而谁？孟与荀殆不足拟，况其余乎？"璂浅陋，初不知《玄》，尝轻议其书而妄评其是非，自闻康节之言，始索子云于历理之内；及观文正之论，然后知《太玄》不可不学。而冥冥然未有入路，尚苦其字之难识，况欲遽测其秘奥乎？文正自谓："求之积年，乃得观之，读之数十过，参以首尾，稍得窥其梗概。然后喟然置书，叹子云为真大儒矣！"凡文正之学，主之以诚，守之以谦，得十百而说一二。其于《玄》也，不睹不到，则其言不若是矣。璂初不闻此，乃轻议子云之书，而妄评其是非，心之愧恨，可胜言哉！弃旧误于垂成，累初习于平地，庶几推往而无恋，积新而可隆，尚赖先觉大君子许其止而与之进也。

　　璂所论康节之学，恐不然。康节诗云："自从三度绝韦编，不读书来十二年。俯仰之间无所愧，任人谤道是神仙。"神仙且不受也，以为数学可乎？康节云："先天之学，心法也。"然则其学在心，或于心外欲观休咎，故以《皇极》为考数之书耳。如闻康节未尝以《皇极》语人，故其说不传。自有伏牺《八卦》，可以窥玩，惠迪则吉，违之则咎，何必更求休咎于《皇极》之书也？故谏大夫陈公莹中论康节先天之学，书为杨中立、游定夫出也。大谏公与康节不相接，博之先君，因公之请，尝尽以遗书之副归焉。于时国有巨盗据显位，未发，公以言刺之，反得罪，其后人无敢继者，盗之威自此盛，卒至于乱天下。世以公之明比汉何武、唐郭子仪、本朝吕献可、苏明允矣。或疑公前知如神，亦出于康节之书,则非也。公既废,始为康节之学,其英伟绝人之资,所见超诣,如此书也。中立、定夫同出伊川之门,于先达之序尚未详,固不知其学也。明道、伊川视康节,赋诗曰:"先生相与宴西街,小子亲携几杖来。"其恭如此。张横渠于伊川,诸父比也,横渠见康节,尚拜床下。博犹记王母夫人语及伊川,必曰"程二秀才"云云。盖当康节隐居谢聘日,伊川年尚少,未为世所知也。博蚤见伊川,又与伊川族弟颖善。颖知好《大学》,伊川于其眷中独与之言《易》,尝从颖得书疏一通,伊川迹也。曰:"为《易》学者,但取王辅嗣、胡先生、王荆公之说读之,无余事矣。"今伊川《易传》行于世,大旨可见,为其学者,遽以大谏公所谓伏羲《八卦》语之,则骇矣。康节平居尚不以语人,博其敢谓伊川有所不知也。近时妄人出杂书数十百条,托为伊川之说,意欲前无古人,足以重吾之师矣。如司马文正、张横渠皆斥以为未至,但以康节为数学,亦安知所谓数者,非伊川之雅言也?岂中立、定夫亦惑于此欤?大谏公反复论之深矣。先君之戒,则曰张巡、许远,同为忠义,两家子弟,材智污下,不能明二父之志,更相毁于后世,故并为退之所贬。凡托伊川之说,以议吾家学者,若子孙可勿辨。博为史官,大谏公中子正,同为尚书郎,尚以家世之故,遇博厚,为博道公平生之言为详,又出此书,俾论著其下。博不肖,不知大父之学,若其渊源不可诬者,亦尝有闻矣。然博之言有不敢尽者,尚遵先君遗训云。

先友周全伯丧嫡母,次所生母死,疑其为服为位。全伯,程伊川子婿,伊川尚不能决,先人问之司马文正公。曰:"某承问,有人居嫡母之丧,而所生母卒,疑其所以为服及位之礼。按《杂记》云:'有三年之练冠,则以大功之麻易之。'又云:'有父之丧,如未没丧而母死,其除父之丧也,服其除服,卒事及丧服。虽诸父昆弟之丧,如当父母之丧,其除诸父昆弟之丧也,皆服其除丧之服,卒事反丧服。'是先有丧而重有丧者,皆当别为服也。又曾子问曰:'并有丧,如之何?何先何后?'孔子曰:'其葬也,先轻而后重,其奠及虞,先重而后轻。'此谓遭丧同月者也。今之律令,嫡继慈养与母同例,皆应服齐衰三年。子之于母,嫡庶虽殊,情无厚薄,固当同服。而《丧服小记》云:'妾祔于妾祖姑。'盖妾与女君尊卑殊绝,设位于他所可也。礼者,大事,先贤不敢轻议,况如某者,讵敢辄以许人? 姑据所闻以报,尚裁为幸。”予谓文正公之于礼,可以为后世法矣,故表出之。

　　近年,洛阳张氏发地得石十数,汉蔡伯喈隶《尚书》、《礼记》、《论语》,各已坏缺。《论语》多可辨,每语必他出,至十数语,则曰凡章若干。如“朝闻道,夕死可也”,如“凤兮凤兮,何而德之衰”,如“执车者为谁子? 子路曰:为孔丘。曰:是鲁孔丘与? 曰:是。是知津矣”,如“置其杖而耘”等语,校今世本为异。《尚书》“肆高宗飨国百年”,今世本“肆高宗享国五十有九年”,为异甚。初,熹平四年伯喈以经读遭穿凿谬妄,同马日磾等以前闻考正,自书于石,立洛阳太学门下,摹写者日千车乘,填塞广陌。至隋开皇六年,迁其石于长安,文字刓泐不可知,诏问刘焯、刘炫,能尽屈群起之说,焯因罹飞章之毁。予谓孔子自卫反鲁,一定《诗》、《书》之册,至汉熹平,六百年有奇,已多谬失。自熹平至隋开皇,又四百年有奇,自开皇至今代,又五百年有奇,其谬失可胜计也耶? 伯喈、焯、炫,皆极一时通儒之称。伯喈曰然,焯、炫又曰然,可信也。按《隋史》既迁其石于长安,今尚有出于洛阳者,何哉?

卷第七

　　唐高祖之起晋阳也,皆秦王世民之谋。高祖谓世民曰:"若事成,天下皆汝所致,当以汝为太子。"将佐亦以为请,世民屡辞。太子建成喜酒色游畋,齐王元吉多过失,世民功名日盛。建成内不自安,乃与元吉共倾世民,各引树党友。高祖晚多内宠,小王且二十人,其母竞交结诸长子以自固。建成、元吉曲意事诸妃嫔,谄谀赂遗,无所不至,以求媚于高祖。或云烝于张婕妤、尹德妃,世民独不然,故妃嫔等争誉建成、元吉,而短世民。世民平洛阳,妃嫔等私求宝货,并为亲属求官,世民曰:"宝货皆已籍奏,官当授贤才有功者。"不许。淮安王神通有功,世民给田数十顷,张婕妤之父,因婕妤欲夺之,神通执秦王之令,不可,俱以为怨。尹德妃父阿鼠强横,殴秦王府属杜如晦,折一指,曰:"汝何人,过我门不下?"德妃反奏家为秦王左右陵暴。高祖积怒,数责世民。世民深自辨,终不信。又世民每侍宴宫中,对诸妃嫔思太穆皇后早世,不得见上有天下,或歔欷流涕。高祖顾之不乐,诸妃嫔因密共谮世民曰:"海内幸无事,陛下春秋高,唯宜相娱乐,秦王独泣涕,正是憎疾妾等。陛下万岁后,妾等母子决不为秦王所容。"因相与泣,且曰:"皇太子仁孝,陛下以妾母子属之,必能保全。"高祖为之怆然。由是待世民浸疏,而建成、元吉日亲矣。元吉劝建成除世民,曰:"当为兄手刃之。"世民从高祖幸元吉第,元吉伏护军宇文宝于寝内,欲刺世民,不果。高祖幸仁智宫,建成居守,世民、元吉从,建成令元吉就图世民,曰:"安危之计,决在今岁。"建成又使郎将尒朱焕、校尉桥公山以甲遗庆州都督杨文干,使之举兵,欲表里相应。尒朱焕、桥公山告其事,文干遂反。高祖怒甚,囚建成于幕下,饲以麦饭。高祖谓世民曰:"杨文干反,事连建成,恐应之者众,汝应自行,还,立汝为太子。吾不能效隋文帝自诛其子,当封建成为蜀王。蜀兵脆弱,他日不能事汝,取之易耳。"元吉与妃嫔更迭为建成请,封德彝亦为之营解,高祖意遂变,唯责以兄弟不睦,归罪太子中允王珪、右卫率韦挺、天策兵曹参军杜淹，并流于巂州。高祖校猎城南，命建成、世民、元吉驰射角胜。建成有胡马，肥壮而喜蹶，以授世民曰："此马甚骏，能超数丈涧，弟善骑，试乘之。"世民乘以逐鹿，马蹶，世民跃立于数步之外，马起，复乘之，如是者三，顾宇文士及曰："彼欲以此见杀，死生岂不有命！"建成闻之，反令妃嫔谮于高祖曰："秦王自言'我有天命，方为天下主，岂有浪死！'"高祖大怒，先召建成、元吉，后召世民入，责之曰："天子自有天命，非智力可求。汝求之，一何速邪！"世民免冠顿首，请下法司按验。高祖怒不解，会有司奏突厥入寇，高祖乃改容劳勉世民，命之冠带，与谋突厥。高祖每有寇盗，辄命世民讨之，事平之后，猜嫌益甚。建成夜召世民饮酒，因酖之，世民暴心痛，吐血数升，淮南安王神通扶之还西宫。高祖问世民疾，敕"秦王素不能饮，自今无得复夜饮"。因谓世民曰："首建大谋，削平海内，皆汝之功，吾欲立汝为嗣，汝固辞。且建成年长，为嗣日久，吾不忍夺也。观汝兄弟，似不相容，同处京邑，必有纷竞，当遣汝建行台，居洛阳，自陕以东，皆主之。仍命汝建天子旌旗，如汉梁孝王故事。"世民涕泣辞。建成、元吉相与谋："秦王若至洛阳，有土地甲兵，不可复制。不如留之长安，则一匹夫，取之易耳。"乃密令数人上封事，言秦王左右闻往洛阳，无不喜跃，观其志趣，恐不复来。又近幸之臣，各以利害说高祖，事复中止。建成、元吉与后宫日夜潛世民，高祖信之，将加罪。陈叔达力谏，乃止。元吉请杀世民，高祖曰："彼有定天下之功，罪状未著，何以为辞？"秦府幕属皆忧惧，不知所出。房玄龄谓长孙无忌曰："今嫌隙已成，一旦祸机窃发，岂惟府朝涂地，实社稷之忧也。莫若劝王行周公之事，以安家国。存亡之机，间不容发，正在今日。"无忌曰："吾怀此已久，未敢言，今当白之。"乃入言于世民。世民召玄龄谋之，玄龄曰："大王功在天下，当承大业，今日忧危，乃天赞之也，其勿疑。"又与府属杜如晦共劝世民诛建成、元吉。元吉以秦府多骁将，乃潛尉迟敬德，下诏狱。世民为之分辨，仅免。又谮程知节，出为康州刺史。知节谓世民曰："大王股肱羽翼尽矣，身何能久！"建成谓元吉曰："秦府智略之士可惧者，独房玄龄、杜如晦耳。"皆潛逐之。会元吉当北伐，请尉迟敬德、程知节、段志玄、秦叔宝等偕行，又简阅秦王帐下精锐之士。王晊密告世民曰："建成语元吉：'吾与秦王饯汝于昆明池，使壮士拉杀秦王于幕下，以暴卒闻。敬德等汝悉坑之。'"世民以晊言告长孙无忌等，无忌等劝世民先事图之。世民叹曰："骨肉相残，古今大恶。吾诚知祸在朝夕，欲俟其发，然后以义讨之，不亦可乎？"敬德曰："人情谁不爱死？今众人以死奉王，乃天授也。祸机垂发，而王犹晏然不以为忧，王纵自轻，如社稷宗庙何？王如不用敬德言，敬德将窜身草泽，不能留王左右，交手受戮也。"无忌曰："不从敬德之言，事今败矣。敬德必不为王有，无忌亦当相随而去。"世民曰："吾言亦未可全弃，公更图之。"府僚又曰："元吉凶戾，终不肯事建成。闻薛实言：'元吉之名，合成唐字，当主唐祀。'元吉喜曰：'但除秦王，取东宫如反掌耳。'彼与建成谋未成，已有取建成之心。乱心无厌，何所不为！若使二人得志，恐天下非复唐有，奈何徇匹夫之节，忘社稷之计乎？"会太白经天，傅奕密奏："太白见秦分，秦王当有天下。"高祖以其状授世民，世民乃密奏"建成、元吉淫乱后宫"，且曰："臣于兄弟无丝毫之负，今欲杀臣，似为世充、建德报仇。臣今枉死，永违君亲，魂归地下，实耻见诸贼！"高祖省之，愕然，报曰："明当鞫问，汝宜早参。"明日，世民遂诛建成、元吉云。予尝论史官赞唐太宗曰："比迹汤、武，则有焉，于成、康，若过之。"何庶几云："孙谏议甫则直以为圣，苏东坡则以从谏近于圣也。"如建成之庸愎，元吉之凶戾，得以害太宗，则唐之宗社，可立以亡，孰能保隋之遗民于涂炭锋镝之余，传三百年之远乎！故刘昫、欧阳文忠之史，于诛建成、元吉不议也。昫又曰："当高祖任谗之年，建成忌功之日，苟除畏偪，孰顾分崩，变故之兴，间不容发，方惧毁巢之祸，宁虞'尺布'之谣。"盖一代之公言也。独范内相纯夫作《唐鉴》，以太宗诛建成、元吉，比周公诛管、蔡不同，曰："管、蔡流言于国，将危周公，以间王室，得罪于天下，故诛之。非周公诛之，天下之所当诛也。周公岂得而私之哉！"予以为不然。周公系周之存亡，曷若太宗之系唐之存亡哉？管、蔡一流言以危周公，周公得而诛之；建成、元吉已鸩太宗，仅不死，尚衷甲伏兵，懔懔日夜欲发，不比管、蔡之危周公也，太宗独不得而诛之乎？管、蔡之危周公，则得罪于天下；建成、元吉之害太宗，独不得罪于天下乎？隋余之人，恃太宗以为命者，宜甚于周之人怃周公也。以周公之灵，固非管、蔡可危，不幸不免，为周之辅弼者，召公而下尚有人，王室何恤于间也？如建成、元吉得害太宗，唐随以亡矣，不止于间王室也，太宗岂得而私之哉？纯夫又曰："立子以长不以功，建成虽无功，太子也；太宗虽有功，藩王也。"予亦以为不然。古公舍长泰伯，立季历为太子；文王舍长伯邑考，立武王为太子，非邪？若以贤也，太宗亦贤矣。如太宗大功大德，格于天地，不俟古公、文王之明智，虽甚愚至下之人，亦知其当有天下。高祖惑于内不察也，老革荒悖，可胜言哉！予故具列建成、元吉之谋害太宗之事，以见太宗之计出于亡聊，实与天下诛之，比周公诛管、蔡之义，甚直不愧也。以反纯夫之说，以遗知言之君子。

汉高祖方拥戚姬，周昌尝燕入奏事，是周昌得见戚姬也。又汉高祖欲废太子，周昌廷争，吕后侧耳东厢听，见周昌跪谢云云，是吕后得见周昌也。又文帝至霸陵，使慎夫人鼓瑟，上自倚瑟而歌，顾谓群臣，皆得见慎夫人。又帝幸上林，皇后、慎夫人从，袁盎引却慎夫人坐，慎夫人怒，不肯坐，上亦怒，起，盎因前说云云，是袁盎亦得见皇后、慎夫人也。汉宫禁之法不严如此。

司马迁叙三千年事，五十万言，班固叙二百年事，八十万言。晋张辅用此论优劣云尔。

蔡邕以"致远恐泥"为孔子之言，李固以"其进锐者其退速"为老子之言，杜甫以东方朔割肉为社日，以褒、妲为夏、商，皆引援之误。

《前汉·叙传》："外博四荒。"按，《书》"外薄四海"，"博"字为误。《魏·高堂隆传》："是用大简。"按，《诗》"是用大谏"，"简"字为误。《后汉书·方术传》"怀协道艺"，当作"挟"字。《胡广传》"议者剥异"，当作"驳"字。《朱浮传》"保宥生人"，当作"祐"字。"王允乳药求死"，当作"茹"字。史官失于是正，类此者不一。

汉高祖父太上皇，《前史》不载名。《后史·章帝纪》"祠太上皇于万年"，注："名煓，它官反。一名执嘉。"《高后纪》载高祖母曰昭灵后。

戾太子，非美谥也，宣帝以加其祖。予谓太子之死可哀也，与幽、厉之恶不同，与孟子所谓"虽孝子慈孙不能改"者亦不同也。

昔人贱庶生子。孙坚五子，《吴史》载其四，仁，庶生也，不录。故

《陈武赞》曰："子表将家支庶，而与胄子比翼齐衡，拔萃出类，不亦美乎！"然田婴有子四十人，而贱妾之子文最贤，故以为太子，孟尝君也。

贾谊《疏》云："生为明帝，没为明神，使顾成之庙称为太宗。"又云："万年之后，传之老母弱子，将使不宁。"是时文帝尚无恙，非不忌也，更为之前席。如武帝以道恶，曰："以我不行此道邪？"以马瘦，曰："以我不乘此马邪？"皆杀主者，其有间矣。今章奏不当名"赵广汉"，按《国史会要》，本朝，广汉之后也。

卷第八

宪宗元和十四年，自凤翔法门寺迎佛骨入禁中，韩愈以谏逐。十五年，有陈弘志之祸。懿宗咸通十四年，又迎其骨入禁中，谏者以宪宗为戒。懿宗曰："朕生得见之，死亦无恨。"不数月，崩。送佛骨还法门寺。愈之谏云"奉佛以来，享年不永"者，其知言哉！

后汉胡广卒，故吏自公卿、大夫、博士、议郎，衣缞绖者数百人。董翊举孝廉为须昌令，闻举将死，弃官去。唐杜审言受崔融之知，融死，为服缌麻。裴佶与郑余庆友善，佶死，余庆为行服。此礼久废。近时张乐全薨，东坡用唐人服座主丧，缌麻三月。东坡薨，张文潜坐举哀行服得罪。

《新唐史》："韩退之，邓州南阳人。"《史记》："白起攻南阳。"徐广注云："此南阳，河内修武也。"则退之修武人也，以为邓州，误矣。

《西汉·于定国传》："东海有孝妇，养姑甚谨，夫死无子，不肯更嫁。姑不欲累其妇，自经死。姑女诬妇杀之，官乃曲成其狱。于公争之，太守不听，乃抱其具狱，哭于府上，辞病去。太守竟杀孝妇，郡中枯旱三年。后太守至，而于公白之，乃杀牛祭孝妇，大雨，岁熟。"《东汉·孟尝》："上虞有寡妇，养姑甚谨，姑以老寿终，而夫女弟诬妇鸩之，官竟其罪。尝言其枉，太守不听，哀泣门外，因谢病去。太守杀寡妇，郡连旱二年。后太守至，尝具陈其冤，乃刑讼女而祭妇冢，天雨，谷稼遂登。"二事甚相类，范晔后出，无一言，何也？

唐代宗既诛元载，欲尽诛其党韩会等，吴凑苦谏，止降远州。会，退之兄也。退之谓兄罹谗口，承命南迁。按，会所坐，非罹谗者。柳子厚亦云："韩会善清言，名最高，以故多得谤。"岂士能清高反污于元载乎？近时王铚作《会补传》，亦不出党元载事，皆非实录。

班固奴尝醉骂洛阳令种竞，至窦宪败，竞收宪宾客，固在其数，死狱中。固著《汉书》未就，诏固女弟曹世叔妻昭续成之，是谓曹大家。华峤论固曰："固排节义，否正直，不以杀身成仁为美者。"予谓峤为知言。则固附窦宪以死，不足悲也。班固作《汉史》，失于畏司马迁，自武帝而上，于迁之词，不敢辄易，如《项羽传》，但移高祖事于《本纪》中耳。他传皆然。史迁书某人有曰："其子某，今为大官。"距固之世，已二百年。固书其人，亦皆曰："其子某，今为大官。"失于畏迁也。迁作历代史《人物表》、《食货》等志，当著历代之人。固作《汉史》表志，亦著历代之人，失于畏迁也。固知畏迁，按其书，自武帝而下，至平帝，续成之可也，于其词重出，不可也。孔子作经，使后世读《易》者如无《春秋》，读《书》者如无《诗》。其法固不知也。独韩退之作《王仲舒碑》，又作志，苏子瞻作《司马君实行状》，又作碑。其事同，其词各异，庶几知之矣。

前蜀刘禅以魏景元五年三月降，明年十二月，魏亡。后蜀王衍以唐同光三年十一月降，明年三月被诛，四月，庄宗死郭从谦之变。二主失于遽降，殆相类。然衍不足道，禅若稍收用其先人旧臣遗策，中原方易代，必未能窥蜀。盖谯周之罪，上通于天矣！

路巖贬新州，死于杨收死之榻，见《通鉴》。刘挚贬新州，死于蔡确死之室，见王巩《杂记》。二事甚类，可骇也。

蜀郡男子路建等，辍讼惭怍而退，以应文王却虞、芮之讼，以媚王莽。蜀之为佞，又有甚于《剧秦美新》者。王莽令中国不得有二名，又遣使讽单于为一名，东汉士大夫以操节相高，遇莽之事必唾也。乃终其世谨一名之律，何也？

魏安釐王问天下之高士于孔子六世孙子顺，子顺曰："世无其人也。抑可以为次，其鲁仲连乎？"王曰："鲁仲连强作之者，非体自然也。"子顺曰："人皆作之，作之不止，乃成君子。作之不变，习与体成，体成则自然也。"如子顺之论，乃孟轲氏"尧、舜性之，汤、武身之，五霸假之，久假而不归，安知其非有"之论也。善乎涑水先生曰："假者，文具而实不从之谓也。文具而实不从，其国家且不可保，况能霸乎？"东坡先生曰："假之与性，其本亦异矣。岂论归与不归哉？虽久假而不归，犹非其有也。"予每诵"强作之者，非体自然"二语，三太息也。

曹参召去，属其后相曰："以齐狱市为寄，慎勿扰也。"第五伦领长安市，公平廉介，无有奸枉。程伊川曰："今人治狱不治市，故予为吏，于二政不敢不勉。"

初，回纥风俗朴厚，君臣之等不甚异，故众志专一，劲健无敌。自有功于唐，唐赐遗丰腆，登里可汗始自尊大，筑宫室以居，妇人有粉黛文绣之饰，中国为之虚耗，而虏俗亦坏。如耶律德光践污中土而有之，且死，其母犹不哭，抚其尸曰："待我国中人畜如故，然后葬汝。"盖谓之华夷者，天也，有或反此，非其福也。

李绅族子虞，尽以绅密论李逢吉之疏告逢吉，故绅为逢吉所陷。吕晦叔族子嘉问，先以晦叔欲论王介甫之疏告介甫，故晦叔为介甫所逐。益知不肖子，代不乏人也。

陈叔宝不道，杨广亲擒之。叔宝死，谥炀。后杨广不道尤恶，死亦谥炀云。

唐故事，天下有冤者，许哭于太宗昭陵下。

汉高祖入关，与民约法三章，尽除秦苛令。唐高祖入长安，与民约法十二条，尽除隋暴禁。

太史公曰："子贡在七十子之徒最饶，使孔子之名布扬于天下者，子贡后先之也。"予谓非是。太史公既被刑，《报益州刺史任安书》"家贫，财赂不足以自赎"，岂于子贡之饶有感焉？如孔子之圣，何资于饶乎？

秦孝文王葬寿陵，夏太后子庄襄王葬芷阳，故夏太后独别葬杜东，曰："东望吾子，西望吾夫，后百年，旁当有万家室。"汉韩信家贫，母死，无以葬，乃行营高燥地，令旁可置万家者。颜师古注："言其有大志也。"初不知信实本夏太后语耳。予谓有地学者云："至一之地坦然平。"盖其法古矣。

王濬伐吴，在益州作大舰，长百二十步，受二千人。以木为城，起楼橹，开四门，其背可以驰马往来。木柿蔽江而下，吴建平太守吾彦取流柿以白吴主云云。予谓古八尺为步，一百二十步为九十六丈。江山无今昔之异，今蜀江曲折，山峡不一，虽盛夏水暴至，亦岂能回泊九十六丈之船？及冬江浅，势若可涉，寻常之船一经滩碛，尚累日不能进，而王濬以咸宁五年十一月自益州浮江而下，决不可信。又，建平今曰夔州，距益州道里尚数千，木柿蔽江，近不为蜀人取之，乃远为吴人得之乎？特史臣夸辞云尔。如血流漂杵之事，孟子固不信也。

萧道成既诛苍梧王，王敬则手取白纱帽加道成首，令即位。沈攸之召诸军主曰："我被太后令建义下都，大事若克，白纱帽共着耳。"盖晋、宋、齐、梁以来，惟人君得着白纱帽。家有范琼画梁武帝本，亦着白纱帽也。

梁武帝以荧惑入南斗，跣而下殿，以禳"荧惑入南斗，天子下殿走"之谶。及闻魏主西奔，惭曰："虏亦应天象邪？"当其时，虏尽擅中原之土，安得不应天象也。

突厥本西方贱种，姓阿史那氏，居金山之阳，为柔然铁工，至其酋长土门，始强大。颇侵魏西边，魏丞相泰始遣酒泉胡安诺槃陀使其国，国人喜曰："大国使至，吾国兴矣。"其后凭陵中国，唐高祖至以臣事之，卒为太宗所灭。予谓天初无夷夏之辨，其为盛衰阴阳治乱之数，验于今昔，无不然者。

羊祜从甥王衍从祜论事，辞甚辩，祜不答，衍怒拂衣去。祜顾他客曰："王夷甫以盛名居大官，然伤败风俗者，此人也。"又步阐之役，祜欲以军法斩王戎，故戎、衍于祜，以积怨毁之。时人谓之语曰："二王当国，羊公无德。"后衍尚虚诞，鄙薄名教，识者以为忧。戎独深然之，以致夷狄斫丧中原之祸，衍身自不免。羊公之知人于王衍，则吕献可之于王荆公似之；于王戎，则张九龄之于安禄山似之。呜呼，贤哉！

北齐刘炫，字光伯，时求遗书，乃伪造书百余卷，题为《连山易》、《鲁史记》等，录上送官，取赏而去。后有讼之者，原赦降死一等。今有《连山易》，意义浅甚，岂炫之伪书乎？

齐著作郎祖珽，有文学，多技艺，而疏率无行。尝因宴失金叵罗，于珽髻上得之。近世以洗为叵罗，若果为洗，其可置之髻上？未识叵罗果何物也？

汉韩信擒李左车，问以下齐之策。周宇文邕破晋阳，擒高延宗，问以取邺之策。皆辞而后对，悉如其言。二事甚类，岂兵法当尔耶？

唐郑元璹使突厥，说颉利曰："唐与突厥，风俗不同，突厥虽得唐地，不能居也。今虏掠所得，皆入国人，于可汗何有？不如旋师，复修和亲，可无跋涉之劳，坐受金币，又皆入可汗府库。孰与弃兄弟积年之欢，而结子孙无穷之怨乎？"颉利说，引精骑数十万还。元璹自义宁以来，五使突厥，几死者数矣。本朝庆历二年，北虏以重兵压境，欲得关南十县，其势不测。富韩公报使，谓虏主曰："北朝与中国通好，则人主专其利，而臣下无所获。若用兵，则利归臣下，而人主任其祸，故北朝诸臣争劝用兵者，此皆其身谋，非国计也。"虏主惊曰："何谓也？"公曰："晋高祖欺天叛君，而求助于北，末帝昏乱，神人弃之。是时中国狭小，上下离叛，故契丹全师独克。虽虏获金币，充牣诸臣之家，而壮士健马，物故太半。此谁任其祸者？今中国提封万里，所在精兵以百万计，法令修明，上下一心，北朝欲用兵，能保其必胜乎？"曰："不能。"公曰："胜负未可知，使其胜，所亡士马，群臣当之欤？抑人主当之欤？若通好不绝，岁币尽归人主，臣下所得，止奉使者，岁一二人耳，群臣何利焉？"虏主大悟，首肯者久之。是亦郑元璹之议也。如富公，则终身不自以为功，或面赞使虏之事，公必变色退避不乐。东坡书显忠尚德之碑，首著公使虏事，今天下诵之，然非公之意也。

　　太史令傅奕上疏请除佛法云："不忠不孝，削发而揖君亲；游手游食，易服以逃租赋。伪启三涂，谬张六道，恐喝愚民，诈欺庸品。"又云："生死寿夭，由于自然；刑德威福，关之人主；贫富贵贱，功业所招。而愚僧皆矫云由佛。"又云："降自羲、农，至于有汉，皆无佛法，君明臣忠，祚长年久。汉明帝始立胡神，洎于苻、石，羌胡乱华，主庸臣佞，祚短政虐"云云。韩退之《论佛骨》奏："伏羲至周文、武时，皆未有佛，而年多至百岁，有过之者。自佛法入中国，帝王事之，寿不能长，梁武事之最谨，而国大乱。"宪宗得奏大怒，将加极法，曰："愈言我奉佛太过，犹可容；至言东汉奉佛之后，帝王咸致夭促，何其乖剌也！"予谓愈之言，盖广傅奕之言也，故表出之。

卷第九

唐高宗曰："隋炀帝拒谏而亡，朕常以为戒，虚心求谏，而无谏者，何也？"李勣曰："陛下所为尽善，群臣无得而谏。"予谓高宗立太宗才人武氏为后，决于李勣"陛下家事勿问外人"一言。又谓高宗"尽善无可谏"，太宗以勣遗高宗，失于知人矣。

突厥默啜，自则天世为中国患，朝廷旰食，倾天下之力不能克。郝灵筌得其首，自谓不世之功。时宋璟为相，以天子好武功，恐好事者竞生心徼幸，痛抑其赏。逾年，始授郎将，灵筌恸哭而死。初，熙宁、元丰间，西羌大首领鬼章青宜结为边患，数覆官军，神宗悬旌节为赏捕之，不能得。至元祐年，将种谊生致之，吕汲公在相位，谊但转一官，为西上阁门使而已，亦宋璟之意也。

李勣、许敬宗于高宗立武后，李林甫于玄宗废太子，皆以"陛下家事何必问外人"一言而定。呜呼！奸人之言，自世主之好以入，故必同。

高祖益萧何二千户，以尝繇咸阳时"送我独赢钱二"。光武赐冯异以珍宝衣服钱帛，用报仓卒芜蒌亭豆粥、滹沱河麦饭。二帝于二臣，可以谓之故人矣。

高祖令项籍旧臣皆名"籍"，独郑君者不奉诏，尽拜名"籍"者为大夫，而逐郑君。刘裕密书招司马休之府录事韩延之，不屈，以裕父名翘字显宗，乃更字"显宗"，名子曰"翘"，以示不臣刘氏。如郑君、韩延之二人者，可以语事君之义矣。

汉宣帝初立，谒见高庙，霍光骖乘，上内严惮之，若有芒刺在背。唐宣宗初立，李德裕奉册，上问左右："适近我者，非太尉耶？每顾我，使我毛发洒淅。"世谓霍氏之祸萌于骖乘，李氏之祸起于奉册，故曰威震主者不畜。二公甚类也。

李匡威忌日，王镕就第吊之，匡威素服衷甲见之。唐末，武人忌日，尚素服受吊也。

张芸叟为安信之言，旧见《唐野史》一书，出二事：一、明皇为李辅国所弑，肃宗知其谋，不能制，不数日，雷震杀之。一、甘露祸起，北司方收王涯，卢全者适在坐，并收之。全诉曰："山人也。"北司折之曰："山人何用见宰相？"全语塞，疑其与谋。自涯以下，皆以发反系柱上，钉其手足，方行刑。全无发，北司令添一钉于脑后，人以为添丁之谶云。

秦始皇兼并天下，灰六籍，销五兵，废古文武之事，自立一王之制，本大贾人吕不韦之子。曹操以奸雄之资，正大汉，有余力世官者，本夏侯氏之子。晋元帝渡江为东晋，尚百年，本小吏牛氏之子。天之所兴，有不可知者。

《晋史》：刘聪时，盗发汉文帝霸陵、宣帝杜陵、薄太后陵，得金帛甚多。朝廷以用度不足，诏收其余，以实府库。自汉至晋，已四五百年，陵中之帛，岂不腐坏？当云金玉可耳。又苏公为韩魏公论薄葬曰："汉文葬于霸陵，木不改列，藏无金玉，天下以为圣明，后世安于泰山。"亦非也。

牛僧孺自伊阙尉试贤良方正，深诋时政之失。宰相李吉甫忌之，泣诉于宪宗，以考官为不公，罢之。考官，白乐天也，故并为吉甫父子所恶。予谓牛、李之党基于此。嘉祐中，苏子由制策，上自禁省，历言其阙不少避，至谓宰相不肖，思得娄师德、郝处俊而用之。宰相魏公亟以国士遇之，非但不忌也。呜呼！贤于李吉甫远矣。

司马文正初作《历代论》，至论曹操则曰："是夺之于盗手，非取之于汉室也。"富文忠疑之，问于康节，以为非是。予家尚藏康节《答文忠书》副本，当时或以告文正，今《通鉴·魏语》下无此论。

太史公南登庐山，观禹疏九江，遂至于会稽太湟，上姑苏，望五湖，西瞻蜀之岷山及离堆，而作《河渠书》。吴蜀之水为江，秦之水为河，其书江淮等，不当通曰河，盖太史公秦人也。

《汉史·萧何传》，先言民上书言何强贱买民田宅数千，又后言何买田宅必居穷僻处，为家不治垣屋，曰："令后世贤，师吾俭；不贤，毋为势家所夺。"其反覆不可信如此。

汉高祖嫚侮人，骂詈诸侯群臣如奴耳。至张良，必字曰"子房"，而不敢名。高祖伪游云梦,缚韩信,载后车,信叹息曰"狡兔死,良狗亨;高鸟尽,良弓藏"者。如子房弃人间事,从赤松子游,高祖安得而害之?故司马迁具书之,班固乃削去下二语,是未达淮阴之叹耳。

汉高祖出成皋,东渡河,独滕公从。张耳、韩信军修武,至,宿传舍。晨自称汉使者,驰入赵壁,张耳、韩信未起,即卧内夺其印符,麾召诸将,易置之。信、耳起,乃知高祖来,大惊。高祖既夺两人军,即令张耳备守赵地,韩信为相国。文帝以刘礼军霸上,徐历军棘门,周亚夫军细柳。上自劳军,至霸上、棘门军,直驰入,将以下骑出入送迎。至细柳军,军士吏被甲,锐兵刃,彀弓弩,持满。天子先驱至,不得入,曰:"天子且至。"军门都尉曰:"军中闻将军之令,不闻天子之诏。"有顷,帝至,又不得入。于是帝使使持节诏将军曰:"吾欲劳军。"亚夫乃传言开壁门。壁门士请车骑曰:"将军约,军中不得驱驰。"于是天子按辔徐行,至中营,将军亚夫揖曰:"介胄之士不拜,请以军礼见。"天子为改容,式车,使人称谢:"皇帝敬劳将军。"成礼而去。帝曰:"嗟乎!此真将军矣。乡者霸上、棘门,如儿戏尔。"予谓韩信善治军,天子来乃不知,至即卧内夺印符以去,是可袭而虏也,其不严于周亚夫也远矣。

两汉之士,前惟张子房,后诸葛孔明,有洙泗大儒气象。子房既辞齐三万户封,又让相国于萧何,与上从容言天下事甚众。善乎太史公曰:"运筹帷幄之中,制胜于无形。"子房计谋其事,无知名,无勇功,图难于易,为大于细,可谓尽之矣。

刘玄德忍死属孔明:"君才十倍曹丕,嗣子可辅,辅之;如其不才,君可自取。"盖玄德已知禅之不肖,志欲拯一世之人于涂炭之中,既不幸以死,非孔明不可,乃诚言也,亦尧、舜、禹之事也。孙盛何人,辄以为乱命,又以为权术,岂足与论玄德、孔明哉!东坡先生谓孔明《出师表》,可与《伊训》、《说命》相为表里。予谓亦周公《鸱鸮》救乱之诗也。故曰:"愿陛下托臣以讨贼兴复之效,不效,则治臣之罪,以告先帝之灵。"使孔明为玄德出师,必不为此言矣。及军中以孔明不起闻,蜀人赴之不许,祠之又不许,至野祭相吊以哭,何耶?使孔明无死,未保禅能相终始也。

崔瑗家无儋石，当世咨其清，故李固望风致敬。何杜乔为八使，乃以赃罪奏瑗？士之欲免于谗谤，难矣哉！王阳车马极鲜明，崔瑗宾客盛肴膳，然两公皆清修节士也。故论人者，当察其实何如耳。

神宗恶《后汉书》范晔姓名，欲更修之。求《东观汉记》久之不得，后高丽以其本附医官某人来上，神宗已厌代矣。至元祐年，高丽使人言状，访于书省，无知者。医官已死，于其家得之，藏于中秘。予尝写本于吕汲公家，亦弃之兵火中矣。又予官长安时，或云鄠杜民家有《江表传》、《英雄志》，因为外台言之，亟委官以取，民惊惧，遽焚之。世今无此三书矣。

尧、舜禅让之事，尚有幽囚野死之骇言，赖孔子得无完书耳。况其假尧、舜以为禅让者，欲其臣主俱全，难矣。独汉献帝自初平元年庚午即位，至延康元年庚子逊位于魏王曹丕，实在位三十年。丕奉帝为山阳公，邑万户，位在诸侯王上，奏事不称臣，受诏不拜，以天子车服郊祀天地、宗庙、祖、腊，皆如汉制。黄初七年丙午，曹丕死，曹叡立。青龙二年甲寅，山阳公薨，自逊位后十四年矣。叡变服，率群臣哭尽哀，遣使吊祭，监护丧事，谥孝献皇帝。册曰。曹叡云："用汉天子礼仪葬禅陵。"后五年，曹叡死，齐王芳立，四年废。高贵乡公髦立，五年死。陈留王奂立。景元元年庚辰，山阳公夫人节薨，王临于华林园，使使持节追谥献穆皇后。及葬，车服制度皆如汉氏故事。后四年，陈留王禅位于晋。是魏之尊奉汉帝后与其国相终始也。视晋以降曰禅让者，岂不为盛德事乎！史臣不知此义，尚贬曹丕无旷大之度，予故表而出之。

上柱国窦毅尚周武帝姊襄阳公主，其女闻隋杨坚受周静帝禅，自投堂下，抚膺太息曰："恨我不为男子，救外家之祸。"毅与公主掩其口曰："汝勿妄言，赤吾族！"毅由是奇之，以妻唐公李渊，是为太穆皇后，实生太宗，卒能灭隋云。

丹阳陶弘景博学多艺能，好养生之术，仕齐为奉朝请，弃官隐茅山。梁武帝早与之游，恩礼甚至，每得其书，焚香以受。数手敕招之，不出。朝廷有吉凶征讨大事，必先谘之，月中常有数信，人谓之"山中宰相"。将没，有诗曰："夷甫任散诞，平叔坐论空。岂悟昭阳殿，遂作单于宫。"时天下之士犹尚西晋之俗,竞谈玄理,故弘景云尔。盖散诞论空,则废礼法,礼法既废,则夷狄矣。古今之变,有必然者,弘景其知言也。

卷第十

汉高祖一竹皮冠起田野，初不食秦禄，卒能除其暴，拯一世之人于刀机陷阱之下，置于安乐之地，帝天下，传之子孙四百年。其取之无一不义，虽汤、武有愧也。史臣不知出此，但称断蛇著符、协于火德，谬矣！

"太史迁取贾谊《过秦》上下篇以为《秦始皇本纪》、《陈涉世家》下赞文"，班固云尔。固《贾谊传》不书《过秦》，今《史记·陈涉》语下著《过秦》为"褚先生曰"，非也。

王荆公非欧阳公贬冯道，按，道身事五主，为宰相，果不加诛，何以为史？荆公《明妃曲》云："汉恩自浅胡自深，人生乐在相知心。"宜其取冯道也。

韩信既破赵广武军，李左车，降虏也，乃西乡而师事之，古今称为盛德事。然信既重左车如此，曷不言于高祖尊用之？一问攻燕伐齐之后，则不知左车何在，其姓名亦不复见于史矣。如信故善钟离昧，昧亡归信，信遇之不薄也。一旦逼昧自到，持其首以见高祖，昧骂曰："公非长者！"予恐前之李左车，如后之钟离昧也。信之不终，宜哉！

《新唐史·南诏》语中海岛、溪峒间蛮人，马援南征留之不诛者，谓"马留人"。今世猴为马留，与其人形似耳。

舜一岁而巡四岳，南方多暑，以五月之暑而南至衡山，北方多寒，以十一月之寒而至常山，世颇疑之。《汉书·郊祀志》：武帝自三月出行封禅，又并海至碣石，又巡辽西，又历北边，又至九原，五月还甘泉，仅以百日行八千余里，尤荒唐矣。

丞相掾和洽言于曹操曰："天下之人，才德各殊，不可以一节取也。世有俭素过中，自以处身则可，以此格物，所失或多。今朝廷之议吏，有着新衣、乘好车者，谓之不清，形容不饰、衣裳敝坏者，谓之廉洁，至令士大夫故污辱其衣、藏其舆服，朝府大吏或自挈壶飧以入官寺。夫立教以中庸，贵可继也。今崇一概难堪之行以检殊途，勉而为之，必有疲瘁。古之人大教，务在通人情而已。凡激诡之行，则容隐伪矣。"绍兴以来，宰相赵元镇好伊川程氏之学，元镇不识伊川士资以进，反用妖妄眩惑一世，每拱手危坐，竟日无一言。或就之，则曰："吾方思诚敬。"其去为奸为伪者，十人而九必敝衣粗食，以自垢污，否则斥为不肖矣。予恐后世之惑也，得和洽之言，故表出之。

田横远居万里外海岛中，高祖必欲其来，否则发兵诛之，横不敢违。"四皓"者，近在商山，距长安无百里，以高祖之暴，而子房谓"上有不能致者四人"，何也？盖"四皓"俱振世之豪，其一天下拯人群之志，初与高祖同，高祖已帝，则可隐矣。故高祖全之不欲屈，非不能屈也。吾大父康节云。

游士汝南范滂等非讦朝政，自公卿以降皆折节下之。太学生争慕其风，以为文学将兴，处士复用。申屠蟠独叹曰："昔战国之时，处士横议，列国之王至为拥彗先驱，卒有坑儒烧书之祸，今之谓矣。"乃绝迹于梁、砀之间，因树为屋，自同佣人。居二年，滂等果罹党锢，或死或刑者数百。予谓桓、灵之时，国命自阉寺出，世既愤怨不平，故处士抗正议，互相名字，有"三君"、"八俊"、"八顾"、"八及"、"八厨"之名，太学诸生从之者，至三万余人。阉寺反谓"别相署共为部党，图危社稷"。司空虞放、太仆杜密、长乐少府李膺、司隶校尉朱寓、颍川太守巴肃、沛相荀昱、河南太守魏朗、山阳太守翟超、任城相刘儒、太尉掾范滂等二百余人，皆死狱中。或徒或废或禁及七族者，又六七百人，天下为之骚动，自古衣冠之祸未有也。世谓范滂等备忠孝之节者，误矣。予得申屠蟠事，贤其绝识先物，智防明哲，故表出之。

禹后二世已失邦，启、太康也。周公后五世已杀君，伯禽、考公、炀公、幽公，弟溃杀幽公自立也。殷汤后一世有太甲失道，伊尹放之桐宫。周武王后四世有昭王，王道微缺，南巡狩，卒于江上，其卒不赴告，讳之也。汉高祖后一世有吕氏之祸，唐太宗后一世有武氏之祸。是数君者，岂无遗泽乎？

汉武帝用杜周为廷尉，诏狱连逮至六七万人，吏所增加十有余万人。唐武后鞠流人，一日之中，万国俊杀三百人，刘光业杀九百人，王德寿杀七百人。

伯夷姓墨，名元，或作允，字公信；叔齐名智，字公达，兄弟也，孤竹君之子也。夷、齐，盖谥云。出《论语疏》，出《春秋少阳篇》。

《前汉书·循吏传》云：“孝宣自霍光薨后，始躬亲万幾，励精为治，五日一听政，自丞相以下，各奉职而退。”五日一听政，史臣以为美，则孝宣而上，不亲览天下之务可知矣。

李勣病，谓其弟弼曰：“我见房、杜平生勤苦，仅立门户，遭不肖子荡覆无余。应我子孙，悉以付汝。葬毕，当居我堂，抚养孤幼，谨察视之，其有志气不伦、交游非类者，皆先挝杀，然后以闻。”自是至死，不复更言。予谓勣亲见太宗百战取天下之难，又忍死甚悲之言，首以勣遗高宗。至高宗欲立太宗才人阿武为后，褚遂良、郝处俊等死争不可，独用勣“此陛下家事，勿问外人”一言，唐之宗社几于覆亡，何勣能虑其家，不能虑其国也？勣真鄙夫也哉！

司马文正公修《通鉴》时，谓其属范纯父曰：“诸史中有诗赋等，若止为文章，便可删去。”盖公之意，欲士立于天下后世者，不在空言耳。如屈原以忠废，至沉汨罗以死，所著《离骚》，汉淮南王、太史公皆谓“其可与日月争光”，岂空言哉！《通鉴》并屈原事尽削去之，《春秋》褒毫发之善，《通鉴》掩日月之光，何耶？公当有深识，求于《考异》中，无之。

古者人君即位称元年，始终之义也。汉武帝乃加建元之号，后因以名年，已非是，又数更易其号，宁有人君即位称元年之后，再称元年之理？唐之太宗即位，称贞观元年，至二十三年而终，为近古云。

唐太宗以谶欲尽杀宫中姓武者，李淳风以为不可，竟杀李君羡。谶有“一女子，身姓武”，其明白如此。后高宗欲立太宗才人武氏为皇后，长孙无忌、郝处俊、褚遂良力谏，初无一语及武氏之谶，何也？武氏之变，至不可言，司马文正《通鉴》不书怪，独书此谶云。

汉桓帝时，或言：“民之贫困，必货轻钱薄，发更铸大钱。”事下四府群僚、太学能言之士议之。予尝论：国有政事，何太学之士得议？盖其嘘枯吹生、抑扬震动至此，故窦武得两宫赏赐，悉散与太学诸生。陈蕃闻王甫之变，将诸生八十余人拔刃以入。范滂挟公议为评，公卿皆折节下之，太学诸生附之者三万余人，卒成部党之祸，汉随以亡。

岂但曹节等罪哉！

靖康初元，海外与国乱神州，势尚浅。朝廷有施行，太学诸生必起论之。又举合国人进斥大臣，击登闻鼓，碎之。庙堂畏怯拱默，不敢立一事，天下卒至不救。赖今天子中兴，加大号令，始畏慑坏散。不然，其祸不在汉部党之下矣。

鲍宣云："民有七亡，豪强大姓蚕食无厌，一亡也。"马援云："大姓侵小民，乃太守事耳。"然以曹操之勇，尚云："先在济南除残去秽，以是为豪强所忿，恐致家祸，故谢病去。"今之君子，欲区区以礼义廉耻裁大姓之暴吾民者，亦疏矣。

蜀于韦皋刻石文字，后书皋名者，必镌其中，仅可辩，故宋子京书皋事云："蜀人思之，见其遗像必拜，凡刻石著皋名者皆镵去其文，尊讳之。"近有自西南夷得皋授故君长牒，于皋位下，书若皋字，复涂以墨，如刻石者，盖皋花字也。当时书石，亦用前名后押之制，非蜀人镵其文尊讳之。如本朝韩魏公书"花"字写成"琦"字，复涂以墨，尚可辩，亦此体也。

卷第十一

　　大贤如孟子,其可议,有或非或疑或辩或黜者,何也?予不敢知。具列其说于下方,学者其折衷之。后汉王充有《刺孟》,近代何涉有《删孟》,文繁不录。王充《刺孟》出《论衡》,韩退之赞其"闭门潜思,《论衡》以修"矣。则退之于孟子"醇乎醇"之论,亦或不然也。

　　略法先生而不知其统,犹然而材剧志大,闻见杂博。案往旧造说,谓之五行,甚僻违而无类,幽隐而无说,闭约而无解。饰其辞而祗敬之,曰:此真先君子之言也。子思唱之,孟轲和之,世俗之讲犹瞀儒,嚾嚾然不知其所非也,遂受而传之,以为仲尼、子游为兹厚于后世。是则子思、孟轲之罪也。

　　右《荀子·非十二子》。

　　疑"伯夷隘,柳下惠不恭"。曰:孟子称所愿学者孔子,然则君子之行孰先于孔子?孔子历聘七十余国,皆以道不合而去,岂非非其君不事乎?孺悲欲见孔子,孔子辞以疾,岂非非其友不友乎?阳虎得政于鲁,孔子不肯仕,岂非不立于恶人之朝乎?为定、哀之臣,岂非不羞污君乎?为委吏,为乘田,岂非不卑小官乎?举世莫知之,不怨天,不尤人,岂非遗佚而不怨乎?饮水曲肱,乐在其中,岂非厄穷而不悯乎?居乡党,恂恂似不能言,岂非由由与之偕而不自失乎?是故,君子邦有道则见,邦无道则隐,事其大夫之贤者,友其士之仁者,非隘也。和而不同,遁世无闷,非不恭也。苟无失其中,虽孔子由之,何得云君子不由乎?

　　疑"陈仲子避兄离母"。曰:仲子以兄之禄为不义之禄,盖谓不以其道事君而得之也。以兄之室为不义之室,盖谓不以其道取于人而成之也。仲子盖尝谏其兄矣,而兄不用也。仲子之志,以为吾既知其不义矣,然且食而居之,是口非之而身享之也,故避之。居于於陵,於陵之室与粟,身织屦、妻辟纑而得之也,非不义也。岂当更问其筑与种之者谁邪?以所食之鶂鶂,兄所受之馈也,故哇之,岂以母则不食，以妻则食之邪？君子之责人，当探其情，仲子之避兄离母，岂所愿邪？若仲子者，诚非中行，亦狷者有所不为也。孟子过之，何其甚欤？

疑"孟子将朝王"。曰：孔子，圣人也；定、哀，庸君也。然定、哀召孔子，孔子不俟驾而行。过位，色勃如也，足躩如也，过虚位且不敢不恭，况召之有不往而他适乎？孟子，学孔子者也，其道岂异乎？夫君臣之义，人之大伦也。孟子之德，孰与周公？其齿之长，孰与周公之于成王？成王幼，周公负之以朝诸侯，及长而归政，北面稽首畏事之，与事文、武无异也。岂得云彼有爵，我有德齿，可慢彼哉！

疑"孟子谓蚳蛙，居其位不可以不言，言而不用不可以不去，己无官守，无言责，进退可以有余裕"。曰：孟子居齐，齐王师之。夫师者，导人以善而救其恶者也。岂得谓之"无官守、无言责"乎？若谓之为贫而仕邪，则后车数十乘，从者数百人，仰食于齐，非抱关击柝之比也。《诗》云："彼君子兮，不素餐兮。"夫贤者所为，百世之法也。余惧后之人挟其有以骄其君，无所事而贪禄位者，皆援孟子以自况，故不得不疑。

疑"沈同问伐燕"。曰：孟子知燕之可伐，而必待能行仁政者乃可伐之。齐无仁政，伐燕非其任也。使齐之君臣不谋于孟子，孟子勿预知可也。沈同既以孟子之言劝王伐燕，孟子之言尚有怀而未尽者，安得不告王而止之乎？夫军旅者，大事也，民之死生，国之存亡，皆系焉。苟动不得其宜，则民残而国危，仁者何忍坐视其缪妄乎？

疑"父子之间不责善"。曰：《经》云："当不义，则子不可不争于父。"《传》云："爱子教之以义方。"孟子云："父子之间不责善。"不责善，是不谏不教也，而可乎？

疑"性犹湍水"。曰：告子云："性之无分于善不善，犹水之无分于东西。"此告子之言失也。水之无分于东西，谓平地也。使其地东高而西下，西高而东下，岂决导所能致乎？性之无分于善不善，谓中人也。瞽叟生舜，舜生商均，岂陶染所能变乎？孟子云人无有不善，此孟子之言失也。丹朱、商均自幼及长，日所见者，尧、舜也，不能移其恶，岂人之性无有不善乎？

疑"生之谓性"。曰：孟子云："白羽之白犹白雪之白，白雪之白犹白玉之白。"告子当应之云："色则同矣，性殊也。"羽性轻，雪性弱，玉性坚，而告子亦皆然之，此所以来犬牛人之难也。孟子亦可谓以辩胜人矣。

疑"齐宣王问卿"。曰：《礼》"君不与同姓同车，与异姓同车"，嫌其逼也。为卿者，无贵戚异姓同性，皆人臣也。人臣之义，谏于君而不听，去之可也，死之可也，若之何其以贵戚之故，敢易位而处也？孟子之言过矣。君有大过，无若纣；纣之卿士，莫若王子比干、箕子、微子之亲且贵也。微子去之，箕子为之奴，比干谏而死。孔子曰："商有三仁焉。"夫以纣之过大，而三子之贤，犹且不敢易位也，况过不及纣而贤不及三子者乎？必也使后世有贵戚之臣，谏其君而不听，遂废而代之，曰："吾用孟子之言也，非篡也，义也。"其可乎？或曰：孟子之志，欲以惧齐王也，是又不然。齐王若闻孟子之言而惧，则将愈忌恶其贵戚，闻谏而诛之；贵戚闻孟子之言，又将起而蹈之，则孟子之言不足以格骄君之非，而适足以为篡乱之资也。其可乎？

疑"所就三，所去三"。曰：君子之仕，行其道也，非为礼貌与饮食也。伊尹去汤就桀，桀岂能迎之以礼哉？孔子栖栖遑遑周游天下，佛肸召，欲往，公山弗扰召，欲往，彼岂为礼貌与饮食哉？急于行道耳。今孟子之言曰："虽未行其言也，迎之有礼，则就之；礼貌衰，则去之。"是为礼貌而仕也。又曰："朝不食，夕不食，君曰吾大者不能行其道，又不能从其言也，使饥饿于我土地，吾耻之。周之，亦可受也。"是为饮食而仕也。必如是，是不免于鬻先王之道，以售其身也。古之君子之仕者，殆不如此。

疑"尧、舜，性之也；汤、武，身之也；五霸，假之也"。曰：所谓性之者，天予之也；身之者，亲行之也；假之者，外有之而内实亡也。尧、舜、汤、武之于仁义也，皆性得而身行之也。五霸则强焉而已矣。夫仁义者，所以治国家而服诸侯也。皇帝王霸皆用之，顾其所以殊者，大小高下远近多寡之间耳。假者，文具而实不从之谓也。文具而实不从，其国家且不可保，况能霸乎？虽久假而不归，犹非其有也。

疑"瞽瞍杀人"。曰：《虞书》称舜之德曰："父顽，母嚚，象傲。克谐以孝，烝烝乂，不格奸。"所贵于舜者，为其能以孝和谐其亲，使之进，进以善自治而不至于恶也。如是，则舜为子，瞽叟不杀人矣。若不能止其未然，使至于杀人，执于有司，乃弃天下，窃之以逃，狂夫且犹不为，而谓舜为之乎？是特委巷之言也，殆非孟子之言也。且瞽叟既执于皋陶矣，舜恶得而窃之？虽负而逃于海滨，皋陶犹可执也。若曰皋陶外虽执之以正其法，而内实纵之以予舜，是君臣相与为伪，以欺天下也，恶得为舜与皋陶哉？又舜既为天子矣，天下之民戴之如父母，虽欲遵海滨而处，民岂听之哉？是皋陶之执瞽叟，得法而亡舜也，所亡益多矣。故曰："是特委巷之言，殆非孟子之言也。"

右司马文正公《疑孟》。

子曰："回也，其心三月不违仁，其余则日月至焉而已矣。"孔子曰："吾之于人也，谁毁谁誉？如有所誉，必有所试。"其于颜渊，试之也熟而观之也审矣。盖尝默而察之，阅三月之久，而其颠沛造次，无一不出于仁者，是以知其终身弗叛也。君子之观人也，必于其所虑焉观之，此其所虑者容有伪也，虽终身不得其真，故三月之久，必有备虑之所不及者。伪之与真无以异，而君子贱之，何也？有利害临之则败也。孟子曰："尧、舜，性之也；汤、武，身之也；五霸，假之也。久假而不归，安知其非有也？"假之与性，其本亦异矣，岂论其归与不归哉？使孔子观之，不终日而决，不待三月也。何不知之有？

子曰："志于道，据于德，依于仁，游于艺。"志者，无求无作，志于心而已，孟子所谓心勿忘。据者，可求可作之谓也。依者，未尝须臾离，而游者出入可也。君子志于道，则物莫能留；而游于艺，则道德有自生矣。

子贡问政，子曰："足食，足兵，民信之矣。"子贡曰："必不得已而去，于斯三者何先？"曰："去兵。"子贡曰："必不得已而去，于斯二者何先？"曰："去食。自古皆有死，民无信不立。"孟子较礼食之轻重，礼重而食轻，则去食；食重而礼轻，则去礼。惟色亦然。而孔子去食存信，曰"自古皆有死，民无信不立"，不复较其重轻，何也？曰"礼信之于食色，如五谷之不杀人。"今有问者曰："吾恐五谷杀人，欲禁之，如何？"必答曰："吾宁食五谷而死，不禁也。"此孔子去食存信之论也。今答曰：择其杀人者禁之，其不杀人者勿禁也，五谷安有杀人者哉？此孟子礼食轻重之论也。礼所以使人得妻也，废礼而得妻者皆是，缘礼而不得妻者，天下未尝有也。信所以使人得食也，弃信而得食者皆是，缘信而不得食者，天下未尝有也。今立法不从天下之所同，而从其所未尝有以开去取之门，使人以为礼有时而可去也，则将各以其私意权之，其轻重岂复有定物？由孟子之说，则礼废无日矣。或曰：舜不告而娶，则以礼则不得妻也。曰：此孟子之所传，古无是说也。凡舜之事，涂廪浚井，不告而娶，皆齐鲁间野人之语，考之于《书》，舜之事父母，盖烝烝焉，不至于奸，无是说也。使不幸而有之，则非人理之所期矣。自舜已来，如瞽瞍者，盖亦有之，为人父而不欲其子娶妻者，未之有也。故曰："缘礼而不得妻者，天下无有也。"或曰：嫂叔不亲授，礼也；嫂溺而不援，曰礼不亲授，可乎？是礼有时而去取也。曰：嫂叔不亲授，礼也；嫂溺援之以手，亦礼也。何去取之有？

卷第十二

　　季康子问政于孔子曰："如杀无道以就有道，何如？"孔子对曰："子为政，焉用杀？子欲善而民善矣。君子之德风，小人之德草，草上之风，必偃。"盖虽尧、舜在上，不免于杀无道。然君子终不以杀劝其君。尧、舜之民，不幸而自蹈于死则有之，吾未尝杀也。孟子言"以生道杀民，虽死不怨杀者"，使后世暴君污吏皆曰："吾以生道杀之。"故孔子不忍言之。

　　子曰："富而可求也，虽执鞭之士，吾亦为之。如不可求，从吾所好。"大凡物之可求者，求则得，不求则不得也。仁义，未有不求而得之，亦未有求而不得者，是以知其可求也。故曰："仁，远乎哉！我欲仁，斯仁至矣。"富贵有求而不得者，有不求而得者，是以知其不可求也。故"富而可求也，虽执鞭之士，吾亦为之，如不可求，从吾所好"。圣人之于利，未尝有意于求也。岂问其可不可哉？然将直告之以不求，则人犹有可得之心，特迫于圣人而止耳。夫迫于圣人而止，则其止也有时而作矣，故告之以不可求者，曰：使其可求，虽吾亦将求之，以为高其闲阂，固其扃镝，不如开门发箧而示之无有也。而孟子曰："食色，性也，有命焉，君子不谓性也。仁义，命也，有性焉，君子不谓命也。"君子之教人，将以其实，何不谓之有？夫以食色为性，则是可求而得也，君子禁之；以仁义为命，则是不可求而得也，而君子强之。禁其可求者，强其不可求者，天下其孰能从之？故仁义之可求，富贵之不可求，理之诚然者也。以可为不可，以不可为可，虽圣人不能。

　　子贡问曰："何如斯可谓之士矣？"子曰："行己有耻，使于四方，不辱君命，可谓士矣。"曰："敢问其次。"曰："宗族称孝焉，乡党称弟焉。"曰："敢问其次。"曰："言必信，行必果，硁硁然小人哉！抑亦可以为次矣。"立然诺以为信，犯患难以为果，此固孔子之所小也。孟子因之，故曰："大人者，言不必信，行不必果。"此则非孔子之所谓大人也。大人者，不立然诺而言未尝不信，不犯患难而行未尝不果。今也以不必信为大，是开废信之渐，非孔子去兵、去食之意。

或问子产，子曰："惠人也。"子产为郑作封洫，立谤政，铸刑书，其死也教太叔以猛，其用法深，其为政严，有及人之近利，而无经国之远猷。故浑罕、叔向皆讥之，而孔子以为惠人，不以为仁，盖小之也。孟子曰：子产以乘舆济人于溱洧，惠而不知为政。盖因孔子之言而失之也。子产之于政，整齐其民赋，完治其城郭道路，而以时修其桥梁，则有余矣。岂以乘舆济人者哉？《礼》曰："子产，人之母也，能食之而不能教。"此又因孔子之言而失之也。

"乐则《韶》《舞》。放郑声，远佞人。郑声淫，佞人殆。"郑声之害，与佞人等，而孟子曰："今乐犹古乐。"何也？使孟子为政，岂能存郑声而不去也哉？其曰"今乐犹古乐"，特因王之所悦而入其言耳。非独此也，好色、好货、好勇，是诸侯之三疾也，而孟子皆曰无害。从吾之说，百姓惟恐王之不好也。譬之于医，以药之不可口也，而以其所嗜为药，可乎？使声色与货而可以王，则利亦可以进仁义，何独拯梁王之深乎？此岂非失其本心也哉！

子曰："性相近也，习相远也。"又曰："唯上智与下愚不移。"性可乱也，而不可灭，可灭，非性也。人之叛其性，至于桀、纣、盗跖至矣。然其恶必自其所喜怒，其所不喜怒，未尝为恶也。故木之性上，水之性下。木抑之可使轮囷，抑者穷，未尝不上也；水激之可使瀵涌上达，激者衰，未尝不下也。此孟子之所见也。孟子有见于性，而离于善。《易》曰："一阴一阳之谓道，继之者善也，成之者性也。"成道者性，而善继之耳，非性也。性如阴阳，善如万物，万物无非阴阳者，而以万物为阴阳，则不可。故阴阳者，视之不见，听之不闻，而非无也。今以其非无即有而命之，则凡有者皆物矣，非阴阳也。故天一为水，而水非天一也；地二为火，而火非地二也。为善而善非性也，使性而可以谓之善，则孔子言之矣。苟可以谓之善，亦可以谓之恶，故荀卿之所谓性恶者，盖生于孟子。而扬雄之所谓善恶混者，盖生于二子也。性其不可以善恶命之，故孔子之言曰"性相近也，习相远也"而已。夫苟相近，则上智与下愚曷为不可移也？曰：有可移之理，无可移之资也。若夫吾弟子由之论也，曰：雨于天者，水也；流于江河、蓄于坎井，亦水也；积而为泥涂者，亦水也；指泥涂而告人曰是有水之性可也。曰：吾将使其清，而饮之则不可。是之谓上智与下愚不移也。苏东坡云：予为《论语说》，与《孟子》辩者八。

尧传之舜，舜传之禹，禹传之汤，汤传之文、武、周公，文、武、周公传之孔子，孔子传之孟轲，轲之死，不得其传焉。如何曰孔子死不得其传矣？彼孟子者，名学孔子，而实背之者也，焉能传？敢问何谓也？曰：孔子之道，君君臣臣也；孟子之道，人皆可以为君也。天下无王霸，言伪而辩者不杀，诸子得以行其意，孙、吴之智，苏、张之诈，孟子之仁义，其原不同，其所以乱天下，一也。

孟子曰："五霸者，三王之罪人也。"吾以为孟子者，五霸之罪人也。五霸帅诸侯事天子，孟子劝诸侯为天子，苟有人性者，必知其逆顺耳矣。孟子当周显王时，其后尚且百年而秦并之。呜呼！孟子，忍人也，其视周室，如无有也。

孔子曰："桓公九合诸侯，不以兵车，管仲之力也，如其仁。"又曰："管仲相桓公，霸诸侯，一匡天下，民到于今受其赐。微管仲，吾其被发左衽矣。"而孟子谓："以齐王，由反手也。功烈如彼其卑。故曰：管仲，曾西之所不为。"呜呼！是犹见人之救斗者而笑曰：胡不因而杀之？货可得也，虽然，他人之救斗者耳。桓公、管仲之于周，救父祖也，而孟子非之，奈何？或曰：然则汤、武不为欤？曰：汤、武不得已也。契、相土之时，讵知其有桀哉？后稷、公刘、古公之时，讵知其有纣哉？夫所以世世树德，以善其身，以及其国家而已。汤、武之生，不幸而遭桀、纣，放之、杀之，而莅天下，岂汤、武之愿哉？仰畏天，俯畏人，欲遂其为臣而不可得也。由孟子之言，则是汤、武修仁行义，以取桀纣耳。呜呼！吾乃不知仁义之为篡器也。

《仲虺之诰》：成汤放桀于南巢，惟有惭德，曰："予恐来世以台为口实。"孔子谓"《武》尽美矣，未尽善也"。彼顺天应人，犹觍觍如此，孟子固求之，其心安在乎？

孔子曰："三分天下有其二，以服事殷。周之德，其可谓至德也已矣。"又曰："有君民之大德，有事君之小心。"《书序》："伊尹既丑有夏，复归于亳。"孟子亦曰："五就汤、五就桀者，伊尹也。"夫周显王未闻有恶行，特微弱耳。非纣也，而齐、梁不事之；非桀也，而孟子不就之。呜呼！孟子之欲为佐命，何其躁也？

孟子曰："尽信书，则不如无书。仁人无敌于天下，以至仁伐至不仁，而何其血之流杵也？"曰：纣一人恶耶？众人恶邪？众皆善而纣独恶，则失纣久矣，不待周也。夫为天下逋逃主，萃渊薮，同之者可遽数邪？纣存则逋逃者存，纣亡则逋逃者曷归乎？其欲拒周者，又可数邪？血流漂杵，未足多也。或曰：前徒倒戈攻于后以北，故荀卿曰："杀者皆商人，非周人也。"然则商人之不拒周，审矣。曰：如皆北也，焉用攻？

或问："禹荐益于天，七年，禹崩。三年之丧毕，益避禹之子于箕山之阴。朝觐讼狱者，不之益而之启，讴歌者不讴歌益而讴歌启，曰：'吾君之子也。'有诸？"曰："禹不知启贤邪？知而且以传益邪？父不知子，安用明哉？知其贤，天下终归之，而让以为名，是伪也，孰谓圣人而不明且伪也？夫益亦不知启贤，不辞于禹，禹崩而后避之，以蹈舜、禹之迹，又终不得为舜、禹，其无惭乎？益与稷、皋陶，一体人也，不宜如是，且吾夫子未之言也。"或曰："然则舜避尧之子于南河之南，禹避舜之子于阳城，如何？"曰："尧不听舜让，舜受终于文祖；舜不听禹让，禹受命于神宗。或二十有八载，或十有七年。历数在躬，既决定矣，天下之心，既固结矣，又可避乎？舜、禹未尝避也。由孟子之言，则古之圣人，作伪者也。王莽执孺子手，流涕歔欷，何足哂哉？"

或曰："父母使舜完廪，捐阶，瞽瞍焚廪；使浚井，出，从而掩之。象曰：'谟盖都君咸我绩，牛羊父母，仓廪父母，干戈朕，琴朕，弤朕，二嫂使治朕栖。'象往入舜宫，舜在床琴。象曰：'郁陶思君尔。'忸怩。舜曰：'惟兹臣庶，汝其于予治。有诸？'"曰："《书》云：'瞽子，父顽，母嚚，象傲。克谐以孝，烝烝乂，弗格奸。'又曰：'负罪引慝，祗载见瞽瞍，夔夔齐栗，瞽瞍亦允若。'"是瞽象未尝欲杀舜也。瞽象欲杀舜，刃之可也，何其完廪浚井之迂？其亦有所虑矣。象犹能虑，则谓二嫂者，帝女也，夺而妻之，可乎？尧有百官牛羊仓廪，备以事于畎亩之中，而不能卫其女乎？虽其见夺，又无吏士、无刑法以治之乎？舜以父母之不爱，号泣于旻天，父母欲杀之，幸而得脱，而遽鼓琴，何其乐也！是皆委巷之说，而孟子之听不聪也。

或曰："以德行仁者王，王不待大，汤以七十里，文王以百里，何如？"曰：皆孟子之过也。《大雅》曰："瑟彼玉瓒，黄流在中。"九命然后锡以圭瓒秬鬯。帝乙之时，王季为西伯，以功德受此赐，周自王季，中分天下而治之矣，奚百里而已哉？《商颂》曰："玄王桓拨，受小国是达，受大国是达，率履不越，遂视既发。相土烈烈，海外有截。帝命不违，至于汤齐。"契之时，已受大国，相土承契之业，入为王官伯，出长诸侯，威武烈烈，然四海之外率服，截尔整齐，商自相土威行乎海外矣，奚七十里而已哉？呜呼！孟子之教人，教之以不知量也。

或曰："然则仁义无益于人者乎？"曰："奚其为无益也，天子用之以保其天下，诸侯用之以保其社稷，卿大夫用之以保其宗庙，士用之以保其禄位，庶人用之以保其田里。使君臣上下、父子、兄弟、夫妇相爱相恭，相正相救，厌然如宫商之应，如画缋之次，祸乱日以消，名誉日以广，奚其为无益也！若夫挟欲趋利，图谋非分，岂仁义之意哉？乃孟子之邪言，陷人于逆恶也。"

或曰："孟子之言，诸侯奚不听也？谓其迂阔者乎？"曰："迂阔有之矣，亦足惮也。孟子位诸侯，则能以取天下矣。位卿大夫，岂不能取一国哉？为其君者，不亦难乎！然滕文公尝行孟子之道矣。故许行、陈相称之曰'仁政'，曰'圣人'也。其后寂寂，不闻滕侯之得天下也。孟子之言，故无验也。"

卷第十三

　　孔子与宾牟贾言《大武》，曰"声淫及商"，何也？对曰："非《武》音也，有司失其传也。若非有司失其传，则武王之志荒矣。武王之志犹不贪商，而孟子曰文王望道而未之见，谓商之录未尽也，病其有贤臣也。文王贪商如此其甚，则事君之小心安在哉？岂孔子之妄言哉？孔子不妄也，孟子之诬文王也。"或曰："孟子之心，以天下积乱已久，诸侯皆欲自为雄，苟说之以臣事周，孰能喜也？故揭仁义之竿，而汤、武为之饵，幸其速售，以拯斯民而已矣。"曰："孟子不肯枉尺直寻，谓以顺为正者，妾妇之道，其肯屑就之如此乎？夫仁义，又岂速售之物也？子哙不得与人燕，子之不得受燕于子哙，固知有周室矣。天之所废，必若桀、纣，周室其为桀、纣乎？盛之有衰，若循环然，圣王之后，不能无昏乱，尚赖臣子救正之耳。天下之地，方百里者有几？家家可以行仁义，人人可以为汤、武，则六尺之孤可托者谁乎？孟子自以为好仁，吾知其不仁甚矣。"

　　齐王欲见孟子，而称有疾。明日，出吊。王使人问疾，医来，孟仲子请必无归，而造于朝。不得已而之景丑氏宿焉。孔子"君命召，不俟驾行矣"。则曰孔子当仕有官职。夫孟子为齐卿，无官职邪？天下有达尊三：爵一，齿一，德一。恶得有其一以慢其二？孔子德薄且齿少邪？君之所不臣者二：当其为尸，则弗臣也；当其为师，则弗臣也。谓讲道之顷耳，匪常常然也。人君尊贤，其臣尚当辞，矧可以要之也哉！是孟子之骄习矣，宜乎其教诸侯以反天子也。

　　孟子曰："纣之去武丁未久也，其故家遗俗，流风善政，犹有存者。又有微子、微仲、王子比干、箕子、胶鬲，皆贤人也，相与辅相之，故久而后失之也。尺地莫非其有也，一民莫非其臣也，然而文王犹方百里起，是以难也。齐人有言曰：'虽有智慧，不如乘势；虽有镃基，不如待时。'今时则易然也。"今之学者曰："自天子至于庶人，皆得以行王道。孟子说诸侯行王道，非取王位也。"应之曰："行其道而已乎？则何必纣之失之也？何忧乎善政之存？何畏乎贤人之辅？尺地一民，皆纣之有，何害诸侯之行道哉？"

　　齐宣王问曰："人皆谓我毁明堂，毁诸？已乎？"孟子对曰："夫明堂者，王者之堂也。王欲行王政，则勿毁之矣。"行王政而居明堂，非取王位而何也？君亲无将，不容纤芥于其间，而学者纷纷，强为之辞。又谓孟子权以诱诸侯，使进于仁义，仁义达则尊君亲亲，周室自复矣。应之曰："言仁义而不言王，彼悦之而行仁义，固知尊周矣。言仁义之可以王，彼悦之，则假仁义以图王，唯恐得之之晚也，尚何周室之顾哉？呜呼！今之学者雷同甚矣。是孟子而非六经，乐王道而忘天子。吾以为天下无孟子可也，不可以无六经；无王道可也，不可以无天子。故作《常语》，以正君臣之义，以明孔子之道，以防乱患于后世耳。人知之非我利，人不知非我害，悼学者之迷惑，聊复有言。"

　　右李泰伯《常语》。

　　毁我知之，誉我知之，是邪？非邪？必求诸道，非道则已。孟子，吾知其有以晓然合于孔子者，《常语》不得不进之也。而谓由汤至于武丁，贤圣之君六七作，天下久则难变，故文王未洽于天下。齐有千里之地，行仁政而王，莫之能御。由周而来，七百有余岁矣。其数，则过，其时考之，则可。当今之世，舍我其谁？是教诸侯以仁政叛天子者也，欲为佐命者也。《常语》不得不绝之矣。夫天子，固不可叛也；《六经》，亦不可叛也。苟可叛之，则视孟之书犹寇兵虎翼者也。孟既唱之，学者和之，刘歆以《诗》、《书》助王莽，荀文若说曹操以王伯，乃孟之一体耳。使后世之君卒不悦儒者，以此。《常语》之作，其不获已，伤昔之人以其言叛天子，今之人又以其言叛《六经》，故曰"天下无孟子则可，不可以无《六经》；无王道则可，不可以无天子"。是有大功于名教，非苟言焉。

　　右陈次公《述常语》。

　　孟轲，诚学孔子者也，其有背而违之者，《常语》讨之甚明。世之学者，不求其意，漠尔而非之，是亦有由然也。何也？由孔子百余岁而有孟轲，由孟轲数百岁而及扬雄，又数百岁而及韩愈。扬与韩，贤人也，其所以推尊孟子，皆著于其书。今《常语》骤有异于二子，宜乎其学轲者相惊而詄詄也。然詄詄者岂知二子之尊轲处,《常语》亦尊之矣。所缪者,教诸侯以叛天子,以为非孔子之志也,又以"尽信书不如无书"之说为今之害,故今之儒者,往往由此言而破《六经》,《常语》可不作邪? 且由孟子没千数百年矣,初荀卿尝一白其非,而扼于扬子云,及退之"醇乎醇"之说行,而后之学子遂尊信之。至于今兹,其道乃高出于《六经》,《常语》不作,孰为究明? 或曰:"子言则是矣,如众口何?"曰:"顾与圣人如何尔,尚谁众人之问哉? 故曰'人知之非我利,人不知之非我害。'"

右傅野《述常语》。

桃应问于孟子曰:"舜为天子,皋陶为士,瞽叟杀人,则如之何?"曰:"执之而已矣。""然则舜不禁与?"曰:"舜安得而禁之哉? 夫有所受之也。""然则舜如之何?"曰:"窃负而逃,遵海滨而处,终身诉然,乐而忘其天下。"刘子曰:"孟子之言,察而不尽理,权而不尽义。孝子之事亲也,既外竭其力,又内致其思,不使其亲有不义之名,不使其人有间非之言。瞽叟使舜涂廪,从而焚之,乃下;使浚井,从而掩之,乃出;舜往于田,日号泣于旻天,夔夔齐栗,瞽叟亦允若。《书》曰:'父顽,母嚚,弟傲,克谐以孝,烝烝乂,不格奸。'由是观之,舜为天子,瞽叟必不杀人也。仲尼之作《春秋》,为尊者讳,为亲者讳,为贤者讳。故以子则讳父,以臣则讳君,岂独《春秋》然哉? 虽为士者亦然。故必原父子之亲、君臣之义以听之。昔者,商鞅之作法也,太子犯之,鞅曰:'太子,君之贰也,不可以刑,刑其傅与师。'鞅之法刻矣,然而犹有所移。由是观之,瞽叟杀人,皋陶必不执也。叶公子高问于孔子曰:'吾党直躬者,其父攘羊,而子证之,何如?'孔子曰:'不可。吾党之直者异于是:父为子隐,子为父隐。'由是观之,瞽叟杀人,皋陶虽执之,舜必不听也。舜岂以天下有所爱,顾临其亲哉? 夫圣人,莫大焉,天子,莫尊焉,以天下养,莫备焉。德为圣人,尊为天子,以天下养,然而不能使其亲无一朝之患,是则非舜也。知圣人之德,知天子之尊,知天下养之备焉,而不知天子父之贵也,而务搏执之,是则非皋陶也。无其事云尔,有其事,奚至于'窃负而逃,遵海滨而处'? 故曰孟子之言'察而不尽理,权而不尽义'。夫衡之为物也,徒悬则偏而倚,加权焉则运而平。一重一轻之间，圣人权之时也。请问权，曰：皋陶不难弃士，不过失刑而已矣。以君臣权之，天下之为君臣者必定，义莫高焉。舜不难弃位，不过隐法而已矣。以父子权之，天下之为父子者必悦，仁莫盛焉。故善为政者，无以小妨大，无以名毁义，无以术害道，无以所贱干所贵，迂其身有以利天下则为之，贬其名有以安天下则为之，其唯舜、皋陶乎？"

右刘原父《明舜》。

予读韩愈书，知其斥杨墨、排释老，以尊圣人之道，其志笃矣。自孟轲、扬雄没，传其道而醇者，唯韩愈氏而已。然其言孟轲辅圣明道之功不在禹下，斯亦过矣。得非美其流而忘其源乎？当尧之时，洪水浸天下，民病其害深矣。虽尧舜之圣，犹咨嗟遑遑，未有以治之之道，禹乃决横流而放于海，粒斯民而奠厥居，是天下之患，非禹不能去，昭昭然矣。虽百夔卨又何益哉？孔子之道，衣被天地，陶甄日月，万类之性，人灵之本，孰不由其德而能存乎？苟一日失之，则鸟兽之不若也。当周之亡，辩诈暴横，圣人之道偶不行于一时，亦犹天地之晦，日月之蚀，运之常也，复何伤乎？孟轲，学圣者也，愤然而兴，辟杨、墨，诛叛义，以尊周公、孔子，信有大功于世。然圣人之道，无可无不可，苟当时轲之徒不能力排杨、墨，横遏异端，明仁义以训天下，则圣人之教果从而废乎？若使圣人之道遭杨、墨之害而遂衰微，则亦一家之小说尔，又乌足谓万世之法哉？轲虽欲张大其教，天下可从而兴乎？是圣人之道不为一人而废，一人而兴，又昭昭然矣。其后嬴政肆虐，火其书，室其途，愚天下之耳目，使不能通其说，其为害，过杨、墨远矣！然汉家之兴，则孔氏之言雷震于海内，岂复由轲之辩而后行邪？故曰：誉之不足益，毁之不足损，由其道大也。后之儒者，有能立言著书，振扬其风，发明其旨则可矣；若曰随其废而兴之，因其塞而通之，得非过矣乎？予谓杨、墨之祸，未若洪水，然而九年之害，非禹不能平。孔氏之道，虽见侵毁，亦不由轲而益。尊苟毁誉由轲而兴，则不足谓之孔氏之道，使圣人复生，必不易予言也。

右张俞《论韩愈称孟子功不在禹下》。

舜生三十，征庸三十，在位五十载，陟方乃死。□《谥法》曰："受禅成功曰舜，仁圣盛明曰舜。"《白虎通》曰："舜犹僢僢也，言能推信尧道而行之。"孔安国曰："舜生三十，征庸三十，在位服丧三年，其一在三十之数，为天子五十年，凡寿百一十二岁。"案《书》称"帝乃殂落，百姓如丧考妣，三载，四海遏密八音。"言百姓思慕尧德，且明舜虽受终，令天下服丧三年，如继世之礼，故于殂落下终言之。下文云"月正元日，舜格于文祖"，谓尧崩逾年，见于文祖庙而改元。孟轲不达此言，以为三载服除后，舜格于文祖，乃妄称孔子曰舜既为天子，又帅天下诸侯，以为尧三年丧，是二天子矣。若然，当以服除之月至庙，不当用"正月元日"也。逾年改元，《春秋》常法，迄今如之。轲又云尧、舜、禹崩，三年丧毕，舜、禹、益皆避其子，然后践位。且舜正月上日受终文祖，已二十八年，岂容至服除未定，方让其子？孔安国仍轲之谬，乃曰舜服尧丧三年毕，将即政，复至文祖庙。周衰，杨、墨道盛，孟子排而辟之，可谓醇矣。其于论经义，说世事，知谋往往短局乖戾，陋儒爱其词简意浅，杂然崇尚，固可鄙笑也。司马迁云："舜年三十，尧举之，五十摄行天子事，五十八尧崩，六十一代尧践位，三十九年崩。"亦用孟轲旧说也。郑玄云："舜生三十，谓生三十年也。征庸三十，谓历试三十年也。在位五十载，陟方乃死，谓摄位至死为五十年，舜年一百十岁也。"

右刘道原《资治通鉴外纪》。

臣闻《春秋》尊一王之法，以正天下之本，与《礼》之尊无二上，其旨实同。盖国之于君，家之于父，学者之于孔子，皆当一而不二者也。是以明王罢黜百家，表章《六经》，大儒推明孔氏，抑黜百家。今国家五十年来，于孔子之道或二而不一矣。其义说既归之于老、庄，而设科以《孟子》配《六经》，视古之黜百家而专明孔氏《六经》者，不亦异乎？前者，学官罢黜孔子《春秋》，而表章伪杂之《周礼》，以孟子配乎孔子。而学者发言折中于《孟子》，而略乎《论语》，固可考矣。今皇太子初就外傅之时，会官僚讲《孝经》而读《孟子》，盖《孟子》不当先诸《论语》者也。如以《孟子》先诸《论语》，岂所以傅道皇太子天资迈世之令质而视之以一德哉？臣愚窃以谓宜讲《孝经》而读《论语》，恭俟讲《孝经》毕日，复讲其已讲之《论语》，则其入德亦易矣。或间日读

《尔雅》以示文字训诂之本源，而明天地万物之名实，先儒谓《尔雅》本是周公训成王之书，信不诬矣。臣愚流落衰暮之时，荷圣君一日非常之眷，自太子左谕德授以詹事，苟有所志，不敢无犯而有隐。臣愚自度此言一出，必遭世俗侮谤不浅矣。其所恃以安者，陛下圣度，旁烛万代之微，而不为世俗惑也。重惟太子天下之本，而一本于孔子《六经》，则宗庙社稷之流光不亦伟乎！臣以狂瞽独见之言，干冒宸扆，不胜惶惧待罪之至。

右晁以道《奏审皇太子读孟子》。

卷第十四

陈叔易言："王荆公得东坡《表忠观碑》本，顾坐客曰：'似何人之文？'自又曰：'似司马迁。'自又曰：'似迁何等文？'自又曰：'《三王世家》也。'"予以为不然。司马迁死，其书亡《景帝》、《武帝》二《纪》、《礼书》、《乐书》、《汉兴以来将相年表》、《日者》、《龟策传》、《三王世家》。至元成间，褚先生者补作《武帝纪》、《三王世家》、《龟策》、《日者传》，当时以其言鄙陋，失迁本意。荆公岂不知此，而以今《三王世家》为迁之书邪？如议者多以司马迁訾武帝，故于《本纪》但著绝海求神仙、大宛取马、用兵祠祭等事，以为谤者，亦非也。

子由云："子瞻读书，有与人言者，有不与人言者。不与人言者，与辙言之，而谓辙知之。"世称苏氏之文出于《檀弓》，不诬矣。

柳子厚云："以淮、济之清有玷焉若秋毫，固不为病，然而万一离娄子眇然睨之，不若无者之快也。"予谓文章英发前无古人者，益当兼佩斯言矣。

柳子厚云："北之晋，西适豳，东极吴，南至楚、越之交，其间名山水而州者以百数，永最善。"以妙语起其可游者，读之令人翛然有出世外之意。然子厚别云："永州于楚为最南，状与越相类，仆闷即出游，游复多恐，涉野则有蝮虺大蜂，仰空视地，寸步劳倦，近水即畏射工、沙虱含怒窃发，中人形影，动成疮痏。"子厚前所记黄溪、西山、钴鉧潭、袁家渴果可乐乎？何言之不同也？

东坡《江行唱和集序》云："昔之为文者，非能为之为工，乃不能不为之为工也。山川之有云，草木之有花实，充满抑郁，而见于外，虽欲无有，其可得邪？故予为文至多，未尝敢有作文之意。"时东坡年方冠，尚未第，其有发于文章已如此。故黄门论曰："公之于文，得之于天也。"

欧阳公谓曾子固云："王介甫之文，更令开廓，勿造语及模拟前人。"又云："孟、韩文虽高，不必似之也。"谓梅圣俞云："读苏轼之书，不觉汗出，快哉！老夫当避路，放他出一头地也。"又曰："轼所言乐，乃修所得深者尔，不意后生达斯理也。"欧阳公初接二公之意已不同矣。

退之于文，不全用《诗》、《书》之言。如《田弘正先庙碑》曰："昔者，鲁僖公能遵其祖伯禽之烈，周天子实命其史臣克作为《駧》、《駜》、《泮》、《閟》之诗，使声于其庙，以假鲁灵。"其用诗之法如此。如曰《前进士上宰相书》解释"菁菁者莪"二百余字，盖少作也。

柳子厚记其先友于父墓碑，意欲著其父虽不显，所交游皆天下伟人善士，列其姓名官爵，因附见其所长者可矣。反从而讥病之不少贷，何也？是时，子厚贬永州，又丧母，自伤其葬而不得归也。其穷厄，可谓甚矣，而轻侮好讥议尚如此，则为尚书郎时可知也。退之云"不自贵重"者，盖其资如此云。

柳子厚书段太尉逸事："解佩刀，选老躄者一人持马，至郭晞门下，甲者出，太尉笑且入曰：'吾戴吾头来矣。'"宋景文修《新书》曰："吾戴头来矣。"去一"吾"字，便不成语。"吾戴头来"者，果何人之头耶？曾子固之文，可以名家矣。然欧阳公谓：广文曾生者，在礼部奏名之前已为门下士矣。公示吴孝宗诗，有云："我始见曾子，文章初亦然。昆仑倾黄河，渺漫盈百川。疏决以道之，渐敛收横澜。东溟知所归，识路到不难。"是子固于文，遇欧阳公方知所归也。而子固祭欧阳公文自云"戆直不敏，早蒙振袚，言繇公诲，行繇公率"也。子开于欧阳公下世之后，作子固《行述》，乃云："宋兴八十余年，海内无事，异材间出。欧阳文忠公赫然特起，为学者宗师。公稍后出，遂与文忠齐名。"予以为过矣。张籍《哭韩退之》诗云："而后之学者，或号为韩、张。"退之日，籍、湜辈者，学者曰"韩门弟子"，不曰"韩、张"也。苏东坡曰："文忠之薨，十有八年，士庶所归，散而自贤。我是用惧，日登师门。"有以也夫！曾子开论其兄子固之文曰："上下驰骋，逾出而愈新，读者不必能知，知者不必能言。盖天材独至，若非人力所能，学愈精思，莫能到也。"又曰："言近指远，虽《诗》、《书》之作未能远过也。"苏子由论其兄子瞻之文曰："遇事所为，诗骚铭记，书檄论譔，率皆过人。"又曰："幼而好书，老而不倦，自言不及晋人，至唐褚、薛、颜、柳，仿佛近之。”子开之言类夸大，子由之言务谦下，后世当以东坡、南丰之文辨之。

文用助字，柳子厚论当否，不论重复。《檀弓》曰：“南宫绦之妻之姑之丧。”退之亦曰：“吾年未四十，而视茫茫，而发苍苍，而牙齿动摇。”近时六一、文安、东坡三先生知之。愚溪惜杨㧑之用《庄子》太多，反累正气。东坡早得文章之法于《庄子》，故于诗文多用其语。

读司马子长之文，茫然若与其事相背戾。如言“人民乐业，自年六七十翁，亦未尝至市井游敖嬉戏如小儿状”。何属于《律书》也？《伯夷传》首曰：“余登箕山，其上有许由冢云。”意果何在？下用“富贵如可求，虽执鞭之士，吾亦为之。岁寒然后知松柏之后凋”等语，殊不类，其所以为闳深高古者欤？视他人拘拘窘束，一步武不敢外其事者，胆智甚薄也。唯杜子美之于诗似之。

鲁直以晁载之《闵吾庐赋》问东坡何如？东坡报云：“晁君骚辞，细看甚奇丽，信其家多异材邪！然有少意，欲鲁直以渐箴之。凡人为文，宜务使平和，至足之余，溢为奇怪，盖出于不得已耳。晁君喜奇似太早，然不可直云尔，非为之讳也，恐伤其迈往之气，当为朋友讲磨之语可耳。”予谓此文章妙诀，学者不可不知，故表出之。

东坡中制科，王荆公问吕申公：“见苏轼制策否？”申公称之。荆公曰：“全类战国文章，若安石为考官，必黜之。”故荆公后修《英宗实录》，谓苏明允有“战国纵横之学”云。老苏公云：“学者于文用引证，犹讼事之用引证也。既引一人，得其事则止矣。或一人未能尽，方可他引。”

宋玉《招魂》以东西南北四方之外，其恶俱不可以托，欲屈大夫近入修门耳。时大夫尚无恙也。韩退之《罗池词》云：“北方之人兮，谓侯是非。千秋万岁兮，侯无我违。”时柳仪曹已死，若曰国中于侯，或是或非，公言未出，不如远即罗池之人，千万年奉尝不忘也。嗟夫！退之之悲仪曹，甚于宋玉之悲大夫也。

《英宗实录》：“苏洵卒，其子轼辞所赐银绢，求赠官，故赠洵光禄寺丞。”与欧阳公之《志》“天子闻而哀之，特赠光禄寺丞”不同。或云《实录》，王荆公书也。又书洵机论衡策文甚美，然大抵兵谋权利机变之言也。盖明允时荆公名已盛，明允独不取，作《辩奸》以刺之，故荆公不乐云。

《楚词》文章，屈原一人耳。宋玉亲见之，尚不得其仿佛，况其下者？唯退之《罗池词》可方驾以出。东坡谓"鲜于子骏之作，追古屈原"，友之过矣。如晁无咎所集《续离骚》，皆非是。

韩退之之文，自经中来；柳子厚之文，自史中来；欧阳公之文，和气多，英气少；苏公之文，英气多，和气少。苏叔党为叶少蕴言："东坡先生初欲作《志林》百篇，才就十三篇，而先生病，惜哉！先生胸中尚有伟于武王非圣人之论者乎？"

予客长安，蓝田水坏一墓，得退之自书《薛助教志》石。校印本，殊不同。印本"挟一矢"，石本乃"指一矢"，为妙语。又城中有发地得小狭青石，刻《瘗破砚铭》，长安又得退之《李元宾墓铭》，段季展书，校印本，无友人博陵崔弘礼卖马葬国东门之外七里之事。又印本《铭》云"已乎元宾，文高乎当世，行过乎古人，竟何为哉"，石本乃"意何为哉"。"竟何为哉"，益叹石本之语妙。欧阳公以下，好韩氏学者，皆未之见也。

李汉于韩退之，不曰子婿，曰门人。云："退之诗文，汉所类也。"如《革华传》，类本无之。赵璘《因话录》云："《才命论》称张燕公，《革华传》称韩文公，《老牛歌》称白侍郎，《佛骨诗》称郑司徒，皆后人所诬，其辞至鄙浅，则《革华传》非退之作明甚。"予谓凡李汉所不录，今曰《昌黎外集》者，皆可疑。如柳子厚云：退之寓书曰，见《送元生序》，不斥浮图。又刘梦得云：韩愈谓柳子厚曰"若知天之说乎？吾为子言天之说"云云。又云：柳子厚死，退之以书来吊，曰："哀哉！若人之不淑，吾尝评其文雄深雅健，似司马子长，崔、蔡不足多也。"又退之自云："愈与李贺书，劝贺举进士。"今其说其书皆不传，则汉之所失亦多矣。

司马迁父名谈，故《史记》无"谈"字，改"赵谈"为"赵同"。范晔父名泰，改"郭泰"、"郑泰"为"太"字。杜甫父名闲，故诗中无"闲"字，其曰"邻家闲不违"者，古本"问不违"；"曾闪朱旗北斗闲"者，古本"北斗殷"。李翱父名楚今，故所为文皆以"今"为"兹"。独韩退之因李贺作

《讳辩》，持言征之说，退之父名仲卿，于文不讳也。曹志为植之子，其奏云"干不植强"，不讳其父名也。吕岱为吴臣，其书云"功以权成"，不讳其君名也。

樊宗师之文怪矣，退之但取其不相袭而已，曰《魁纪公》二十卷，曰《樊子》三十卷，曰《春秋集传》十五卷，表、笺、状、策、书、序、传、纪、记、志、说、论、赞、铭二百九十一篇，道路所遇，及器物门里杂铭二百二十，赋十，诗七百有十九。其评曰："多乎哉！古未有也。"又曰："然而必出于己，不袭蹈前人一言一句，又何其难也。"又曰："绍述于斯术，可谓至于斯极者矣。"曰"未有"曰"难"曰"极"，特取其不相袭耳，不直以为美也。故其《铭》曰："惟古于词必己出，降而不能乃剽贼。后皆指前公相袭，从汉迄今用一律。"盖斥班固而下相袭者，退之于文，吝许可如此。

卷第十五

王勃《滕王阁记》"落霞孤鹜"之句，一时之人共称之，欧阳公以为类俳，可鄙也。然"天高地迥，觉宇宙之无穷；乐极悲来，识盈虚之有数"，亦记其意义甚远。盖勃，文中子之孙，尚世其学，一时之人不识耳。

东坡《报江季恭书》云："《非国语》，鄙意不然之，但未暇著论耳。柳子之学，大率以礼乐为虚器，以天人为不相知云云，虽多，皆此类也。所谓小人之无忌惮者。至于《时令》、《断刑》、《正符》，皆非是。"予谓学者不可不知也。

曹植《七启》言"食味芳莲之巢龟"，张协《七命》言"食味丹穴之雏鸡"，极盛馔，而二物似不宜充庖也。

或问东坡：云龙山人张天骥者，一无知村夫耳，公为作《放鹤亭记》，以比古隐者，又遗以诗，有"脱身声利中，道德自濯澡"，过矣。东坡笑曰："装铺席耳。"东坡之门，稍上者不敢言，如琴聪、蜜殊之流，皆铺席中物也。

东坡于古人，但写陶渊明、杜子美、李太白、韩退之、柳子厚之诗，为南华写柳子厚《六祖大鉴禅师碑》，南华又欲写刘梦得碑，则辞之。吕微仲丞相作《法云秀和尚碑》，丞相意欲得东坡书石，不敢自言，委甥王谠言之。东坡先索其稿谛观之，则曰："轼当书。"盖微仲之文自佳也。

曾子固初为太平州司户，守张伯玉，前辈人也。欧阳公、王荆公诸名士共称子固文章，伯玉殊不顾。间语子固："吾方作六经阁，其为之记。"子固凡誊稿六七，终不当伯玉之意，则为子固曰："吾自为之。"其书于纸曰"六经阁者，诸子百家皆在焉"，不书尊经也云云。子固始大畏服，益自励于学矣。

长安安信之子允为予言："旧藏韩退之家集第二十六、二十七卷，茧纸正书，有退之亲改定字，后为张浮休取去。"

欧阳公谓苏明允曰："吾阅文士多矣,独喜尹师鲁、石守道,然意犹有所未足。今见子之文,吾意足矣。"呜呼!欧阳公之足,孔子之达,杜子美之无恨,韩退之之是也。

李俦季常,苏子容丞相外孙,为予言:东坡归自儋耳,舟次京口,子容初薨,东坡已病,遣叔党来吊,自作《饭僧文》。所谓在熙宁初,陪公文德殿下,已为三舍人之冠。及元祐际,缀公迩英阁前,又为五学士之首,虽凌厉高躅,不敢言同,而出处大概,无甚相愧者。明日,季常与子容诸孙往谢之,东坡侧卧泣下,不能起。

李义山《樊南四六集》载:《为郑州天水公言甘露事表》云:"宰臣王涯等,或久服显荣,或超蒙委任,徒思改作,未可与权,敷奏之时,已彰虚伪,伏藏之际,又涉震惊。"云云。当北司愤怒不平,至诬杀宰相,势犹未已,文宗但为涯等流涕,而不敢辩。义山之《表》谓"徒思改作,未可与权",独明其无反状,亦难矣。

司马文正公薨,范蜀公取苏翰林《行状》作志,系之以铭,翰林当书石,以非《春秋》微婉之义,为公休谏议云:"轼不辞书,恐非三家之福。"就易名铭。蜀公之铭世不传,予故表出之曰:"天生斯民,乃作之君。君不独治,爰畀之臣。有忠有邪,有正有倾。天意若曰,待时而生。皇皇我宋,神器之重。卜年万亿,海内一统。而熙宁初,奸小淫纵。以朋以比,以闭以壅。乃于黎民,诞为愚弄。人不聊生,天下讻讻。险陂憸猾,唱和雷同。谓天不足畏谓,众不足从,谓祖宗不足法,而敢为诞谩不恭。赫赫神宗,洞察于中,乃窜乃斥,远佞投凶。诛锄蠹毒,方复任公。奄弃万国,未克厥终。二圣继承,谋谟辅佐。乃曰斯时,非公不可。召公洛京,虚心至诚。公至京师,朝访夕谘。公既在位,中外咸喜。信在言前,拭目以观。日亲万机,勤劳百为。尽瘁忧国,梦寐以之。曾未期月,援溺振渴。事无巨细,悉究本末。利兴害除,赏信罚必。曰贤不肖,若别白黑。耆哲俊乂,野迄无遗。元恶大憝,去之不疑。无有远迩,风从响应。载考载稽,名实相称。天胡不仁?丧吾良臣。天实不恕,丧吾良辅。呜呼已乎,而不留乎!山岳可拔也,公之意气坚不可夺也。江汉可竭也,公之正论浚不可遏也。呜呼公乎,时既得矣,道亦行矣,志亦伸矣,而寿止于斯。哀哉!"

　　欧阳公平生尊用韩退之，于其学无少异矣。退之作《处州孔子庙碑》，以谓"自天子至郡邑守长，通得祀而遍天下者，唯社稷与孔子焉。然而社祭土，稷祭谷，勾龙、弃，乃其佐享，非其专主，又其位所，不屋而坛，岂如孔子用王者事，巍然当座，以门人为配，自天子而下，北面拜跪荐祭，进退诚敬，礼如亲弟子者。勾龙、弃以功，孔子以德，固自有次第哉！自古多有以功德得其位者，不得常祀，勾龙、弃、孔子皆不得位，而得常祀，事皆无如孔子之盛。所谓生民以来，未有如夫子，其贤过于尧、舜，远者，此其效欤？"永叔作《穀城县夫子庙记》，乃云："后之人徒见官为立祠，而州县莫不祭之，则以为夫子之尊，由此为盛。甚者乃谓生虽不得位，而没有所享，以为夫子荣，谓有德之报，虽尧、舜莫若，何其谬论者欤？"是欧阳公以退之为谬论矣。

　　眉山老苏先生里居未为世所知时，雷简夫太简为雅州，独知之，以书荐之韩忠献、张文定、欧阳文忠三公，皆有味其言也。三公自太简始知先生，后东坡、颍滨但言忠献、文定、文忠，而不言太简，何也？予官雅州，得太简荐先生书，尝以问先生曾孙子符、仲虎，亦不能言也。简夫，长安人，以遗才命官，其文亦奇，国史有传。《上韩忠献书》："简夫启：昨年在长安，累获奏记，及入蜀来，路远颇如疏怠，恭惟恩照，恕其如此。不审均逸名都，寝食何似。简夫向年自与尹师鲁别，不幸其至死不复相见，故居常恨，以谓天下后生无复可与议论当世事者。不意得郡荒陋，极在西南，而东距眉州尚数百里。一日，眉人苏洵携文数篇，不远相访。读其《洪范论》，知有王佐才，《史论》得迁史笔，《权书》十篇，讥时之弊，《审势》、《审敌》、《审备》三篇，皇皇有忧天下心。呜呼！师鲁不再生，孰与洵抗邪？简夫自念道不著，位甚卑，言不为时所信重，无以发洵之迹。遽告之曰：如子之文，异日当求知于韩公，然后决不埋没矣。重念简夫阻远门藩，职有所守，不获播版约袂疾指快读洵文于几格间，以豁公之亲听也，但邑邑而已。洵年逾四十，寡言笑，淳谨好礼，不妄交游，亦尝举茂才，不中第，今已无意。近张益州安道荐为成都学官，未报。会今春将二子入都，谋就秋试，幸其东去，简夫因约其暇日，令自袖所业，求见节下，愿加奖进，则斯人斯文不为不遇也。"《上张文定书》："简夫启：简夫近见眉州苏洵著述文字,其间如《洪范论》,真王佐才也。《史论》,真良史才也。岂惟西南之秀,乃天下之奇才尔。令人欲麋珠蘸芝,躬执匕箸,饫其腹中,恐他馈伤。且不称其爱护如此,但怪其不以所业投于明公,问其然,后云:'洵已出张公门下矣,又辱张公荐,欲使代黄寀为郡学官。洵思遂出张公之门,亦不辞矣。'简夫喜其说。窃计明公引洵之意,不只一学官,洵望明公之意,亦不只一学官,第各有所待也。又闻明公之荐,累月不下,朝廷重以例捡,执政者靳之,不特达。虽明公重言之,亦恐一上未报,岂可使若人年将五十,迟迟于涂路间邪?昔萧昕荐张镐云:用之则为帝王师,不用则幽谷一叟耳。愿明公荐洵之状,至于再,至于三,俟得其请而后已,庶为洵进用之权也。"《上欧阳内翰书》:"简夫启:简夫顷年待诏公车府,因故人苏子美始拜符采,不间不遗,许接议论。未两三岁,而执事被圣上不次之知,遂得以笔舌进退天下士大夫。士大夫不知刑之可惧,赏之可乐,生之可即,死之可避,而知执事之笔舌可畏。简夫不于此时毕其平生之力,以谨自附于下风,而方从事戎马间,或告疾于旧隐,故足迹不至于门藩,书问不通于左右者,且十余年矣。岂偶然哉?盖有故耳。执事之官日隆于一日,昔之所以议进退天下士大夫者,今又重之以权位,故其一言之出,则九鼎不足为重。简夫见弃于时,使与俗吏齿,碌碌外官,多谤少誉,方世之视其言,不若鸿毛之轻,故姓名不见记于执事矣。夫人重之不为,简肯为轻哉!方俟退于陇亩之中,绝于公卿之间,而后敢以尺书问阍吏,道故旧之情。今未能毕其志,而事已有以夺之矣。伏见眉州人苏洵,年逾四十,寡言笑,淳谨好礼,不妄交游,尝著《六经》、《洪范》等论十篇,为后世计。张益州一见其文,叹曰:'司马迁死矣,非子吾谁与?'简夫亦谓之曰:生,王佐才也!呜呼!起洵于贫贱之中,简夫不能也,然责之亦不在简夫也。若知洵不以告于人,则简夫为有罪矣。用是不敢固其初心,敢以洵闻左右。恭惟执事职在翰林,以文章忠义为天下师,洵之穷达,宜在执事。向者,洵与执事不相闻,则天下不以是责执事;今也,读简夫之书,既达于前,而洵又将东见执事于京师,今而后,天下将以洵累执事矣。"

陈希亮字公弼,天资刚正人也。嘉祐中,知凤翔府。东坡初擢制科，签书判官事，吏呼苏贤良。公弼怒曰："府判官何贤良也？"杖其吏不顾，或谒入不得见。故东坡《客次假寐》诗："虽无性命忧，且复忍斯须。"又《九日独不预府宴登真兴寺阁》诗："忆弟恨如云不散，望乡心似雨难开。"其不堪如此。又《东坡诗案》云：任凤翔府签判日，为中元节不过知府厅，罚铜八斤，亦公弼案也。东坡作《府斋醮祷祈》诸小文，公弼必涂墨改定，数往反。至为公弼作《凌虚台记》曰："东则秦穆公祈年橐泉，南则汉武长杨五柞，北则隋之仁寿、唐之九成，计一时之盛，宏杰诡丽，坚固而不可动者，岂特百倍于台而已哉！然数世之后，欲求其仿佛，破瓦颓垣，无复存者，既已化为禾黍枳棘丘墟陇亩矣，而况于此台欤？夫台不足恃以长久，而况于人事之得丧、忽往而忽来者欤？或者欲以夸世而自足，则过矣。"公弼览之，笑曰："吾视苏明允犹子也，某犹孙子也。平日故不以辞色假之者，以其年少暴得大名，惧夫满而不胜也，乃不吾乐邪？"不易一字，亟命刻之石。后公弼受他州馈酒，从赃坐，沮辱抑郁抵于死。或云欧阳公憾于公弼有曲折东坡，不但望公弼相遇之薄也。公弼子愭季常，居黄州之岐亭，慕朱家、郭解为人，闾里之侠皆归之。元丰初，东坡谪黄州者，执政疑公弼废死自东坡，委于季常甘心焉。然东坡、季常相得欢甚，故东坡特为公弼作传，至比之汲黯，曰："轼官凤翔，实从公二年。方是时，年少气盛，愚不更事，屡与公争议，至形于言色，已而悔之。"崔德符戏语予曰："果如元丰执政之疑，东坡之悔，岂释氏忏悔之悔乎？"

　　晏公不喜欧阳公，故欧阳公自分镇叙谢，有曰："出门馆不为不旧，受恩知不为不深，然足迹不及于宾阶，书问不通于执事。岂非飘流之质愈远而弥疏，孤拙之心易危而多畏。动常得咎，举辄累人。故于退藏，非止自便；偶因天幸，得请郡符。问遗老之所思，流风未远；瞻大邦之为殿，接壤相交。"晏公得之，对宾客占十数语，授书史作报。客曰："欧阳公有文声，似太草草。"晏公曰："答一知举时门生，已过矣！"

卷第十六

欧阳公《乞致仕表》云："俾其解组官庭，还车故里。披裘散发，逍遥垂尽之年；凿井耕田，歌咏太平之乐。"客有面叹其工致平淡者，公曰："也不如老苏秀才：'有田一廛，足以为养。行年五十，复将何求？'"盖苏明允谢官笺中语，公爱之，尚不忘耳。

予见司马文正手写欧阳公《青州不俵秋料青苗钱放罪谢表》"戒小人之遂非，希君子之改过"二语，文正喜其工邪？抑以遂非改过为不然也？如文正力诋青苗等事，《免枢近出帅长安谢表》则云："虽复失位危身，终不病民害国也。"

本朝四六，以刘筠、杨大年为体，必谨四字六字律令，故曰四六。然其敝类俳语可鄙。欧阳公深嫉之曰："今世人所谓四六者，非修所好。少为进士时不免作，自及第，遂弃不作，在西京佐三相幕府，于职当作，亦不为作也。"如公之四六云："造谤于下者，初若含沙之射影，但期阴以中人；宣言于廷者，遂肆鸣枭之恶音，孰不闻而掩耳。"俳语为之一变。至苏东坡于四六，如曰："禹治兖州之野，十有三载乃同；汉筑宣防之宫，三十余年而定。方其决也，本吏失其防，而非天意；及其复也，盖天助有德，而非人功。"其力挽天河以涤之，偶俪甚恶之气一除，而四六之法则亡矣。

梅圣俞著《碧云霞应昭陵》时，名下大臣惟杜祁公、富郑公、韩魏公、欧阳公无贬外，悉讥诋之，无少避。其序曰："碧云霞，厩马也。庄宪太后临朝，以赐荆王，王恶其旋毛。太后知之，曰：'旋毛能害人邪？吾不信。'留以备上闲，为御马第一，以其吻肉色碧如霞片，故号云。世以旋毛为丑，此以旋毛为贵，虽贵矣，病可去乎？噫！"范文正公者，亦在诋中。以文正微时，常结中书吏人范仲尹，因以破家。文正既贵，略不收恤。王铚性之不服，以为魏泰伪托圣俞著此书。性之跋《范仲尹墓志》云："近时襄阳魏泰者，场屋不得志，喜伪作他人著书，如《志怪集》、《括异志》、《倦游录》，尽假名武人张师正；又不能自抑，出其姓名，作《东轩笔录》，皆用私喜怒诬蔑前人。最后作《碧云霞》，假名梅圣俞，毁及范文正公，而天下骇然不服矣。且文正公与欧阳公、梅公立朝同心，讵有异论，特圣俞子孙不耀，故挟之借重以欺世。今录杨辟所作《范仲尹墓志》，庶几知泰乱是非之实至此也。则其他泰所厚诬者，皆迎刃而解，可尽信哉？仆犹及识泰，知其从来最详，张而明之，使百世之下文正公不蒙其谬焉。颍人王铚性之题。”予以为不然，亦书其下云：美哉，性之之意也。使范公不蒙其谬，圣俞亦不失为君子矣。然圣俞畚接诸公，名声相上下，独穷老不振，中不能无躁。其《闻范公讣》诗：“一出屡更郡，人皆望酒壶。俗情难可学，奏记向来无。贫贱常甘分，崇高不解谀。虽然门馆隔，泣与众人俱。”夫为郡而以酒悦人，乐奏记，纳谀佞，岂所以论范公者！圣俞之意，真有所不足邪？如著文公灯笼锦事，则又与《书窜》诗合矣。故予疑此书实出于圣俞也。

　　有童子问予东坡《梅花诗》：“玉奴终不负东昏。”按《南史》，齐东昏侯妃潘玉儿，有国色。牛僧孺《周秦行记》：“薄太后曰：‘牛秀才远来，谁为伴？’潘妃辞曰：‘东昏侯以玉儿身亡国除，不拟负他。’”注云：“玉儿，妃小字。”东坡正用此事，以“玉儿”为“玉奴”，误也。又《过岐亭陈季常》诗：“不见卢怀慎，炙壶似炙鸭。”按《卢氏杂记》，郑余庆约客食，戒中厨烂炙，去毛勿抝项折，客为炙鹅鸭。既就食，各置炙壶芦一枚于前。则“炙壶似炙鸭”者郑余庆，非卢怀慎，亦误也。又《送子由出疆诗》：“忆昔庚寅降屈原，旋看蜡凤戏僧虔。”按《南史》，王昙首内集，听子孙为戏，僧达跳地作虎子。僧虔累十二博棋，不坠落。僧绰采蜡烛作凤皇。则以蜡凤戏者僧绰，非僧虔，亦误也。又《和徐积》诗：“杀鸡未肯邀季路，裹饭应须问子来。”按《庄子》，子舆与子桑友，而霖雨十日。子舆曰：“子桑殆疾矣。”裹饭往食之。则裹饭者子舆，非子来，亦误也。又《谢黄师是送酒》诗：“偶逢元放觅挂杖，不觉麴生来坐隅。”检《左慈元放传》，无挂杖酒事。按抱朴子《列仙传》，孔元方每饮酒，以挂杖卓地倚之，倒其身，头在下，足在上。则挂杖酒事乃孔元方，非左元放，亦误也。又《和李邦直》诗：“恨无杨子一区宅，懒卧元龙百尺楼。”按陈登字元龙，许汜与刘备在刘表坐，表与备共论天下人。汜曰："陈元龙湖海之士，豪气不除。"备问汜宁有事邪？汜曰："昔过下邳见元龙，元龙无客主之意，久不相与语，自上大床卧，使客卧下床。"备曰："君有国士之名，今天下大乱，无救世之意，而求田问舍，言无可采，是元龙所讳也，何当与君语？如小人欲卧百尺楼上，卧君于地，何止上下床之间邪？"表大笑。则百尺楼者刘备，非元龙，亦误也。又《豆粥》诗："湿薪破灶自燎衣，饥寒顿解刘文叔。"按《汉史》，王郎起，光武自蓟东南驰，至南宫县，遇大风雨，引车入道旁空舍，冯异抱薪，邓禹爇火，光武对灶燎衣，冯异进麦饭，非豆粥，若芜蒌亭豆粥，则无湿薪破灶燎衣等事，亦误也。又《和刘景文听琵琶》诗："犹胜江左狂灵运，共斗东昏百草须。"按唐刘梦得《嘉话》，晋谢灵运美须，临刑施为南海祇洹寺维摩塑像须，寺之人宝惜，初无亏损。至中宗朝，安乐公主五日斗百草，欲广物色，令驰驿取之，又恐为他所得，尽弃其余。则以灵运须斗百草者，唐安乐公主，非齐东昏侯，亦误也。又《会猎诗》："不向如皋闲射雉，归来何以得卿卿。"按《左传·昭公二十八年》，贾大夫娶妻美，御以如皋，射雉，获之。杜氏注："为妻御之皋泽"。则如当训之，非地名，亦误也。又《海市》诗："潮阳太守南迁归，喜见石廪堆祝融。"按韩退之《谒衡岳》诗"紫盖连延接天柱，石廪腾掷堆祝融"，又云"窜逐蛮夷幸不死"，故以为退之迁潮阳归日作。是未详退之先谪阳山令，徙掾江陵日，委舟湘流，往观衡岳之语。乃云"潮阳太守南迁归"，亦误也。周《诗》"大姒嗣徽音"者，大姒嗣大任耳，大任于大姒，君姑也，有嗣之义。《司马文正行状》"二圣嗣位"，哲宗于神庙为子，曰"嗣位"则可，宣仁后于神庙为母，曰"嗣位"则不可，亦误也。又《二疏赞》："孝宣中兴，以法驭人，杀盖、韩、杨，盖三良臣，先生怜之，振袂脱屣。使知区区，不足骄士。"三良臣，谓盖宽饶、韩延寿、杨恽也。意以孝宣杀此三人，故二疏去之耳。按《汉史》，孝宣地节三年，疏广为皇太子太傅，兄子受为少傅，至元康四年，俱谢病去。后二年，当神雀二年九月，司隶校尉盖宽饶下有司自杀。又三年，当五凤元年十二月，左冯翊韩延寿弃市。又一年，当五凤二年十二月，平通侯杨恽要斩，皆在二疏去之后。以二疏因杀三人而去者，亦误也。佛书"日月高悬，盲者不见"，《日喻》"眇者不识日"，眇能视，非盲也，岂不识日？亦误也。又序"谢自然欲过海求师，或谓蓬莱隔弱水三万里，不可到。天台有司马子微，身居赤城，名在绛阙，可往从之，自然可还授道于子微，白日仙去。"按子微以开元十五年死于王屋山，自然生于大历五年，至贞元十年仙去，是子微死四十三年自然始生。乃云"自然授道于子微"，亦误也。东坡信天下后世者，宁有误邪？予应之曰："东坡累误千百，尚信天下后世也。"童子更曰："有是言，凡学者之误亦许矣。"予曰："尔非东坡奈何？"

程文简公父元白，官止县令，以文简贵，赠太师，类无可书。欧阳公追作神道碑，至九百余言，世以为难。韩忠献公曾祖惟古无官，以忠献贵，赠太保，益无可书。李邦直追作神道碑，至三百余言，其文无一剩语，世尤以为难也。

吕献可以追尊濮园事击欧阳公，如曰"具官某，首开邪议，妄引经证，以枉道悦人主，以近利负先帝"者，凡十四章。具载献可奏议中。司马文正作序，乃首载欧阳公《谏臣论》，以为诚言。文正之意，以献可能尽欧阳公所书谏臣之事，使欧阳公无得以怨欤？抑以欧阳公但能言之，献可实能行之也？不然，献可排欧阳公为邪，反以欧阳公之论，序献可之奏，又以为诚言可乎？欧阳公晚著《濮议》一书，专与献可诸公辩，独归过献可，为甚矣。

孔子自谓不及颜回，曹孟德《祭桥玄文》云尔。东坡《醉白堂记》亦云。

宋元王二年，江使神龟使于河，至于泉阳，渔者豫且举网得之。龟来见梦于宋元王，梦见一丈夫，延颈而长头，衣玄绣之衣而乘辎车云云。出《史记·龟策列传》。韩退之《孟东野失子》诗云："东野夜得梦，有夫玄衣巾。"实用此事。

东坡既迁黄岗，京师盛传白日仙去。神庙闻之，对左丞蒲宗孟叹惜久之。故东坡谢表有云"疾病连年，人皆相传为已死；饥寒并日，臣亦自厌其余生"也。

曾南丰读欧阳公《昼锦堂记》"来治于相"，《真州东园记》"泛以画舫之舟"二语，皆以为病。

卷第十七

嘉祐六年三月，仁皇帝幸后苑，召宰执、侍从、台谏、馆阁以下赏花钓鱼，中舫，上赋诗："晴旭晖晖花尽开，氤氲花气好风来。游丝胃絮萦行仗，堕蕊飘香入酒杯。鱼跃纹波时泼刺，莺流深树久徘徊。青春朝野方无事，故许欢游近侍陪。"宰相韩琦、枢密曾公亮、参政张昪、孙抃、副枢欧阳修、陈旭以下皆和，帝独称赏韩琦"轻阴阁雨迎天步，寒色留春送寿杯"之句。时翰林学士承旨宋祁久疾在告，明日和诗来上，帝览之已，怅然。不数日祁薨，益加震悼云。

真宗尝问杨大年："见《比红儿》诗否？"大年失对。每语子孙为恨，后诸孙有得于相国寺庭杂卖故书中者。盖唐末罗虬、罗邺、罗隐兄弟俱有文，时号"三罗"。虬登科，从事坊州，有营妓小字红儿，先为郡将所嬖，人不敢近。虬亦悦之，郡将不能容，虬弃官去，然于红儿犹不忘也。拟诸美物，作《比红儿》诗百首，事出《摭言》，亦略见《太平广记》中。大年不知，何也？

嘉祐中，侍从官列荐国子博士梅尧臣宜在馆阁，仁皇帝曰："能赋'一见天颜万人喜，却回宫路乐声长'者也。"盖帝幸景灵宫，尧臣有诗，或传入禁中，帝爱此二语。召试赐等，竟不登馆阁以死。

兖州之东有漏泽，每夏中频雨，则积水弥望；至秋分后，声起水中如雷，一夕尽涸，初不可测。奇石林立，或寻其下得穴，水自此入。李卫公平泉有石，刻字曰漏泽，作亭其前，曰鲁石。有诗云"鲁客持相赠，琼瑰乃不如"者，兖之漏泽石也。

《国史补》载："韩退之好奇，与客登华山绝峰，度不可返，发狂恸哭，赖华阴令百计取得之。"或云无是事。予读退之《答张彻》诗云："洛邑得休告，华山穷绝陉。倚岩睨海浪，引袖拂天星。日驾此回辖，金神所司刑。泉绅拖修白，石剑攒高青。礓硱苏汰拳踞，梯飙颩伶俜。悔狂已咋指，垂诫仍镌铭。"可信《国史补》不妄。

韩退之使镇州，《题寿阳驿》云："风光欲动别长安，春半边城特地寒。不见园花并巷柳，马头唯有月团团。"《镇州归》再赋云："别来杨柳街头树，摆撼春风只欲飞。还喜小园桃李在，留花不发待郎归。"孙子阳为予言："近时寿阳驿发地，得二诗石。唐人跋云：'退之有倩桃、风柳二妓，归途闻风柳已去，故云。'后张籍《祭退之》诗云'乃出二侍女，合弹琵琶筝'者，非此二人邪？"

钱昭度有《食梨》诗云："西南片月充肠冷，二八飞泉绕齿寒。"予读《乐府解题》，《井谜》云："二八三八，飞泉仰流。"盖二八三八为五八，五八四十也。四十为井字。

黄鲁直诗云："山椒欲雨好云飞，湖面迎风生水纹。"汪彦章用其体云："野田无雨出龟兆，湖水得风生縠纹。"昔宋景文问晏元献："刘梦得'瀼西春水縠纹生'，生字当作何义？"元献云："作生于縠纹意，不合当作生熟之生。"景文叹服，以为妙语。今彦章以生对出，则作生长之生矣。岂不闻元献之说邪？

王元之，济州人，年七八岁已能文，毕文简公为郡从事，始知之。问其家以磨面为生，因令作《磨》诗。元之不思以对："但存心里正，无愁眼下迟。若人轻着力，便是转身时。"文简大奇之，留于子弟中讲学。一日，太守席上出诗句："鹦鹉能言争似凤。"坐客皆未有对。文简写之屏间，元之书其下："蜘蛛虽巧不如蚕。"文简叹息曰："经纶之才也。"遂加以衣冠，呼为小友，至文简入相，元之已掌书命矣。

唐人知贡举者，有诗云："梧桐叶落井亭阴，锁闭朱门试院深。尝是昔年辛苦地，不将今日负初心。"后为下第者裁作五言以诮之。出《岚斋记》。

予尝见南唐李侯撮襟，书宫人庆奴扇云："风情渐老见春羞，到处销魂感旧游。多谢长条似相识，强垂烟态拂人头。"

唐荆州每解送举人，多不成名，号曰"天荒"。至刘蜕舍人以荆州解及第，号"破天荒"。东坡尝以诗二句，遗琼州进士姜唐佐，"沧海何曾断地脉，白袍端合破天荒"，用此事也。题其后云："待子及第，当续后句。"后唐佐自广州随计过许昌，见颍滨时，东坡已下世，相持出涕，颍滨为足成其诗云："生长茅间有异方，风流稷下古诸姜。适从琼管鱼龙窟，秀出羊城翰墨场。沧海何曾断地脉，白袍端合破天荒。锦衣他日千人看，始信东坡眼目长。"

李士宁，蓬州人，有异术，王荆公所谓"李生坦荡荡，所见实奇哉"者。熙宁中，宗室世居，狱连士宁，吕惠卿初叛荆公，欲深文之，以侵荆公。神宗觉之，亟复相荆公。荆公平生好辞官，至是不复辞，自金陵连日夜以来，惠卿罢去，士宁止从编置。初，士宁赠荆公诗，多全用古人句，荆公问之，则曰："意到即可用，不必皆自己出。"又问："古有此律否？"士宁笑曰："《孝经》，孔子作也，每章必引古诗，孔子岂不能自作诗者？亦所谓意到即可用，不必皆自己出也。"荆公大然之。至辞位迁观音院，题薛能、陆龟蒙二诗于壁云："江上悠悠不见人，十年一觉梦中身。殷勤为解丁香结，放出枝头自在春。蜡屐寻苔认旧踪，隔溪遥见夕阳春。当年诸葛成何事？只合终身作卧龙。"用士宁体也。后又多集古句，如《胡笳曲》之类不一，《夫子曳杖之歌》有"泰山其颓，哲人其萎"之语。唐天宝中，长安雨木冰，宁王薨，谣曰："冬凌树稼达官怕。"熙宁中，京师雨木冰，又华山崩阜头谷数千百丈，压七村之人。时王荆公为相，变乱典常，征敛财利，识者危之。适韩魏公薨，荆公作挽诗云："木稼曾闻达官怕，山颓果见哲人萎。"遂以魏公当之。潘邠老云："花妥莺捎蝶，溪喧獭趁鱼。"妥音堕，乃韵。邠老不知秦音，以落为妥上声，如曰雨妥花妥之类。少陵，秦人也。

唐诗家有假对律，曰："床头两瓮地黄酒，架上一封天子书。"又："三人铛脚坐，一夜掉头吟。"又"须欲沾青女，官犹佐子男"等句是也。或鄙其不韵，如杜子美"枸杞因吾有，鸡栖奈汝何？"又："饮子频通汗，怀君想报珠。"杜牧之："当时物议朱云小，后代声名白日悬。"亦用此律也。

"经来白马寺，僧到赤乌年。"唐僧灵澈语，东坡《海会殿上梁文》全取之。陶渊明《读山海经》诗云："形夭无千岁。"盖校本之误，乃"形天舞干戚"耳。按《山海经》，海中有兽名形天，每出水，必衔干戚而舞云。

王荆公步月中山，蒋颖叔为发运使，过之，传呼甚宠，荆公意不悦。颖叔喜谈禅，荆公有诗云："怪见传呼杀风景，不知禅客夜相投。"按李义山《杂纂·杀风景门》"月下传呼"用此事。

《唐史》：中和四年六月，时溥以黄巢首上行在者，伪也。东西二都旧老相传，黄巢实不死，其为尚让所急，陷太山狼虎谷，乃自髡为僧，得脱，往投河南尹张全义，故巢党也。各不敢识，但作南禅寺以舍之。予数至南禅，壁间画僧，巢也。其状不逾中人，唯正蛇眼为异耳。老人言：更有故写真绢本尤奇，巢题诗其上云："犹忆当年草上飞，铁衣脱尽挂僧衣。天津桥上无人识，独凭阑干看落晖。"为李易初取也。

庆历中，翰林侍读学士李淑守郑州，题周少主陵云："弄耜牵车晚鼓催，不知门外倒戈回。荒坟断陇才三尺，刚道房陵半仗来。"时上命淑作《陈文惠公尧佐墓铭》，淑书"尧佐好为小诗，间有奇句"，及有"尪慢弗咸"等语。陈氏子弟请易去，淑以文先奏御，不可易。陈氏子弟恨之，刻淑《周陵》诗于石，指"倒戈"为谤。上亦以艺祖应天顺人，非逼伐而取之，落淑学士。淑上章辨《尚书》之义，盖纣之前徒自倒戈攻纣，非武王倒戈也。上知淑深于经术，待之如初。宋内翰祁曰："白公云'户大嫌甜酒，才高笑小诗'。其献臣之谓乎？"献臣，淑字也。为文尤古奥，有樊宗师体。

《王羲之传》："山阴道士好养鹅，羲之往观，意甚悦，欲得之。道士云：'为写《道德经》，当举群相赠。'羲之欣然写毕，笼鹅以去。"李太白《送贺监》诗乃云："鉴湖流水春始波，狂客归舟逸兴多。山阴道士如相见，应写《黄庭》换白鹅。"世人有以右军写《黄庭经》换鹅者，又承太白之误耳。

李太白《侠客行》云："事了拂衣去，深藏身与名。"元微之《侠客行》云："侠客不怕死，怕死事不成，事成不肯藏姓名。"或云二诗同咏侠客，而意不同如此。予谓不然。太白咏侠不肯受报，如朱家终身不见季布是也。微之咏侠欲有闻于后世，如聂政姊之死，恐终灭吾贤弟之名是也。

少陵"陶冶性情存底物"，本颜之推"至于陶冶性情，从容讽谏，入其滋味，亦乐事也"。又少陵"悲君随燕雀，薄宦走风尘"，本陈胜于人佣耕之语也。又少陵"上君白玉堂，侍君金华省"，本班固《自叙》"时上方向学，郑宽中、张禹朝夕入说《尚书》、《论语》金华殿中"也。又少陵"露井冻银床"，本《晋书·乐志·淮南篇》"后园凿井银作床，金瓶素练汲寒浆"也。又少陵"春水船如天上坐",本沈云卿"船如天上坐,人在镜中行","船如天上去,鱼似镜中悬"也。或以此论少陵之妙。予谓少陵所以独立千载之上者,不但有所本也。《三百篇》之作,果何本哉?

卷第十八

　　欧阳公每哦太白"三山半落青天外，二水中分白鹭洲"之句，曰："杜子美不道也。"予谓约以子美律诗，"青天外"其可以"白鹭洲"为偶也？

　　退之《石鼓诗》体，子美八分歌也。

　　"羲农去我久，举世少复真。汲汲鲁中叟，弥缝使其淳。凤鸟虽不至，礼乐暂时新。洙泗辍微响，漂流逮狂秦。《诗》《书》复何罪，一朝成灰尘。区区诸老翁，为事诚殷勤。如何绝世下，六籍无一亲。终日驰车去，不见所问津。若复不快饮，空负头上巾。但恨多谬误，君当恕醉人。"予昔与苏仲虎会清溪真觉僧房客，有出东坡书渊明此诗者。仲虎曰："大父平生爱写此诗，于士友间数见之。"予曰："伏羲、神农出上古，所谓莫之为而任其自然，下此始有传，然事多伪而不实。孔子特弥缝之，使天下后世曰圣人而不敢议，功德被于尧、舜以降，其贤岂不远哉？如汲郡魏襄王家中所得竹简文字，渊明固不废也。东坡论武王非圣人，不知言者已骇然不服，其可与论渊明此意也。"仲虎不觉起立曰："可畏哉渊明，故反曰吾醉中谬言当恕也。"

　　刘中原父望欧阳公稍后出，同为昭陵侍臣，其学问文章，势不相下，然相乐也。欧阳公喜韩退之之文，皆成诵，中原父戏以为"韩文究"。每戏曰："永叔于韩文，有公取，有窃取，窃取者无数，公取者粗可数。"永叔《赠僧》云："韩子亦尝谓，收敛加冠巾。"乃退之《送僧澄观》"我欲收敛加冠巾"也。永叔《聚星堂燕集》云："退之尝有云，青蒿倚长松。"乃退之《醉留孟东野》"自惭青蒿倚长松"也。非公取乎？欧阳公以退之"读《墨子》不相用，不足为孔墨"为叛道。中原父笑曰："永叔无伤事主也。"

　　杜子美《饮中八仙歌》，其句云："左相日兴废万钱，饮如长鲸吸百川，衔杯乐圣称世贤。"世贤二字，殆不可晓。或云"世"字当作"避"字，写本误也。盖左相者，李适之也，有直声。右相李林甫奸邪，适之议论数不同,自免去。有诗云:"避贤初罢相,乐圣且衔杯。试问门前客,今朝几个来。"子美"衔杯乐圣称避贤"者,正用适之诗语也。

韩退之与孟东野《斗鸡联句》有云:"神槌困朱亥。"古本云"袖槌"。用《史记》朱亥袖四十斤铁槌杀晋鄙事也。

韩熙载畜妓乐数百人,俸入,为妓争夺以尽,至贫乏无以给。夕则敝衣屦,作瞽者,负独弦琴,随房歌鼓以丐饮食。东坡《谢元长老衲裙》诗云:"欲教乞食歌姬院,故与云山旧衲衣。"用其事也。然予独未达东坡之意。

古乐府:"藁砧今何在?山上复有山。何当大刀头?破镜飞上天。"藁砧,铁也,问夫何在。重山,出字,夫出也。何当大刀头,刀头有环,何时还也。破镜飞上天,月半还也。如李义山"空看小垂手,忍问大刀头",宋子京"曾损归书凭鲤尾,莫令残月误刀头",俱用此事云。

杜子美《赠韦左丞》诗:"窃效贡公喜,难甘原宪贫。""原宪贫"所自不一,"贡公喜"注引"王阳入仕,贡禹弹冠",事虽是,而无"贡公喜"三字。予读刘孝标《广绝交论》云:"王阳登则贡公喜。"此其自也。

杜子美"青青竹笋迎船出,日日江鱼入馔来",后得古本,"日日"作"白白",不但于句甚偶,其思致亦不同。

张籍《老将》诗云:"卫青不败由天幸,李广无功为数奇。"古人传诵以为佳句。按《汉书》,"天幸"二字乃霍去病,非卫青也。《汉书音义》,"数音朔",则亦不可对"天"矣。

杜子美《赠高适》诗云:"脱身簿尉中,始与捶楚辞。"退之《赠张功曹》诗云:"判官卑小不堪说,未免捶楚尘埃间。"杜牧之《寄侄阿宜》诗云:"一语不中治,鞭捶身满疮。"盖唐参军簿尉,有罪加挞罚,如今之胥吏也。高子勉亲见山谷云尔。予初疑其不然,因读《唐史》,代宗命刘晏考所部官善恶,刺史有罪者,五品以上劾治,六品以下杖讫奏,参军簿尉不足道也。

杜审言字必简,子美大父也。景龙初,为国子监主簿。和韦承庆《山庄》诗五首:"径转危峰碧,桥斜缺岸妨。玉泉移酒味,石髓换粳香。绾雾青条弱,牵风紫蔓长。犹言行乐少,别向后池塘。""攒石当轩倚，悬泉度牖飞。鹿麛衔妓席，鹤子曳童衣。园果尝难遍，池莲摘未稀。卷帘先待月，应在醉中归。”“携琴绕碧纱，摇笔弄青霞。杜若幽林草，芙蓉曲沼花。宴游成野客，形胜得山家。往往留仙步，登攀日易斜。”“野兴城中发，朝英物外求。情悬朱绂望，契动赤城游。海燕巢书阁，山鸡舞画楼。雨余清更晚，共坐北岩幽。”“赏玩奇他日，高深处此时。地为八水背，峰作九山疑。池静鱼偏逸，人闲鸟欲欺。青溪留别兴，更与白云期。”味其句法，知子美之诗有自云。

舒州峰顶寺有李太白题诗：“夜宿峰顶寺，举手扪星辰。不敢高声语，恐惊天上人。”曾子山始见之，不出于集中，亦恐少作耳。

《国史》先大父《康节传》云：“与常秩同召，某卒不起，褒矣。”故大父之葬，门生挽诗有“地下若逢常处士，揶揄应笑赠官来”之句。

古今诗人，多以记境熟语或相类。鲍明远云“昔如韝上鹰，今似槛中猿”，杜子美云“昔如纵壑鱼，今如丧家狗”，王荆公云“昔如下击三鹯拳，今如倒曳九牛尾”。李太白云“沙墩至梁苑，二十五长亭”，杜牧之云“故乡七十五长亭”。《选》诗云“流波恋旧浦，行云思故山”，太白云“水忽恋前浦，云犹归旧山”。嵇叔夜云“委性命兮任去留”，陶渊明云“曷不委心任去留”。方干云“蝉曳残声过别枝”，苏子美云“山蝉带响穿疏户”。韦应物云“野渡无人舟自横”，寇莱公云“野水无人渡，孤舟尽日横”。王元之云“谪居思遁世，多病厌浮生”，莱公云“愁多怯秋夜，病久厌人生”。唐人云“人心胜潮水，相送过浔阳”，梅圣俞云“寒潮如特送，不肯过溢城”。元之云“烧残灰烬方分玉，拨尽寒沙始见金”，圣俞云“力槌顽石方逢玉，尽拨寒沙始见金”。杜子美云“坐饮贤人酒，门听长者车”，荆公云“室有贤人酒，门多长者车”。唐人云“万井间阎皆禁火，九原松柏自生烟”，圣俞云“千门皆禁火，九野自生烟”。刘梦得云“药性病生谙”，于鹄云“病多谙药性”。唐人云“中流见树影，两岸闻钟声”，张祜云“树影中流见，钟声两岸闻”。诸名下之士，岂相剽窃者邪？

杜祁公《齿落诗》有“刚须饶舌在，寒不为唇亡”之句。时年八十，其警策尚如此！

李太白诗“我醉欲眠卿可去”，陶潜语也。杜子美“使君自有妇”，

《选》中罗敷诗语也。"泥污后土何尝干"，宋玉《九辩》语也。

杜子美"无风云出塞，不夜月临关"，王子韶云：无风，谷名；不夜，城名。尝亲至其地。如李义山《锦瑟》诗"庄生晓梦迷蝴蝶，望帝春心托杜鹃"，庄生、望帝，皆瑟中古曲名。

杜子美以"郑、李"对文章，"严仆射"对"望乡台"，"春苜蓿"对"霍嫖姚"，"正冠"对"吹帽"。又云"轩墀曾宠鹤"，如鹤乘轩。《左氏传》注云："轩，大夫车也。"非轩墀之轩，或以为病，惟知诗者能辨之。

杜子美《饮中八仙歌》"知章骑马似乘船"，又"天子呼来不上船"，用两"船"字韵；"汝阳三斗始朝天"，又"举头白眼望青天"，用两"天"字韵；"苏晋长斋绣佛前"，又"皎如玉树临风前"，又"脱帽露顶王公前"，用三"前"字韵；"眼花落井水底眠"，又"长安市上酒家眠"，用两"眠"字韵。《牵牛织女》诗"蛛丝小人态，曲缀瓜果中"，又"防身动如律，竭力机杼中"，用两"中"字韵。李太白《高阳歌》云"鸬鹚杓，鹦鹉杯，百年三万六千日，一日须倾三百杯"，用两"杯"字韵。《庐山谣》云"影落前湖青黛光，金阙前开三峰长"，又"翠影红霞映朝日，鸟飞不到吴江长"，用两"长"字韵。韩退之《李花》诗"冰盘夏荐碧实脆，斥去不御惭其花"，又"谁堆平地万堆雪，剪刻作此连天花"，用两"花"字韵。《双鸟》诗"两鸟各闭口，万象衔口头"，又"百舌旧饶声，从此常低头"，用两"头"字韵。《示爽》诗"冬夜岂不长，达旦灯烛然"，又"此来南北近，里闾故依然"，用两"然"字韵。《猛虎行》"猛虎死不辞，但惭前所为"，又"亲故且不保，人谁信汝为"，用两"为"字韵。子美、太白、退之，于诗无遗恨矣，当自有体邪？

杜子美诗"将军只数霍嫖姚"，对"苑马总归春苜蓿"，"嫖姚"字如律当读平声。又云"杖黎妨跃马，不是故离群"，"离"字如律当读平声。《汉书音义》："嫖姚字皆读去声，音鳔鹞。"《檀弓》"离群索居"，《释文》"离"字读去声，力智反，音利。退之云："凡为文辞，宜略识字。"有以也。

王荆公以"力去陈言夸末俗，可怜无补费精神"，薄韩退之矣。然"喜深将策试，惊密仰檐窥"，又"气严当酒暖，洒急听窗知"，皆退之雪诗也。荆公咏雪则云："借问火城将策试，何如云屋听窗知。"全用退之句也。去古人陈言以为非，用古人陈言乃为是邪？

　　东坡《与陈传道书》云："知传道日课一诗，甚善，此技虽高才，非甚习不能工。"盖梅圣俞法也。又韩少师云："梅圣俞学诗日，欲极赋象之工，作《挑灯杖子》诗尚数十首。"李邯郸诸孙亨仲云："吾家有梅圣俞诗善本，世所传多为欧阳公去其尤者，忌能名之或压也。"予谓欧阳公在谏路，颇诋邯郸公，亨仲之言，恐不实。然曾仲成云："欧阳公有'韩孟于文词，两雄力相当。孟穷苦累累，韩富浩穰穰。郊死不为岛，圣俞发其藏'等句。圣俞谓苏子美曰：'永叔自要作韩退之，强差我作孟郊。'虽戏语，亦似不平也。"

卷第十九

晁以道言：王荆公与宋次道同为群牧司判官，次道家多唐人诗集，荆公尽即其本择善者签帖其上，令吏抄之。吏厌书字多，辄移荆公所取长诗签置所不取小诗上。荆公性忽略，不复更视，唐人众诗集以经荆公去取皆废。今世所谓《唐百家诗选》曰荆公定者，乃群牧司吏人定也。

宋子京罢守成都，故事当为执政，未至，宰相于两地见次，尽以他人充之。子京闻报怅然，有"梁园赋罢相如至，宣室厘残贾谊归"之句。言者又论蜀人不安其奢侈，遂止为郑州，望国门不得入，久之，再为翰林承旨。未几，不幸讣至成都，士民哭于其祠者数千人。谓"不安其奢侈者"，诬矣。宰相，韩魏公也。言者，包孝肃也。然子京先有"碧云漫有三年信，明月长为两地愁"之句，竟不至两地，悲愤而没，世以为谶云。

吕申公帅维扬，东坡自黄冈移汝海，经从见之。申公置酒，终日不交一语。东坡昏睡，歌者唱"夜寒斗觉罗衣薄"，东坡惊觉，小语云"夜来走却罗医博"也，歌者皆匿笑。酒罢，行后圃中，至更坐，东坡即几案间笔墨，书歌者团扇云："雨叶风枝晓自匀，绿阴青子静无尘。闲吟绕屋扶疏句，须信渊明是可人。"申公见之亦无语。

韩魏公与宋尚书同试中书，赋琬圭。宋公太息曰："老矣，尚从韩家郎君试邪？"盖宋公文称已著，韩公以从官子弟二名登科，然世尚未尽知也。或闻韩公则愧谢曰："某其敢望宋公，报罢必矣。"已而，韩公为奏篇之首，宋公反出其下。后韩公帅中山，作阅古堂，宋公词有云："听说中山好，韩家阅古堂。画图名将相，刻石好文章。"韩公见之不悦。

王荆公初执政，对客怅然曰："投老欲依僧耳。"客曰："急则抱佛脚。"公微笑曰："投老欲依僧，古人全句。"客曰："急则抱佛脚，亦全俗语也。然上去投，下去脚，岂不为的对邪？"公遂大笑。

苏仲虎言：有以澄心纸东坡书者，令仲虎取京师印本《东坡集》，诵其中诗，即书之，至"边城岁莫多风雪，强压香醪与君别"，东坡阁笔怒目仲虎云："汝便道香醪！"仲虎惊惧，久之，方觉印本误以"春醪"为"香醪"也。

刘梦得作《九日》诗，欲用糕字，以五经中无之，辍不复为。宋子京以为不然，故子京《九日食糕》有咏云："飙馆轻霜拂曙袍，糗糍花饮斗分曹。刘郎不敢题糕字，虚负诗中一世豪。"遂为古今绝唱。"糗饵粉糍"，糕类也，出《周礼》。"诗豪"，白乐天目梦得云。

李太白《僧伽歌》云："此僧本住南天竺，为法头陀来此国。"又云："嗟予落泊江淮久，罕遇真僧说空有。"时僧伽已显于淮泗之上矣。豪杰中识郭子仪，隐逸中识司马子微，浮屠中识僧伽，则太白亦异人也哉！

白乐天《长恨歌》有"夕殿萤飞思悄然，孤灯挑尽未成眠"之句，宁有兴庆宫中夜不烧蜡油，明皇帝自挑尽者乎？书生之见可笑耳。

元和中，处士唐衢善哭，闻白乐天谪，辄大哭。衢后死，乐天有诗云："何当向坟前，还君一掬泪。"

晁以道问予："梅二诗何如黄九？"予曰："鲁直诗到人爱处，圣俞诗到人不爱处。"以道为一笑。

柑橘二物，《草木书》各为一条。安定郡王以黄柑酿酒，曰"洞庭春色"。东坡之赋，皆用橘事。岂以"橘条"下云其类有朱柑、乳柑、黄柑、石柑乎？夫柑无故事，名"洞庭春色"，亦橘也。

欧阳公于诗主韩退之，不主杜子美。刘中原父每不然之，公曰："子美'老夫清晨梳白头，玄都道士来相访'之句，有俗气，退之决不道也。"中原父曰："亦退之'昔在四门馆，晨有僧来谒'之句之类耳。"公赏中原父之辩，一笑也。

南人谓象齿为白暗，犀角为黑暗。少陵诗云"黑暗通蛮货"，用方言也。

李太白诗云："昔作芙蓉花，今为断肠草。以色事他人，能得几时好？"按，陶弘景《仙方注》云："断肠草，不可食，其花美好，名芙蓉。"

李习之、韩退之、孟东野善，习之于文，退之所敬也；退之与东野唱酬倾一时，习之独无诗，退之不议也。尹师鲁、欧阳永叔、梅圣俞善，师鲁于文，永叔所敬也；永叔与圣俞唱酬倾一时，师鲁独无诗，永叔不议也。习之、师鲁之于诗，以为不足作邪？抑不能邪？

夔峡之人，岁正月，十百为曹，设牲酒于田间，已而众操兵大噪，谓之养去声。乌鬼。长老言：地近乌蛮战场，多与人为厉，用以禳之。沈存中疑少陵"家家养乌鬼"，其自也。疏诗者乃以"鸬鹚别名乌鬼"。予往来夔峡间，问其人，如存中之言，鸬鹚亦无别名。

华州齐云楼有唐昭宗词："安得有英雄，迎归大内中。"蒲中鹳鹊楼有唐太宗诗："昔乘匹马至，今驾六龙来。"其英伟凄怨之气，何祖孙不同也！

东坡为董毅夫作长短句："文君婿知否？笑君卑辱。"奇语也。"文君婿"犹"虞姬婿"云，今刻本者不知，有自改"文君细知否"，可笑耳。

东坡别李公择长短句："凭仗飞魂招楚些，我思君处君思我。"退之《与孟东野书》"以余心之思足下，知足下悬悬于余"之意也。

宋子京在翰林时，同院李献臣以次，有六学士。一日，张贵妃词头下，议行告庭之礼，未决，子京遽以制上，妃怒抵于地曰："何学士敢轻人！"子京出知安州，以长短句咏燕子，有"因为衔泥污锦衣，垂下珠帘不敢归"之句。或传入禁中，仁皇帝览之一叹，寻召还玉堂署。

"箫声咽，秦娥梦断秦楼月。秦楼月，年年柳色，灞桥相别。乐游原上清秋节，咸阳古道音尘绝。音尘绝，西风残照，汉家陵阙。"李太白词也。予尝秋日饯客咸阳宝钗楼上，汉诸陵在晚照中，有歌此词者，一坐凄然而罢。

夔州营妓为喻迪孺扣铜盘，歌刘尚书《竹枝词》九解，尚有当时含思宛转之艳，他妓者皆不能也。迪孺云："欧阳詹为并州妓赋'高城已不见，况乃城中人'诗，今其家尚为妓，詹诗本亦尚在。妓家夔州，其先必事刘尚书者，故独能传当时之声也。"

"仙女是，董双成，桂殿夜凉吹玉笙。曲终却从天官去，万户千门空月明。""河汉女，玉炼颜，云轺往往到人间。九霄有路去无迹，袅袅天风吹珮环。"李太尉文饶《迎神》、《送神》二曲，予游秦，尚有能宛转度之者。或并为一曲，谓李太白作，非也。

程叔微云："伊川闻诵晏叔'原梦魂惯得无拘检，又踏杨花过谢桥'长短句，笑曰：'鬼语也。'意亦赏之。"程晏三家有连云。

晏叔原，临淄公晚子，监颍昌府许田镇，手写自作长短句，上府帅韩少师。少师报书："得新词盈卷，盖才有余而德不足者，愿郎君捐有余之才，补不足之德，不胜门下老吏之望"云。一监镇官，敢以杯酒间自作长短句示本道大帅；以大帅之严，犹尽门生忠于郎君之意。在叔原为甚豪，在韩公为甚德也。

予尝见东坡一帖云："王十六秀才遗拍板一串，意予有歌人，不知其无也。然亦有用，陪傅大士唱《金刚经》耳。"字画奇逸，如欲飞动。鲁直作小楷书其下云："此拍板以遗朝云，使歌公所作《满庭芳》，亦不恶也。然朝云今为惠州土矣。"予意韩退之、张籍翰墨间，亦无此一段风流耳。

东坡《赤壁词》"灰飞烟灭"之句，《圆觉经》中佛语也。

　　仁皇帝问王懿敏素曰："大僚中，孰可命以相事者？"懿敏曰："下臣其敢言！"帝曰："姑言之。"懿敏曰："唯宦官宫妾不知姓名者，可充其选。"帝怃然有间，曰："唯富弼耳。"懿敏下拜曰："陛下得人矣！"既告大庭相富公，士大夫皆举笏相贺，或密以闻，帝益喜曰："吾之举贤于梦卜矣。"

　　神宗问："周世宗何如？"冯公京曰："世宗威胜于德，故享国不永。"王荆公曰："世宗之殂，远迩哀慕，非无德也。"荆公率以强辩胜同列，不知冯公之对乃艺祖之语，见《三朝宝训》云。

　　王荆公初参政事，下视庙堂如无人。一日，争新法，怒目诸公曰："公辈坐不读书耳。"赵清献同参政事，独折之曰："君言失矣！如皋、夔、稷、契之时，有何书可读？"荆公默然。

　　宪成李公及为杭州，不游宴。一日遇雪，命促饮具，郡僚不无意于歌舞高会也，乃访林和靖于孤山，清谈同赏。又曰饮食外，不市一物。至去官，唯买《白乐天集》一部。

　　傅献简公云："司马文正公力辞枢近，尝勉以主上眷意异等，得位庶可行道，道不行，去之可也。"公正色曰："古今为此名位所诱，亏丧名节者不少矣。"卒辞不就。文潞公曰："司马君实操行，直当求之古人中也。"

　　傅献简与杜祁公取未见石刻文字二本，皆逾千言，各记一本。祁公再读，献简一读，覆诵之，不差一字。祁公时年逾七十矣，光禄丞赵枢在坐见之。

　　韩魏公、文潞公先后镇北门。魏公时，朝城令杖一守把兵，方二下，兵辄悖骂不已，令以送府。公问兵："实悖令否？"曰："实。"曰："汝禁兵，既在县有役，则有阶级矣。"即判送状，领赴市曹处斩，从容平和如常时。众见其投判笔，方知有异。潞公时，复有外县送一兵，犯如前者。公震怒，问虚实，兵以实言。亦判送状处斩，掷其笔。二公之量不同，魏公则彼自犯法，吾无怒焉；潞公异禀雄豪，奸恶不容也。刘器之为韩璹云。

东坡论张文定以一言，曰："大。"曰："惟天为大，惟尧则之，天下未尝一日无士。而仁宗之世，独为多士者，以其大也。贾谊叹细德之崄微，知凤鸟之不下，闵沟渎之寻常，知吞舟之不容，伤时无是大者以容己也。盖天下大器也，非力兼万人，其孰能举之？非仁宗之大，其孰能容此万人之英乎？"世以为知言。神宗尝问文定："识王安石否？"曰："安石视臣，大父行也。臣见其大父日，安石发未卯，衣短褐布，身疮疥，役洒扫事，一苍头耳。"故荆公亦畏其大，不敢与之争辩。《日录》中尽诋前辈诸公，独于文定无讥云。

刘器之曰："吾从司马公五年，得一语曰'诚'。请问其目，则曰：'诚者天之道，思诚者人之道，至臻其道则一也。'又问所以致力，公喜曰：'问甚善。自不妄语入。吾初甚易之，退而自曌括日之所行与所言，相掣肘矛盾者多矣。力行七年而后成，自兹言行一致，表里相应，遇事坦然有余地矣。'"

或问刘器之曰：三代以下，宰相学术，司马文正一人而已。曰：学术固也，如宰相之才，可以图回四海者，未敢以为第一。盖元祐大臣类丰于德，而廉于才智也。先人亦云：司马公，所谓惟大人能格君心之非者，以御史大夫、谏大夫执法殿中，劝讲经幄，用则前无古人矣。

赵清献公平生日所为事，夜必衣冠，露香，九拜手，告于天，应不可告者，则不敢为也。

张尧封从孙明复先生学于南京，其女子常执事左右。尧封死，入禁中为贵妃，宠遇第一。数遣使致礼于明复，明复闭门拒之终身。庆历中，富郑公、韩魏公俱少年执政，颇务兴作。章郇公位丞相，终日默然，如不能言。或问郇公："富、韩勇于事为何如？"曰："得象每见小儿跳踯戏剧，不可诃止，俟其抵触墙壁自退耳。方锐于跳踯时，势难遏也。"后富、韩二公阅历岁月，经涉忧患，始知天下之事不可妄有纷更。而王荆公者年少气盛，强项莫敌，尽将祖宗典制变乱之。二公不可救止而去，始叹郇公之言为贤也。

唐制：唯给事中得封还制书。康定间，中旨刘从德妻王氏还前削遂国夫人。富韩公为知制诰，封还词头。知制诰，今中书舍人也。中书舍人缴词头，自富公始。王氏，犍为人，初以后族出入禁中，其父蒙正始因以通奸利云。

吕申公云："唯人主之眷不可恃。"

王荆公在半山，使一老兵，方汲泉扫地，当其意，誉之不容口。忽误触灯檠，即大怒，以为不力，逐去之。参寥在坐，私语他客云："公以喜怒进退一老兵，如在朝廷，以喜怒进退士大夫也。"

王荆公与曾南丰平生以道义相附，神宗问南丰："卿交王安石最密，安石何如人？"南丰曰："安石文学行义，不减扬雄，以吝故不及。"神宗遽曰："安石轻富贵，不吝也。"南丰曰："臣谓吝者，安石勇于有为，吝于改过耳。"神宗颔之。

王荆公晚喜说字。客曰：霸字何以从西？荆公以西在方域主杀伐，累言数百不休。或曰：霸从雨，不从西也。荆公随辄曰：如时雨化之耳。其学务凿，无定论类此。如《三经义》颁于学官数年之后，又自列其非是者，奏请易去，视古人悬诸日月不刊之说，岂不误学者乎？

或谮胡宿于上曰："宿名当为去声，乃以入声称，名尚不识，岂堪作词臣？"上以问宿。宿曰："臣名归宿之宿，非星宿之宿。"谮者又曰："果以归宿取义，何为字拱辰也？"故后易字武平。

王荆公之子雱作《荆公画像赞》曰："列圣垂教，参差不齐，集厥大成，光于仲尼。"是圣其父过于孔子也。雱死，荆公以诗哭之曰："一日凤鸟去，千年梁木摧。"是以儿子比孔子也。父子相圣，可谓无忌惮者矣。

杨大年为翰林学士，适礼部试天下士。一日，会乡里待试者，或云学士必持文衡，幸预有以教之。大年作色拂衣而入，则曰："于休哉！"大年果知贡举。凡程文用"于休哉"者，皆中选。而当时坐中之客，半不以为意，不用也。

东坡在翰苑，薄暮中使宣召，已半醉，遽汲泉以漱，意少快，入对内东门小殿。帘中出除目：吕公著司空、平章军国重事，吕大防、范纯仁左右仆射。既承旨，宣仁后曰："学士前年为何官？"曰："臣前年

为汝州团练副使。""今为何官?"曰:"臣今待罪翰林学士。"曰:"何以
遽至此?"曰:"遭遇太皇太后陛下。"曰:"不关老身事。"曰:"遭遇皇帝
陛下。"曰:"亦不关官家事。"曰:"岂出大臣论荐?"曰:"亦不关大臣
事。"东坡惊曰:"臣虽无状,不敢自他途以进。"宣仁后曰:"久欲令学
士知此,是神宗皇帝之意。帝饮食停匕箸,看文字,宫人私相语:必
苏轼之作。帝每曰奇才,奇才!但未及进用学士,上仙耳。"东坡不觉
哭失声,后与上亦泣,已而,命坐赐茶。宣仁后又曰:"学士直须尽心
事官家,以报先帝。"东坡下拜,撤御前金莲烛送归院。东坡为王
巩云。

东坡先谪黄州,熙宁执政妄以陈季常乡人任侠,家黄之岐亭,有
世雠;后谪惠州,绍圣执政妄以程之才姊之夫有宿怨,假以宪节,皆使
之甘心焉。然季常、之才从东坡甚欢也。

刘器之与东坡元祐初同朝,东坡勇于为义,或失之过,则器之必
约以典故!东坡至发怒曰:"何处把上把,去声。农人乘以事田之具。曳得一
'刘正言'来,知得许多典故!"或以告器之,则曰:"子瞻固所畏也。若
恃其才,欲变乱典常,则不可。"又朝中有语云:"闽、蜀同风,腹中有
虫。"以二字各从"虫"也。东坡在广坐作色曰:"书称'立贤无方',何
得乃尔?"器之曰:"某初不闻其语,然'立贤无方',须是贤者乃可。若
中人以下,多系土地风俗,安得不为土习风移?"东坡默然。至元符
末,东坡、器之各归自岭海,相遇于道,始交欢。器之语人云:"浮华豪
习尽去,非昔日子瞻也。"东坡则云:"器之,铁石人也。"

司马丞相薨于位,程伊川主丧事,专用古礼。将祀明堂,东坡自
使所来吊,伊川止之曰:"公方预吉礼,非'哭则不歌'之义,不可入。"
东坡不顾以入,曰:"闻'哭则不歌',不闻'歌则不哭'也。"伊川不能敌
其辩也。

晁以道为予言:尝亲问东坡曰:"先生《易传》,当传万世。"曰:
"尚恨某不知数学耳。"

李俰言:东坡自海外归毗陵,病暑,着小冠,披半臂,坐船中。夹
运河岸,千万人随观之。东坡顾坐客曰:"莫看杀轼否?"其为人爱慕
如此。

东坡倅钱塘日,《答刘道原书》云:"道原要刻印《七史》固善,方新学经解纷然,日夜摹刻不暇,何力及此？近见京师经义题'国异政,家殊俗',国何以言异？家何以言殊？又有'其善丧厥善',其厥不同何也？又说《易·观卦》本是老鹳,《诗》大、小《雅》本是老鸦,似此类甚众,大可痛骇。"时熙宁初,王氏之学,务为穿穴至此。

安世月八日登对,眷问甚渥。太母首语及先公,恻怆久之,曰:"如司马相公尽心朝廷,何可更得？君臣之间如此,可纪,可纪。"予旧收谏大夫刘安世器之《报司马公休书》一纸如上。曰可纪也,故纪之。

卷第二十一

赵肯堂亲见鲁直晚年悬东坡像于室中，每蚤作，衣冠荐香，肃揖甚敬。或以同时声实相上下为问，则离席惊避曰："庭坚望东坡，门弟子耳。安敢失其序哉？"今江西君子曰"苏黄"者，非鲁直本意。

东坡帅扬州，曾眨罢州学教授，经真州，见吕惠卿。惠卿问："轼何如人？"眨曰："聪明人也。"惠卿怒曰："尧聪明、舜聪明邪？大禹之聪明邪？"眨曰："虽非三者之聪明，是亦聪明也。"惠卿曰："轼学何人？"眨曰："学孟子。"惠卿益怒，起立曰："何言之不伦也？"眨曰："孟子以'民为重，社稷次之'，此所以知苏公学孟子也。"惠卿默然。

李定自鞠东坡狱，势不可向。一日，于崇政殿门外语同列曰："苏轼奇才也。"俱不敢对。又曰："轼前二三十年所作诗文，引援经史，随问即答，无一字之差，真天下奇才也。"叹息久之。盖世之公论，至仇怨不可夺也。

王彦霖《系年录》：元祐六年三月，《神宗实录》成。著作郎黄庭坚除起居舍人，苏子由不悦曰："庭坚除日，某为尚书右丞，不预闻也。"已而后省封还词头，命格不行。子由之不悦，不平吕丞相之专乎？抑不乐庭坚也？庭坚字鲁直，蚤出东坡门下，或云后自欲名家，类相失云。

范文正公尹天府，坐论吕申公降饶州。欧阳公为馆职，以书责谏官不言，亦贬夷陵。未几，申公亦罢。后欧阳公作《文正神道碑》云："吕公复相，公亦再起被用，于是二公欢然相约，共力国事。天下之人皆以此多之。"文正之子尧夫以为不然，从欧阳公辩，不可，则自削去"欢然""共力"等语。欧阳公殊不乐，为苏明允云："《范公碑》为其子弟擅于石本改动文字，令人恨之。"《文正墓志》，则富公之文也。先是，富公自欧阳公平章，其书略曰："大都作文字，其间有干着说善恶，可以为劝戒者，必当明白其词，善恶焕然，使为恶者稍知戒，为善者稍知劝，是亦文章之用也。岂当学圣人之作《春秋》，隐奥微婉，使后人传之、注之尚未能通，疏之又疏之尚未能尽，以至为说、为解、为训释、为论议，经千余年而学者至今终不能贯彻晓了？弼谓如《春秋》者，惟圣人可为，降圣人而下皆不可为，为之亦不复取信于后矣。学者能约《春秋》大义，立法立例，善则褒之，恶则贬之，苟有不得已须当避者，稍微其词可也，不宜使后人千余年而不知其意也。若善不能劝，恶不能戒，则是文字将何用哉？既书之，而恶者自不戒，善者自不劝，则人之罪也，于文何过哉？弼常病今之人作文字无所发明，但依违模棱而已。人之为善固不易，有遭谗毁者，有被窜斥者，有穷困寒饿者，甚则诛死族灭。而执笔者但求自便，不与之表显，诚罪人也。人之为恶者，必用奸谋巧诈，货赂朋党，多方以逃刑戮，况不止刑戮是逃，以至子子孙孙享其余荫而不绝，可谓大幸矣。执笔者又惮之，不敢书其恶，则恶者愈恶，而善人常沮塞不振矣。君子为小人所胜所抑者，不过禄位耳。惟有三四寸竹管子，向口角头褒善贬恶，使善人贵，恶人贱，善人生，恶人死，须是由我始得，不可更有所畏怯而嗫嗫，受不快活也。向作《希文墓志》，盖用此法，但恨有其意而无其词，亦自谓希文之善稍彰，奸人之恶稍暴矣。今永叔亦云：'胸臆有欲道者，诚当无所避，皎然写之，泄忠义之愤，不亦快哉！'则似以弼之说为是也。然弼之说，盖公是公非，非于恶人有所加诸也。如《希文墓志》中所诋奸人，皆指事据实，尽是天下人闻知者，即非创意为之。彼家数子皆有权位，必大起谤议，断不恤也。"初，宝元、庆历间，范公、富公、欧阳公，天下正论所自出。范公薨，富公、欧阳公相约书其事矣。欧阳公后复不然，何也？予读富公之书至汗出，尚以《春秋》之诛为未快，呜呼，可畏哉！

英宗初临御，韩魏公为相，富郑公为枢密相。一日，韩公进拟数宦者策立有劳，当迁官。富公曰："先帝以神器付陛下，此辈何功可书？"韩公有愧色。后韩公帅长安，为范尧夫言其事，曰："琦便怕他富相公也。"

登州有妇人阿云谋杀夫而自承者，知州许遵谓法因犯杀伤而首者，得免所因之罪，仍科故杀伤法，而敕有因疑被执招承减等之制，即以按问欲举闻，意以谋为杀之因，所因得首，合从原减。事下百官议，盖斗杀、劫杀，斗与劫为杀因，故按问欲举，可减以谋而杀，则谋非因，所不可减。司马文正公议曰：“杀伤之中，自有两等，轻重不同。其处心积虑、巧诈百端、掩人不备者，则谓之谋；直情径行、略无顾虑、公然杀害者，则谓之故。谋者尤重，故者差轻。今此人因犯它罪，致杀伤他人，罪虽得首原，杀伤不在首例。若从谋杀则太重，若从斗杀则太轻，故酌中，令从故杀伤法。其直犯杀伤更无它罪者，唯未伤则可首，但系已伤，皆不可首。今许遵欲将谋之与杀分为两事，则故之与杀亦是两事也。且《律》称得免所因之罪，彼劫囚略人皆是也。已有所犯因，而又杀伤人，故劫略可首，而杀伤不原。若平常谋虑不为杀人，当有何罪可得首免？以此知谋字止因杀字生文，不得别为所因之罪也。若以斗杀与谋杀皆为所因之罪，从故杀伤法，则是斗伤自首反得加罪一等也。”自廷尉以下，皆嫉许遵之妄，附文正公之议。王荆公不知法，好议法，又好与人为异，独主遵议。廷尉以下争之不可得，卒从原减。至荆公作相，谋杀遂立按问。旧法，一问不承，后虽自言，皆不得为按问。时欲广其事，虽累问不承，亦为按问，天下非之。至文正公作相，立法应州军，大辟罪人情理不可悯，刑名无疑虑，辄敢奏闻者，并令刑部举驳，重行朝典，不得用例破条。盖祖宗以来，大辟可悯与疑虑得奏裁，若非可悯、非疑虑，则是有司妄谳，以幸宽纵，岂除暴恶安善良之意乎？文正公则辟以止辟，正法也。荆公则姑息以长奸，非法也。至绍圣以来，复行荆公之法，而杀人者始不死矣。予尝谓后汉张敏之议，可为万世法。曰：“孔子垂经典，皋陶造法律，原其本意，皆欲禁民为非也。或以平法当先论生，臣愚以为天地之性，唯人为贵，杀人者死，三代通制。今欲趣生，反开杀路，一人不死，天下受敝。《记》曰：‘利一害百，人去城郭。’夫春生秋杀，天道之常。春一物枯即为灾，秋一物华即为异。王者承天地，顺四时，法圣人，从经律而已。”盖与司马文正之议合也。苏黄门初嫉许遵之谳，后复云：“遵子孙多显者，岂一能活人，天理固不遗哉？”亦非也。使妄活杀人者可为阴功，则被杀者之冤，岂不为阴谴乎？

韩魏公自外上章，历数王荆公新法害天下之状，神宗感悟，谕执政亟罢之。荆公方在告，乞分司。赵清献公参政事，曰：“欲俟王安石出，令自罢之。"荆公既出，疏驳魏公之章，持其法益坚，卒至败乱天下。识者于清献公有遗恨焉。

先人尝言：熙宁、元丰间，司马文正、范忠宣先后为西都留台，吾皆从之游。至元祐初，文正起为宰相，忠宣起为枢密使，吾见之，其话言服用，一如在西都时，但忠宣颜色甚泽，文正清苦无少异，吾以此窥忠宣，其中岂尚以名位为乐邪？

予见司马文正公亲书一帖："光年五六岁，弄青胡桃，女兄欲为脱其皮，不得。女兄去，一婢子以汤脱之。女兄复来，问脱胡桃皮者。光曰：'自脱也。'先公适见，诃之曰：'小子何得谩语？'光自是不敢谩语。"后，公以诚学授刘器之曰："自不谩语入。"东坡书公神道之石亦曰："论公之德，至于感人心，动天地，巍巍如此，而蔽以二言：曰诚，曰一云。"

韩忠献公、宋景文公同召试中选，王德用带平章事，例当谢，二公有空疏之谦言。德用曰："亦曾见程文，诚空疏，少年更宜广问学。"二公大不堪。景文至曰："吾属见一老衙官，是纳侮也。"后二公俱成大名，德用已薨，忠献为景文曰："王公虽武人，尚有前辈激励成就后学之意，不可忘也。"予得之李先仲，王公外孙云。

文潞公本姓敬，其曾大父避石晋高祖讳，更姓文。至汉，复姓敬。入本朝，其大父避翼祖讳，又更姓文。初，敬氏避讳，各用其一偏，或为文氏，或为苟氏。然敬字从苟己力切，音棘。非苟也，从攴非文也，俱非其一偏也。

苏东坡既贬黄州，神宗殊念之，尝语宰相王珪、蔡确曰："国史至重，可命苏轼成之。"珪有难色。又曰："轼不可，姑用曾巩。"巩为检讨官，先进《太祖总论》，已不当神宗之意，未几，罢去。东坡自黄岗移汝坟，舟过金陵，见王荆公于钟山，留连燕语。荆公曰："子瞻当重作《三国书》"。东坡辞曰"某老矣，愿举刘道原自代"云。

元丰末，司马文正《资治通鉴》成，进御。丞相王珪、蔡确见上，问何如，上曰："当略降出，不可久留。"又咨叹曰："贤于荀悦《汉纪》远矣。"罢朝，中使以其书至政事，每叶缝合以睿思殿宝章。睿思殿，上禁中观书之地也。舍人王震等在省中，从丞相来观，丞相笑曰："君无近禁脔。"以言上所爱重者。

卷第二十二

熙宁年,边吏报北虏将入寇,亟遣中贵人取两河民车,以为战备,民大惊扰。自宰执以下言不便者墙进,俱不省。时沈括存中为记注,一日,侍笔立御座侧,上顾曰:"卿知籍车之事乎?"括曰:"未知。车将何用?"上曰:"北虏以多马取胜,唯车可以当之。"括曰:"胡之来,民父子坟墓田庐皆当弃去,复暇恤车乎? 朝廷姑籍其数而未取,何伤?"上喜曰:"卿言有理。何论者之纷纷也?"括曰:"车战之利,见于历世。巫臣教吴子以车战,遂霸中国;李靖用偏箱鹿角车,以擒颉利。臣但未知一事:古人所谓轻车者,兵车也,五御折旋,利于轻速。今之民间辎车,重大椎朴,以牛挽之,日不能行三十里,少蒙雨雪,则跬步不进,故俗谓之'太平车',或可施于无事之日,恐兵间不可用耳。"上益喜曰:"无人如此作□者,朕当更思之。"明日,遂罢籍民车。执政问括曰:"君以何术,而立谈罢此事? 上甚多'太平车'之说也。"括曰:"圣主可以理夺,不可以言争,若车可用,其敢以为非?"括未几迁知制诰。

司马文正公在洛阳修史日,伊川先生程颐正叔为布衣,年尚少,其见亦有时。今为伊川学者以《文正斋记》中有曰"正叔"云,以为字伊川者,非也,楚正议建中字正叔耳。然伊川后用文正荐,劝讲禁中,未几罢去。先是,刘莘老论曰:"纷纷之论,致疑于程颐者,直以谓自古以来,先生处士皆盗虚名,无益于用。若颐者,特以迂阔之学,邀君索价而已。天下节义之士,乐道不出,如颐等辈,盖亦不少,彼无所援于上,故不闻尔。"又以颐辞免爵命之言曰:"前朝召举布衣,故事具存,是颐之自欲为种放,而亟欲得台谏侍从矣,不可不察也。圣人自有中道,过之则偏;天下自有常理,背之则乱。伏望审真伪重名器。"云云。孔文仲论曰:"颐在经筵僭横,造请权势,腾口间乱,以偿恩仇,致市井之间,目为'五鬼'之魁,尝令其助贾易弹吕陶,及造学制诡谬,童稚嗤鄙。"云云。又曰:"颐污下憸巧,素无乡行,经筵陈说,僭横忘分,遍谒贵臣,历造台谏,宜放还田里,以示典刑。"云云。刘器之论曰："程颐、欧阳棐、毕仲游、杨国宝、孙朴交结执政子弟,搢绅之间号'五鬼'。"又曰:"进言者必曰'五鬼'之号,出于流俗不根之言,何足为据? 臣亦有以折之,方今士大夫无不出入权势之门,何当尽得鬼名? 惟其阴邪潜伏,进不以道,故程颐等五人独被恶声。孔子曰:'吾之于人也,谁毁谁誉? 如有所誉,其有所试矣。'盖人之毁誉,必以事验之。今众议指目五人,可谓毁矣。然推考其迹,则人言有不诬者,臣请历陈其说,若程颐,则先以罪去。"云云。苏子瞻奏则曰:"臣素疾程颐之奸,形于言色。因颐教诱孔文仲,令以私意论事,为文仲所奏,颐遂得罪。"云云。又子瞻为礼部尚书,取伊川所修学制,贬驳讥诋略尽。如苏子瞻、刘莘老、孔文仲、刘器之,皆世之君子,其于伊川先生不同如此。至斥党锢,则同在祸中。悲夫!

予为校书郎时,尝问赵丞相元镇云:"张天觉者,首造元祐部党之人也。靖康初,与范文正、司马文正同追赠,天下已非之。公身任邪正之辩,既未能追改,更谥以文忠,是与蔡公齐、富公弼一等也可乎?"元镇怅然曰:"蜀勾涛在从班游谈,有司不肖,不能执法耳。"予见其有悔色,亦不复言。

某公在章献明肃后垂箔日,密进《唐武氏七庙图》,后怒抵之地曰:"我不作负祖宗事。"仁皇帝解之曰:"某欲但为忠耳。"后既上宾,仁皇帝每曰:"某心行不佳。"后竟除平章事。盖仁皇帝盛德大度,不念旧恶故也。自某公死,某公为作碑志,极其称赞,天下无复知其事者矣。某公受润笔帛五千端云。

王冀公久被真庙异眷,晚居政府,某州妖狱发,尽以中外士大夫与妖人往来歌诗闻。有云"左仆射中书门下平章事王钦若",真庙面责之,冀公辩数四,终不置,则顿首曰:"臣官工部尚书,安敢擅增至左仆射? 此理明甚,而圣意终不解者,无他,盖臣福谢耳。"竟坐策免云。

范直方《诵忠宣答德孺论边事书》云:"大辂与柴车争逐,明珠与瓦砾相触;君子与小人斗力,中国与夷狄较胜负。不唯不可胜,兼亦不足胜,虽胜,亦非也。"呜呼! 甚盛德之言也。范文正公曰:"吾遇夜就寝,即自计一日食饮奉养之费及所为之事,果自奉之费与所为之事相称,则鼾鼻熟寐;或不然,则终夕不能安眠,明日必求所以称之者。"

赵韩王微时，求唐太宗骨葬昭陵下。吕汲公帅长安，醴泉民析居，争唐明皇脑骨，讼于府，曰："得者富盛。"汲公取葬泰陵下。

卢多逊南迁，度大庾岭，憩一小家。其媪颇能语言，多逊详问之，则曰："我中州仕族，有子官，亦浸显，为宰相卢多逊挟私远窜以死。多逊中怀毒螫，专犯法禁，我留此岭上以俟其过。"多逊之行甚婆，媪固不识，即仓皇避去。

苏子由谪雷州，不许占官舍，遂僦民屋。章子厚又以为强夺民居，下本州追民究治，以僦券甚明，乃已。不一二年，子厚谪雷州，亦问舍于民。民曰："前苏公来，为章丞相几破我家，今不可也。"其报复如此。

钱塈德基为予言："吾家先王历唐末、五季，有兹吴越，顺事中国，不敢效他霸府之僭，恭俟真主之出，即奉版籍归于职方氏。故自国朝以来，学士大夫以忠孝名吾家，无一议者。至欧阳公，始云：'得封落星石为落星山制书，知吴越亦尝改年宝正，著于史矣。'又《归田录》书思公子弟，一岁四五窃公珊瑚笔格，幸其以钱赎之。若果然，何子弟之不肖也！"思公尹洛日，欧阳公出幕下，特以国士遇之，岂子弟中有不相欢者邪？

李王煜以太平兴国三年七月七日生日，钱王俶以雍熙四年八月二十四日生日，皆与赐器币，中使燕罢暴死。并见国史。

周世宗得李氏与契丹求援蜡书以为名，下淮甸；艺祖得孟氏结太原蜡书以为名，下蜀。二事正同。

汉、唐宦者可谓盛矣，然官不至师保也。一刘铱有宦者七千余人，始有为师保者。艺祖既缚铱，以永鉴其祸，内侍不许过供奉官。又铱之宫，辄名龙德云。

张侍中耆遗言厚葬，晏丞相殊遗言薄葬，二公俱葬阳翟。元祐中，同为盗所发，侍中圹中金玉犀珠充塞，盗不近其棺，所得已不胜负，皆列拜而去。丞相圹中但瓦器数十，盗怒不酬其劳，斫棺取金带，亦木也，遂以斧碎其骨。厚葬免祸，薄葬致祸，杨王孙之计疏矣。

蜀靖恭先生杨汇源澈，资介洁，生远方，于朝廷故实、学士大夫谱牒皆能通贯。其于中国之士，范端明景仁、内翰纯夫、尚书苏子瞻、门下侍郎子由外，不论也。杜门委巷之下，著书赋诗，人无知者。独予先君尝荐于朝曰："成都府布衣杨汇，学行甚高，志节甚苦，于本朝典礼、故家氏族、奇字异书，无所不知，杜门陋巷，若将终身。当崇尚廉耻招徕逸遗之日，如汇者委弃远方，诚为可惜。伏望朝廷特加聘召。"亦不报。竟死于委巷之下。藏书万签，古金石刻本过六一堂中《集古录》所有者。予校中秘书，间为信安郡王孟仁仲言之。王一日侍上燕，语及靖恭先生事，上为之一叹，将诏予许其家以书、以金石刻本来上，会予谢病去。后先生之子知状，乃尽以其书、其金石刻本投一部刺史曰："上久欲得此，为我易一官如何？"部刺史知其不肖，绐曰："诺。"尽私有之，遗以酒浆数壶耳。

欧阳公在政府，寄颍州处士常秩诗云："笑杀汝阴常处士，十年骑马听朝鸡。"公将休致，又寄秩诗云："赖有东邻常处士，披蓑戴笠伴春锄。"盖公先为颍州，得秩于民伍中，殊好之，至公休致归，每接宾客，必返退士初服。秩已从王荆公之招，公独朝章以见，愧之也。秩入朝极其谀佞，遂升次对。蚤日著《春秋学》数十卷，自许甚高，以荆公不喜《春秋》，亦绝口不言，匿其书不出。适两河岁恶，有旨青苗钱权倚阁，王平甫戏秩曰："君之《春秋》，亦权倚阁矣。"后神宗遇秩浸薄，荆公亦鄙之。秩失节，怏怏如病狂易，或云自裁以死。荆公尚表于墓，盖其失云。

卷第二十三

予旧从司马氏得文正公熙宁年辞枢管出帅长安日手稿密疏,公寻自免,绝口不复言天下事矣。其疏不见于《传家集》,曰:"臣之不才,最出群臣之下:先见不如吕诲,公直不如范纯仁、程颢,敢言不如苏轼、孔文仲,勇决不如范镇。诲于安石始参政事之时,即指安石为奸邪,谓其必败乱天下;臣以为安石止于不晓事与很愎尔,不至如诲所言。今观安石援引亲党,磐据要津,挤排异己,占固权宠,常自以己意阴赞陛下内出手诏以决外庭之事,使天下之威福在己,而谤议悉归于陛下,臣乃自知先见不如诲远矣!纯仁与颢皆与安石素厚,安石拔于庶僚之中,超处清要,纯仁与颢睹安石所为,不敢顾私恩废公议,极言其短;臣与安石南北异乡,取舍异道,臣接安石素疏,安石待臣素薄,徒以屡常同僚之故,私心眷眷,不忍轻绝而显言之,因循以至今日,是臣不负安石而负陛下,臣不如纯仁与颢远矣!臣承乏两制,逮事三朝,与国家义则君臣,恩犹骨肉,睹安石专政,逞其狂愚,使天下生民被荼毒之苦,宗庙社稷有累卵之危,臣畏懦爱身,不早为陛下别白言之;轼与文仲皆疏远小臣,乃敢不避陛下雷霆之威,安石狼虎之怒,上书对策,指陈其失,隳官获谴,无所顾虑,此臣不如轼与文仲远矣!人情,谁不贪富贵,恋俸禄,镇睹安石营惑陛下,以佞为忠,以忠为佞,以是为非,以非为是,不胜愤懑,抗章极言,因自乞致仕,甘受丑诋,杜门家居;臣顾惜禄位,为妻子计,包羞忍耻,尚居方镇,此臣不如镇远矣!臣闻居其位者必忧其事,食其禄者必任其患,苟或不然,是为盗窃。臣虽无似,尝受教于君子,不忍以身为盗窃之行。今陛下唯安石之言是信,安石以为贤则贤,以为愚则愚,以为是则是,以为非则非,诸附安石者谓之忠良,攻难安石者谓之谗慝。臣之才识固安石之所愚,臣之议论固安石之所非,今日之所言,陛下之所谓谗慝者也,伏望圣恩,裁处其罪。若臣罪与范镇同,则乞依范镇例致仕;或罪重于镇,则或窜或诛,所不敢逃。取进止。"

司马文正公曰:"吕献可之先见,吾不及也。"予虑后世得其言不得其事,惑也。有公门下士谏大夫刘安世器之《书范景仁传后》,语可信,故书于下方:"熙宁中,王介甫初参大政,神考方厉精图治。一日,紫宸早朝,二府奏事毕,日刻既晏,例隔言事官于中庑,须上入更衣复出,以次赞引。时吕献可为御史中丞,司马文正公为翰林学士,侍读迩英阁,将趋经筵,相遇于庭中。文正公密问曰:'今日请见,言何事邪?'献可举手曰:'袖中弹文,乃新参也。'文正公愕然曰:'以王介甫之文学行艺,命下之日,众皆喜于得人,奈何遽言之?'献可正色曰:'安石虽有时名,上意所向,然好执邪见,不通物情,轻信难回,喜人佞己,听其言则美,施于用则疏。若在侍从,犹或可容,置之宰辅,天下必受其祸。'文正公曰:'与公素为心交,苟有所怀,不敢不尽。今日之论,未见有不善之迹,似伤匆遽,或别有章疏,愿先进呈,姑留是事,更加筹虑可乎?'献可曰:'上新嗣位,富于春秋,朝夕所与谋议者,二三执政而已。苟非其人,将败国事,此乃心腹之疾,治之惟恐不及,顾可缓邪?'语未竟,阁门吏抗声追班,遂趋而去。文正公退自讲筵,默坐玉堂,终日思之,不得其说。既而缙绅间浸有传其章疏者,往往偶语窃议,讥其太过。未几,闻中书置三司条例司。平日介甫之门,谄谀躁进之士悉辟召为属吏,朝夕相与谋议,以经纶天下为己任,务变更祖宗法,敛民财以足国用,妄引用古书,蔽其诛剥之实。辅弼大臣异议不可回,台谏从官力争不能夺,郡县监司奉行微忤其意,则谴诎随之,于是百姓骚然矣。然后前日之议者始愧仰叹服,以为不可及,而献可终缘兹事出知邓州。呜呼!行僻而坚,言伪而辩,记丑而博,顺非而泽,唯孔子乃能识之,虽子贡之智,有所不知也。方介甫自小官以至禁从,其学行名声暴著于天下,士大夫识与不识,皆谓介甫不用则已,用之则必能兴起太平。献可独不以为然。已而考其行事,卒如所料。非明智不惑出于世俗之表,何以臻此?《易》曰:'知幾其神矣乎?'幾者,动之微,吉之先见者也,献可有焉。文正公退居洛阳,每论当世人物,必曰:'吕献可之先见,范景仁之勇决,皆予所不及也。予心诚服之。故作《景仁传》。'盖景仁之勇决,得文正之传而后明。献可埋文,虽亦成于公手,然止载其平生大节,而自相论难之语不欲详著,献可先见,世莫有知者。予尝从学于文正公,亲闻其说,惧贤者正论远识,遂将沦没而无传,故书蜀公之传,以贻乐善之君子云。”

绍圣以来,权臣挟继述神宗为变者,必先挟王荆公,蔡氏至以荆公为圣人。天下正论一贬荆公,则曰:“非贬荆公也,诋神宗也,不忠于继述也。”正论尽废,钩党牢不可解,仁人君子知必为异日之祸,其烈不可向,无计策以救。陈瓘莹中流涕以问谏大夫刘安世器之曰:“叵奈何?”器之亲受司马文正公之学,胆智绝人,曰:“不自神宗,不自荆公不可救。”故莹中反疏蔡氏所出荆公《日录》语中诋神宗事,曰《尊尧集》云。意上心不平于荆公,则蔡氏可伐,正论可出,钩党可解,异日之祸可救也。莹中坐以流窜抵死。正论卒不出,钩党卒不解,异日之祸卒不可救者,天也。予读其书而悲之,尚虑后世或不达莹中本趣,但以为辟荆公之诋神宗者,故具言之。《尊尧集》文繁不著,著其序曰:“臣闻先王所谓道德者,性命之理而已矣。此安石之精义也。有《三经》焉,有《字说》焉,有《日录》焉,皆性命之理也。蔡卞、蹇序辰、邓洵武等用心纯一,主行其教,所谓大有为者,亦性命之理而已矣。其所谓继述者,亦性命之理而已矣。其所谓一道德者,亦以性命之理而一之也。其所谓同风俗者,亦以性命之理而同之也。不习性命之理谓之流俗,黜流俗则窜其人,怒曲学则火其书,故自卞等用事以来,其所谓国是者,皆出性命之理,不可得而动摇也。臣昨在谏省所上章疏,尝以安石比于伊尹,伊尹,圣人也,而臣乃以安石比之者,臣于此时犹蔽于国是故也。又臣所上章疏,谓安石为神考之师也,神考,尧舜也。任用安石,止于九年而已矣。初任后弃,何尝终以安石为是乎?而臣乃以安石为神考之师者,臣于此时犹蔽于国是故也。臣昨者以言取祸,几至诛殛,赖陛下委曲保全,赐臣余命,臣感激流涕,念念循省,得改过之义焉。盖臣之所当改者,亦性命之理而已矣。孔子曰:‘乾道变化,各正性命。’又曰:‘地道无成,而代有终也。’性命之理,其有易此乎?臣伏见治平年中,安石唱道之言曰:‘道隆而德骏者,虽天子北面而问焉,而与之迭为宾主。’自安石唱此说以来,几五十年矣,国是渊源,盖兆于此。臣闻天尊地卑,乾坤定矣,定则不可改也。天子南面,公侯北面,其可改乎?今安石性命之理,乃有北面之礼焉。夫天子北面以事其臣，则人臣南面以当其礼，臣于性命之礼，安得而不疑也？《传》曰：君之所以不臣者二：当其为祭主则弗臣，当其为师则弗臣也。师无北面，则是弗臣之礼也，岂有天子而可使北面者乎？汉显宗之于桓荣，所以事之者，可谓至矣！而所施之礼，不过坐东向而已。乃以君而朝臣，以父而拜子，则是齐东野人之语，庞勋无父之礼，以此为教，岂不乱名分乎！乱名分之教，岂可学乎？臣既误学乎教，岂可以不悔乎？《易》曰：'不远复，无祇悔，元吉。'臣于既往之误，岂敢祇悔而不改乎？臣昔以安石为神考之师，是臣重安石而轻神考也；臣昔以安石比伊尹之圣，是臣戴安石而诳陛下也。臣为陛下耳目之官，而妄进轻许之言，臣之罪恶如丘山矣。臣若不洗心自新，痛绝王氏，则何以明改过之心乎？臣所著《尊尧集》者，为欲明改过之心而已矣。庄周曰：'明此以南向，尧之为君；明此以北面，舜之为臣也。'庄周之道虚诞无实，不可以治天下；然于名分之际，不敢不严也。飞蜂走蚁，犹识上下，岂可以人臣自圣，而至于缺名分哉！孔子曰：'名不正则言不顺，言不顺则事不成。'安石北面之言，可谓之顺乎？崇此不顺之教，则所述熙、丰之事，何日而成乎？废大法而立私门，启攘夺而生后患，可为寒心，孰大于此！臣请序而言之。昔绍圣史官蔡卞专用王安石《日录》，以修神考《实录》，薄神考而厚安石，尊私史而压宗庙。臣居谏省，请改裕陵《实录》，及在都司，进《日录辨》。当是之时，臣于《日录》，未见全帙，知其为私史而已，未知其为增史也。自去阙以来，寻访此书，偶得全编，遂复周览，窜身虽远，不废讨论。路过长沙，曾留转藏之语，待尽合浦，又著垂绝之文。考诋诬讥玩之词，见蔡卞增伪之意，尚谓安石趣录，皆可凭据，卞之所增，乃是诬伪。当是之时，臣于《日录》考之未熟，知其为增史而已，未知其为悖史也。盖由臣智识昏钝，觉悟不早，追思谏省奏章，乃至合浦旧述，语乖正理，随俗妄谈，既轻神考，又诳陛下。若它时后日，陛下以此怒臣，臣将何以自救，敢不悔乎？《日录》云：'卿，朕师臣也。'乃安石矫造之言。又云：'督责朕有为。'岂神考亲发之训？既托训以自誉，又托训以轻君。轻君则讪侮讥薄，欲弃名分；自誉则骄蹇陵犯，前无祖宗。其语实繁，聊举一二。《日录》云：'朕自觉材极凡庸，恐不足与有为,恐古之贤君皆须天资英迈。'此非托训以轻君乎? 又云:'朕顽鄙,初未有知,自卿在翰林,始得闻道德之说,心稍开悟。'此非托训以轻君乎? 又云:'卿初任讲筵,劝朕以讲学为先,朕意未知以此为急。'此非托训以轻君乎? 又云:'卿莫只是为在位久,度朕终不足与有为,故欲去。'此非托训以轻君乎? 又云:'所以为君臣者,形而已矣,形故不足累卿。'此非托训以轻君乎? 讪侮讥薄,欲弃名分,可以略见于此矣。《日录》又云:'王安石造理深,能见得众人所不能见。'此托训以自誉也。又云:'如王安石不是智识高远精密,不易抵当流俗,天生明俊之才,可以庇覆生民。'此托训以自誉也。又云:'卿无利欲,无适莫,非独朕知卿,人亦尽知,若余人安可保?'此托训以自誉也。又云:'卿才德过于人望,朕知卿了得事有余。'此托训以自誉也。骄蹇陵犯,前无祖宗,可以略见于此矣。圣主以奉先为孝,群臣以承上为忠,明知其诬,谁敢核实? 则可以抵塞众口,可以荧惑圣聪,诳胁之术,莫甚于此! 始则留身乞批,以胁制于同列;终则著书矫训,以传述于后人。诬胁臣邻,何足缕道;上干君父,可不辨乎? 自到阙以来,至为参政之始,不录经筵之款奏,但书七对之游辞。载神考降问之咨询,无一问仰及于三代。言神考但慕蜀、魏,谓厥身不异皋、伊。仍于供职之初辰,首论理财之不可,恐宣利而坏俗,陈孟子之耻言。凡他人极论之辞,掠为己说;彼所献管、商之术,归过先献。书神考之谦辞,则曰:'以朕比文王,岂不为天下后世笑。'论太祖之征伐,则曰:'江南李氏,何尝理曲。'恣挥躁悖之笔,尽为烈考之词,矫训诬天,孰甚于此! 祖宗之威灵如在,圣主之继述日新,若不辨托训之诬,何以解天下之怒! 而况托训之外,肆诋尤多。神考小心慎微,彼则曰'好察细务';神考畏天省事,彼则曰'畏慎过当';神考欲除苛细之法,彼则曰'元首丛脞';神考欲宽疑似之狱,彼则曰'陛下含糊';神考礼貌勋贤,彼则曰'含容奸慝';神考嘉纳忠直,彼则曰'不惩小人'。又谓'奸罔之徒,陛下能诛杀否'? 比忠良于元济,责神考为宪宗。谓不可以罢兵,当必胜而后已。神考守祖宗不杀之戒,以天地好生为心,厌弃其言,眷待寖薄,先逐邓绾,次出安石,至于熙宁之末,而安石前日之所怒者复见收矣。至于元丰之末,司马光等前日之所言者复见思矣。卞等不遵神考末命,但务图己之私。以继绍安石为心,以必行诛杀为事。请于哲宗,而哲宗不许;请于陛下,而陛下拒之。人心归仁,天助有德,遂使奸谋内溃,逆党自彰。卞既不敢居金陵,人亦不复圣安石,悔从王氏,岂独臣哉?朝廷搢绅,协心享上;庠序义士,理所同然。科举艺能,孰肯遽陈其所蕴?有用之士,亦将先忍而后为。变王氏诬君之习,合《春秋》尊王之义。济济多士,何患无人!又况安石所施,其事既往,若不自述于文字,后日安知其用心?著为此书,天使之也。且安石著书之意,岂是便欲施行?卞所安排,非无次序。自谓举无遗策,何乃急于流传?宣示远近,不太速乎?然则流传之速,天促之也。天之右序我宋而不助王氏,亦可知也。如臣昔者妄推安石谓之圣人,如视蚁垤以为泰山,如指蹄涔以为大海。易言无责,鬼得而诛,驷不可追,龉舌何补?圣人,人伦之至也。傲上乱伦,岂圣人乎?圣人,百世之师也。教人诬伪,岂圣人乎?孔子,集大成也,尚以不居为谦;光武,有天下者也,犹下禁言之诏。岂可身处北面人臣之位,而甘受子雱骄僭之名乎?雱出《安石画像赞》曰:‘列圣垂教,参差不齐,集厥大成,光乎仲尼。’蔡卞大书之,刊于石,与雱所撰诸书经义并行于世。臣昔以答义应举,析字谈经,方务趣时,何敢立异?改过自新,请自今始。于是取安石《日录》编类得六十五段,厘为八门:一曰圣训,二曰论道,三曰献替,四曰理财,五曰边机,六曰论兵,七曰处己,八曰寓言。事为之论,又于逐门总而说之,凡为论四十有九篇,合二门为一卷,并序共为五卷。臣以忧患之余,精力困耗,披文索义,十不得一。加以海隅衰陋,人无赐书,神考御集,无由恭阅。又《日录》与御批《日历》、《时政记》抵捂同异,无文可考,欲校不得,但专据私书,略分真伪,不能尽究底蕴,亦可以窥其大概矣。凡臣之所论,以绍述宗庙为本,以辨明圣训为先,盖所述在彼则宗庙不尊,诬语未判则真训不白,何以光扬神考有为之心,何以将顺陛下述事之志?凡今之士,学古入官,身虽未试于朝廷,心亦不忘于献亩。戴天履地,宁忍同诬,日拙心劳,徒唱尔伪。犯古今之公议,极典籍之所非,阴奉窾言,显违格训。安石欲置四辅,神考以为不可;神考欲建都省,安石以为不可。然今则四辅成矣,都省毁矣,道路为之流涕,圣哲能不痛心!人皆独非于蔡京，安知谋发于蔡卞？至于宿卫之法，亦敢更张，变乱旧规，创立三卫。用私史包藏之计，据新经穿凿之文；以畏惮不改为非，以果断变易为是。按书定计，以使其兄当面赞成；退而窃喜，京且由之而不悟。他人岂测其用心？事过而窥，踪迹方露，赍咨痛恨，虽悔何追！在私家何足备论，于国事岂宜如此？谓溽潦未必有补，可以决水为田；谓河北要省民傜，可以减州为县。至于言江南利害，则曰州县可析；论兵民将领，则曰奖拔豪杰。四海本是一家，何为分彼分此？大法无过宿卫，安得率尔动摇？弃旧图新，厥意何在？昔元祐更张之始，方安石身没之初，众皆独罪于惠卿，或以安石为朴野。优加赠典，欲镇浮薄。司马光简尺具存，吕惠卿责词犹在。深惩在列，曲恕元台。凡同时论之人，无一人指黜安石，往往言章疑似，或干裕陵。致下以窥伺为心，包藏而待，润色诬史，增污忠贤。凡愠恚曾布之言，与怒詈惠卿之语，例皆刊削，意在牢笼。欲使共述私书，将欲济其大欲。布等在其术内，卞计无一不行。良由议赠之初，不稽其弊；若使早崇名分，何至横流？司马光误国之罪，可胜言哉！臣闻熙宁之初，论安石之罪，中其肺肝之隐者，吕诲一人而已。熙宁之末，论安石之罪，中其肺肝之隐者，惠卿一人而已。吕诲之言曰：'大奸似忠，大佞似信，外视朴野，中藏巧诈，骄蹇傲上，阴贼害物。'吕惠卿之言曰：'安石尽弃素学，而隆尚纵横之末数，以为奇术。以至谮诉胁持，蔽贤党奸，移怒行很，方命矫令，罔上要君，凡此数恶，莫不备具。虽古之失志倒行而逆施者，殆不如此。平日闻望，一旦扫地，不知安石何苦而为此也！谋身如此，以之谋国，必无远图。而陛下既以不可少，而安石之罪，固未易言。'又曰：'平日以何如人遇安石，安石平日以何等人自任，不意窘急，乃至如此！'又曰：'君臣防闲，岂可为安石而废哉？'又曰：'臣之所论，皆中其肺肝之隐。'臣某窃谓：元祐臣僚，于吕诲之言则誉之太过，于惠卿之言则毁之太过。此二臣者，趣向虽异，至于论安石之罪，献忠于神考，则其言一也。岂可专誉诲而毁惠卿乎？偏毁惠卿，此王氏之所以益炽也。元祐之偏，可不鉴哉！臣窃以天下譬如一舟，舟平则安，偏则危，臣之以言取祸，初缘此语。然臣自视此语，犹野人之视芹也，切于爱君，又欲以献。前日之欲杀臣者，必亦瞑目矣。然臣之

肝脑，本是报国之物。臣若爱吝此物，则陛下不得闻安石之罪矣。陛
下不得闻安石之罪，则人之利害咸在矣。为我宋之臣，岂得不思乎？
乃者天子幸学，拜谒宣尼，本朝故臣，坐而不立，跻此逆像，卞唱之也。
辅臣纵逆而养交，礼官舞礼而行谄。僭自内始，达于四方，万国寒心，
外夷非笑。鹙冕夷俟，载籍所无，屡加于冠，何以示训？自有中国以
来，五品不逊，未有此比。然则观此一像，而八十卷之大概，可以未读
而知矣。蔡氏、邓氏、薛氏皆立安石之像，祠于家庙，朝拜安石而颂
曰：'圣矣，圣矣！'暮拜安石而颂曰：'圣矣，圣矣！'国学，风化之首也，
岂三家之家庙乎？故曰：废大法而立私门，启攘夺而生后患，可为寒
心，莫大于此！尊君爱国之士，孰敢以此为是乎？是非之心，人皆有
之。极天下之非，而可以谓之国是乎？呜呼！讲先王之道，而以咈百
姓为先；论周公之功，而以僭天子为礼。咈民岁久，蠹国日深，僭语为
胎，遂产逆像。以非为是，态度日移，废道任情，今甚于昔。昔者，初
立国是，使惇行之，惇既窜逐，移是于布，布又窜逐，移是于京。三是
皆发于卞谋，三臣同归于误国。然则果国是乎？果卞是乎？若以卞
是为是，则操心颇僻赋性奸回如邓绾者，不当逐也。若以卞是为是，
则以涂炭必败之语诋诬神考如常立者，不当窜也。神考逐绾，可以见
悔用安石之心；哲宗窜立，可以见斥绝安石之意。两朝威断，天下皆
以为至明。陛下扬光，亦以去卞为急务。扫除旧秽，允协人心，布泽
日新，上合天意。乐于将顺，搢绅所闻，梦阙驰诚，名限疏远。彼元
祐、元符之籍，虽渐绝弛，而人尚未见用。应诏上书之罪，虽已释放，
而士犹在沮辱。沮辱者不可复问，未用者当自退藏。其余虽在朝廷，
或非言路，明哲之士，又务保身，纵有强聒之流，且无私史之隙。唯臣
因论私史，祸隙至深，得存余命，全由独断。臣之所以报国者，敢不勉
乎！兼臣年老病多，决知处世难久，与其赍志于没后，孰若取义于生
前。义在杀身，志惟尊主。故臣所著《日录辩》，名之曰《四明尊尧
集》云。"

卷第二十四

晁说之以道，其姓名蚤列东坡先生荐贤中。崇宁初，又以应诏言事，编部党者，三十暑寒不赦。渊圣帝元年起入西掖，典制命，独以上辈旧学遇之，其初见帝之言，亦陈莹中《尊尧》之意也。曰："臣窃以谓善观圣帝明君成天下之业者，不观其迹而观其志。恭惟神宗皇帝，巍巍然之功在天下者，孰不睹矣。其末年，所以为天下后世虑者，未易为单见浅闻道也。神宗皇帝即位之初，却韩琦论新法之疏，至于再三。逮琦之薨，与两宫震悼，躬制神道碑，念之不已，每对臣僚，称琦为社稷之臣。方即位初时，深欲相富弼，弼辞以疾，退居洛阳。弼在洛阳，多以手疏论天下大利害，皆大臣之所不敢言者。神宗欣然开纳，赐以手札曰：'义忠言亲，理正文直，苟非意在爱君，志存王室，何以臻此？敢不置之枕席，铭诸肺腑，终老是戒。更愿公不替今日之志，则天灾不难弭，太平可立俟也。'尝因王安石有所建明，而却之曰：'若如此，则富弼手疏称"老臣无处告诉，但仰屋窃叹"者，即当至矣。'弼之薨，神宗躬制祭文，有曰：'言人所难，议定大策，谋施廊庙，泽被四方，他人莫得而预也。'又其即位之初也，独以颍邸旧书赐司马光，逮光不愿拜枢臣之命，而归洛阳，修《资治通鉴》，随其所进，命经筵读之，其读将尽而所进未至，即诏趣之。熙宁中，初尚淄石砚，乃躬择其尤者赐光，其书成，赐带，乃如辅臣品数赐之。尝因蒲宗孟论人材，乃及光曰：'未论别，只辞枢密一节，自朕即位来，唯见此一人。'在元丰末，灵武失利，神宗当宁恸哭，大臣不敢仰视。已而，叹曰：'谁为朕言有此者！'乃复自发言曰：'唯吕公著数为朕言之，用兵不是好事。'岂咎公著常争新法不便于熙宁初哉？元丰之末，将建太子，慎求宫僚，神宗宣谕辅弼，独得司马光、吕公著二人。于王安石、吕惠卿何有哉？至厌薄代言之臣，谓一时文章不足用，思复辞赋，章惇犹能为苏轼道上德音也。经筵蔡卞愈为恍惚荡漾之说，上意殊不在，逮赵彦若以经侍，则皆忠实纯朴之言也。上听之喜，因问曰：'安得此说？'彦若对曰：'先儒传注，臣得以发之。'上益喜。其在政事，因韩绛自请前日谬于敷奏之罪，乞旨改正，上欣然叹曰：'卿不遂非甚好，若是王安石，则言害臣之道矣。'元丰末，不得已创为户马之说，神宗俯首叹曰：'朕于是乎愧于文彦博矣。'王珪等请宣德音，复曰：'文彦博顷年争国马不胜，乃奏曰：陛下十年后必思臣言。'珪因奏曰：'罢去祖宗马监，是王安石坚请行之者，本非陛下意也。'上复叹曰：'安石相误，岂独此一事！'安石在金陵见元丰官制行，变色自言曰：'许大事，安石略不得预闻。'安石渐有畏惧上意，则作前、后《元丰行》，以谄谀求保全也。先是，安石作《诗义序》，极于谄谀，上却之，令别撰，今所施行者是也。神宗闻安石之贫，命中使甘师颜赐安石金五十两。安石好为诡激矫厉之行，即以金施之定林僧舍，师颜因不敢受常例，回，具奏奏之。上谕御药院牒江宁府，于安石家取甘师颜常例。安石约吕惠卿，无令上知一帖，惠卿既与安石分党，乃以其帖上之。上问熙河岁费之实于安石，安石喻王韶'不必尽数以对'，韶既叛安石，亦以安石言上之。不知自昔配飨大臣，尝有形迹如此之类乎？安石不学孔子《春秋》而配飨孔子，晚见薄于神宗而配飨神宗，无乃为国家政事之累乎？神宗一日尽释市易务禁锢保人在京师者，无虑千人，远近闻之，罔不手足舞蹈欢喜。神宗尝恨市易法曰：'百姓家大富者，犹不肯图小利，国家何必屑屑如此邪？'呜呼！上天若赐眷祐神宗，更在位数年，则市易法之类，躬自扫除之，不使后日议者纷纷，知为谋而不知为圣君之累乎？有志之士，痛心疾首，不能已者，政为是也。陛下图治之初，近当奉上皇求言之诏，远当成神宗晚岁之志，则天下幸甚！"

　　洛阳名公卿园林，为天下第一，裔夷以势役祝融回禄，尽取以去矣。予得李格非文叔《洛阳名园记》，读之至流涕。文叔出东坡之门，其文亦可观，如论"天下之治乱，候于洛阳之盛衰；洛阳之盛衰，候于园囿之兴废"，其知言哉！故具书之左方云。

富　郑　公　园

　　洛阳园池多因隋、唐之旧，独富郑公园最为近辟，而景物最胜。

游者自其第西出探春亭,登四景堂,则一园之胜景顾可览而得。南渡通津桥,上方流亭,望紫筠堂而还。右旋花木中百余步,走荫樾亭、赏幽台,抵重波轩而止。直北走土筠洞,自此入大竹中。凡谓之洞者,皆轩竹丈许,引流穿之,而径其上。横为洞一,曰土筠,纵为洞三,曰水筠、曰石筠、曰榭筠。历四洞之北,有亭五,错列竹中,曰丛玉、曰披风、曰猗岚、曰夹竹、曰兼山。稍南有梅台,又南有天光台,台出竹木之杪。遵洞之南而东,还有卧云堂,堂与四景堂相南北,左右二山,背压通流。凡坐此,则一园之胜可拥而有也。郑公自还政事归第,一切谢绝宾客,燕息此园几二十年。亭台花木皆出其目营心匠,故逶迤衡直,阛爽深密,曲有奥思。

董 氏 西 园

董氏西园,亭台花木,元不为行列区处,疑因景物岁增月葺所成。自南门入,有堂相重者三:稍西一堂,在大池间;逾小桥,有高台一;又西一堂,竹环之,中有石芙蓉,水自其花间涌出。开轩窗,四面甚敞,盛夏燠暑,不见畏日,清风忽来,留而不去。幽禽静鸣,各夸得意。盖山林之景,而洛阳城中遂得之于此。午路抵池,池南有堂,面高亭,堂虽不宏大,而屈曲甚邃,游者至此往往相失。岂前世所谓"迷楼"者?元祐中,有留守喜宴集于此。

董 氏 东 园

董氏以财雄洛阳,元丰中,少县官钱,尽籍入田宅。城中二园因芜坏不治,然其规模尚足称赏。东园北乡,入门有栝可十围,实小如松实,而甘香过之。有堂可居,董氏盛时,载歌舞游之,醉不可归,则宿此数十日。南有败屋遗址,独流杯、寸碧二亭尚完。西有大池,中有堂,榜曰"含碧"。水四面喷泻池中,而阴出之,故朝夕如飞瀑,而池不溢。洛人盛醉者,登其堂辄醒,故俗目为"醒酒"也。

环　溪

环溪,王开府宅园。其洁华亭者南临池,池左右翼而北,过凉榭,复汇为大池。周回如环,故云。榭南有多景楼,以南望,则嵩高、少室、龙门、大谷,层峰翠巘,毕效奇于前。榭北有风月台,以北望,则隋、唐宫阙楼台,千门万户,岧峣璀璨,亘十余里。凡左太冲十年极力而赋者,可一目而尽也。又西有锦厅秀野台,园中树松桧花木千株,皆品别种列。除其中为岛屿,上可张乐,各时其盛而赏之。凉榭、锦厅,其下可坐数百人,宏大壮丽,洛中无逾者。

刘　氏　园

刘给事园,亭堂高卑制度,适惬可人意。有知《木经》者见云:“近世建造,率务峻立,故居者不便而易坏,唯此堂正与法合。”西有台,尤工致,方十许丈地也。楼横堂列,廊庑回缭,栏楯周接,木映花承,无不妍稳,洛人目为“刘氏小景”。今析为二,不能与他全园争矣。

丛　春　园

今门下侍郎安公买于尹氏。岑寂而高木森然,桐梓桧柏,皆就行列。其大亭有丛春亭,高亭有先春亭,出荼蘼架上,北可望洛水,盖洛水自西汹涌奔激而东。天津桥者,叠石为之,直力溻其怒,而纳之于洪下,洪下皆大石底,与水争,喷薄成霜雪,声数十里。予尝穷冬月夜登是亭,听洛水声,久之,觉清洌侵人肌骨,不可留,乃去。

卷第二十五

天王院花园子

洛阳花甚多种,而独名牡丹曰花王。凡园皆植牡丹,而独名此曰花园子,盖无他池亭,独有牡丹数十万本。凡城中赖花以生者,毕家于此。至花时,张幄幕,列市肆,管弦其中,城中士女,绝烟火游之。过花时,则复为丘墟,破垣遗灶相望矣。今牡丹岁益滋,而姚魏花愈难得,魏花一枝千钱,姚黄无卖者。

归 仁 园

归仁,其坊名也,园尽此一坊,广轮皆里余。北有牡丹、芍药千株,中有竹百亩,南有桃李弥望。唐丞相牛僧孺园七星桧,其故木也,今属中书李侍郎,方创亭其中。河南城方五十余里,中多大园池,而此其冠。

苗 帅 园

节度使苗侯既贵,欲极天下佳处,卜居得河南;河南园宅又号最佳处,得开宝宰相王溥园,遂购之。园既古,景物皆苍然,复得完力藻饰出之,于是有欲凭凌诸园之意矣。园故有七叶二树,对峙高百尺,春夏望之如山,今创堂其北。竹万余竿,比其大满二三围,疏密琅玕,如碧玉椽,今创亭其南。东有水,自伊水来,可浮十石舟,今创亭压其溪。有大松七,今引水浇之。有池宜莲荷,今创水轩,板出水上。对轩有桥亭。制度甚雕侈,然此犹未尽得之。丞相故园水东,为直龙图阁赵氏所得,亦大创第宅园林。其间稍北曰郏鄏陌,列七丞相第。文潞公、程丞相第旁有池亭，尚不可与赵韩王园比。

赵 韩 王 园

赵韩王宅园，开国初，诏将作营治，其经画制作，殆侔禁省。韩王以太师归是第，百日而薨。子孙皆家京师，罕居之，故园池亦以扃钥为常，高亭大树，花木之渊，岁时独厮养拥彗负畚插其间而已。盖天之于宴闲，每自吝惜，疑甚于声名爵位。

李 氏 仁 丰 园

李卫公有《平泉花木记》，百余种尔。今洛阳良工巧匠，批红判白，接以他木，与造化争妙，故岁岁益奇且广。桃、李、梅、杏、莲、菊各数千种，牡丹、芍药至数百种，而又远方异卉，如紫兰、茉莉、琼花、山茶之俦，号为难植，独植之洛阳，辄与其土产无异，故洛中园圃，花木有至千种者。甘露院东李氏园，人力甚治，而洛中花木无不有。中有四并，迎翠、濯缨、观清、超然四亭。

松 岛

松、柏、枞、杉、桧、栝，皆美木，洛阳独爱栝而敬松。松岛者，数百皆松也。其东南隅双松尤奇。在唐为袁象先园，本朝属李文定丞相，今属吴氏，传三世矣。颇葺亭榭池沼，植竹木其旁，南筑台，北修堂，东北道院。又东有池，池前后为亭临之。自东大渠引水注园中，清泉细流，涓涓无不通处。在它郡尚无有，洛阳独以其松名。

东 田

文潞公东田，本药圃，地薄东城，水渺弥甚广，泛舟游者，如在江湖间也。渊映、缥水二堂，宛宛在水中，湘肤、药圃二堂间之，西去其第里余。今潞公官太师,年九十,尚时杖屦游之。

紫金台张氏园

自东田并城而北,张氏园亦饶水而富竹,有亭四。《河图志》云:"黄帝坐玄扈台。"郭璞云:"在洛汭。"或曰此其处也。

水北胡氏二园

水北胡氏二园,相距十许步,在邙山之麓,瀍水径其旁,因岸穿二土窦,深百余尺,坚完如埏埴。开轩窗其前,以临水上,水清浅则鸣漱,湍暴则奔驶,皆可喜也。有亭榭花木,率在二窦之东,凡登览而惝恍,俯瞰而峭绝,天授地设,不待人力而巧者,洛阳独有此园尔。但其亭台之名,皆不足载,载之且乱实。如其台四望尽百余里,而萦伊缭洛乎?其间林木纷概,云烟掩映,高楼曲榭,时隐时见,使画工极思不可图,而名之曰玩月台。有庵在松桧藤葛之中,辟旁牖,则台之所见亦毕陈于前,而名之曰学古庵。其失皆此类。

大字寺园

大字寺园,唐白乐天园也。乐天云"吾有第在履道坊,五亩之宅,十亩之园,有水一池,有竹千竿"者是也。今张氏得其半,为会隐园,水竹尚在。洛阳但以其图考之,则凡曰某堂有某水,某亭有某木,至今犹在,而曰堂曰亭者,无复仿佛矣。岂因于天者可久,而成于人力者不足恃也?寺中乐天刻尚多。

独　乐　园

司马公在洛阳自号迂叟,谓其园曰独乐园。园卑小,不可与他园班。其曰读书堂,数椽屋。浇花亭者,益小。弄水种竹轩者,尤小。

见山台者,高不过寻丈。其曰钓鱼庵、采药圃者,又特结竹梢蔓草为之。公自为记,亦有诗行于世,所以为人钦慕者,不在于园尔。

湖　园

洛人云:"园圃之胜,不能相兼者六:务宏大者少幽邃,人力胜者乏闲古,多水泉者无眺望。能兼此六者,唯湖园而已。"予尝游之,信然。在唐为裴晋公园,园中有湖,湖中有洲,曰百花湖。北有堂,曰四并,其四达而旁东西之蹊者,桂堂也。截然出于湖之右者,迎晖亭也。过横池,披林莽,循曲径而后得者,梅台知止庵也。自竹径望之超然,登之翛然者,环翠亭也。渺渺重邃,尤擅花卉之盛,而前据池亭之胜者,翠樾轩也。其大略如此。若夫百花酣而白昼暝,青蘋动而林阴合,水静而跳鱼鸣,木落而群峰出,虽四时不同,而景物皆好,则又不可殚记者也。

吕　文　穆　园

伊洛二水,自东南分,径入城中。而伊水尤清澈,园亭喜得之,若又当其上流,则春夏无枯涸之病。吕文穆园在伊水上流,木茂而竹润,有亭三,一在池中,二在池外,桥跨池上相属也。

洛阳又有园池中一物特有称者,如大隐庄梅,杨侍郎园流杯,师子园师子是也。梅盖早梅,香甚烈而大,说者云:大庾岭梅移其本至此。流杯水虽急,不旁触为异。师子卯石也,入地数十丈,或以地考之,盖武后天枢销铄不尽者也。舍此又有嘉猷、会节、恭安、溪园,皆隋、唐官园,虽已犁为良田,树为桑麻矣,然宫殿池沼,与夫一时会集之盛,遗俗故老,犹有识其所在,而道其废兴之端者。游之亦可以观万物之无常,览时事之倏来而忽逝也。

李格非曰:"洛阳处天下之中,挟殽、渑之阻,当秦、陇之襟喉,而赵、魏之走集,盖四方必争之地也。天下常无事则已,有事则洛阳先受兵。余故曰:洛阳之盛衰者,天下治乱之候也。方唐贞观、开元之间,公卿贵戚开馆列第于东都者,号千有余所。及其乱离,继以五季之酷,其池塘竹树,兵车蹂践,废而为丘墟,高亭大榭,烟火焚燎,化而为灰烬,与唐共灭而俱亡者,无余家矣。余故曰:园囿之兴废者,洛阳盛衰之候也。且天下之治乱,候于洛阳之盛衰而知;洛阳之盛衰,候于园囿之兴废而得。则《名园记》之作,余岂徒然哉? 呜呼! 公卿大夫,高进于朝,放乎以一己之私自为,而忘天下之治,忽欲退享此,得乎? 唐之末路是也。"

予昔游长安,遇晁以道赴守成州,同至唐大明宫,登含元殿故基。盖龙首山之东麓,高于平地四十余尺,南向五门,中曰丹凤门,正面南山,气势若相高下,遗址屹然可辨。自殿至门,南北四百余步,东西五百步,为大庭,殿后弥望尽耕为田。太液池故迹尚数十顷,其中亦耕矣。明日,追随以道入咸阳,至汉未央、建章宫故基,计其繁夥宏廓,过大明远甚,其兼制夷夏,非壮丽无以重威,可信也。又明日,至秦阿房宫一殿基,东西五百步,南北五十丈,所谓上可坐万人,下可建五丈旗,周驰为阁道,直抵南山表,山之巅为阙者,视未央、建章,又不足道。县令张琦者言:"如周之镐京、丰宫、灵台、明堂、辟水,地亦相迩。唯灵台可辨,其崇才二十尺,宫殿则无复遗址。"以道太息曰:"《诗》所谓'经始勿亟',庶人子来者,其专以简易俭约为德,初不言形胜富强,益知仁义之尊,道德之贵。彼阻固雄豪,皆生于不足,秦、汉、唐之迹,更可羞矣。"予追记其言,有可感者,故具书之。

卷第二十六

客有云：昔罢兖州掾曹，与一二友人祠岱岳，因登绝顶，行四十里，宿野人之庐，前有药灶，地多鬼箭、天麻、玄参之类。约五鼓初，各杖策而东，仅一二里，至太平顶。丛木中有真庙东封坛遗址，拥褐而坐，以伺日出。久之，星斗渐稀，东望如平地，天际已明，其下则暗。又久之，明处有山数峰，如卧牛车盖之状，星斗尽不见，其下尚暗，初意日当自明处出。又久之，自大暗中日轮涌出，正红色，腾起数十丈，半至明处，却半有光，全至明处，即全有光，其下亦尚暗。日渐高，渐辨色，度五鼓三四点也。经真庙帐宿之地，石上方柱㝡甚多。又经龙口泉，大石有罅，如龙哆其口，水自中出。又经石门十八盘，尤耸秀，北眺青、齐，诸山可指数。信天下之伟观也！

客又言：兖州之东曲阜城，鲁国也，孔子庙宅在焉。庭中二桧，各十数围，东者纹左旋，西者纹右旋，世传孔子手植也。殿前有坛，鲁恭王所坏堂基也。城北即孔林，其中有亭，真庙驻跸之地。西北隅孔子墓，东北隅伯鱼墓，正北子思墓，孔氏云：商人尚左，故孔子墓在西也。

旧说武都紫泥用封玺，故诏有紫泥之名。今阶州，故武都也，山水皆赤，为泥正紫色，然泥安能作封？当是用为印色耳。又说武都为武王采地，文、成、康三州亦三王采地也，皆因以得名。虽无经见，其传亦古矣。

赵复言：昔往来丰、沛间甚熟，汉高帝宅与卢绾宅相邻，俱即以祠之。行平衍之地，山原迤逦，求所谓丰西之泽，芒砀之泽，皆无之，亦无遗迹，与史所著不合。

蜀号"天险"，秦以十月取之，后唐以七十五日取之，本朝以六十六日取之。

予过武功唐高祖宅，昔号庆善宫，今为佛祠，前向渭水。史载太宗生之日，有二龙戏于门外。此地形势殊逼仄，苏世长云："臣昔侍陛下于武功,见所居宅仅庇风雨者,有唐二帝纻漆像。"不知何帝也。游景叔得唐本太宗画于屋壁,极奇伟,与世所传不同。

天下州名,俗呼不正者有二:一、处州,旧为括州,唐德宗立,当避其名,适处士星见分野,故改为处州,音楮,今俗误为处所之处矣。洋州,乃汪洋之洋,音杨,今俗误为详略之详矣。上自朝省,下至士大夫皆云尔,无能正之者。

今道州,古之有庳,獠夷所处,实荒服也。曰舜之于象,封之,非放也,象不得有为于其国,使吏治其国,而纳其贡税焉。皆孔子所不言。有庳距舜之都平阳,越在江湖万里之外,如曰欲常常而见,源源而来,亦劳矣。但出于《孟子》也。韩子曰:象为弟而舜杀之。《通鉴外纪》笔之不削云。

夔州古名朐腮,朐,音蠢,又音劬;腮,如尹反,又音忍,蚯蚓也。至今其地多此物。春秋时,人苦寒热疾,谓之蚯蚓瘴云。

凤翔府园有枯槐一株,故老云:昭宗扶此树,令朱全忠结袜,四顾无应者,故至今谓"手托槐"云。

沈黎,武侯驻兵之垒,城壁尚存,中有武侯祠,败屋数椽,杂他土木鬼神,甚不典。予为州,按本书更作之,刻石以记,又榜其庑下,记文多,不著,榜云:"黎州据本州县士民状,伏见汉大丞相武侯诸葛公,其操节之大,足以师表天下后世,不但有功于蜀之一边也,庙于州之武侯城中,古矣。今即其地更作,益严,宜有约束,庶几不致渎慢有神,隳坏前制者。谨按蜀本书,大丞相元子,侍中尚书仆射、军师将军讳瞻,本朝一有善政,虽不出其议,民必欢言:'吾葛侯所为也。'其慕如此。邓艾下蜀,遣使遗以书曰:'若降,表为琅琊王。'将军斩使者,率其子尚,大呼搏战以死。君子曰:'外不负其国,内不愧其家,忠孝两有焉。'今大丞相庙,以将军配。又按《汉晋春秋》,蜀大丞相诸葛公南征,夷有孟获者,豪健莫敌,公七擒七纵之,获始叹曰:'公天威也,夷不复反矣。'今以'天威'名公之堂,写丞相府从事将佐,自镇南大将军马公忠以下十人于堂中。又按大丞相文集,丞相南征,诏赐金钺铖一,曲盖一,前后羽葆鼓吹各一部,虎贲六十人。今并写于庑下,惟唐南康王韦公皋、太尉李公德裕,旧分祠于大丞相庙庭,以其各有功于西边,得不废。外此辄休。他丛祠妄以土木丹青塑画鬼神等物者,当从州县按举置于理。右版榜庙中,以示方来,无致违戾。"

秦州伏羌城三都谷,有曹玮武穆与羌酋李遵战胜之地,羌人到今畏慑不敢耕,草木弥望。武穆以六月二十日生,邦人遇其日,大作乐,祭于其庙云。

唐昭宗为朱全忠劫迁洛阳,至陕,以何皇后临蓐,留青莲佛寺行宫,全忠怒逼行甚急。今寺中佛坐莲花叶上,有当时宫人书"愿皇后早降生",墨色如新。

先人宰陕之芮城县,一村落皆李氏,盖唐之遗族。高祖微时,尝居其地,有故宅基。民收高祖诏书十数纸,皆免赋役事,每云"不得欺压百姓"。予旧有录本,近失去。

今归州屈沱,屈原旧居也。世传原有姊,以原施行不与众合,以见流放,弃之独归,故曰归州,又曰秭归。袁崧云:"姊、秭古字通用,与原'女嬃之婵媛兮,申申其詈予'之语合。"

归州有昭君村,村人生女无美恶,皆灸其面。白州有绿珠村,旧井尚存,或云饮其水生美女,村人竟以瓦石实之。岂亦以二女子所遭为不祥邪?

浙人谓"富家为起早",盖言钱多则事多,不能晏眠也。虽俗下之语,亦有理云。

绍圣元年,咸阳县民段吉夏日凌晓雨后,粥菜村落中,立何人门,足陷地,得玉玺一,玉检。玉玺方四寸,篆文如凤鸟鱼龙之形,曰"受命于天,既受永昌"。按《玉玺记》,秦始皇得卞氏蓝田玉,刻以为玺,命丞相李斯篆文云云。又王莽逼元后取玺,后投之地,故一角缺,验之皆合。唯《记》云"玉色黄",此青苍色耳。盖汉高祖至霸上,子婴素车降轵道所上者,世世传受,号曰"传国玺"。董卓徙都关中,孙坚入洛,得于城南井中。至梁朱全忠后,始失所在。全忠以下,多都汴、洛,今玺尚出于秦。又云背亦刻"受天之命,皇帝寿昌"八字,则无之。又不云有玉检为异。有司来上,庭议以为瑞,改元元符,命段吉以官。至靖康国破,敌取以去矣。和氏玉见蔺相如语中,璧也其可刻以为玺邪?

宣和元圭,出王懿恪家,旧上有懿恪朱书"元圭"二字。或上之,以为真夏后氏之瑞。后复燕山,又得一元圭,尤奇古,非前圭可比。朝廷以先既行盛礼,不应再有出者,藏之内库不复问。至金人起,后圭磨改副衮冕,奉其主,前圭亦取去。然窦建德以获元圭,故国号夏,不知二圭果何代物也。

绍圣初,先人官长安府,于西城汉高祖庙前卖汤饼民家,得一白玉奁,高尺余,遍刻云气龙凤,盖为海中神山,足为饕餮,实三代宝器。府上于朝,批其状云:墟墓之物,不可进御,当籍收官库,尚遵祖宗典制也。至政和中,先人再官长安,问之,已失所在矣。

楚氏洛阳旧族元辅者,为予言:家藏一黑水晶枕,中有半开繁杏一枝,希代之宝也。初,避虏入颍阳,凡先世奇玩悉弃之,独负枕以行,虏势逼,亦弃于山谷中。文序世言:潞公有白玉盆,径尺余,三足,破贝州时,仁皇帝赐也,常用以贮酒,后纳之圹中云。

中隐王正叔云:"王仲至帅长安日,境中坏一古冢,有碧色大瓷器,容水一斛,中有白玉婴儿,高尺余,水故不耗败,如新汲者。玉婴儿为仲至取去。"

卷第二十七

　　张浮休云：盗夜发咸阳原上古墓，有火光出，用剑击之，铿然以坠，视之，白玉帘也。岂至宝久埋藏欲飞去邪？既击碎之，有中官取以作算筹，浮休亦得一二。

　　宣和殿聚殷、周鼎锺尊爵等数千百种，国破，虏尽取禁中物，其下不禁劳苦，半投之南壁池中。后世三代彝器，当出于大梁之墟云。

　　主父齐贤者自言：少羁贫，客齐鲁村落中，有牧儿入古墓中求羊，得一黄磁小编瓶，样制甚朴。时田中豆荚初熟，儿欲用以贮之，才投数荚，随手辄盈满，儿惊以告，同队儿三四试之皆然。道上行人见之，投数钱，随手亦盈满，遂夺以去。儿啼号告其父，父方筑田，持锄追行人，及之，相争竞，以锄击瓶破。犹持碎片以示齐贤，其中皆五色画，人面相联贯，色如新，亦异矣。齐贤为王性之云。

　　近岁，犍为、资官二县接境地名龙透，向氏佃民耕田，忽声出地中，耕牛惊走，得铜剑一，长二尺余，民持归，挂牛栏上。入夜，剑有光，栏牛尽惊。移之舍中，其光益甚，民愚亦惊惧，掷于户外，即飞去，盖神物也。士聂椿云，向，其妇家也。

　　牛僧孺、李德裕相仇，不同国也，其所好则每同。今洛阳公卿园圃中石，刻奇章者，僧孺故物；刻平泉者，德裕故物，相半也。如李邦直归仁园，乃僧孺故宅，埋石数家，尚未发，平泉在凿龙之右，其地仅可辨，求德裕所记花木，则易以禾黍矣。

　　世传李太白草书数轴，乃葛叔忱伪书。叔忱豪放不群，或叹太白无字画可传，叔忱偶在僧舍，纵笔作字一轴，题之曰"李太白书"，且与其僧约，异日无语人，每欲其僧信于人也。其所谓得之丹徒僧舍者，乃书之丹徒僧舍也。今世所传《法书要录》、《法书苑》、《墨薮》等书，著古今能书人姓名尽矣，皆无太白书之品第也。太白自负王霸之略，饮酒鼓琴，论兵击剑，炼丹烧金，乘云仙去，其志之所存者，靡不振发之，而草书奇倔如此，宁谦退自悔，无一言及之乎？叔忱翰墨自绝人，故可以戏一世之士也。晁以道为予言如此。

大儒宋景文公学该九流，于音训尤邃，故所著书用奇字，人多不识。尝纳子妇三日，子以妇家馈食物书白，一过目即曰："书错一字，姑报之。"至白报书，即怒曰："吾薄他人错字，汝亦尔邪？"子皇骇，却立缓扣其错，以笔涂"煖"字，盖妇家书"以食物煖女"云，报亦如之。子益骇，又缓扣当用何煖字？久之，怒声曰："从食从而从大。"子退检字书《博雅》，中出"餪"字，注云："女嫁三日，饷食为餪女。"始知欲闻餪女云者，自有本字。

东坡《谢滕达道书》云："前日得观所藏诸书，使后学稍窥家传之秘，幸甚！恕先所训，尤为近古。某方治此书，得之颇有开益，拜赐之重，若获珠贝，老朽不揆，辄立训传，尚未毕功，异日当为公出之。古学崩坏，言之伤心也。"李方叔云："东坡每出，必取声韵音训文字复置行箧中。"予谓学者亦不可不知也。

陶隐居《与梁武帝启》云："逸少有名之迹，不过数种。《黄庭》、《劝进》、《像赞》、《洛神》不审犹得在否？"褚遂良《逸少正书目》：《乐毅论》、《黄庭经》、《画赞》、《墓田》、《丙舍》以次，共十四帖，合五卷。《劝进》已亡，《洛神》不录，盖遂良误以《洛神》为子敬书，故柳公权亦云。褚、柳于书工矣，其鉴裁尚有失，古语二王以来，评书之妙，惟隐居为第一，不诬也。

崇宁初，经略天都，开地得瓦器，实以木简札，上广下狭，长尺许，书为章草，或参以朱字。表物数曰：缣几匹，绵几屯，钱米若干，皆章和年号。松为之，如新成者，字遒古，若飞动，非今所畜书帖中比也。其出于书吏之手尚如此，正古谓之札书。见《汉武纪》、《郊祀志》，乃简书之小者耳。张浮休《跋王君求家章草月仪》云尔。

崔偓佺，淳化中判国子监，有字学。太宗问曰："李觉尝言'四皓'中一人姓，或云'用'上加一撇，或云'用'上加一点，果何音？"偓佺曰："臣闻刀下用攫音，两点下用为鹿音，'用'上一撇一点俱不成字。""四皓"中一人，甪里先生也。予谓今书"甪里"，"用"上加撇者非是。

俗语借与人书为一痴，还书与人为一痴，予每疑此语近薄，借书、还书，理也，何痴云？后见王乐道《与钱穆四书》、《出师颂书》，函中最妙绝,古语,借书一瓻,还书一瓻,欲以酒二尊往,知却例外物不敢。因检《说文》:瓻,抽迟反,亦音缔。注云:酒器。古以借书,盖俗误以为痴也。

荆浩论曰:"山水之学,吴道子有笔而无墨,项容有墨而无笔,王维、李思训之流不数也。"其所自立可知矣。然入吾本朝,如长安关同、营丘李成、华原范宽之绝艺,荆浩者又不数也。故本朝画山水之学,为古今第一。

国初,营丘李成画山水,前无古人。后河阳郭熙得其遗法,成之子觉熙之子思,俱为从官,颇广求两父之画,故见于世者益少,益可贵云。

观汉李翕王稚子高贯方墓碑,多刻山林人物,乃知顾恺之、陆探微、宗处士辈尚有其遗法,至吴道玄绝艺入神,然始用巧思,而古意少减矣。况其下者,此可为知者道也。

画花,赵昌意在似,徐熙意不在似,非高于画者,不能以似不似第其远近。盖意不在似者,太史公之于文,杜少陵之于诗也。独长安中隐王正叔以予为知者。蜀人重孙知微画笔,东坡独曰:"工匠手耳。"其识高矣。宣和中,遣大黄门就西都多出金帛易古画本,求售者如市,独于郭宣猷家取吴生画一剪手指甲内人去,其韵胜出东坡所赋周员外画背面欠伸内人尚数等。予少年时,尝因以作《续丽人行》云。

予旧于湅城孔宁极家,见孔戣《私纪》一编,有云:"退之丰肥喜睡,每来吴家,必命枕簟。"近潮阳刘方明摹唐本退之像来,信如戣之记,益知世所传好须髯者,果韩熙载也。

晁以道言当东坡盛时,李公麟至,为画家庙像。后东坡南迁,公麟在京师遇苏氏两院子弟于途,以扇障面,不一揖,其薄如此。故以道鄙之,尽弃平日所有公麟之画于人。

郭恕先画重楼复阁,间见叠出,善木工料之,无一不合规矩。其人世外仙者,尚于小艺委曲精致如此,何邪?

予收南唐李侯《阁中集》第九一卷,画目,上品九十五种。内《蕃王放簇帐》四。今人注云:一在陆农师家,二在潘景家。《江乡春夏景山水》六。注云:大李将军。又今人注云:二在马粹老家。《山行摘瓜图》一。注云：小李将军。又今人注云：在刘忠谏家。《卢思道朔方行》一。注云：小李将军。又今人注云：在李伯时家。《明皇游猎图》一。注云：小李将军。又今人注云：在马粹老家。《奚人习马图》三。注云：韩幹。又今人注云：一在野僧家。中品三十三种。内《月令风俗图》四。今人注云：在杨康功龙图家。《杨妃使雪衣女乱双陆图》一。注云：李翔。又今人注云：在王粹老家。今易主矣。《竹》四。今人注云：在王仲仪之子定国处，其着色卧枝一竿尤妙。下品百三十九种。内《回纹图》二。注云：殷嵩。又今人注云：在仲仪家。《诗图》二，叙一，楼台人物分两处，中为远水红桥小山，作窦滔从骑迎若兰，车舆人物甚小而繁，大概学周昉而气制甚远。《猫》一。注云：汀州李交。又今人注云：在刘正言家。《花而行者》一，小者三，如生。后有李伯时《跋》云："江南《阁中集》一卷，得于邵安简家。其中名品多流散士大夫家，公麟尚见之，有朱印曰'建业文房之印'，曰'内合同印'，有墨印曰'集贤院御书记'，表以回鸾墨锦，签以黄经纸。"予意今注出于伯时也，然不知集有几卷，其他卷品目何物也。建业文房亦盛矣，每抚之一叹。

卷第二十八

凤翔府开元寺大殿九间，后壁吴道玄画自佛始生、修行、说法至灭度，山林、宫室、人物、禽兽数千万种，极古今天下之妙。如佛灭度，比丘众蹦踊哭泣，皆若不自胜者，虽飞鸟走兽之属，亦作号顿之状，独菩萨淡然在旁如平时，略无哀戚之容。岂以其能尽死生之致者欤？曰"画圣"，宜矣。其识开元三十年云。今凤翔为敌所擅，前之邑屋皆丘墟矣。予故表出之。

古画、塑一法。杨惠之与吴道子同师张僧繇学画，惠之见道子笔法已至到，不服居其次乃去学塑，亦为古今第一。嗟夫！画一技耳，尚不肯少下，况于远者、大者乎！

曰"研瓦"者，唐人语也，非谓以瓦为研。盖研之中，必隆起如瓦状，以不留墨为贵。百余年后，方可其平易。古人用意于一研，尚如此。

予尝评砚：端石如德人，每过于为厚，或廉于才，不能无底滞；歙石如俊人，于人辄倾倒，类失之轻，而遇事风生，无一不厌足人意。能兼其才地，则为绝品。又涤端石，竟日屡易水，其渍卒不尽除；歙石一濯即莹彻无留墨，亦一快耳。唐氏为研说甚广，初不出此。

石晋时，关中有曰李处士者，能补石砚。砚已破碎，留一二日以归，完好如新琢者。其法不传，或以为异人。

近世薄书学，在笔墨事类草创，于纸尤不择。唐人有熟纸，有生纸。熟纸，所谓妍妙辉光者，其法不一；生纸，非有丧故不用。退之《与陈京书》云："《送孟郊序》用生纸写。"言急于自解，不暇择耳。今人少有知者。

司马文正平生随用所居之邑纸，王荆公平生只用小竹纸一种。

宣城陈氏家传右军求笔帖，后世益以作笔名家。柳公权求笔，但遗以二枝，曰："公权能书，当继来索，不必却之。"果却之，遂多易以常笔，曰："前者右军笔，公权固不能用也。"予从王正夫父子得张义祖所用无心毫,锥锋长二寸许,他人不能用,亦曰右军遗法也。义祖名友正,退傅之子,居昭德坊,不下阁二十年,学书尽窥右军之妙,尚以蔡君谟为浅近,米元章为狂诞,非合作,然世无知者。如其所用笔,可叹也。独王正夫父子好之云。

太祖下南唐,所得李廷珪父子墨,同他俘获物付主藏籍收,不以为贵也。后有司更作相国寺门楼,诏用黑漆,取墨于主藏,车载以给,皆廷珪父子之墨。至宣和年,黄金可得,李氏之墨不可得也。

黄鲁直就几阁间,取小锦囊,中有墨半丸,以示潘谷。谷隔锦囊手之,即置几上,顿首曰:"天下之宝也。"出之,乃李廷珪作耳。又别取小锦囊,中有墨一丸,谷手之如前,则叹曰:"今老矣,不能为也。"出之,乃谷少作耳。其艺之精如此。

故德阳县男虞祺,字齐年,起陵州诸生中。初不知佛书也,每曰:"诚者天之道,思诚者人之道,其至则一也,吾知此而已。"当毒赋剩敛鞭棰马牛其人之日,一漕夔,再漕潼,川民独晏然倚以朝夕也。间属微疾,凭几不言,忽顾坐客曰:"古佛俱来,吾亦归矣。"男子允文旁立泣下。又笑曰:"人而为佛,宁不可哉?"客异其非君平生之言,即之,已逝矣。明年,始有更生佛事。陵州民解述者,病死,一昼夜再生,具言:初为黄衣逮去,遇故里中少年曹生曰:"乡之大夫虞君主更生事,明当为更生佛,亟见之。"前抵宫室,沈沈王者冕服正坐,虞君也。吏问述故为善状,述诉力贫,但一至瓦屋山,见辟支佛瑞色甚胜,得释去。王再敕述:"过语吾家,广置更生道场,诵数更生佛名字勿怠。"语定,白毫光自王身起,直大观阙黄金书榜"大慈大悲,更生如来",述洒然而悟,明当虞君练祭云。士陈公璜,年甫九十,直书其事甚备。华严道人祖觉,自《大涅槃经》中得更生佛,因地不诬,虞君不为佛学佛言,直心是道场,无虚假故,著其为更生佛事无疑。先是,彭山杨舜钦使君在田间,夜梦故计吏王咨者,多哀言,辞去,衣后穿出牛一尾,使君旧与咨善,惊起。家人之梦亦合,相语未竟,外报一牛生,遽取火视之,牛仰首泪下。呜呼!君子小人之善恶,如天渊然,有报亦如之。予特著其略,以为世戒。

王子飞观文为予言:吾使三韩,泛海每危于风涛,翦佛书以投,异物出没，争夺以去。至投道书，则不顾。

凤翔府祁阳镇法门寺塔，葬佛手指骨一节，唐宪宗盛仪卫迎入禁中，韩吏部《表》谏者。塔下层为大青石芙蕖，工制精妙，每芙蕖一叶，上刻一施金钱人姓名，殆数千人，宫女姓名为多，如曰张好好、李水水之类，与慈恩寺塔砖上所书同。又刻白玉象，所葬佛指骨置金莲花中，隔琉璃水晶匣可见。予宣和中过之，有老头陀言：旧多宝器，唐诸帝诸王施以供佛者，尽为权势取去，尚余二水晶兽环洗，亦奇物也。

五台山佛光，其传旧矣。《唐穆宗实录》：元和十五年四月四日，河东节度使裴度奏：五台山佛光寺侧，庆云现，若金仙乘狻猊，领其徒千万，自巳至申乃灭。又峨眉普贤寺，光景殊胜，不下五台，在唐无闻。李太白峨眉山诗言仙而不言佛，《华严经》以普贤菩萨为主，李长者《合论》言五台山而不言峨眉山，又山中诸佛祠，俱无唐刻石文字，疑特盛于本朝也。

庆历中，齐州言：有僧如因，妖妄惑人，辄称正法一千年一劫，像法一千年一劫，末法一千年一劫。今像法已九百六十年，才余四十年，即是末劫，当饥馑疾疫刀兵云云。事下两街，僧录司奏：正法、像法、三灾劫等，悉出《大藏经论》，非妖。皇帝但敕天下《大藏经论》勿妄以示人云。

又熙宁初，神宗谓王安石曰："有比丘尼千姓者，为富弼言：世界渐不好，勿预其事可也。弼信之。"然亦不之罪也。

予尝以前闻长老言汤保衡遇汉张陵事，刻石于资中崇寿观矣。后得吕大临与叔所作《保衡传》，尤详尽。与叔授横渠先生之道，以诚以正为本，可信其不诬。然汉史建安二十年，曹操破张鲁，定汉中。鲁祖父陵，顺帝时客于蜀，学道鹤鸣山中，造作符书，以惑百姓。受其道者辄出米五斗，时谓之"米贼"。陵子衡，衡子鲁，以其法相付授，自号"师君"。其众曰"鬼卒"，曰"祭酒"，曰"理头"，大抵与黄巾相类。朝廷不能讨，就拜鲁镇夷中郎将，领汉宁太守。则所谓张陵者，果异人乎？今道家者流祖，其事不可辨云。与叔《汤保衡传》："嘉祐末年，京师麻家巷有聚小学者李道，太学生汤保衡尝与之游。一日，保衡至道学舍，有一道士，形貌恢伟，须髯怪异，言语如风狂人，与道相接，保衡见而异之。既去，保衡问道，道曰：'此道士居建隆观，朝夕尝过我，我固未尝诣之，乃落魄不检者。子何问之？'保衡曰：'予所居与建隆甚迩，凡观之道士皆与之识，未始见此人。'既而保衡颇欲访之。他日，保衡至道学舍，复见前道士，问其所止，亦曰建隆。既去，保衡默从之，入观门至西廊而没，保衡往追寻之，不复见。因观廊壁绘画，有一道士，正如所见者，其上题云'张天师'。保衡心异之。他日，乃具冠带伺于李道之舍，道问曰：'子何所伺？'保衡佯以它语答之。凡伺三日，其道士始自外至，已若昏醉者，与道相见如常日。保衡既见正如所画者，遂出拜之，称曰'天师'。道士辞避曰：'足下无过言。'道亦笑曰：'此道士安得天师之称哉？'保衡再三叩请，具述所见。道士乃曰：'请以某日会于某地。'保衡曰：'诺。'如约而往，道士见之曰：'但举目视日十日，必有所见，可复会于某地。'保衡归，依所教视日，视既久，目不复眩。至十日，乃睹日中有人形，细视之，见道士在日中，形貌宛然。保衡复往会道士，道士曰：'何所见？'保衡曰：'见天师在日中。'道士曰：'可复归再视日，百日外复有所见，可再相会于某地，慎勿泄也。'保衡如教视之，家人以为风狂，问之不答。逾百日，乃见己形亦在日中，与道士立。保衡乃会道士具谈之，道士曰：'可教矣。'乃为授以符箓，可以摄制鬼神，其道士复不见。保衡居太学中，尝丧一幼子，每思之，召至其前，同舍生皆见之。一日，保衡语其友人曰：'予适过西车子曲，见一小第，门有车马，有数妇人始下车，皆不以物蒙蔽其首。其第二下车者，年二十许，颇有容色，意其士大夫自外至京师者，必其妻也。予欲今夕就子前舍小饮，当召向所见妇人观之。'友人曰：'良家子，汝焉可妄召？必累我矣。'保衡曰：'非召其人，乃摄其生魂，聊以为戏耳。然必至夜，俟其寝寐乃召之，若梦中至此，止可远观，慎勿近之。近之则魂不得还，其人必死矣。'遂与友人薄暮出门，过其舍，伺少顷，闻门中有妇人声，保衡心知乃适所见妇人，即吸其气，以彩线系其中指，既而至友人学舍，命仆取酒至，与之对饮，令从者就寝。中夜，保衡起开门，有妇人自外至，乃所见者，形质皆如人，但隐隐然若空中物，其语声如婴儿，见保衡拜之。保衡问其谁氏，具道某氏，其夫适自外罢官还京师。复问保衡曰：'此何所也？适记已就寝，不意至此，又疑是梦寐，而比梦寐差分明。又疑死矣，此得非阴府邪?'保衡曰:'此亦人间耳，今便可归，当勿忧也。'命立于前款曲与语，至五更始遣去。人传保衡甚得召鬼之术，保衡以进士及第，今官为县令云。"

卷第二十九

张君猷为湖南漕，过南岳，自肩舆中见路左一道观甚丽，榜曰"朱陵宫"，遥望其中，有一羽衣立殿上。君猷意欲下，而从骑半已过。明年再经其地，求朱陵宫，无之。父老云：旁近但有朱真人祠，至其下，乃前所见朱陵宫之处，才小屋一二楹，其变异如此。

唐吕仙人故家岳阳，今其地名仙人村，吕姓尚多。艺祖初受禅，仙人自后苑中出，留语良久，解赭袍衣之，忽不见。今岳阳仙人像，羽服下着赭袍云。

北齐敕道士剃发为沙门，宣和中，敕沙门着冠为道士。古今事不同如此。

郝翁者，名允，博陵人。少代其兄长征河朔，不堪其役，遁去。月夜行山间，惫甚，憩一树下。忽若大羽禽飞止其上，熟视之，一黄衣道士也。允拜手乞怜，道士曰："汝郝允乎？"因授以医术。晚迁郑圃，世以"神医"名之。远近之人，赖以活者，四十余年。非病者能尽活之也，盖其术精良可信。不幸而不可治，必先语之，虽死亦无恨。于脉非独知已病，而能前知未病与死，近者顷刻，远者累年，至其日时皆无失。岁常候测天地六元五运，考四方之病，前以告人，亦无失。皇祐年，翁死。张珣子坚志其墓云："夏英公病泄，太医皆为中虚。翁曰：'风客于胃则泄，殆稿本汤证也。'英公骇曰：'吾服金石等物无数，泄不止，其敢饮稿本乎？'翁强进之，泄止。太常博士杨日宣病寒，翁曰：'君脉首震而尾息，尾震而首息，在法谓鱼游虾戏，不可治。'不旬日死。州监军病悲思，翁告其子曰：'法当甚悸即愈。'时通守李宋卿御史甚严，监军内所惮也，翁与其子请于宋卿。一造问，因责其过失，监军惶怖汗出，病乃已。殿中丞姚程，腰脊痛不可俯仰，翁曰：'谷独气也。当食发怒，四肢受病，传于大小络中，痛而无伤，法不当用药，以药攻之则益痛，须一年能偃仰，二年能坐，三年则愈矣。'后三年而愈。里妇二，一夜中口噤如死状，翁曰：'血脉滞也。不用药，闻鸡声自愈。'一行踸踔辄踣，翁曰：'脉厥也。当治筋，以药熨之自快。'皆验。士陈尧遵妻病，众医以为劳伤，翁曰：'亟屏药，是为娠证，且贺君得男子矣。'已而果然。又二妇人娠，一咽嘿不能言，翁曰：'儿胞大经壅，儿生经行，则言矣。不可毒以药。'既免，母子俱全。一极壮健，翁偶诊其脉，曰：'母气已死，所以生者，反恃儿气耳。'如期子生母死。翁所治病半天下，神异不可胜记。如上所记，特郑圃之人共知者也。翁有子名怀质，尽能传其学。怀质尝自诊其脉，语人曰：'我当暴死。'不数年，果暴死。翁读《黄帝内经》，患王冰之传多失义指，间以朱墨笺其下，世尚未见。怀质死，其书亦亡。独太医赵宗古受六元五运之法于翁，尝图以上朝廷，今行于世云。"

无为军医张济，善用针，得诀于异人。云能解人而视其经络，则无不精。因岁饥疫，人相食，凡视一百七十人，以行针无不立验。如孕妇，因仆地而腹偏左，针右手指而正。久患脱肛，针顶心而愈。伤寒翻胃，呕噎累日，食不下，针眼眦，立能食。皆古今方书不著。陈莹中为作传云。

药王药上为世良医，尝草木金石名数凡十万八千，悉知苦酸咸淡甘辛等味。故从味因悟入，益知今医家别药曰味者古矣。

郑师甫云："尝患足上伤手疮，水入，肿痛不可行步。有丐者，令以耳塞敷之，一夕水尽出，愈。"

崇宁年，西都修大内，患苑中池水易涸。或云置牛骨池中，则水不涸。置之，果然。范时老董役，亲见之。

吕公晋伯云：除虱法，吸北方之气喷笔端，书"钦深渊默漆"五字，置于床帐之间，即尽除。公资正直，非妄言者。

洛阳楚氏，葬龙门之东尹樊村。凿井每不得泉，有术者云："夜以水注器，见星多者，下有泉。"用之，果然。

今世俗谓卦影者，亦《易》之象学也。如见豕负涂，载鬼一车，非象而何？未易以义理训也。予见王庆曾言："蚤日羁穷，尝从一头陀占卦象。其词云：'须逢庚午方亨快，半是春时半是秋。'头陀云：'岂君运行庚午，春秋之间少快邪？'久之无验。晚用秦相君荐，至参知政事。相君庚午生，半春半秋，秦字也。其异如此。"

殿中丞丘浚颇知数。熙宁十年秋，翰林学士杨元素贬官荆州，过池阳见之。浚曰："明年当改元，以《易》步之，《丰》卦用事，必以丰字纪年。"如期改元丰云。

汾晋间祈雨，裸袒叫呼，奋臂为反覆手状，又以水洒行道之人，殆可笑。按董仲舒传注，有"闭阴纵阳，以水洒人"之说，盖其自也。

广西人喜食巨蟒，每见之，即诵"红娘子"三字，蟒辄不动。且行且诵，以藤蔓系其首于木，刺杀之。

熊山行数十里，各于岩穴林蓓之间有藏伏之所，山中人谓"熊馆"云。如虎豹出百里外，则迷失故道矣。

鹭鹕能敕水，故水宿物莫能害。鸩能罡步禁蛇，故食蛇。啄木穴树巢其中，人或用木塞之，能以觜画符，其塞自出。鹊知岁所在，又有隐巢木，故鸷鸟不可见。燕营巢避戊己日，故不倾坏。鹳有长水石，故能巢中畜鱼，水不涸。盖不止于有知也。

有隐者刘易，在王屋山，见一蜘蛛为大蜂所螫，腹胀欲裂，亟就草间啮芋梗磨之，胀即平。因以治人之被蜂螫者，痛立止。

鱼枕骨作器皿，人知爱其色莹彻耳，不知遇蛊毒必爆裂，尤可贵也。

油绢纸、石灰、麦糠、马矢、粪草，皆能出火。

马、骡、驴，阳类，起则先前，治用阳药；羊、牛、驼，阴类，起则先后，治用阴药。故兽医有二种也。

梧桐，百鸟不敢栖止，避凤凰也。古语云尔，验之，果然。

蜀中喜事者，南归多载木犀花以来，种之皆生，或择嫩条接冬青枝间，亦生叶，岂其类耶？谓万年枝者，冬青也。玉树者，槐也。宫苑中多此二木，特易以美名。冬青又名冻青，贵其有岁寒不改之节，故司马长卿谓之女贞，自不为文君地邪？

芸草，古人用以藏书，曰"芸香"是也。置书帙中即无蠹，置席下即去蚤虱。叶类豌豆，作小丛，遇秋则叶上微白，如粉汗，南人谓之"七里香。"大率香草，花过则无香，纵叶有香，亦须采掇嗅之方觉。此草远在数十步外已闻香，自春至秋不歇绝，可玩也。

种柿有七绝：一有寿，二多阴，三无禽巢，四无虫蠹，五有嘉实，六其本甚固,七霜叶红。可玩也。

榆有二种:一名郎榆,一名姑榆,郎榆无荚。

千叶黄梅,洛人殊贵之,其香异于它种,蜀中未识也。近兴、利州山中,樵者薪之以出,有洛人识之,求于其地尚多,始移种遗喜事者,今西州处处有之。

予尝春日经夷陵,山中多红梨花,诵欧阳公之诗,裴回其下不能去。近蜀中稍见之。又有得千叶杏花于剑州山中者,在洛阳《花木谱》中无之,亦奇产也。

蜀无橄榄。或云:司马相如狗监所诵《上林赋》、《喻蜀父老文》、《封禅书》,王褒《中和乐职宣布诗》、《圣主得贤臣颂》,扬雄《剧秦美新》篇,辞皆烂美,足以取悦当代。张九龄《策安禄山》,姜公辅《论朱泚》,危言可验,辄弃之不采。相如辈蜀人,九龄、公辅岭海之士,以草木臭味譬之,如橄榄不生于蜀,生于岭海也。亦犹唐李直方以贡士第果实:一绿李,二櫨梨,三樱桃,四柑子,五葡桃,或荐荔枝,曰寄举之首也。盖始于范晔,以诸香品时辈,侯朱虚著《百官本草》,皆戏言之善者耳。然近日蜀中种橄榄辄生,予山园自有数章。

兰有二种:细叶者春花,花少;阔叶者秋花,花多。黄鲁直《兰说》云:"楚人滋兰之九畹,树蕙之百亩,兰以少故贵,蕙以多故贱。"予以为非是。盖十二亩为畹,则九畹、百亩亦相等矣。又云:"一干一花而香有余者兰,一干五七花而香不足者蕙。"是以细叶为兰,阔叶为蕙,亦非也。楚人曰:蕙,今零陵香是也,又名薰,所谓一薰一莸者也。唐人但名铃铃香,亦名铃子香,取其花倒悬枝间,如小铃也。近时附入《本草》,云出零陵郡。亦非也。不详《本草》自有薰草条,亦名蕙草甚明,零陵为重出云。

凌霄花有毒,有人凌晨仰视其花,花中露水滴入眼中,遂失明。或云金钱亦然。

卷第三十

政和戊戌夏六月，京师大雨十日，水暴至，诸壁门皆塞以土，汴流涨溢，宫庙危甚。宰执庐于天汉桥上。一饼师家蚤起，见有蛟蟒伏于户外，每自蔽其面，若羞怖状，万人聚观之。道士林灵素方以左道用事，曰："妖也。"捶杀之。四郊如江河，不知其从出，识者已知为兵象矣。林灵素专毁佛，泗州普照王塔庙亦废，当水暴至，遽下诏加普照王六字号，水退，复削去，先当制舍人许翰以词太褒得罪。

卢立之尚书云："宣和末，禁中数有变异，曰'攉'内音。者为甚，每夜久，有巨人呼'攉'云，遇人必撕裂之。中官有胆勇者数辈，相约俟其出，迫逐之。巨人返走，坠一物，铿然有声，取视之，乃内帑所藏铁幞头也。"赵正之云："禁中旧有此怪，不出仙韶院，至宣和末，始遍出宫殿中云。"

宦官卢功裔云："宣和末，鬼车沥血于福宁殿庭，又有狐登御坐，又内殿砖砌上忽有积血，遽拭之，复出，去砖，亦出，发地，亦出，至废其殿云。"

李瑞云："宣和末，为洛阳县尉，有职事在西宫，一夏伏龙起宫中者无虚日，殆数百处，初固异之。未几，金人入洛，宫遂焚。"张浮休云："向谪郴江，夏日，在寓舍伴群儿读书次，忽天际一船，载人物如行水上，久之方没。"

三峡中，石壁千万仞，飞鸟悬猿不可及之处，有洞穴累棺椁，或大或小，历历可数，峡中人谓之"仙人棺椁"云。按《隋唐嘉话》，将军王果于峡口崖侧，见一棺将坠，迁之平处，得铭云："后三百年水漂我，欲坠不坠逢王果。"今洞穴在悬绝石壁千万仞之上。唯大禹初凿三峡，道岷山之江时，人迹或可至，不在崖侧，不止三百年也。望其棺椁，皆完好如新，不知果何物为之，亦异矣。

长安乾明寺，唐太庙也。庭中有星陨石，状如伏牛，有手迹四，足迹二，如印泥然。故老云："武氏革命日陨。"又兴平一道观中，有星陨石,如半柱满,其上皆系痕,岂果系乎空中邪?殆不可知也。旁有石,记西晋时陨。

熙宁中,少华山崩,压七村之人,不可胜计。先是,穴居虎豹之属尽避去,人独不知,遂罹祸。山以夜崩,声震百里外,州距山才二十里,初不闻,其异如此。

元符年,众人宿岐山县客邸。明日,一人亡其首,无血。官捕杀者,逾年竟不得。或曰:侠客飞剑中人无血。政和年,河中府早宴罢,营妓群行通衢中,忽暴风起,飞剑满空,或截髻,或劗髦,或创面,俱不死,亦不伤。他人或云:剑侠为戏耳。予亲见之。

殿中丞丘舜元,闽人也。舟溯汴,遇生日,舣津亭。家人酌酒为寿,忽昏睡,梦登岸,过林薄,至一村舍,主人具饮食。既觉,行岸上,皆如梦中所见。至村舍,有老翁方撤席,如宾退者。问之,曰:“吾先以是日亡一子,祭之耳。”舜元默然,知前身为老翁子也,厚遗之以去。

欧阳公尝梦为鸲鹆,初夏清晓,飞鸣绿阴中甚乐。

刘法欲生,其母帏帐忽坠压而下,视之,上有大蛇,蜿蜒若被痛楚状,母怖甚,避之他所。法生,再视之,但蛇蜕耳。后法为将,有贤称。崇宁兴儒学,则刑举子之无赖者;宣和兴道学,则刑道士之无赖者。坐此谪官。久之,以节度使、检校少师帅熙河。童贯尽取本道精兵去,俾用老弱下军,深入策应,遂陷。贯方奏捷,反以不禀节制闻,士大夫冤之。

王荆公在钟山,乘驴薄莫行荒村中。有妇人蒙首执文书一纸遮公曰:“妾有冤诉。”公喻以退居不预公事,当自州县理之。妇人曰:“妾冤诉关相公,乞留文书一观。”公不能却,令执药囊老兵取状。至半山园视之,素纸一幅耳。公以是月薨。犹子防为王性之云尔。

滕章敏公达道帅青社,一夕会其属,酒半,教官顿起,家有急,公先送之去,坐客皆散立前。后公来,共见一无头伟人,着锦袍,坐于主席,公与客俱辟易不敢前,少时作黑雾散去。公亲为王乐道云。

近李西美帅成都,士陈甲者馆于便斋。夜月色中,有危髻古裳衣妇人数辈,语笑前花圃中,甲殊不顾。有甚丽者诵诗:“旧时衣服尽云霞,不到迎仙不是家。今日楼台浑不识,只余古木记宣华。”又诵:“小雨廉纤梅子黄，晚云收尽月侵廊。树阴把酒不成醉，何处无情枉断肠。"忽不见。今府第故蜀宫，岂当时宫女尚有鬼邪？按《蜀梼杌》，宣华，故苑名。

近种湘守叙州，坏客馆为东园。警夜兵共见大蛇自客馆出，穿西楼以去。楼下临大江，度其地，约长十数丈。明，求之于馆之寝，有穴方广才丈许，发之，其蟠屈之迹大一间屋，土色光腻，如新泥饰者。岂异物亦避暴役穿穴以去邪？不数日，湘死。

兴元府火，飞烬落天庆观殿下古柏上，柏中空尽焚，臭闻远近。明日，得如羊肋骨者数百枚，盖大蛇也。帅杨掌武每出以视客云。

庞孝祖言：昔提举成都茶马，夏日，坐后圃堂上，忽闻其后铁锁银铛之声，遽窥窗外，一物自小池中出，龙形，面如猫，曳其尾石砌上，鳞甲有声。少顷，雷雨暴作，失去。孝祖疑世所画龙皆非是。予读《华严·合论》，龙类最众，有如猫者，岂孝祖所见乎？

程致仲为予言：近岁《云斋小书》出丹棱李道达遇女妖事，不妄。致仲亲见泥金鸳鸯出入云气中，黄色衣，奇丽夺目，非人间之物，盖妖所服，留以遗道达者。又歌曲多仙语，尚《小书》失载云。

李公择之子夷旷，宣和中为发运司属，薄莫抵江上亭。亭吏云："先有曰'水太保'者在焉。"夷旷遣吏谢之。屏内云："太保当避去。"已而，老少妇人数辈，传呼"太保来"。太保者，一十余岁丱角童子耳。各乘马以去，人马皆异状。夷旷疑之，遣数健步蹑其后，各惊惧而返，云："约十数里外，望大潭，人马皆下投其中。"昔江子我为予言，后与夷旷同官成都，问之，信然。

高骈初展成都外城，后王氏、孟氏相继伪以为都，其更作奢僭之力，发地及泉也。近靖康年，帅卢立之亦增筑，期年，役甚大。至绍兴年，霖雨，北壁坏，摄帅孙渥才兴工，于数尺土下得高骈《石记》云：刻置筑中，后若干年当出。正与其年合。前累有大役不得者，数未契也。高骈好异术，岂亦有知数者邪？

傅献简云："王荆公之生也，有獾入其室，俄失所在，故小字獾郎。"

欧阳公云："予作《憎蝇赋》，蝇可憎矣；尤不堪蚊子，自远嘤喝来咬人也。"

秦少游在东坡坐中，或调其多髯者。少游曰："君子多乎哉?"东坡笑曰："小人樊须也。"

经筵官会食资善堂，东坡盛称河豚之美。吕元明问其味，曰："直那一死。"再会，又称猪肉之美，范淳甫曰："奈发风何?"东坡笑呼曰："淳甫诬告猪肉。"

郭忠恕嘲聂崇义曰："近贵全为聩，攀龙即作聋，虽然三个耳，其奈不成聪。"崇义曰："吾不能诗，姑以二言为谢：勿笑有三耳，全胜畜二心。"陈亚蔡襄亦云："陈亚有心终是恶，蔡襄无口便成衰。"王汾刘攽亦曰："早朝殿内须呼汝，寒食原头尽拜君。"攽又嘲王觌云："汝何故见卖?"觌曰："卖汝直甚分文!"其滑稽皆可书也。

孙传师名览，人有投诗者曰："伏惟笑览。"传师曰："君无笑览，览合笑君。"

谓"东方虬更三十年，乞汝西门豹作对"，唐人语也。今相州有西门豹祠，神像衣裳之间，微露豹尾。韩魏公见之，笑令断去。

韩玉汝平生喜饰厨传，一饮啖可兼数人。出帅长安，钱穆四行词云："喜廉颇之能饭。"玉汝不悦。又有贵人号"竞渡船"者，以其唯利是竞也。席大光作言官，击之曰："某别名'竞渡船'，中贮无赖之小人，外较必争之微利也。"士大夫欢传之。

王荆公喜说字至于成俗，刘贡父戏之曰："三鹿为麤，鹿不如牛；三牛为犇，牛不如鹿。"谓"宜三牛为麤，三鹿为犇，若难于遽改，欲令各权发遣"。荆公方解纵绳墨，不次用人，往往自小官暴据要地，以资浅，皆号"权发遣"，故并谑之。

刘贡父云："有人不识斗争字，以书问里先生。答曰'仄更切'。又疑更字，问，曰'加横切'。又疑横字，问，曰'户行切'。又疑行字，问，曰'华争切'。竟不知其为何音也。"予尝举以为笑欢。客有善切字者非之，亦难与言也。

士人口吃，刘贡父嘲之曰："本是昌徒，又为非类，虽无雄才，却有艾气。"盖周昌、韩非、扬雄、邓艾皆口吃也。

客问刘贡父曰："某人有隐过否? 中司将鸣鼓而攻之。"贡父曰：

“中司自可鸣鼓儿,老夫难为暗箭子。”客笑而去,滑稽之为厚者也。

刘贡父呼蔡确为“倒悬蛤蜊”,盖蛤蜊一名“壳菜”也。确深衔之。

马默击刘贡父,玩侮无度,或告贡父。贡父曰:“既称马默,何用驴鸣?”立占《马默驴鸣赋》,有“冀北群空,黔南技止”之警策,亦可谓奇才也。

王荆公好言利,有小人谄曰:“决梁山泊八百里水以为田,其利大矣。”荆公喜甚,徐曰:“策固善矣,决水何地可容?”刘贡父在坐中,曰:“自其旁别凿一八百里泊,则可容矣。”荆公笑而止。予以与优旃滑稽,漆城难为荫室之语合,故书之。

王荆公会客食,遽问:“孔子不彻姜食,何也?”刘贡父曰:“《草木书》:姜多食损知,道非明之,将以愚之。孔子以道教人者,故云。”荆公喜以为异闻,久之,乃悟其戏也。荆公之学,尚穿凿类此。

历代笔记小说大观总目

汉魏六朝

西京杂记(外五种) 〔汉〕刘歆 等撰 王根林 校点

博物志(外七种) 〔晋〕张华 等撰 王根林 等校点

拾遗记(外三种) 〔前秦〕王嘉 等撰 王根林 等校点

搜神记·搜神后记 〔晋〕干宝 陶潜 撰 曹光甫 王根林 校点

世说新语 〔南朝宋〕刘义庆 撰 〔梁〕刘孝标注 王根林 标点

唐五代

朝野佥载·云溪友议 〔唐〕张鷟 范摅 撰 恒鹤 阳羡生 校点

教坊记(外七种) 〔唐〕崔令钦 等撰 曹中孚 等校点

大唐新语(外五种) 〔唐〕刘肃 等撰 恒鹤 等校点

玄怪录·续玄怪录 〔唐〕牛僧孺 李复言 撰 田松青 校点

次柳氏旧闻(外七种) 〔唐〕李德裕 等撰 丁如明 等校点

酉阳杂俎 〔唐〕段成式 撰 曹中孚 校点

宣室志·裴铏传奇 〔唐〕张读 裴铏 撰 萧逸 田松青 校点

唐摭言 〔五代〕王定保 撰 阳羡生 校点

开元天宝遗事(外七种) 〔五代〕王仁裕 等撰 丁如明 等校点

北梦琐言 〔五代〕孙光宪 撰 林艾园 校点

宋元

清异录·江淮异人录 〔宋〕陶榖 吴淑 撰 孔一 校点

稽神录·睽车志 〔宋〕徐铉 郭彖 撰 傅成 李梦生 校点

贾氏谭录·涑水记闻 ［宋］张洎 司马光 撰 孔一 王根林 校点

南部新书·茅亭客话 ［宋］钱易 黄休复 撰 尚成 李梦生 校点

杨文公谈苑·后山谈丛 ［宋］杨亿口述、黄鉴笔录、宋庠整理 陈
　　师道 撰 李裕民 李伟国 校点

归田录（外五种）［宋］欧阳修 等撰 韩谷 等校点

春明退朝录（外四种）［宋］宋敏求 等撰 尚成 等校点

青琐高议 ［宋］刘斧 撰 施林良 校点

渑水燕谈录·西塘集耆旧续闻 ［宋］王辟之 陈鹄 撰 韩谷 郑世刚
　　校点

梦溪笔谈 ［宋］沈括 撰 施适 校点

麈史·侯鲭录 ［宋］王得臣 赵令畤 撰 俞宗宪 傅成 校点

湘山野录 续录·玉壶清话 ［宋］文莹 撰 黄益元 校点

青箱杂记·春渚纪闻 ［宋］吴处厚 何薳 撰 尚成 钟振振 校点

邵氏闻见录·邵氏闻见后录 ［宋］邵伯温 邵博 撰 王根林 校点

冷斋夜话·梁溪漫志 ［宋］惠洪 费衮 撰 李保民 金圆 校点

容斋随笔 ［宋］洪迈 撰 穆公 校点

萍洲可谈·老学庵笔记 ［宋］朱彧 陆游 撰 李伟国 高克勤 校点

石林燕语·避暑录话 ［宋］叶梦得 撰 田松青 徐时仪 校点

东轩笔录·嫩真子录 ［宋］魏泰 马永卿 撰 田松青 校点

中吴纪闻·曲洧旧闻 ［宋］龚明之 朱弁 撰 孙菊园 王根林 校点

铁围山丛谈·独醒杂志 ［宋］蔡絛 曾敏行 撰 李梦生 朱杰人 校点

挥麈录 ［宋］王明清 撰 田松青 校点

投辖录·玉照新志 ［宋］王明清 撰 朱菊如 汪新森 校点

鸡肋编·贵耳集 ［宋］庄绰 张端义 撰 李保民 校点

宾退录·却扫编 ［宋］赵与时 徐度 撰 傅成 尚成 校点

桯史·默记 ［宋］岳珂 王铚 撰 黄益元 孔一 校点

燕翼诒谋录·墨庄漫录 ［宋］王栐 张邦基 撰 孔一 丁如明 校点

枫窗小牍·清波杂志 ［宋］袁褧 周辉 撰 尚成 秦克 校点

四朝闻见录·随隐漫录 ［宋］叶少翁 陈世崇 撰 尚成 郭明道 校点

鹤林玉露 ［宋］罗大经 撰 孙雪霄 校点

困学纪闻 〔宋〕王应麟 撰 栾保群 田松青 校点

齐东野语 〔宋〕周密 撰 黄益元 校点

癸辛杂识 〔宋〕周密 撰 王根林 校点

归潜志·乐郊私语 〔金〕刘祁 〔元〕姚桐寿 撰 黄益元 李梦生
 校点

山居新语·至正直记 〔元〕杨瑀 孔齐 撰 李梦生 庄葳 郭群一
 校点

南村辍耕录 〔元〕陶宗仪 撰 李梦生 校点

明代

草木子(外三种) 〔明〕叶子奇 等撰 吴东昆 等校点

双槐岁钞 〔明〕黄瑜 撰 王岚 校点

菽园杂记 〔明〕陆容 撰 李健莉 校点

庚巳编·今言类编 〔明〕陆粲 郑晓 撰 马镛 杨晓波 校点

四友斋丛说 〔明〕何良俊 撰 李剑雄 校点

客座赘语 〔明〕顾起元 撰 孔一 校点

五杂组 〔明〕谢肇淛 撰 傅成 校点

万历野获编 〔明〕沈德符 撰 杨万里 校点

涌幢小品 〔明〕朱国祯 撰 王根林 校点

清代

筠廊偶笔 二笔·在园杂志 〔清〕宋荦 刘廷玑 撰 蒋文仙 吴法源
 校点

虞初新志 〔清〕张潮 辑 王根林 校点

坚瓠集 〔清〕褚人获 辑撰 李梦生 校点

柳南随笔 续笔 〔清〕王应奎 撰 以柔 校点

子不语 〔清〕袁枚 撰 申孟 甘林 校点

阅微草堂笔记 〔清〕纪昀 撰 汪贤度 校点

茶余客话 〔清〕阮葵生 撰 李保民 校点